MAX REITER

ERINNERE DICH!

THRILLER

FISCHER
TASCHENBUCH

Zitatnachweise:
J.R.R. Tolkien: »Der Herr der Ringe Band 1: Die Gefährten«.
Übersetzung: Margaret Carroux. Klett-Cotta, Stuttgart 1979, S. 7.
Rainer Maria Rilke, aus dem Gedicht ›Erste Duineser Elegie‹, in:
»Die Gedichte«. Insel Verlag, Frankfurt am Main 1986, S. 629

MIX
Papier | Fördert gute Waldnutzung
FSC® C083411
www.fsc.org

Erschienen bei FISCHER Taschenbuch
Frankfurt am Main, 2025

Redaktion: Ilse Wagner
Satz: Dörlemann Satz, Lemförde
Druck und Bindung: CPI books GmbH, Leck
ISBN 978-3-596-71205-2

Kontaktadresse nach EU-Produktsicherheitsverordnung:
produktsicherheit@fischerverlage.de

Der Umschlag sah völlig unverdächtig aus. Weiß, wattiert, mit Briefmarke verschickt und meiner Anschrift auf einem Adressaufkleber. Das Einzige, was mich stutzig machte, war die fehlende Absenderangabe. Ich erwartete keine Sendung, dachte mir aber weiter nichts und steckte den Umschlag zusammen mit der anderen Post in meine Tasche. Oben in der Wohnung öffnete ich ihn. Er enthielt ein Handy, zusammen mit dem passenden Ladekabel. Ansonsten lag der Sendung nichts bei, das Herkunft und Zweck erklärt hätte. Ich drückte ein wenig auf den Tasten herum, das kleine Display leuchtete auf. Es war ein Billighandy, gut genug zum Telefonieren und Simsen, mehr nicht. Kein Passwort nötig. Ich konnte es sofort benutzen. Versuchsweise wählte ich die Nummer meines eigenen Handys. Es klingelte in meiner Tasche. Das Ding funktionierte also und hatte anscheinend Guthaben. Nachdenklich legte ich es zur Seite.

Es war schon Nachmittag – ich saß am Schreibtisch und war mit der Vorbereitung einer Vorlesung für das nächste Wintersemester beschäftigt –, als ich von jenseits des Flurs ein Piepen hörte. Ich unterbrach meine Arbeit und ging in die Küche, wo das Billighandy noch immer auf der Anrichte lag. Das Display zeigte an, dass eine SMS eingegangen war. Von *Lost & Found*. Das war zumindest der Name des Absenders, der auf dem Display zu lesen war.

Ich öffnete die Nachricht. Sie war denkbar knapp. Die Nachricht lautete:

ERINNERE DICH!

1

»Hab ich irgendwas im Gesicht? Oder wieso starren Sie mich die ganze Zeit an?« Die Stimme der jungen Frau klang schrill über den Gang der S-Bahn.

Ich schreckte aus meinem Dämmerzustand auf. Sie meinte doch wohl nicht mich?

»Ja, Sie.« Ihre weit aufgerissenen Augen fixierten mich. »Haben Sie genug gesehen?«

Mir war nicht bewusst, dass ich die Frau angestarrt hatte. Ich war innerlich weggetreten. Nur auf Standby. Jetzt aber war ich wach. Mein Puls jagte. Der Schweiß rann mir aus allen Poren, ich wurde in meinem Anzug regelrecht gegrillt. Nein, ich war nicht so ein Typ, wie sie dachte. Kein Gaffer. »Entschuldigung, ich ... äh .... ich wollte nicht ...« Sie winkte ab, so als könne kein Wort wiedergutmachen, was ich ihr angetan hatte, und wandte sich zur Seite.

Die Leute starrten mich an. Tuschelten. Ein Kichern. Galt das mir? Vor aller Augen zerfloss ich zu einer Pfütze aus Schweiß und Scham.

Die S-Bahn fuhr in eine Haltestelle ein. Ich wusste nicht, welche es war. Egal. Ich sprang auf und drängte zum Ausstieg.

»Hey, Alter. Hast du nicht was vergessen?«

Ich drehte mich um. Ein Teenager deutete grinsend auf meine Aktentasche.

Die frische Luft auf dem Bahnsteig kühlte wenigstens ein

bisschen. Ich wischte mir mit der flachen Hand den Schweiß von der Stirn. Nahm die Krawatte ab, steckte sie in die Jacketttasche und öffnete die beiden obersten Hemdknöpfe. »Gehen Sie weiter, Mann!« Eine Schulter stieß unsanft gegen die meine. Der Mann hechtete in die S-Bahn, dann gingen die Türen auch schon zu.

Ich schaute mich um. Das war die Haltestelle Hackescher Markt. Eine zu früh. Sollte ich die nächste S-Bahn abwarten? Nein, von S-Bahnen hatte ich im Moment genug. Wenn ich mich beeilte, reichte die Zeit, um es zu Fuß noch rechtzeitig zur Uni zu schaffen. Das Seminar begann erst um vierzehn Uhr c.t. Und man würde auf mich warten. Schließlich war ich der Dozent.

Ich nahm den Weg quer über die Museumsinsel. Während ich mich langsam beruhigte, kehrten meine Gedanken zurück zu dem merkwürdigen Vorfall in der S-Bahn. Was war überhaupt passiert? Hatte ich die Frau wirklich angestarrt? Ich hatte nur dagesessen, mit einem, wie ich meinte, tagträumend leeren, ziellosen Blick. Die Frau war mir durch nichts aufgefallen, ich erinnerte mich kaum mehr an ihr Gesicht. Nein, es war ein Missverständnis gewesen, weiter nichts. Ich war nicht die Sorte Mann, die Frauen anstarrte. Kein Grund also, mich für irgendetwas zu schämen. Doch wieso tat ich es dann?

Im Seminarraum wurde ich schon erwartet. Ein gutes Dutzend junger Leute, größtenteils Frauen, nur wenige Männer. Ich hatte mich auf der Toilette frisch gemacht und mir die Krawatte wieder umgebunden. Als ich den Raum betrat, entschuldigte ich mich für die kleine Verspätung und nahm sofort meinen Platz an der Querseite des Rechtecks aus zusammengeschobenen Bänken ein. Ich holte meine stark zerlesene, mit handschriftlichen Randkommentaren und Post-it-

Zetteln angereicherte Gesamtausgabe der Kurzgeschichten von Edgar Allan Poe aus der Aktentasche und übergab das Wort an Lena, die Studentin, die das heutige Referat halten würde.

Lena saß an der Längsseite des Rechtecks, mit der aufrechten Haltung einer Dressurreiterin. Wie von einem Gewicht beschwert hing ihr der schwere geflochtene Zopf über den Rücken hinab bis zum Steißbein. So stramm wie ihre Haltung war auch ihr Intellekt. Klar und streng war er, und was ihm an letzter Brillanz fehlte, glich sie durch Gründlichkeit aus.

Lena klappte ihren Laptop auf und begann ohne ein Räuspern ihren Vortrag, dessen Thema Poes Kurzgeschichte *The Tell-Tale Heart* war. Obwohl alle den Text gelesen haben sollten, was angesichts seiner Kürze keine große Mühe machte, referierte sie zunächst den Inhalt: Ein offensichtlich wahnsinniger Mann, der mehrfach behauptet, geistig gesund zu sein, tötet einen alten Mann, dessen merkwürdig aussehendes Auge ihm Angst macht. Und obwohl die Polizei keinerlei Verdacht gegen ihn hegt, offenbart er in einem irrationalen Anfall von Panik das Versteck der Leiche; einer Panik, die von einem immer lauter werdenden Geräusch ausgelöst und befeuert wird, das dem Ticken einer Uhr oder dem Schlagen eines Herzens ähnelt. Er meint, die Polizisten, die ihn befragen, müssten dieses verräterische Geräusch ebenfalls hören, doch es ist nur in seinem Kopf.

Nach der Zusammenfassung des Inhalts bot Lena als Interpretationsansatz, dass es sich bei der Geschichte weniger um eine Kriminalgeschichte über einen Mord handle, wie in der Sekundärliteratur oft zu lesen sei, sondern vielmehr um den Monolog eines Psychopathen, in dem Wirklichkeit und Wahn unlösbar ineinander verstrickt seien und der als Entstehungsgeschichte einer Psychose zu lesen sei.

Während Lena ihr Referat hielt, strichen zwei ihrer Finger immer wieder geradezu zärtlich über das Touchpad ihres Laptops, um in ihrem Redetext weiterzuscrollen. Die andere Hand lag locker am Ansatz ihres Halses, und eine Fingerspitze vollführte dort kleine kreisende Bewegungen. Nach einer Weile ließ sie die Hand sinken, und da sah ich, was sich unter ihrer Fingerspitze verborgen hatte: ein leicht erhabenes Muttermal. Und da fiel mir wieder ein, was mich am Gesicht der Frau in der U-Bahn so gefesselt hatte: ein Muttermal.

Ein herzförmiges Muttermal.

2

Am späten Nachmittag kam die Sonne heraus, und sogleich stellten sich Frühlingsgefühle ein. Da ich keine Eile hatte, stöberte ich nach dem Seminar ein wenig in den antiquarischen Büchern und Musik-CDs, die vor der Universität in Bananenschachteln angeboten wurden. Auch wenn ich noch nie auf eine echte Perle gestoßen war, deren wahren Wert nur ich erkannte – die seltene Erstausgabe eines modernen Klassikers, ein vom Autor signiertes Exemplar –, hoffte etwas in mir weiter auf den großen Fund. Nun ja, andere spielen Lotto.

»Du hast meine Nachricht also doch gekriegt«, sprach mich jemand von hinten an. Ich blickte von den Buchrücken auf. Natürlich hatte ich die dunkle, melodiöse Stimme sofort erkannt, und auch den leichten amerikanischen Akzent in der ansonsten makellosen Aussprache. Ich drehte mich um, und da stand sie vor mir, mit einem Regenmantel über dem Arm und einer ihrer riesigen Handtaschen über der Schulter: Kaitlan. Kam sie geradewegs aus New York? Aber wo war dann ihr Gepäck?

»Nachricht?«, fragte ich. »Welche Nachricht?«

»Die ich dir vor einer Stunde geschrieben habe.«

»Moment.«

Ich holte mein Handy heraus. Es war noch immer auf stumm geschaltet. Da sah ich Kaitlans Nachricht: *Überraschung! Bin eben in Berlin gelandet! Ich weiß, du hast noch*

Seminar. Sehen wir uns danach? Bei den Buchverkäufern vor der Uni? Love, Kaitlan

»Warum bist du hier, wenn du meine Nachricht gar nicht gelesen hast?«, sagte Kaitlan.

Ich zuckte bloß mit den Schultern. »Vermutlich Gedankenübertragung.«

Das war es gewiss nicht. Anders als ich kannte Kaitlan meinen Stundenplan auswendig, und das, obwohl ich ihn ihr nur ein Mal vorgetragen hatte. Sie hatte ein phänomenales Gedächtnis. Und meine Gewohnheiten waren ihr ebenfalls bestens vertraut. Deshalb hatte sie auch ohne meine Bestätigung ahnen können, dass sie mich um diese Zeit hier finden würde.

Wir umarmten und küssten uns, gerade so intensiv, wie ich es mir als Dozent vor der Universität, wo jederzeit Studenten von mir vorbeikommen konnten, erlaubten durfte. Den Rest hoben wir uns für später auf. Ich hatte Kaitlan vermisst, aber wie sehr, merkte ich erst jetzt, da wir wieder zusammen waren.

Ich schaute sie von oben bis unten an, und sie erschien mir von Mal zu Mal strahlender: Kaitlan Kempf, meine Fernbeziehung seit eineinhalb Jahren. Sie trug ihr schulterlanges braunes Haar heute offen und wirkte selbst in der legeren Jeans-mit-Shirt-Kombi elegant gekleidet. Wenig später gingen wir auf der Suche nach einem Restaurant nebeneinander her: sie, eine amerikanische Germanistin von der Columbia University in New York; ich, ein auch nicht ganz unansehnlicher deutscher Amerikanist von der Humboldt-Universität in Berlin; ein hübsches Paar seit einem Symposium in Heidelberg über die literarische Romantik in Europa und ihre Ausläufer in Amerika.

»Wieso hast du nicht gesagt, dass du kommst?«

»Habe ich doch. Wenn du deine Nachrichten nicht liest, ist das nicht meine Schuld.«

»Das war eine Stunde vor dem Treffen. Sehr knapp, angesichts eines transkontinentalen Besuchs.«

»Ich wollte dich überraschen.«

»Quatsch.«

Sie schwieg eine kleine Weile, dann griff sie nach meiner Hand, verschränkte ihre Finger mit den meinen. »Ich brauchte eine Auszeit von Amerika. Und ich hatte befürchtet, wenn ich dich frage, hättest du vielleicht gerade keine Zeit. Wir würden andere mögliche Termine suchen, die für mich alle zu spät wären, denn ich musste jetzt weg.«

»Und wenn ich gerade jetzt keine Zeit gehabt hätte?«

Sie lächelte mich an. »Wenn ich bei dir bin, hast du immer für mich Zeit. Ist doch so?«

Ich spürte deutlich, wie ihre Hand die meine etwas fester drückte, und das gab mir – zumindest in diesem Moment – ein zwiespältiges Gefühl.

Wir wählten ein indisches Restaurant in der Nähe des Hackeschen Marktes, das wir schon von früheren Besuchen Kaitlans in Berlin kannten. Da wir fürs Abendessen noch reichlich früh dran waren, herrschte ziemliche Leere, nur ein paar Tische am Fenster waren besetzt. Doch für Kaitlans innere Uhr war ja gerade erst Mittag, und wenn sie hungrig war, musste sie essen, sonst bekam sie sehr schnell schlechte Laune. Wir bestellten beide Chicken Tandoori. Weil ich vermutet hatte, dass ihre Gemütslage kein Thema war, das sich auf der Straße besprechen ließ, hatte ich diesen ruhigeren Moment abgewartet, um zu fragen: »Was ist denn so schrecklich in New York, dass du derart dringend wegmusstest?«

»Alles!« Es kam so laut aus ihr heraus, dass die wenigen anderen Gäste kurz die Köpfe von den Speisekarten oder Tellern hoben. Etwas gedämpfter im Ton, aber kaum weniger nachdrücklich, fuhr Kaitlan fort: »Das Klima bei uns ist mittlerweile unerträglich. So aufgeheizt. So aggressiv. Es sind nicht nur Trump und seine Leute. Auch die, die mal vernünftig waren, werden rigoros und wollen nur noch die eigene Wahrheit gelten lassen. Keiner will mehr zuhören. Jeder hasst jeden. Völlig egal, auf welcher Seite du stehst. Überall dieselbe Rechthaberei und Gesinnungsprüfung. Und dann all diese Lügen, Halbwahrheiten, alternativen Wahrheiten. Wenn ich mir vorstelle, dass die Trump-Leute wiedergewählt werden, und danach sieht es aus …«

Ein junger Kellner trug unser Essen auf. Reis und Hühnchen dampften, der Geruch war überwältigend, und mein Hunger stellte sich bei dem Anblick ein. Kaitlans merkwürdige Stimmung zügelte meinen Appetit jedoch gleich wieder, so dass ich das wunderbare Essen vorerst unberührt ließ. Ich kannte und schätzte Kaitlan als politischen Menschen, liberal in der Gesinnung, mit klaren Prinzipien, gleichzeitig eine gute, empathische Zuhörerin. Wir hatten in unseren langen, für mich spätnächtlichen, für sie frühabendlichen FaceTime-Gesprächen oft über die politische Lage gesprochen. Dabei waren wir uns darüber einig, dass bei allen unterschiedlichen Einschätzungen, Meinungen und Interpretationen eines nie in Frage gestellt werden dürfe: die reinen Fakten.

Kaitlan begann als Erste zu essen. Ich spürte, dass sie noch längst nicht alles gesagt hatte, aber ich wollte sie nicht drängen und wandte mich ebenfalls Reis und Hühnchen zu.

»Ich denke darüber nach, ein Sabbatical einzulegen«, sagte sie, nachdem der größte Hunger gestillt war. »Die Universität geht mir auf die Nerven. Die Studenten mit ihren rigiden Ansichten werden auch immer anstrengender. Ich möchte endlich mein Buch schreiben. Das scheint mir das Einzige, wofür diese Zeit gut ist: sich zurückzuziehen und ein Buch zu schreiben.«

Kaitlan hatte schon öfter davon gesprochen, dass sie etwas schreiben wolle, ohne je konkret zu werden. Nur eines war sicher: Es sollte nichts Wissenschaftliches werden. Autobiographisch angehauchte Kurzgeschichten vielleicht, oder sogar ein Roman. Sie hatte verschiedene Ideen im Kopf, über die sie sich allerdings ausschwieg.

»Ein guter Plan«, sagte ich.

Sie schaute auf und lächelte mich an. »Freut mich, dass du das sagst. Es wird sogar noch besser: Ich überlege ernsthaft, aus New York wegzugehen. Und rate mal, wohin.«

Ich hörte auf zu kauen und sah sie an. Sicher nicht mit dem Gesichtsausdruck, den sie sich erhofft hatte. Um nicht gleich antworten zu müssen, stellte ich mich dümmer, als ich war, und fragte: »Wohin denn?«

Ihr Lächeln verschwand. »Schon verstanden.« Sie stocherte in ihrem Essen. »Ich habe nicht erwartet, dass du einen Freudensprung machst, so gut kenne ich dich inzwischen. Trotzdem, ein bisschen mehr hätte ich schon erhofft. Keine Sorge, ich habe nicht vor, bei dir einzuziehen.«

»Entschuldige«, sagte ich rasch, um den Abend nicht ganz zu ruinieren. »Es ist nur die Überraschung. Natürlich fände ich es schön, dich hier in Berlin zu haben.«

»Bemüh dich nicht. Du bist der schlechteste Lügner, den ich kenne.«

»Das sagst du nur, weil du meine guten Lügen nicht bemerkst.«

»Ha-ha. Was für ein Glück, dass ich mir für dieses Mal ein Hotelzimmer genommen habe.«

»Hast du nicht.«

»Du wirst ja sehen.«

Das Prasseln der Dusche drang aus dem Bad ins Schlafzimmer. Kaitlan hatte die Tür offen gelassen, wie sie es immer machte. Ich mochte das Geräusch. In jeder Hinsicht satt lag ich im Bett, mein Blick verlor sich im Weiß der Zimmerdecke. Einen trägen alten Kater hatte Kaitlan mich schon mal genannt, weil ich nach dem Sex nicht sofort aufsprang. Ich genoss lieber die Entspannung, sie gehörte für mich mit dazu. Heute allerdings war ich nicht ganz so entspannt wie sonst, denn zu vieles ging mir durch den Kopf.

Kaitlan auf Dauer in Berlin – die Vorstellung beunruhigte mich. Ich genoss jede Minute mit ihr, fühlte mich mit ihr verbunden und dachte oft an sie. Aber ich war auf eine Fernbeziehung eingestellt. Tage, meinetwegen Wochen mal diesseits, mal jenseits des Atlantiks, nicht immer nur Berlin oder New York, auch andere Städte und Gegenden. Jedes Mal war es ein bisschen so, als würden wir uns neu ineinander verlieben. Und in den Zeiten ohne den anderen zehrten wir von den schönen Erinnerungen. Außerdem gab es FaceTime. Dabei ging es mir nicht darum, das Gefühl der Verliebtheit frisch zu halten. Nein, ich mochte gerade die Vertrautheit zwischen uns, die Gewöhnung aneinander. Wir waren verwandte Seelen. Allerdings war ich ein gebranntes Kind, was Alltagsbeziehungen anging. Eine aufreibende Kurzehe, gefolgt von einer hässlichen, sich in die Länge ziehenden Scheidung, hatte mich ein für alle Mal abgeschreckt und mir meine Grenzen aufgezeigt. Beschuldigungen, echte und erfundene, die man einander an den Kopf warf, nur um den anderen zu verletzen. Streit um Kleinigkeiten. Wer was wann gesagt hatte. Wer was wie gemeint hatte. So etwas brauchte ich nie wieder. Natürlich würde es mit Kaitlan nicht so enden wie mit Bettina, denn Kaitlan war völlig anders als meine Ex-Frau. Doch es gab viele Möglichkeiten des Scheiterns, und ich wollte keine davon mit Kaitlan erproben. Dafür war mir das, was wir hatten, zu wertvoll. Auch die Möglichkeit, dass wir uns liebten, bis dass der Tod uns schied, löste in mir keine Euphorie aus, sondern eher ein Unbehagen. Mir missfiel in dieser Formulierung das Wort *Tod*.

Das Wasserrauschen im Bad hörte auf. Kaitlan würde jeden Moment ins Schlafzimmer kommen, und ich würde ihr zusehen, wie sie ihren durch Fitnesstraining wohlgeformten Körper mit überflüssigem Stoff bedeckte. Bequeme Sachen, gut für drinnen und auch für draußen, falls wir uns später noch mal die Beine vertreten wollten. Kaitlans Koffer stand neben der Tür, noch mit den Lufthansa-Aufklebern und Plastikbändern, wir hatten ihn nach dem Essen aus einem Schließfach am Hauptbahnhof abgeholt. Es dauerte eine Weile, bis Kaitlan endlich ins Schlafzimmer trat, in meinem Bademantel und mit nassen Haaren. In der Hand eine Karte, die ich erst auf den zweiten Blick erkannte.

»Wiedersehen macht Freude«, las sie. »Zwanzig Jahre Abitur.«

Ich fuhr hoch. Mit meiner Ruhe war es schlagartig vorbei. »Hey, meine Liebe, es gehört sich nicht, die Post anderer Leute zu lesen!« Ich beherrschte mich und ließ meinen Protest weniger ernst klingen, als es mir damit war. Ihr Verhalten war dreist und übergriffig. Aber auf Streit hatte ich keine Lust.

Kaitlan zuckte mit den Schultern. »Die Karte lag offen da.«

Dass sie nicht mal einen Anflug von Einsicht zeigte, ärgerte mich. Ich sprang auf, riss ihr die Karte aus der Hand und zerfetzte sie vor ihren Augen.

Überrascht von der Heftigkeit meiner Reaktion, sah Kaitlan mich irritiert an. »Sorry. Ich wusste ja nicht …«

Hatte ich überreagiert? Natürlich hatte ich das! Ich bereute es sofort, wegen so einer Lappalie die Beherrschung verloren zu haben, schämte mich nicht nur vor ihr, sondern auch vor mir selbst dafür. »Schon okay«, sagte ich, nun wieder kontrolliert. »Ich geh da eh nicht hin.«

»Warum nicht? Ist doch nett, die alten Freunde wiederzusehen und in Erinnerungen zu schwelgen.«

Ich schlüpfte in meine Boxershorts. »Kommt auf die Erinnerungen an.«

»Wieso? Was ist passiert?«

Die Frage klang harmlos. Was sie für mich nicht war. Ich wollte schon abwiegeln, etwas halbwegs Geistreiches sagen wie: Lehrjahre des Herzens eben. Aber irgendwas ließ mich zögern. Sollte ich Kaitlan nicht doch davon erzählen? Seit annähernd zwanzig Jahren hatte ich mit niemandem mehr über die Sache von damals gesprochen. Nicht einmal mit Bettina in den besseren Tagen, die wir ja auch gehabt hatten. Dass ich jetzt überhaupt daran dachte, diesen Teil meiner Vergangenheit mit ihr zu teilen, konnte Kaitlan auf ihrer Habenseite verbuchen. Und es würde ihr zeigen, dass meine zögerliche Haltung zu ihren Umzugsplänen nach Berlin nicht aus mangelndem Vertrauen resultierte.

»Eine Mitschülerin ist damals verschwunden«, sagte ich. »Sie tauchte nie mehr auf. Nicht mal ihre Leiche.«

Kaitlan machte einen Schritt auf mich zu. »Das ist ja fürchterlich. Stand sie dir sehr nahe?«

»Kann man sagen. Wir waren zusammen.« Ich ließ eine Pause, fügte dann hinzu: »Als Paar. Und auch als sie verschwand, war ich bei ihr. Es passierte bei einer zweitägigen Wanderung in den Bergen. Wir legten uns in der Hütte gemeinsam schlafen. Am Morgen war sie fort. Ihr Rucksack war noch da. Die Jacke fehlte. Sie musste in der Nacht oder frühmorgens aufgestanden und nach draußen gegangen sein. Was danach passiert ist, weiß keiner.«

Meine Kehle wurde eng. Ich schwieg. Konnte Kaitlan in diesem Moment nicht ansehen.

»Wie war ihr Name?«, fragte sie.

»Maja.« Ich hielt wieder kurz inne, ehe ich, mehr zu mir

als zu ihr, sagte: »Sie hatte ein herzförmiges Muttermal auf der rechten Wange.«

Ich ließ mich auf der Bettkante nieder, Kaitlan setzte sich neben mich.

»Wie war Maja?«, fragte sie.

Was sollte ich darauf antworten? Wie war Maja? Sie sah toll aus, war klug, witzig, abenteuerlustig, frivol. Auch ein wenig hitzig, mit einem sehr eigenen Kopf. Jedenfalls war sie mehr als das, was ein von Minderwertigkeitskomplexen geplagter, junger Kerl wie ich sich wünschen konnte. Was für ein Mensch sie allerdings gewesen war, hinter den bezaubernden Äußerlichkeiten – das wusste ich damals nicht und heute noch viel weniger.

»Sie war einfach wunderbar«, sagte ich, wohl wissend, wie abgedroschen das klang. »Sie war meine erste richtig große Liebe, verstehst du?«

Kaitlan nickte. »The first cut is the deepest.«

So war es. Und weil das Ende ein dermaßen abrupter Absturz ins Bodenlose gewesen war, hatte mir dieser erste Schnitt eine umso tiefere Wunde zugefügt. Ich war für eine lange Zeit wie gelähmt gewesen. Hatte nichts und niemanden an mich herangelassen. Erst der Wehrdienst, den ich nach dem Abitur leistete, mit seinen vorgegebenen Strukturen und Abläufen und der Klarheit von Befehl und Gehorsam, hatte mir aus dem Loch herausgeholfen.

Kaitlan war der einzige Mensch in meinem Leben danach, dem ich von Maja erzählte, und das brachte sie mir unerwartet nah. Ich wandte mich ihr zu, nahm ihre Hände und sagte, nicht ganz frei von Sentimentalität: »Vielleicht ist es wirklich keine schlechte Idee, dass du nach Berlin kommst. Das mit uns beiden ist etwas Besonderes.«

»Und vielleicht solltest du zu diesem Abiturtreffen gehen«, sagte sie kühl. »Oder dich auf anderem Weg mit dieser Sache von damals konfrontieren. Denn ich spüre schon länger, dass es bei dir einiges aufzuarbeiten gibt. Da ist etwas Dunkles in dir, und du solltest Licht in diese Sache bringen.«

Das traf mich völlig unvorbereitet. Etwas Dunkles in mir? Was meinte sie damit? Dass ich gestört war? Ein psychisches Problem hatte? Zu einem Psychotherapeuten gehen sollte? Ich hätte sie fragen können, doch ich war sprachlos wie immer, wenn es um Gefühlsdinge ging. Solche Gespräche ermüdeten mich und endeten stets unbefriedigend, deshalb mied ich sie, wo ich nur konnte. Während Kaitlan später in der Nacht längst neben mir eingeschlafen war, lag ich wach und fragte mich zum tausendsten Mal, was es für uns bedeutete, wenn sie mich die ganze Zeit über als Mann mit Problemen gesehen hatte. Hatte ich, ohne es zu wissen, bei ihr unter Beobachtung gestanden? War die Beziehung zwischen uns für sie nie so verbindlich gewesen wie für mich? Hatten wir uns deshalb noch nie gestritten? Ich hatte das stets für einen Vorzug unserer Beziehung gehalten. Vielleicht ein Irrtum. Ich fragte mich: *Wenn Kaitlan mich für einen Mann mit Problemen hielt, wieso war sie dem nie auf den Grund gegangen? Weil ich, weil unsere Beziehung es ihr nicht wert waren?* Wahrscheinlich hatte ich mich vor ihr hochgradig lächerlich gemacht, weil ich glaubte, ihr Plan, nach Berlin zu ziehen, habe irgendwas mit mir zu tun. Das hatte er nicht, davon war ich inzwischen überzeugt. Und wie sollte es jetzt weitergehen?

Draußen vor dem Fenster ging das Schwarz der Nacht schon in das tiefdunkle Blau des kommenden Tages über, als ich endlich einschlief.

3

Als ich aufwachte, war das Bett neben mir leer und kein Laut in der Wohnung zu hören. Ich erschrak. Hatte plötzlich Angst. Es war ja schon einmal ein geliebter Mensch aus meinem Leben spurlos und auf Nimmerwiedersehen verschwunden. Nicht, dass ich annahm, auch Kaitlan könne verschollen sein. So etwas passierte einem nicht zweimal im Leben. Und trotzdem war die Angst, entgegen aller Vernunft, da. Das Gespräch über Maja hatte sie wieder an die Oberfläche gebracht. Erst als ich Kaitlans Koffer neben der Kommode erblickte, als sichtbaren Beweis dafür, dass sie nicht einfach verschwunden war, klang die Angst ab. Doch was für ein Beweis war das? Auch von Maja war damals schließlich der Rucksack zurückgeblieben ...

In der Küche lag ein Zettel auf dem Tisch. *Ausgeschlafen, mein Süßer? Ich musste los zur ersten Wohnungsbesichtigung und wollte dich nicht wecken. Drück mir die Daumen! Love, Kaitlan.* Mir fiel ein, dass sie gestern einen Termin erwähnt hatte, den sie von New York aus über das Internet vereinbart hatte. Aber der war erst gegen Mittag. Ein Blick auf die Uhr: Es war halb zwölf. Ich las die Nachricht noch einmal, verharrte bei *Mein Süßer* und *Love* und kam mir vor wie ein Narr, mit all meinen Mutmaßungen und Verdächtigungen. Dann ging ich unter die Dusche. Während das Wasser heiß auf mich herabprasselte und das Bad von Dampf erfüllt war, sickerten meine Zweifel und Sorgen zurück in mein

Bewusstsein. Ich hatte Kaitlan gesagt, dass ich heute nicht an die Uni musste, wieso hatte sie mich trotzdem nicht geweckt? Wollte sie mich nicht dabeihaben? Oder war es ihr einfach nur egal?

Beim Frühstück, das eigentlich ein Mittagessen war, kam ich auf die Idee, dass sie mir vielleicht Fotos von der Wohnung schicken würde oder Nachrichten, in denen sie mich informierte, wie es lief, oder mich um Rat fragte. Doch mein Handy blieb still. Sollte ich mich bei ihr melden? Nein, bestimmt würde das nur stören. Sie würde sich schon melden. Je länger sie es nicht tat, desto enttäuschter war ich, ja, ich entwickelte einen leisen Groll. Dabei sagte ich mir selbst, wie verrückt es war, ihr Vorwürfe zu machen, denn sie hatte nichts versprochen oder auch nur in Aussicht gestellt. Wieso eigentlich nicht? Wäre es nicht vernünftig und naheliegend gewesen, einen Berliner mitzunehmen, der die Wohnung viel besser einschätzen konnte? So drehte sich die Gedankenmühle ununterbrochen weiter. Dass ich anfangs über ihre Idee, nach Berlin zu ziehen, keine große Begeisterung gezeigt hatte, war so gut wie vergessen.

Kaitlan kam am frühen Nachmittag zurück. Ich erwartete sie in der Küche, sagte nichts. Sie sah genervt aus. Vielleicht hoffte sie, dass ich sie in den Arm nahm und küsste. Ich stand nur da, eine Tasse Tee in der Hand, und rang mir ein dürftiges: »Und?« ab.

»Dreißig Leute«, sagte sie, »wir wurden durch die Wohnung getrieben wie eine Viehherde.«

»Was hast du erwartet?«

Sie schwieg. Ich nahm sie nun doch in den Arm, aber nur kurz, denn ich fühlte mich unwohl dabei. Das blieb ihr nicht verborgen.

»Alles okay mit dir?«, fragte sie.

»Klar.«

»Wollen wir nachher irgendwas unternehmen?«

»Ich muss gleich noch was vorbereiten.« Das war gelogen. Ich hatte nichts Dringendes zu tun.

»Schade. Muss ich mich wohl allein unterhalten. Vielleicht gehe ich in ein Museum.«

»Gute Idee.«

Ich küsste sie auf die Nasenspitze und zog mich an meinen Schreibtisch zurück, wo ich geschäftig tat, bis Kaitlan gegangen war. Danach sackte ich in mich zusammen. Ich fühlte mich wie der Idiot, der ich war. Was passierte hier? Wie war es dazu gekommen? Ich hatte Kaitlan von Maja erzählt und damit an etwas gerührt, das vielleicht besser unberührt geblieben wäre. Oder hatte Kaitlan recht damit, dass ich mich, ganz im Gegenteil, mit der Sache von damals und meinen Gefühlen dazu auseinandersetzen sollte? Dabei war ich bisher ganz gut damit gefahren, mich mit all dem nicht weiter zu beschäftigen. Die Vergangenheit ließ sich nicht ändern.

Wie auch immer, ich wollte nicht, dass diese Vergangenheit zwischen uns geriet und die Gegenwart ruinierte. Und ich wollte aufhören mit meinem kindischen Verhalten und mir keine dummen Gedanken mehr machen. Ich wollte wieder mein besseres Ich sein. Doch je mehr ich in den nächsten Tagen versuchte, ganz der Alte zu werden, desto weniger gelang es mir. Etwas verkrampfte sich. Ich stand neben mir. War nicht mehr in der Rolle, die ich üblicherweise spielte. Ich rechnete jederzeit damit, dass Kaitlan mich auf meine Schweigsamkeit, meine ironischen Bemerkungen oder was auch immer ansprechen würde, und war fest entschlossen, alles von mir zu weisen und zu behaupten, dass sie sich irre und dass alles bestens sei. Doch sie fragte nicht. Auch sonst kam nichts von ihr. Keine Bemerkung, kein Blick, einfach nichts. Sicher, sie war sehr von ihrer Wohnungssuche eingenommen, die sich weiterhin recht frustrierend gestaltete. Aber bemerkte sie wirklich nichts von meiner Verdrossenheit? Wie hätte sie ihr entgehen können, nachdem sie vorher behauptet hatte, sie habe erahnt, dass etwas tief in mir vergraben sei? War ihr meine Befindlichkeit auf einmal egal?

So verging die Woche, die Kaitlan in Berlin war. Am Tag ihres Abschieds begleitete ich sie zum Flughafen. In der Zeit davor hatte ein Teil von mir ihre Abreise kaum erwarten können. Jetzt fühlte ich einen unerwartet heftigen Trennungsschmerz. In der Abflughalle lagen wir uns in den Armen, küssten uns. Als es endgültig so weit war, löste Kaitlan sich von mir und ging zur Security. Ich blieb diesseits der Absperrbänder stehen und sah zu, wie ihr Handgepäck kontrolliert wurde. Danach drehte sie sich noch einmal zu mir um und winkte. Ich winkte zurück. Es war wie immer. Trotzdem hatte ich auf dem Heimweg ein Gefühl, als sei gerade etwas zu Ende gegangen. Als sei es ein Abschied für immer gewesen. Als hätte ich wieder eine Frau verloren, die ich mehr liebte, als mir bewusst war. Sie schrieb mir zwar nach ihrer Ankunft in New York wie üblich eine Nachricht, doch das änderte nichts an meinem Gefühl von Trauer und Verlust.

Ein paar Tage nach Kaitlans Abreise erhielt ich unter dem Betreff *Letzte Mahnung!* eine E-Mail, die mich an das Abiturtreffen erinnerte und um baldige Rückmeldung bat, ob ich kommen wolle. Bis jetzt war ich fest entschlossen gewesen, nicht hinzugehen. So wie ich das Treffen vor zehn Jahren auch schon ausgelassen hatte. Damals wie heute wollte ich nicht erneut der bemitleidenswerte Kerl sein, der mit dem Mädchen zusammen war, das spurlos verschwand. Ich erinnerte mich an Kaitlans Rat, der Einladung zu folgen. Wie kam sie auf die Idee, dass mir ein Wiedersehen mit Leuten von früher guttun würde? Leuten, mit denen ich seit einer Ewigkeit nichts mehr zu tun gehabt hatte. Sie waren Fremde für mich. So wie ich für sie ein Fremder war. Kaitlan hatte natürlich weniger das Treffen als solches gemeint, sondern mehr die Wiederbegegnung mit meiner Vergangenheit. Mit Maja und allem, was mit ihr zu tun hatte. Und mit dem ganzen Rest meines damaligen Lebens, der auch nicht gerade rosig war. Hatte sie vielleicht recht? Sollte ich hingehen? Mich noch einmal mit all dem beschäftigen, was damals passiert war?

Keineswegs zu irgendwas entschlossen, durchwühlte ich meinen Papierkorb nach den Überresten der zerrissenen Einladungskarte. Ich fand die Teile, setzte die Karte wieder zusammen und fixierte alles mit Tesafilm. Mehrfach las ich den Text:

WIEDERSEHEN MACHT FREUDE
20 JAHRE ABITUR
1999 – 2019
WIR FREUEN UNS AUF EUCH!

Dann folgten Ort und Zeit der Veranstaltung: früher Abend im *Schwanenwirt*, wo es auch Gästezimmer gab. Wer wollte, konnte vorher schon einen Rundgang durch die alte Schule machen.

Ich setzte mich an den Laptop und betrachtete die Erinnerungsmail. Dabei musste ich wieder an das herzförmige Muttermal im Gesicht der fremden Frau in der S-Bahn denken, das Majas Muttermal so ähnlich gewesen war. An das Muttermal der Studentin Lena. An Kaitlan, wie sie mir die Einladungskarte vorlas und wie ich die Karte zerfetzte. Meine unüberlegte Offenheit. Unser Abschied, schmerzhafter für mich als für sie. Es wirkte, als stünden all diese einzelnen Geschehnisse in einem inneren Zusammenhang, der mich genau vor diese Entscheidung geführt hatte. Man hätte glauben können, es stecke ein Plan dahinter. Nein, ein Plan sicher nicht, denn da ich nicht an eine Himmelsmacht glaubte, gab es niemanden, der das hätte planen können. Aber es wirkte schon wie ein Muster

Ich klickte auf *Antworten* und schrieb:

Danke für die Einladung. Ich komme gern.
LG
Arno Seitz

Ich ließ den Cursor über dem Pfeil für *Senden* kreisen. Was riskierte ich schon, wenn ich zusagte? Sollte ich es mir anders überlegen, konnte ich meine Teilnahme jederzeit absagen. Sorry, kann nun doch nicht, bin krank, Stress im Job, was auch immer. Ich klickte auf den Pfeil, und mit dem üblichen Wischgeräusch verließ die Mail mein Postfach. Zugleich setzte in mir eine kleine flackernde Unruhe ein, die eine Weile anhielt, ehe sie mich wieder verließ.

4

Das nächste Referat im Edgar-Allan-Poe-Seminar hielt ein Student namens Raimund, ein etwas verschrobener junger Mann, der seine Kommilitoninnen stets verstohlen beobachtete, jedoch nie mit einer von ihnen sprach. Mit seiner schlaksigen Gestalt, dem vorspringenden Adamsapfel und dem schon in seinem jungen Alter schütteren Haar wirkte er selbst ein wenig wie eine Figur aus einer Edgar-Allan-Poe-Geschichte. Und der Eindruck verstärkte sich noch durch die säuselnde Stimme. Es passte irgendwie zu ihm, dass er sich für seinen Vortrag die bizarre Geschichte *Berenice* ausgesucht hatte. Nun sind natürlich so gut wie alle Geschichten von Poe bizarr, doch diese gehörte für mich zu denen, die mich am meisten befremdeten.

Wie so oft wieder ein Ich-Erzähler am Rande des Wahnsinns, der diesmal das Grab seiner verstorbenen Frau schändet, um sich ihrer Zähne zu bemächtigen; später kann er sich an seine Tat nicht erinnern. Das Besondere an Raimunds Vortrag war nicht die biographische Deutung des Textes – Poe habe darin das inzestuöse Verhältnis zu seiner Cousine Virginia vor dem Hintergrund des frühen Todes seiner Mutter verarbeitet –, sondern dass Raimund völlig frei in nahezu druckreifen Sätzen sprach. Und nichts ließ vermuten, dass er sein Redemanuskript auswendig gelernt hatte, vielmehr entwickelte er die Gedanken anscheinend beim Sprechen. Er war auch nicht, wie die anderen Referenten, auf seinem Platz sitzen geblieben, sondern aufgestanden und hatte seinen Vortrag wie ein Schauspieler mit Gesten begleitet. Weil er manchmal laut, dann wieder sehr leise sprach, musste man sich konzentrieren, und das verlieh dem Referat eine zusätzliche Eindringlichkeit. Während er redete, fiel mir ein, dass die Geschichte von Berenice auch in meinem Leistungskurs Englisch behandelt worden war, und schon damals hatte sie mich auf eine faszinierende Weise abgestoßen, so wie einen Leichen gleichermaßen faszinieren und abstoßen konnten.

Raimund bekam für seine Darbietung lang anhaltenden Applaus, auch von mir. Er hatte uns alle überrascht, und es freute mich jedes Mal wieder, wenn jemand, dem man es nicht zugetraut hatte, über sich hinauswuchs und glänzte. Oft veränderte das den Blick auf einen Menschen nachhaltig. Ich sagte zu Raimund: »Spannender hätte es Poe auch nicht ausführen können. Fast schon ein wenig gruselig.« Raimund sagte nichts, wurde stattdessen rot im Gesicht und setzte sich an seinen Platz. Im Nachhinein war ich mir nicht sicher, ob er meine Bemerkung wirklich als das Lob aufgefasst hatte, als das es gemeint war, und nicht etwa als ironische Spitze oder gar eine als Lob getarnte kleine Gemeinheit.

Nach dem Ende des Seminars checkte ich auf dem Handy meine E-Mails. Eine Antwort mit dem Betreff *Letzte Mahnung!* war eingegangen.

Lieber Arno,
schön, dass du bei unserem großen Wiedersehensfest dabei bist!
LG
Das Orga-Team (Nadine, Betti, Markus, Ulrike)

Ich versuchte, mich zu erinnern, wer Nadine, Betti und Markus waren. Bei Ulrike wusste ich es sofort. Ulrike Gärtner. Sie war zu Schulzeiten mit meinem besten Freund Lukas zusammen gewesen. Ulrike, Lukas, Maja und ich – wir waren damals eine verschworene Viererbande. Die beiden waren auch bei der Wanderung dabei, von der Maja nicht zurückkehrte.

Die harmlose E-Mail, die ja keineswegs unerwartet kam – im Gegenteil, ich hatte mich gewundert, dass nach mehreren Tagen noch immer keine Reaktion erfolgt war –, hatte einen feinen Impuls durch meine Nerven gesandt, der auch noch anhielt, nachdem ich die Universität verlassen hatte. Ich war nicht nervös oder gar aufgeregt, spürte nur ein leichtes Zittern in mir. Bisher hatte ich der Tatsache, dass ich mich für das Abiturtreffen angemeldet hatte und somit nach fast zwanzig Jahren wieder an den Ort meiner Herkunft zurückkehren würde, so wenig Aufmerksamkeit wie möglich geschenkt. Ich hatte keine alten Fotos, keine Jahrbücher und solche Dinge herausgeholt. Nichts dergleichen. Ich hatte mich anderweitig beschäftigt, und das war mir auch recht gut gelungen. Nun aber drängte es mich dazu, die verblichenen Erinnerungsstücke herauszuholen.

Wieder zu Hause, ging ich in den Keller, den ich nur aufsuchte, wenn es sich nicht vermeiden ließ, denn schon der feucht-modrige Geruch verursachte mir Übelkeit, und die höhlenartige Atmosphäre wurde nicht angenehmer durch die schwache Beleuchtung. In meinem Kellerabteil stapelten sich Umzugskisten mit all dem nutzlosen Kram, der mich aus früheren Wohnungen begleitet hatte. Jeder hat diese Kisten im Keller oder auf dem Speicher. Überwiegend sind sie gefüllt mit Sachen, die man nicht mehr braucht, aus irgendeinem Grund aber nicht wegwerfen will. So bleiben sie bis zum nächsten Umzug zu einer Art Zwischenexistenz verdammt, um dann doch in der Mülltonne zu landen.

Unter diesen Schachteln gibt es allerdings immer eine oder zwei, die von Wohnung zu Wohnung und von Keller zu Keller mitwandern, ungeöffnet und doch nie in Gefahr, für immer entsorgt zu werden. Sie enthalten Fotos, Briefe und sonstiges Gekritzel, alle Arten von Reise- und anderen Souvenirs, Freundschaftsbänder, Schlüsselanhänger, kleine Kuscheltiere und, und, und ... Es sind die Überreste aller früheren Leben, die man geführt hat; es sind fossile Ablagerungen von vergangenem Glück, von Kämpfen, die man gewonnen oder verloren hat, und von ausgestandenem Kummer. Diese Kiste suchte ich und fand sie auch in der hintersten Ecke des Kellers, nachdem ich mich mühsam bis dorthin durchgegraben hatte. Von außen fühlte sie sich klamm an. Ich kontrollierte, ob sich irgendwo Mäuse hineingenagt hatten, und nahm sie erst mit hinauf in die Wohnung, nachdem ich keine Löcher entdeckt hatte.

Was mich gerade am brennendsten interessierte, war das Jahrbuch unserer Abschlussklasse. Wer waren wir gewesen? Oder besser: Wie hatten wir uns gesehen? Ich blätterte durch die Seiten, las die Namen, die Hobbys, die Zukunftswünsche und betrachtete die Fotos. Mir fiel so einiges wieder ein, das ich schon vergessen hatte. Auch zu dem jungen Mann, der ich selbst gewesen war und der mich von dem Foto mit aufgesetztem Selbstbewusstsein angrinste. Obwohl Maja erst nach dem Abitur verschwunden war, hatte dieser Verlust meine gesamte Erinnerung an die Schulzeit verdüstert, hatte die Schule in meiner Vorstellung zu einem unheimlichen Ort werden lassen.

Nun wurde mir bewusst, dass das nur die halbe Wahrheit war. Ein Ort heller Freude war die Schule für mich, den Außenseiter, zwar in der Tat nie gewesen. Ich war ein unausgeglichener Jugendlicher mit mancherlei düsteren Gedanken, einerseits introvertiert und ungelenk im Umgang mit anderen, andererseits voller Aggressionen, die ich nicht immer im Griff hatte. Die Schule hatte mir immerhin eine Zuflucht vor einem noch tristeren Zuhause ohne Inspiration und Freude geboten. Das war für einen mit meiner Herkunft schon viel. Auch wenn ich damals wie alle anderen über Schule und Lehrer lästerte – das gehörte zum guten Ton –, war ich lieber dort unter diesen Menschen als zu Hause bei meinem alten Herrn, von dem ich nur Demütigungen und Prügel zu erwarten hatte.

Als ich dann mit Maja zusammenkam, änderte sich für mich alles. Ich hatte keine Ahnung, was es bedeutete, jemanden zu lieben; und noch weniger, wie es war, geliebt zu werden. Ein Gefühl, das ich nicht kannte und dem ich lange nicht traute. Vielleicht niemals so ganz.

Nach Majas Verschwinden änderte sich erneut alles. Es war ein Absturz in einen bodenlosen Abgrund. Wo man den Aufprall ersehnte, selbst wenn er einen umbrachte, nur damit der Schmerz endlich aufhörte. Aber der Aufprall kam nicht, und der Schmerz hörte nicht auf. Er wurde lediglich gleichförmig und stumpf. Ich wusste nicht mehr, ob ich mich von den anderen zurückgezogen hatte oder ob die anderen mich mieden. Vermutlich beides. Jedenfalls überdauerte meine Freundschaft zu Ulrike und Lukas nicht einmal den Herbst nach dem Abitur. Nicht, dass wir uns zerstritten hätten. Eher das Gegenteil war der Fall. Es machte sich eine Sprachlosigkeit zwischen uns breit, die unsere Freundschaft sehr schnell aufzehrte. Ich wollte mit allem abschließen, wollte nichts mehr von früher wissen und woanders neu anfangen. Das tat ich auch. Ich absolvierte meinen Dienst bei der Bundeswehr, ging danach zum Studium nach Berlin und blieb dort.

Ich blätterte zum Foto meines damaligen besten Freundes Lukas Markwart. Lässig, ja sogar ein wenig überheblich, schaute er den Betrachter an. Er war ein Großmaul gewesen, aber mit viel Charme, so dass man es ihm nicht übelnahm. Außerdem steckte in ihm ein Kindskopf, der nichts ernst nahm, auch sich selbst nicht. Seinen Eltern gehörte ein alteingesessenes Modehaus, das so tief in der DNA unseres Ortes verankert war, dass man nur »zum Markwart gehen« sagte, wenn man meinte, man wolle neue Klamotten kaufen. Doch nicht Lukas, sondern sein älterer Bruder Winfried sollte das Geschäft einmal übernehmen. Als Berufswünsche hatte Lukas angegeben: Lokführer, Feuerwehrmann, Astronaut. Eine typische Lukas-Antwort, die bedeutete: Er hatte keinen Plan.

Dann seine Freundin Ulrike Gärtner. Das Selbstbewusstsein der Einser-Schülerin schaute ihr aus den großen Augen. Sie kam aus sehr viel einfacheren Verhältnissen als ihr Freund Lukas. Die Mutter Hausfrau, der Vater Beamter bei der Bahn. Ulrikes Berufswünsche: Psychologin, Journalistin, Schauspielerin. Was wohl aus den beiden geworden war? Dass sie immer noch zusammen waren, glaubte ich nicht. Der verwöhnte reiche Bengel und die nüchterne Schönheit von schlichter Herkunft – so was hatte keine Zukunft.

Ich setzte mich an meinen Laptop, googelte beide Namen und erhielt Treffer. Lukas war in Wendling geblieben und praktizierte dort als Zahnarzt. In einer Praxis, die seine Frau mit in die Ehe gebracht hatte. Ob Ulrike auch verheiratet war, ließ sich aus dem spärlichen Profil bei Facebook nicht erschließen, denn auf ihrer Seite war so gut wie nichts öffentlich. Immerhin gab sie ihren Beruf an. Weder Psychologin, noch Journalistin, noch Schauspielerin war sie geworden. Sie arbeitete bei der Kriminalpolizei in Rosenheim.

Vermutlich hatten die beiden mich auch gegoogelt. Was gab es über mich zu finden? Ich war weder bei Facebook noch einem anderen sozialen Netzwerk, hatte keine eigene Homepage. Über die Universität ließ sich meine wenig beeindruckende akademische Karriere herausfinden. Mein Doktortitel. Ich hatte an verschiedenen Symposien und anderen Veranstaltungen teilgenommen, hatte etliche literaturwissenschaftliche Veröffentlichungen vorzuweisen. Sonst nichts. Da ich mein Privatleben nicht zur Schau stellte, musste Außenstehenden mein Leben langweilig erscheinen. Besonders aufregend war es wirklich nicht, und das war genau das, was ich daran schätzte. Das Einzige, was mich interessant machte, war die Tatsache, dass vor zwanzig Jahren meine damalige Freundin spurlos verschwunden war. Aber um auf diesen Zusammenhang zu stoßen, musste man tief in den Eingeweiden des Internets graben.

Ich hatte bisher bewusst einen Bogen um Majas Eintrag im Jahrbuch gemacht. Nun blätterte ich ihn auf. Maja Hofmann. Ihr Foto war ein wenig unscharf, aber das passte zu ihr. Trotzdem war das herzförmige Muttermal auf der Wange, unterhalb ihres Mundwinkels, gut zu erkennen. An ihr war etwas Unstetes, schwer Fassbares, was sie für mich und viele andere Jungs umso begehrenswerter machte. Sie war der Paradiesvogel, der sich in unsere kleinen irdischen Leben verirrt hatte. Eine Zugezogene, von der niemand genau wusste, woher ihre Familie kam. Auch wenn es schrecklich ist, das zu sagen, so ist es auf poetische Weise doch wahr: Es passte zu ihr und ihrem Wesen, dass sie einfach so aus der Welt verschwand. In der Rubrik Berufswünsche standen bei ihr nur drei Fragezeichen.

Ich klappte das Jahrbuch zu, ging in die Küche und trank ein Glas Leitungswasser. Maja. Arme liebe Maja. Ich wusste nicht, ob ihre Eltern sie offiziell für tot hatten erklären lassen. Aufgrund der Umstände ihres Verschwindens war die Polizei allerdings recht bald davon ausgegangen, dass sie nicht mehr lebte. Und ich konnte mir auch nichts anderes vorstellen. Was wohl aus dir geworden wäre, Maja, wenn dein Leben einfach so weitergegangen wäre wie das unsere? Auf welche Weise hätte das Leben dir die Flügel gestutzt? Denn das tut es ja immer. Mein Blick traf auf das scharfe Fleischmesser, das auf der Anrichte lag. Ich nahm es in die Hand und betrachtete es genau, um zu sehen, ob es benutzt war. Kaitlans Worte fielen mir wieder ein: *The first cut is the deepest*. Was bedeutete das in meinem Fall? Ich wusste es nicht. Da die Klinge sauber war, steckte ich das Messer in den freien Schlitz am Messerblock.

Ich kehrte an den Schreibtisch zurück und legte das Jahrbuch wieder in die Umzugskiste. Dabei bemerkte ich mehrere dieser Döschen, in denen man analoges Filmmaterial aufbewahrt. Ich nahm sie heraus und spürte schon am Gewicht, dass eine Rolle darin sein musste. Ich öffnete eines, und wirklich, ein belichteter Kodak-Film. Da fiel mir wieder ein, dass ich die Filme mit den Fotos von unserer letzten Wanderung nicht zum Entwickeln gebracht hatte. Ich hätte es schwer ertragen, uns auf den Bildern unbeschwert und glücklich zu sehen, während irgendwo schon ein Verbrecher darauf wartete, Majas Schicksal zu entscheiden. Ich hätte es aber genauso wenig ertragen, dass jemand anderes meine Bilder ansah. Deshalb hatte ich sie der Polizei vorenthalten, obwohl wir aufgefordert worden waren, alle belichteten Filme abzugeben.

Inzwischen waren zwanzig Jahre vergangen. Ob auf den Filmen überhaupt noch etwas zu erkennen war? Das Haltbarkeitsdatum war weit überschritten und die Lagerung in einem feuchten Keller dem Material sicher nicht zuträglich gewesen. Wenn jemand etwas retten konnte, dann nur ein Spezialist. Wie es der Zufall wollte, kannte ich einen bestens ausgerüsteten semiprofessionellen Fotografen, der noch analog fotografierte und alle seine Filme selbst entwickelte. Ich rief ihn an und bat ihn, mir zu helfen. Er versprach es, meinte aber, ich solle mir vom Ergebnis nicht zu viel erwarten.

5

Nach meiner Vorlesung über den frühen amerikanischen Roman, in der auch die meisten meiner Studenten aus dem Edgar-Allan-Poe-Seminar saßen, kam Raimund auf mich zu. Er hatte gewartet, bis der Saal sich fast geleert und ich meine Unterlagen eingepackt hatte. Und auch dann blieb er im Abstand von einigen Metern vor mir stehen und wartete, bis ich ihn ansprach.

»Ist noch was?«

Erst jetzt trat er ganz heran. »Nichts Wichtiges, Herr Dr. Seitz.«

»Immer raus damit.«

»Ich habe etwas geschrieben und wollte Sie fragen, ob Sie vielleicht einen Blick darauf werfen könnten. Falls Sie Zeit haben. Es würde mir ... viel bedeuten.« Während er geredet hatte, hatte er mich nicht angesehen, sondern die meiste Zeit auf den Boden geschaut und nur ab und zu den Blick gehoben.

Das Vertrauen, das sich in dieser Anfrage ausdrückte, überraschte mich. Wodurch hatte ich es verdient? Mir fiel nichts ein, außer dass ich das Referat gelobt hatte. Allerdings wusste man ja nie, was in einem so verschlossenen Menschen wie Raimund vorging.

»Zeigen Sie mal her«, sagte ich.

Er holte ein paar eng bedruckte Seiten aus seinem Rucksack und reichte sie mir. Ich überflog die Titelzeile und war überrascht, denn ich hatte mit einer literaturwissenschaftlichen Fleißarbeit, einem Essay gerechnet, doch dort stand: *Die verlorene Frau. Kurzgeschichte von Raimund A. Wolfsohn.*

Ich schaute in sein gerötetes Gesicht. »Eine Kurzgeschichte, noch dazu mit einer Frau im Titel. Sie überraschen mich.«

Raimund trat von einem Bein auf das andere, brachte keinen Ton heraus.

»Wofür steht das A?«, fragte ich.

Er sah mich irritiert an.

»Das A im Namen.«

»Oh! Es bedeutet nichts. Es ist nur ... für den besseren Klang.«

Ich konnte mir ein Lächeln nicht verkneifen. »Gute Idee. Ich merke schon, Sie denken an alles. Da bin ich gleich noch gespannter auf Ihre Geschichte.«

»Vielen Dank, Herr Dr. Seitz«, sagte er. »Auf Wiedersehen!«

Er verließ den Vorlesungssaal so eilig und geräuschlos wie ein Verbrecher einen Tatort. Raimund *A.* Wolfsohn. Ein merkwürdiger Mensch. Aber oft schrieben die merkwürdigsten Menschen die besten Geschichten. Gespannt darauf, ob das auch in diesem Fall zutraf, steckte ich die Blätter ein und machte mich auf den Heimweg.

Wegen des schönen Wetters legte ich einen Zwischenstopp in einem Café ein. Es war ein sonniger Tag, warm genug, um draußen zu sitzen. Der einzige freie Tisch stand direkt an der Straße. Ich bestellte einen Cappuccino und holte Raimunds Kurzgeschichte heraus. Es handelte sich nur um wenige Seiten, doch diese waren mit kleiner Schrift bis an die Ränder ausgefüllt, so dass es gedruckt sicher zwanzig oder mehr Buchseiten ergeben hätte.

Die verlorene Frau. Der Titel machte in seiner Mehrdeutigkeit neugierig. Verloren – das konnte einfach nur abhandengekommen bedeuten oder: unrettbar. Leider war die Sprache nur selten so feinsinnig, an vielen Stellen war sie eher ungelenk; und das Setting – ein entlegener Ort in einer unheimlichen Berggegend – lehnte sich etwas zu deutlich an das Vorbild Edgar Allan Poe an. Der Erzähler, ein junger Mann, verehrte Mona, eine unnahbare Frau, in deren Darstellung unschwer Raimunds Kommilitonin Lena zu identifizieren war. Als Literaturwissenschaftler wusste ich natürlich, dass man nie direkt von einer Geschichte auf den Autor schließen sollte, doch eines ließ sich feststellen: Raimund hatte Lena sehr genau beobachtet. Ich erkannte viele ihrer Gesten wieder, das Muttermal an ihrem Hals wurde erwähnt und auch die Art, wie sie es beim Nachdenken oder Reden berührte. Der Erzähler und Lena unternahmen eine Wanderung in den Bergen und übernachteten in einer Berghütte. Als der Ich-Erzähler am nächsten Morgen erwachte, war Mona fort. Spurlos verschwunden.

Mir stockte der Atem. Ich konnte nicht mehr weiterlesen. Raimund, dieser verdammte Mistkerl! Er hatte mein Jugenderlebnis als Vorbild für seine Geschichte genommen. Deshalb wollte er so dringend, dass ich sie las. Ich sollte mich darin wiedererkennen. Was wollte er mir damit sagen? Oder war es nur ein Zufall? Wie sollte er von meiner Vergangenheit wissen? Als die Dinge, die er beschrieb, geschehen waren, hatte Raimund in den Windeln gelegen. Das Internet, natürlich. Es wusste angeblich alles und vergaß nichts. Allerdings war vor zwanzig Jahren noch nicht jeder Zeitungsbericht aus der Provinz im Internet gelandet. Raimund musste also sehr akribisch nachgeforscht haben. In dem einen oder anderen Bericht über Majas Verschwinden tauchte ich sicher als Majas Freund Arno S. auf. Wo ich Abitur gemacht hatte, ließ sich in einem öffentlich zugänglichen Lebenslauf finden. Da hatte Raimund wohl eins und eins zusammengezählt. Doch was hatte ihn überhaupt angetrieben, mir hinterherzuschnüffeln?

Oder waren die Ähnlichkeiten nur Zufall? Eine Frau, die bei einer Wanderung verschwindet, – so was ließ sich leicht erfinden. Als Ausgangspunkt für eine Geschichte war es noch nicht einmal besonders originell. Und der Ich-Erzähler glich mir nicht im geringsten, er war in seiner wahnhaft übersteigerten Verehrung für Mona wohl eher ein inneres Abbild von Raimund und seinem verklemmten Begehren. Mona, das Objekt seiner Begierde, war unverkennbar Lena aus dem Seminar und nicht Maja. Wie hätte es auch anders sein können? Außer ein paar Daten ließ sich heutzutage nur wenig über Maja in Erfahrung bringen.

Ich beruhigte mich allmählich. Hätte ich in letzter Zeit nicht aus anderen Gründen wieder öfter an Maja gedacht, wären mir die Parallelen in der Geschichte vermutlich kaum aufgefallen. Ich würde sie einfach zu Ende lesen, Raimund ein ehrliches, sachliches Urteil über ihr literarisches Gelingen oder eher weitgehendes Misslingen geben und die Sache auf sich beruhen lassen. Gerade wenn er sich für seine Geschichte ein Ereignis meines Lebens zum Vorbild oder auch nur Ausgangspunkt genommen hatte, war es am besten, darüber stillschweigend hinwegzugehen.

In diesem Moment fuhr eine Windböe in die Papiere vor mir, fegte sie vom Tisch und trug sie auf die Straße. In einem ersten Impuls sprang ich auf, um hinterherzueilen und sie zurückzuholen. Doch der Verkehr hielt mich davon ab. Ich würde für Raimunds missratene Geschichte sicher nicht mein Leben riskieren. Also blieb ich sitzen, beobachtete, wohin es die Blätter wehte, bis ich sie nicht mehr sah. Auch wenn die Geschichte damit nicht aus der Welt war – es hatte sich ja nur um einen Ausdruck gehandelt –, spürte ich neben dem schlechten Gewissen, so wenig sorgsam mit den geistigen Ergüssen eines Studenten umgegangen zu sein, eine leise Genugtuung. Ein wenig bedauerte ich es aber auch, dass die Geschichte weg war. Ich hätte zu gern gewusst, wie Raimund sie enden ließ. Vermutlich nicht mit einem Happy End.

Zu Hause angekommen fand ich eine Postsendung in meinem Briefkasten. Sie stammte von meinem Freund, dem Fotografen, und enthielt die Fotos von der letzten Wanderung mit Maja. Der Dicke des Kuverts nach zu schließen, waren es eine Menge Fotos. Mir wurde flau im Magen. Einen Moment lang wünschte ich, ich hätte die Filme dort gelassen, wo sie gewesen waren. In der Wohnung öffnete ich den Umschlag. Er enthielt einen zweiten, kleineren und darauf eine handschriftliche Notiz meines Freundes, die besagte, dass er mehr von dem Material hatte retten können als erwartet. Außerdem schrieb er: *Hübsches Ding, das Mädel mit dem Muttermal. Deine Freundin, damals?*

Ich steckte den kleinen Umschlag zurück in den großen und legte diesen in die unterste Schublade meines Schreibtisches. Gerade jetzt war mir nicht nach einer Begegnung mit der Vergangenheit. Ich würde mir die Fotos irgendwann später ansehen. Dennoch konnte ich den Blick nicht von dem Umschlag lösen, in dem die Fotos sich befanden. *Hübsches Ding, das Mädel mit dem Muttermal*, echote es in meinem Kopf. Es stimmte. Maja war hübsch gewesen. Sogar mehr als das. Doch es stand meinem Freund nicht zu, sich so flapsig über sie zu äußern. Niemandem stand das zu. In diesem Punkt war ich schon früher empfindlich gewesen. Maja war es egal, wie über sie geredet wurde. Mir nicht. Und dass ich noch immer so reagierte, wenn sich jemand unpassend äußerte, überraschte mich.

Ich schob die Schublade zu.

Danach schrieb ich eine E-Mail an Raimund, schilderte ihm das Malheur mit seiner Geschichte wahrheitsgetreu und entschuldigte mich für meine Unachtsamkeit. Nur in einem Punkt belog ich ihn: Ich schrieb, dass mir die Geschichte bis zu der Stelle, zu der ich gekommen sei, sehr gut gefallen habe. Schon wenig später kam Raimunds Antwort. Der Verlust der Blätter sei nicht so schlimm, er werde mir einen neuen Ausdruck mitbringen. Ich wollte schon vorschlagen, er solle mir den Text einfach als E-Mail-Anhang schicken, ließ es aber bleiben. Dass Raimund nicht selbst an diese Möglichkeit gedacht hatte, war unwahrscheinlich. Es gab einen Grund dafür, dass er den altmodischen Weg gewählt hatte, und ich konnte mir auch denken, welchen. Einen Text auf Papier erhielt er zurück. Eine Textdatei blieb auf meinem Computer und entzog sich seiner weiteren Kontrolle. Seine Vorsicht war sicher kein Zeichen des Misstrauens, sondern eher ein Anzeichen dafür, dass ihm Kontrolle wichtig war.

Wie dem auch sei, zu einer zweiten Übergabe des Textes kam es nicht. Raimund erschien weder zur Vorlesung noch zu den letzten beiden Seminarterminen vor den Semesterferien. Er entschuldigte sich per E-Mail damit, dass er aus privaten Gründen Berlin für eine Weile verlassen müsse. Seine Seminararbeit sei dadurch jedoch nicht gefährdet. Da zwei versäumte Sitzungen pro Semester die Obergrenze markierten und er bis dahin noch nie gefehlt hatte, ging das für mich in Ordnung. Irgendwie war es mir auch recht, ihm in diesem Semester nicht mehr zu begegnen, denn dass ich mit seiner Geschichte so achtlos umgegangen war und ihn über ihre Qualität auch noch belogen hatte, war mir im Nachhinein peinlich.

Merkwürdig fand ich jedoch, dass die immer so gewissenhafte Lena in den letzten beiden Seminarsitzungen ebenfalls fehlte.

Unentschuldigt.

6

Kaitlans Besuch in Berlin lag mehrere Wochen zurück, als sie mich eines Abends gegen Mittnacht anrief. Ich war bei einem Fernsehkrimi eingenickt und wusste erst nicht, ob das Klingeln meines Handys real war. Ich stellte den Fernseher auf stumm und nahm ab. Es tat gut, Kaitlans Stimme zu hören. Wir hatten zuletzt weniger telefoniert, uns nur mittels Textnachrichten ausgetauscht, die kaum über *Hallo, wie geht's* und *Bin im Stress, melde mich später* hinausgingen. Im Lauf unserer Beziehung hatte es immer wieder Phasen gegeben, in denen der Kontakt sich lockerte, um danach wieder enger zu werden. Trotzdem hatte mich Kaitlans Zurückhaltung diesmal leicht beunruhigt. Doch davon sagte ich nichts. Ich brachte sie auf den neuesten Stand darüber, was sich in letzter Zeit bei mir getan hatte, nämlich so gut wie nichts, und wollte wissen, wie sich ihre Wohnungssuche entwickelte.

Statt zu antworten, fragte sie mich, ob ich getrunken hätte, weil ich mich anhörte, als spräche ich mit schwerer Zunge. »Nur ein Glas Rotwein zum Essen und ein Gläschen von dem guten Grappa hinterher«, log ich. Ich war beim dritten Glas Wein. »Also, wie läuft's in Sachen Umzug?«

Kaitlan druckste ein wenig herum. »Der Umzug liegt auf Eis«, gestand sie schließlich. »Ich bleibe erst mal hier in New York.«

Nach ihrem anfänglichen Elan kam das überraschend. Ich sagte nichts. Ich fühlte auch nichts. Keine Enttäuschung.

Keine Erleichterung. Nichts. Ich schaute den Schauspielern im Fernsehen zu, wie sie lautlos ihre Lippen bewegten. Erst mit leichter Verzögerung drang die Botschaft in meinen Verstand ein. Und dann überall anders hin. Und noch immer sagte ich nichts. Mir war auf einmal sonnenklar, was los war.

»Der Zeitpunkt ist vielleicht doch nicht so günstig, um ins Ausland zu gehen«, hörte ich Kaitlan in meinem Telefonohr sagen. »Es passiert hier so viel ...«

»Ich hätte es dir nicht sagen dürfen«, sagte ich.

»Was meinst du?«

»Das weißt du genau.«

»Nein, tu ich nicht.«

»Maja. Seit ich dir von ihr erzählt habe, bist du anders ...«

»Du meinst deine alte Schulhofliebe?« So zu tun, als erinnere sie sich kaum daran, beleidigte mich. Zumal mit diesem ironischen Unterton. Sie machte sich lustig. Nicht über Maja. Über mich. Darüber, dass ich ernsthaft dächte, diese alte Geschichte habe für ihre Entscheidung eine Bedeutung gehabt. Aber für sie war die Geschichte nicht alt. Für sie war sie neu. Und sie hatte ein anderes Licht auf mich geworfen. »Sei nicht albern«, sagte sie.

Ich schwieg wieder und sah einer lautlosen Verfolgungsjagd im Fernsehen zu, die am Rand einer Klippe endete.

Kaitlan schwieg auch. Lange. Dann: »Ich habe jemanden kennengelernt. Von hier.«

Hatte sie das wirklich gesagt? Oder war es nur ein Gedanke von mir gewesen?

»Hallo? Bist du noch da?«

Ich räusperte mich. »Hast du eben gesagt, du hättest jemanden kennengelernt?«

»Eigentlich kenne ihn schon ein wenig länger. Nichts hat erahnen lassen, dass es sich so zwischen uns entwickelt ... und so schnell ... Es tut mir leid.«

»Verstehe.«

Ich fragte nicht, wer dieser andere sei, auch nicht, wie lange die Sache schon lief. Oder sonst irgendetwas. Ich war auch nicht wütend. Alles war plötzlich unwichtig geworden. In sich zusammengefallen wie ein Haus aus Sand und Asche.

»Ich wünsche dir Glück«, sagte ich und legte auf.

Ich wartete ein paar Sekunden lang, ob sie noch mal anrufen würde. Doch das Telefon blieb stumm. Ich schaltete den Ton am Fernseher wieder ein, gerade rechtzeitig, um den gellenden Schrei des Mörders zu hören, der eben von der Klippe gestürzt war.

Ziemlich verkatert wachte ich am nächsten Morgen auf. Es war nicht nur der Alkohol, der mir einen schweren Kopf machte. Hatte Kaitlan wirklich gestern um Mitternacht mit mir Schluss gemacht? Ich atmete schwer. Anscheinend war es so. Ich ging in die Küche und befüllte den Kaffeeautomaten mit Wasser und Kaffeebohnen für eine große Tasse. Während die Bohnen gemahlen wurden, schaute ich durch die offene Tür in den Flur, und da wurde mir erst bewusst: Wenn es stimmte, dass Kaitlan unsere Beziehung beendet hatte, würde sie nie mehr durch diese Räume gehen. Wir würden uns nie mehr an Flughäfen oder anderen Orten begrüßen und verabschieden. Ich dachte an ihre hübsche Wohnung in Brooklyn, die ich nie mehr sehen würde. Wenn es stimmte ...

Die Kaffeemühle verstummte. Ich stellte meine Tasse unter die Düse und kehrte ins Schlafzimmer zurück. Der Anblick des nur auf einer Seite zerwühlten Bettes traf mich wie ein Schlag in die Magengrube. Und plötzlich war alles da: Kaitlan, wie sie sich anfühlte; ihre dezent von der Sonne geküsste Haut; ihr haselnussbraunes Haar. Vorbei. Verloren. Kaitlan würde nie wieder bei mir sein. Und erst jetzt fing ich an, sie zu vermissen.

Ich hörte mein Handy piepen. Der Ton war aus dem Wohnzimmer gekommen, wo es in der Nacht gelegen hatte. Eine Nachricht von Kaitlan, wie ich nun sah. Die vierte. Drei davon kurz nachdem ich aufgelegt hatte, in beschwichtigendem Ton: *Sei nicht böse. – Ich verstehe, dass du enttäuscht bist. – Reden wir noch einmal?* Die letzte, die eben angekommen war: *Ich weiß auch nicht, was wird. Ob es das Ende für uns bedeuten muss. Ich wollte ehrlich sein. Kein doppeltes Spiel mit dir treiben. Die Zeit wird zeigen, wohin uns unsere Wege führen. Auf deinem wünsche ich dir Glück.*

Das hörte sich nicht mehr so an, als wolle sie noch einmal reden. Was mir recht war. Ich war Kaitlan nicht böse. Ich war auch nicht enttäuscht von ihr. Ich war traurig. Und ich würde immer wieder traurig sein, wenn ich an das dachte, was wir hatten. Aber irgendwie war ich auch erleichtert. So wie ich stets ein bisschen erleichtert gewesen war, wenn jemand mich verließ. Als sei ein Ausnahmezustand vorüber und der Normalzustand wiederhergestellt. Ich war wohl einer von diesen schrecklichen, egozentrischen Menschen, die sich selbst genug sind. Oder ...

The first cut is the deepest.

Wenn du dieser einen Person schon begegnet bist und diese eine ganz große Liebe schon erlebt und sie auf völlig sinnlose Weise verloren hast, ohne Grund, ohne Abschluss und ohne, dass du auch nur ahnen konntest, was passiert ist – dann bedeutet es dir nicht mehr viel, verlassen zu werden, denn du warst ja schon längst ein Verlassener und wirst es immer sein.

Ich füllte die innere Leere, die Kaitlan hinterlassen hatte, mit Arbeit. Ein Artikel über frühe amerikanische Romane für einen Sammelband wartete schon länger auf seine Fertigstellung, und der Abgabetermin rückte näher. Im Hintergrund lief leise Musik; wie immer, wenn ich an etwas arbeite. Mal waren es Gustav Mahlers *Kindertotenlieder*, die aus den Lautsprechern drangen, mal war es das Debütalbum der Doors und manchmal etwas anderes zwischen diesen beiden musikalischen Polen. Wenn ich mein Arbeitspensum erfüllt hatte, ging ich stets die E-Mails und sonstigen Nachrichten durch, die eingegangen waren. Am dritten oder vierten Tag erreichte mich eine mit dem Betreff: *Erinnerungsmail zum Abiturtreffen*. Es waren ja nur noch zwei Wochen bis zu dem Termin, und ich hatte mich noch immer nicht entschlossen, ob ich wirklich hingehen oder nicht doch wieder absagen sollte. So wie ich mich auch noch nicht entschlossen hatte, ob ich die Fotos von unserer letzten Wanderung ansehen würde, die schon so lange unberührt in der untersten Schublade meines Schreibtischs lagen. Vielleicht sollte ich am besten damit anfangen.

Ich nahm den Umschlag heraus und brachte ihn in die Küche, wo ich die Fotos auf dem Esstisch ausbreitete, als würde ich mir selbst die Karten legen. Nur mit dem Unterschied, dass ich sie nicht nach der Zukunft, sondern nach der Vergangenheit befragte. Was auf diese Weise entstand, war eine lückenhafte Fotostory unserer letzten Wanderung, die durch die sehr unterschiedliche Qualität der Bilder zusätzlich verfremdet wurde. Am Anfang stand ein Gruppenfoto, das – an den abgeschnittenen Scheiteln deutlich erkennbar – per Selbstauslöser entstanden war. Einige Porträts – manche von überraschend guter Qualität, andere blass oder mit einem Farbstich – zeigten mal eine lachende Maja, mal Lukas und Ulrike herumalbernd. Dann Maja mit Rucksack, leicht verschwommen, weil versehentlich auf den Berggipfel im Hintergrund scharfgestellt war. Lukas, der Maja huckepack trug. Maja und ich, wie wir uns küssten. Lukas, der an einen Baumstamm pinkelte. Und immer wieder drei Freunde vor phänomenaler Bergkulisse, und wenn nicht ich fotografiert hatte, war ich einer von diesen dreien im Bild. Auf den letzten Fotos saßen wir alle in der Hütte, in der wir unsere letzte Nacht verbrachten, vermutlich mit am Tellerrand überlappenden Schnitzeln und einem Berg von Käsespätzle und schaumgekrönten Biergläsern vor uns. Erkennen ließ sich das auf den Bildern nicht, denn wir waren kaum mehr als Schattenrisse vor einem noch dunkleren Hintergrund. Ich erinnerte mich daran, wie das Foto entstanden war. Ein Wanderer, der am Nebentisch saß, hatte es aufgenommen, und mir fiel wieder ein, dass er von sich aus auf uns zugekommen war und Maja hinterher ein Kompliment für ihr fotogenes Lachen gemacht hatte. Er war einer von denen in der Hütte gewesen, die die Polizei später nicht ausfindig machen konnte.

Als ich von den Fotos aufblickte, bemerkte ich, dass es Abend geworden war. Mildes, wie mit einem feinen Goldfaden durchwirktes Licht füllte die Küche und legte einen matten Schein auf die glattpolierten Flächen. Meine überanstrengten Augen brannten. Sie hatten für heute genug gesehen. Ich schob die Fotos zusammen und steckte sie zurück in den Umschlag. Und dabei kam mir in den Sinn, was der Wanderer beim Zurückgeben der Kamera zu mir gesagt hatte. *Du und deine Freundin, ihr seid ein schönes Paar. Passt gut aufeinander auf.*

7

Ich zählte die Tage bis zum Abiturtreffen zwar nicht in der Weise herunter, wie wir damals die Tage bis zum Abitur heruntergezählt hatten, doch ich dachte im Verlauf eines jeden Tages, der mühsam verging, mehr als ein Mal daran. Und in den Nächten begann ich zu träumen: von Maja, den alten Freunden und den Orten. Sogar von meinem Vater träumte ich, der wirklich ein völlig anderes Kapitel in meinem Leben war. Oder vielleicht auch nicht. Soweit ich mich erinnern konnte, fingen die Träume gut und wohltuend an, um recht bald eine unheimliche, beängstigende Wendung zu nehmen. So wie mein damals noch sehr junges Leben.

Ich hatte mich entschieden, mit dem Auto nach Wendling zu fahren, und da ich selbst schon viele Jahre kein eigenes mehr besaß, nahm ich mir einen Mietwagen. Zum Anziehen packte ich nur legere Kleidung ein: Jeans, Freizeithemden, Shirts, Sakkos. Bei der Auswahl der Schuhe blieb mein Blick kurz an den Wanderstiefeln hängen. Ich ging noch immer gern in die Berge. In vielen Gebirgen der Welt war ich schon gewesen: in den deutschen Mittelgebirgen, im Erzgebirge, den Pyrenäen ebenso wie in den Rocky Mountains und Appalachen. Nur um die Alpen hatte ich in den letzten zwanzig Jahren einen Bogen gemacht. Und daran würde sich an diesem Wochenende auch nichts ändern. Ich konnte die Wanderstiefel also getrost im Schuhschrank lassen.

Google Maps gab die Fahrzeit von Berlin nach Wendling

mit gut sieben Stunden an. Um dem Feierabendverkehr im Großraum München zu entgehen, musste ich in Berlin frühzeitig starten. Auf das Navigationssystem verzichtete ich. Auch wenn es lange her war, würde ich mich in Wendling nicht verirren. Ich hatte Überlandfahrten immer gemocht – überhaupt das Unterwegssein –, und deshalb freute ich mich auf die Fahrt mehr als auf die Ankunft.

Die Hinweistafel mit den Entfernungen zu den nächsten großen Städten hatte eben verkündet, dass es noch hundertdreiundzwanzig Kilometer bis München waren, als ich Maja plötzlich neben mir auf dem Beifahrersitz spürte. So intensiv, als sei sie wirklich da. Sie hatte die Füße lässig auf das Armaturenbrett gelegt, die eine Hand mit gespreizten Fingern aus dem offenen Fenster in den Fahrtwind gereckt, die andere wischte alle paar Sekunden das verwirbelte Haar aus dem Gesicht. Und plötzlich wusste ich auch wieder, wie es sich anfühlte, mit ihr zusammen zu sein. Diese Mischung aus Glück und Angst, weil ich nicht fassen konnte, dass ich derjenige war, zu dem sie sich bekannte, und ich ständig fürchten musste, sie werde ihren Irrtum bemerken und korrigieren. Wieso nur konnte ich mein Glück, die einzige große Liebe ihres Lebens gewesen zu sein, bis heute nicht annehmen? Wieso war es noch immer überschattet von der Angst, Maja könne mich verlassen? Von dem Zweifel, ob ich ihr je gerecht geworden war?

Pass auf, hörte ich Maja sagen.

Ich schreckte aus meinen Gedanken hoch. Überall blinkte es. Warnblinker. Die Autos standen auf allen drei Fahrspuren. Vor mir das Heck eines Kieslasters, von dessen Ladefläche Wasser tropfte. Mit einem heftigen Schrecken trat ich auf die Bremse. Die Reifen quietschten. Gerade noch rechtzeitig kam der Wagen zum Stehen. Der Geruch von verbranntem

Gummi drang durch die Lüftungsschlitze der Klimaanlage herein. Mit Verspätung sackte mir das Herz in den Bauch, meine Knie zitterten. Der Schweiß brach mir aus. Es hatte nicht viel gefehlt, und man hätte mich unter dem Kieslaster herauskratzen müssen. Maja hatte mich gerettet. Vor einer Gefahr, in die ich ohne sie nicht geraten wäre. Das Muster kam mir bekannt vor. Trotzdem dankte ich ihr. Meinem Schutzengel.

In meiner Erinnerung war Wendling eine beschauliche bayerische Kleinstadt am Fuße der Alpen, mit allen Zutaten, die man von so einem Ort erwartete: einer Kirche mit Zwiebelturm, einem schmucken Rathaus am alten Marktplatz, über dem eine Schutzmantelmadonna auf einer Säule thronte, und Gasthäusern, die Namen trugen wie *Schwanenwirt*, *Gasthof zur Post*, *Mayerwirt*. Umgeben von Wiesen, auf denen die Bauern Heu machten, und Feldern, auf denen das Getreide der Ernte entgegenreifte. Und dahinter – wie traumlos schlafende Riesen – die Berge.

Doch nicht nur ich war erwachsen geworden, auch Wendling hatte sich verändert. Die ersten Anzeichen zeigten sich bereits bei der Anfahrt, lange bevor ich den Ort selbst erreichte. Wo sich früher Straßen gekreuzt hatten, befanden sich jetzt Verkehrskreisel. Neubaugebiete mit eintönigen Eigenheimen wucherten in die ehemals satten Weiden und Äcker hinein, und ein Schild an der Abzweigung auf eine neue Umgehungsstraße wies die Richtung zu einem Gewerbegebiet mit dem poetischen Namen *Rabenfeld*. Die Veränderungen stießen mich ab, aber sie beruhigten mich auch. Dieses Wendling war nur ein Ort wie jeder andere.

Ich hatte mir ein Zimmer beim *Schwanenwirt* reserviert, wo am nächsten Tag das Abiturtreffen stattfinden würde. Schon bei der Buchung hatte ich auf der Homepage gesehen, dass aus der gutbürgerlichen Gastwirtschaft von einst ein bestens ausgestatteter Tagungsort geworden war. So überraschte es nicht, dass der junge Mann an der Rezeption sogar in einem Berliner Nobelhotel eine gute Figur gemacht hätte. Er erledigte die Formalitäten und reichte mir dann meine Schlüsselkarte. Sie steckte in einem kleinen Etui aus Karton, in dem neben der Zimmernummer und der Frühstückszeit auch das WLAN-Passwort vermerkt war. Das Zimmer war komfortabel, mit Blick auf den Marktplatz. Über den Dächern konnte man den Turm der Kirche sehen. St. Martin, vermutete ich. Ich war mir nicht sicher. Mein Vater war kein Kirchgänger gewesen und ich daher auch nicht.

Ermattet von der langen Fahrt ließ ich mich aufs Bett fallen, doch kaum lag ich eine Minute da, war ich plötzlich hellwach. Dann schlug die Kirchturmuhr, und es klang wie ein Lockruf, nach draußen zu gehen und die alten Wege zu erkunden. Ich machte mich kurz frisch, und wenig später trat ich auf den Marktplatz hinaus. So still wie jetzt war es hier früher nur selten gewesen. Die Stufen am Sockel der Mariensäule waren damals ein Treffpunkt der Jugend. Mit Mofas wurden Rennen veranstaltet, zehn Runden um den Platz herum, falls nicht vorher der Streifenwagen der Polizei kam und das lärmende Treiben beendete. Inzwischen war hier eine verkehrsberuhigte Zone, vor dem Rathaus standen Blumenkästen aus Granit, in denen Geranien üppig blühten. An die Weite märkischer Ebenen gewöhnt, spürte ich die Enge des Gebirges geradezu körperlich, obwohl ich die Berge von hier aus gar nicht sehen konnte. Eine bedrängende, aber auch behütende Enge war das. Erstaunlich. Selbst nach so vielen Jahren trug ich sie immer noch in mir.

Eine schmale Gasse brachte mich zu dem, was als Einkaufsstraße von Wendling durchgehen konnte. Viele Geschäfte, dazwischen ein paar Cafés, die wegen des schönen

Wetters Tische auf den Bürgersteig gestellt hatten. Hier war auch *der Markwart*, offiziell *Modehaus Markwart*, wie in geschwungener Schrift an der Fassade zu lesen war, und darunter: *seit 1832*. Die Schaufenster waren originell nach Themen gestaltet: im Büro, bei der Party, in der Freizeit. Immer vier Puppen in modischen Outfits. Im Freizeitfenster trugen sie Wanderklamotten und Rucksäcke und waren wie zu einem Foto gruppiert. Genau wie wir damals, beim Aufbruch zu unserer letzten Wanderung mit Maja.

Rasch ging ich weiter.

Hunger überkam mich, und da fiel mir ein Lokal ein, das ganz in der Nähe sein musste. Mein Gedächtnis täuschte mich nicht, an der nächsten Kreuzung fand ich den *Kastanienhof*, eine Gastwirtschaft mit einem Biergarten, in dem man unter ausladenden Kastanien saß. Honiggelbes Abendlicht erfüllte den Biergarten, als ich eintrat. Er war gut besucht, nur an der Seite zur Straße hin gab es noch freie Tische. Auch wenn der Lärm des Verkehrs störte, setzte ich mich an einen von ihnen und ließ mir Schweinebraten und ein kühles Bier bringen.

»Na, da schau her«, hörte ich plötzlich jemanden neben mir sagen, »hat sich der Herr Professor mal wieder in die Heimat verirrt.«

Ich blickte auf, und da fiel mir beinahe das Besteck aus der Hand. Vor mir stand ein älterer Herr und schaute mich aus hervortretenden, geröteten Augen an. Wären wir uns auf der Straße begegnet, wäre ich vermutlich achtlos an ihm vorbeigegangen, so stark hatte er sich verändert. Doch wie er nun vor mir stand, erkannte ich ihn sofort wieder: meinen Vater.

»Ob der Herr Professor seinem alten Herrn wohl ein Bier spendiert?« Zwanzig Jahre waren vergangen, und noch immer der alte Ton. Hämisch, larmoyant, beleidigt. Alles auf einmal. Und ganz nüchtern schien er auch nicht mehr zu sein. Also auch in dieser Hinsicht wie gehabt.

»Ich bin kein Professor«, sagte ich. Von wem er wohl wusste, dass ich an einer Universität arbeitete? Von mir jedenfalls nicht.

Er lachte und setzte sich. Dann bestellte er bei der vorüberhuschenden Bedienung ein Bier. Obwohl mir der Appetit vergangen war, aß ich weiter. Nur um nicht reden zu müssen. Mein Vater sah mir schweigend zu, während er auf sein Bier wartete. Ein Laster fuhr dröhnend vorbei und konnte doch die tiefe Stille zwischen uns nicht übertönen. Das Bier wurde gebracht, mein Vater sagte: »Prost!« und trank allein.

Er stellte das Glas auf dem Bierfilz ab. »Keinen Ton«, sagte er. »Keinen Ton hast du hören lassen.«

Ich schwieg, aber in mir rumorte es. Wieso hatte er nicht einfach weitergehen und so tun können, als hätte er mich nicht erkannt? Wieso musste er sich setzen und uns beide in diese peinliche Situation bringen? Was wollte er von mir? Wir waren Fremde, und das nicht erst, seit ich Wendling verlassen hatte.

»Warum hätte ich mich bei dir melden sollen?«, sagte ich. »Nach allem.«

Er grinste und zuckte mit den Schultern.

»Bist du wegen deinem Mädchen hier?«, fing er nach einer kleinen Weile an. »Der süßen Kleinen? Wie hieß sie noch?«

Ich starrte ihn an. Meinte er etwa Maja? Woher glaubte er, sie zu kennen? Ich hatte sie nicht mit zu uns nach Hause genommen. Seinetwegen. Dann fiel mir ein, dass nach ihrem Verschwinden ihr Bild in allen Zeitungen gewesen war.

»Ich habe damals bei der Polizei für dich ausgesagt. Von mir haben sie nichts erfahren. Kein Wort.« Er lachte auf. »Na, jetzt ist sie ja wieder da. Jetzt ist alles gut.«

Ich packte ihn am Unterarm. »Was redest du für dummes

Zeug? Was hast du für mich ausgesagt? Und was meinst du mit: Sie ist wieder da?«

»Ich habe sie gesehen. Ist noch gar nicht lange her. Gestern. Oder vorgestern.«

Ich hielt noch immer seinen Arm fest und drückte zu. So wie er es früher bei mir gemacht hatte. Was nur der Auftakt zu den eigentlichen Prügeln gewesen war. Und mir war danach, ihn jetzt auch windelweich zu schlagen. Verdient hatte er es. Er hatte immer gewusst, wie er mich am empfindlichsten treffen konnte, nicht nur körperlich. Und selbst nach zwanzig Jahren schaffte er es aus dem Stand immer noch. Doch sein Arm in meiner Faust fühlte sich so dünn und zerbrechlich an wie Eierschalen. Ich sprang auf und lief nach drinnen zu den Toiletten. Keuchend blieb ich am Waschbecken stehen. Betrachtete mich selbst im Spiegel. Seltsam. Die ganze Zeit hatte ich, wenn es um Wendling ging, nur an die Sache mit Maja gedacht und keinen einzigen Gedanken an meinen Vater verschwendet, der ja im Gegensatz zu ihr noch hier lebte. Jeder Gedanke an ihn wäre verschwendet gewesen. Doch was meinte er damit, er habe Maja gesehen? Und dass er bei der Polizei für mich ausgesagt habe? Nach Majas Verschwinden war ihr Umfeld durchleuchtet worden, wie üblich in solchen Fällen. Genauso wie alle überprüft worden waren, die sich in jener Nacht mit uns in der Berghütte aufgehalten hatten. Keine der Untersuchungen hatte etwas erbracht. Und auch wenn ein übereifriger Kommissar sich eine Weile mangels anderer Verdächtiger an mir festgebissen hatte, gab es keinen Beweis, dass ich mit Majas Verschwinden etwas zu tun gehabt hatte. Kein Zweifel, der Alte redete wirr. Vermutlich das Ergebnis von zu vielen Jahren mit zu viel Bier und Schnaps.

Ich drehte den Wasserhahn auf und spritzte mir eiskaltes Wasser ins Gesicht.

Es ärgerte mich, wie leicht es meinem Vater selbst nach so langer Zeit fiel, mich zu verunsichern. Genau wie früher. Wir waren beide älter geworden, aber das Spiel war immer noch dasselbe.

Ich kehrte in den Biergarten zurück. Er saß nicht mehr am Tisch. Nur das leere Glas, mit einer Schaumspur an der Innenseite, stand noch darauf. Ich schaute mich um. Nichts. Mein Vater war weg. Ich setzte mich und winkte der Bedienung wegen der Rechnung.

»Das Bier geht auf Sie?«, fragte sie mit Blick auf das Glas meines Vaters, und als ich nickte, rechnete sie alles im Kopf zusammen und nannte mir den Betrag, den ich ihr schuldete. Nachdem ich gezahlt hatte, blieb sie vor mir stehen.

»Nix für ungut«, sagte sie, »eines würde mich allerdings interessieren. Sind Sie wirklich sein Sohn? Und sind Sie ein Professor in Berlin?«

»So ungefähr«, sagte ich.

»Sakrament! Dann stimmt es also. Ich dachte, der Fritz gibt nur an. Er redet nämlich dauernd davon, dass er einen Sohn hat, der ein Professor ist.«

Ich verließ den Biergarten mit einem eigentümlichen Gefühl im Bauch und brauchte eine Weile, bis ich erkannte, was das für ein Gefühl war: Mitleid. Ich hatte Mitleid mit dem Mann, den ich mein ganzes Leben lang gehasst hatte wie keinen zweiten, während er vor den Leuten mit mir angab; dem mir fremden Mann, den diese Frau eben Fritz genannt hatte.

8

Das Geläut der Kirchenglocken von St. Martin drang so laut in mein Zimmer, dass ich die Fenster schließen musste. Es war drei Uhr nachmittags, und ich hatte mich noch immer nicht entschieden, ob ich am Rundgang durch die Schule teilnehmen würde. Wenn ja, musste ich in einer halben Stunde dort sein. Eigentlich hätte ich die Orte meiner frühen Jugend nur zu gern wiedergesehen. Doch weil ich nicht wusste, was das mit mir machen würde, wäre ich dabei lieber allein gewesen. Die gestrige Begegnung mit meinem Vater hatte mich verunsichert. Vor allem, was seine Bemerkung über Maja anging. Zurück im Hotel hatte ich das Internet wider besseres Wissen nach einer Nachricht zu ihrer angeblichen Rückkehr durchforstet und mich hinterher geärgert, dass ich es auch nur im Geringsten für möglich gehalten hatte, an den Worten meines verwirrten Vaters könne etwas dran sein. Auch wenn ich keinen Kontakt mehr zu Wendling gehabt hatte, hätte mich irgendjemand über Majas Auftauchen informiert. Wahrscheinlich wäre ein solches Wunder sogar durch die landesweiten Nachrichten gegangen. Ich sah die Schlagzeile vor mir: *Vermisste Schülerin nach Jahren aufgetaucht!*

Es klopfte stürmisch an meiner Tür. »Zimmerservice! Ihr Champagner!« Das musste ein Irrtum sein. Ich hatte nichts bestellt, schon gar nicht Champagner. Davon bekam ich Sodbrennen. Ich öffnete, um den Fehler aufzuklären, aber als ich in ein lachendes Gesicht blickte, begriff ich sofort, dass es kein Fehler war, sondern ein Scherz. »Altes Haus«, rief der Mann, »schön, dich zu sehen!«

Es war Lukas. Mein alter Freund Lukas. Und er sah blendend aus. Gebräunter Teint, durchtrainierter Körper, soweit man das in dem Hugo-Boss-Anzug erkennen konnte. Er trug keine Krawatte und hatte die beiden obersten Knöpfe seines Hemdes offen. Und im immer noch dichten, tiefschwarzen Haar steckte eine Sonnenbrille.

Ich sah wohl eher erschreckt als erfreut aus, aber das dämpfte seinen Elan kein bisschen. Er schlug mir mit einer Hand kräftig auf die Schulter. »Mensch, alter Junge«, sagte er, »ist ja eine Ewigkeit.«

»Ja«, sagte ich. Mehr fiel mir nicht ein.

Wie oft hatte ich mich in den letzten Tagen und Wochen gefragt, wie es wohl sein würde, Lukas nach fast zwanzig Jahren wiederzusehen. Würden wir uns noch etwas zu sagen haben? Wir würden uns fremd sein, davon war ich ausgegangen. Doch so fremd, dass es peinlich war? Und nun stand er vor mir, älter und gesetzter, aber mit demselben schalkhaften Blick und dem spitzbübischen Grinsen in den Mundwinkeln.

Lukas ging an mir vorbei ins Zimmer, stellte eine Flasche Champagner auf den Tisch in der Ecke und holte zwei Sektgläser aus den Taschen seines Jacketts. Dann machte er sich auch schon daran, die Flasche zu öffnen. »Wie man hört, bist du inzwischen Professor«, sagte er. »Wundert mich nicht. Du warst immer der Schlauste von uns.«

»Ich bin kein Professor«, sagte ich, »nur ein Dr. phil.«

»Für uns einfache Leute vom Land ist das alles dasselbe.«

Plopp!, machte der Korken.

Lukas schenkte in die beiden Gläser ein. Der Schaum perlte bis an den Rand des Glases.

»Trinken wir, bevor das Gesöff noch wärmer wird.« Lukas hielt mir sein Glas hin. Ich stieß mit meinem dagegen und nippte danach nur an dem Champagner, während Lukas sein Glas in einem Zug leerte und sich gleich nachschenkte.

»Du siehst gut aus, Arno«, sagte er.

»Nicht annähernd so gut wie du.«

Wir schwiegen einen Moment, tranken.

»Schön, dass du gekommen bist«, sagte Lukas ernst. »Ich weiß, wie schwer das für dich ist. Es ist für uns alle schwer, auf die eine oder andere Art.«

Ob er das Zucken bemerkte, das mich durchfuhr? Je mehr die ganze Welt damals über Maja gesprochen hatte, umso weniger hatten wir geredet. Was hätten wir sagen sollen? Das Schweigen war so belastend und schwer geworden, dass am Ende unsere Freundschaft darunter erstickt war. Und das Schweigen war noch immer da, auch wenn es nicht mehr so erdrückend wirkte. Zumindest nicht in diesem ersten Moment.

»Das Leben geht weiter«, sagte ich nur, leerte mein Glas und schenkte mir selbst nach.

»Sicher. Bist du verheiratet? Hast du Kinder?«

»Nichts davon. Ich bin wohl nicht der Familienmensch.«

Er nickte, als verstünde er, was ich meinte. Aber das tat er nicht. Oder vielleicht verstand er es doch, ja sogar besser, als ich es tat.

»Und du?«, fragte ich.

Lukas hob seine rechte Hand und zeigte seinen Ehering. »Ein Ring, sie zu knechten, sie alle zu finden, ins Dunkel zu treiben und ewig zu binden.« Er lachte. Er hatte seinen *Herrn der Ringe* also nicht vergessen. Wie auch, so oft, wie er das Buch schon damals gelesen hatte. Wenn es nach ihm gegangen wäre, hätte die Welt kein zweites Buch gebraucht. Wieder ernst, sagte er: »Ich hatte Glück. Meine Frau ist großartig. Und die beiden Kleinen ...« Er senkte den Blick in sein Glas, schaute nach einem Moment wieder auf. »Zur Strafe muss ich anderen Leuten im Maul rumfummeln. Vermutlich bin ich der meistgehasste Mann der Stadt. Ich trage es mit Würde und Gelassenheit.«

»So wie deinen teuren Anzug.«

Lukas grinste verschmitzt. Dann schaute er auf die Uhr. »Oh, schon so spät. Wir müssen los!« Er stellte den Champagner zur Kühlung in die Minibar. Für ihn war es keine Frage, dass ich zum Rundgang durch die Schule mitkommen würde. So wie es früher keine Frage gewesen war, dass ich zu Wanderungen und Partys mitkommen würde. Und ich war ja auch immer mitgekommen, keineswegs gegen meinen Willen. Im Hinausgehen fragte ich, wie er mich hier im *Schwanenwirt* gefunden hatte. »War nicht schwer zu erraten, wo du absteigst«, sagte er. »Alle Ehemaligen von auswärts haben hier ihre Unterkunft. Außerdem ist der Juniorchef ein Kumpel von mir.«

Vor dem *Schwanenwirt* parkte ein nachtblaues Mercedes Cabrio. Lukas schob die Sonnenbrille aus seinem Haar über die Augen und hielt darauf zu. Ohne etwas zu dem Auto zu sagen, stieg ich ein.

»Ulrike kommt erst am Abend dazu«, sagte er und ließ den Motor an.

»Ihr habt noch Kontakt?«

»Locker. Sie ist Polizistin. In Rosenheim. Kripo. Voll die taffe Ermittlerin. Pass also auf, was du sagst. Alles kann vor Gericht gegen dich verwendet werden.«

Ich sah Lukas wortlos an.

Er lachte auf. »Wie er gleich guckt! Mann, war doch nur ein Scherz! Oder hast du ein paar Leichen im Keller?«

9

Ich erkannte meine alte Schule kaum wieder. Das Hauptgebäude – ein mehrstöckiges Schulhaus aus dem vorletzten Jahrhundert – war umgeben von modernen Anbauten aus Beton, Stahl und Glas, denen auch ein Teil des Schulhofs geopfert worden war. Wenigstens gab es noch die alte Linde in der Mitte. Sie war *der* Ort für die Verliebten gewesen. Ein Herz mit unseren Namen in die Rinde zu schnitzen, wie es einige unserer Vorgänger getan hatten, wäre für unsere Generation uncool gewesen. Eine solche Blöße gaben wir uns nicht, wir lebten schließlich in den Neunzigern. Unter dem Baum im Gras zu liegen und gemeinsam das Spiel des Lichts im Blätterdach zu beobachten war dagegen okay.

Lukas legte direkt vor dem Eingang der Schule eine Vollbremsung hin. Wir kamen zu spät, die Gruppe war längst losgegangen. Ohne Eile betraten wir das Gebäude und fanden uns in der Aula wieder, die eigentlich nur ein großes Treppenhaus war und wo uns der altvertraute Geruch von scharfen Putzmitteln und Bohnerwachs empfing. Lukas nahm die Sonnenbrille ab und steckte sie ein.

»Wo willst du hin?«, fragte er mich.

Ich wurde von einer Tafel mit Fotos angezogen, die neben einer Vitrine mit Pokalen und Auszeichnungen an der Wand hing. Die Aufnahmen stammten von einer Schultheateraufführung. Shakespeares *Sommernachtstraum*, wie der verschnörkelte Titel auf einem Schildchen verriet. Die einzelnen Fotos waren nicht beschriftet, doch eines zeigte unverkennbar den Puck. Und trotz aller Schminke, angeklebter buschiger Augenbrauen und einer struppigen Perücke auf dem Kopf wurde ich das Gefühl nicht los, dieses Gesicht schon gesehen zu haben.

»He, Sie«, sprach uns jemand an. »Da vor dem Eingang können Sie nicht parken.«

Wir drehten uns um. Ein Mann, unverkennbar der Hausmeister, stand vor uns.

»Nur die Ruhe, wir bleiben nicht lange«, sagte Lukas, und damit war die Sache für ihn erledigt. »Wir gehören zur Gruppe. Wo sind die denn?«

»Da lang.« Der Hausmeister wies in eine Richtung, wo früher nur eine Wand, inzwischen eine Glastür war, die in einen Nebentrakt führte. »Cafeteria.«

»Wir schauen uns mal kurz oben um«, sagte Lukas. »Komm, Arno!«

Lukas ging voraus zur Treppe, ich folgte ihm, und bevor der Hausmeister etwas dagegen sagen konnte, waren wir bereits im ersten Stock. Frechheit siegt. Das war schon früher Lukas' Devise gewesen, und offenbar hatte sich daran wenig geändert.

»Wo willst du hin?«, fragte ich ihn.

Er antwortete nicht, aber zwei Treppen später ahnte ich es. Unter dem Dach gab es einen Speicher mit allerlei altem Mobiliar und ausgemusterten Gerätschaften. Bereits zu Schulzeiten hatten wir uns dorthin verzogen, wenn wir unsere Ruhe haben wollten. Auch mit Maja war ich dort gewesen. Das Türschloss war ein Witz, und wir hatten Glück, dass es in den letzten zwanzig Jahren nicht ausgetauscht worden war. Lukas griff in die Hosentasche und zog sein Schweizer Taschenmesser heraus, das ihm schon als Schüler wertvolle Dienste erwiesen hatte.

»Du hast das alte Ding noch?«, fragte ich.

»Na, hör mal! Das ist mein Glücksbringer.«

Die Luft im Speicher war knochentrocken und staubig. Durch Dachluken fiel spärliches Licht herein. Auf einer Seite verschränkten sich alte Schulbänke und Stühle zu einer abstrakten Plastik. Daneben drängten sich Metallschränke, Kartenständer, Overhead-Projektoren aneinander.

»Schau mal, was ich habe«, sagte Lukas. Ich drehte mich zu ihm. Er hielt einen Joint hoch. »Ich wollte ihn für später aufheben. Aber was soll's.«

Ich schüttelte den Kopf. »Du rauchst immer noch?«

»Nur ab und zu. Mit meiner Frau, wenn die Kinder im Bett sind. Zum Runterkommen nach einem harten Arbeitstag. Also, wie sieht's aus?«

Ich folgte ihm unter die Dachschräge, wo er eine Luke öffnete und den Joint anzündete. Seit meiner Studienzeit hatte ich nichts mehr geraucht. Ich hatte es nicht vermisst. Doch jetzt war ich gespannt auf die Wirkung. Lukas nahm zwei Züge und reichte mir den Joint. Ich sog den Rauch tief in meine Lungen, behielt ihn dort für ein paar Sekunden und atmete ihn dann aus in die frische Luft.

Wir schwiegen für eine Weile. Genau wie jetzt hatten wir vor zwanzig und mehr Jahren hier gestanden und auf die Wirkung des Marihuanas gewartet.

»Sieh dir das an«, sagte Lukas auf einmal tief ergriffen. »Ist das nicht atemberaubend?«

Er meinte die Aussicht. Und er hatte recht. Die Schule lag etwas erhöht auf einem Hügel innerhalb der Stadt, so dass wir über die Dächer von Wendling hinweg schauten. Jenseits der Stadtgrenze stieg die Landschaft rasch an, und je höher hinauf es ging, desto schroffer zeigte sich die Natur, so als lasse sie nach und nach den Schleier fallen, um ihr wahres Gesicht zu offenbaren: Aus Almwiesen und Bergwald wurden karge, bucklige Flächen, in denen zwischen struppigem Bewuchs und Krüppelkiefern immer offener schroffe Felsen zutage traten, bis der graue Granit auch diese letzten Hüllen abschüttelte und sich hart und nackt zeigte, um sich ohne allen lästigen Ballast zu den höchsten Gipfeln aufzuschwingen. In diesen Höhen gab es nur noch gnadenloses Eis und darüber den Himmel und die Sterne.

»Denn das Schöne ist nichts als des Schrecklichen Anfang, den wir noch gerade ertragen, und wir bewundern es so, weil es gelassen verschmähte, uns zu zerstören. Ein jeder Engel ist schrecklich.«

Hatte ich das wirklich gesagt oder nur gedacht? Wie kam ich dazu, vor Lukas Rainer Maria Rilke zu zitieren? Eine wohlige Wärme durchströmte mich, mein Kopf war schwer und leicht zugleich. Ich spürte eine tiefe Sehnsucht nach den Bergen dort, die mich fast zum Weinen brachte, aber es waren gar nicht die Berge, nach denen ich mich sehnte, es war Maja, die in den Bergen geblieben war. Nein, auch das stimmte nicht. Es war nicht Maja, nach der ich mich sehnte, es war die Unschuld jener Zeit, in der wir einander liebten, als würde nichts jemals enden.

»Das hast du schön gesagt«, sagte Lukas nach einer Ewigkeit, »auch wenn ich kein Wort verstanden hab.« Und es dauerte eine weitere Ewigkeit, bis er sagte: »Es gibt keinen Tag, an dem ich Maja nicht vermisse.«

Du?, wollte ich fragen. *Wieso vermisst du sie?*

Ich kam nicht dazu, denn etwas anderes schob sich zwischen meine Gedanken. Der Puck aus dem *Sommernachtstraum* mit seinen angeklebten buschigen Augenbrauchen im geschminkten Gesicht und der struppigen Perücke auf dem Kopf. Ich kannte ihn, und schlagartig wurde mir bewusst, woher: Der Puck hieß im wahren Leben Raimund Wolfsohn. Er hatte also Jahre nach mir in diesen Mauern die Schulbank gedrückt, um dann rein zufällig in meinem Seminar aufzutauchen und eine schlechte Geschichte über mich und Maja und die Berge zu schreiben. Konnte das wirklich ein Zufall sein?

Lukas bot mir noch einmal den Joint an, doch ich hatte genug und lehnte ab.

Die Schule, Maja und ich, der Puck aus dem *Sommernachtstraum*, das Seminar über Edgar Allan Poe, Raimund Wolfsohn, Raimund *A.* Wolfsohn (mit einem A., das angeblich nichts bedeutete, obwohl alles irgendetwas bedeutete) – all das schien mir auf eine mysteriöse Weise verknüpft, durch weitreichende Fäden, wie ein Netz. Nur, wer hatte es geknüpft? Und mit welcher Absicht? Da fiel mir noch etwas ein, an das ich die ganze Zeit nicht mehr gedacht hatte: Wo war eigentlich Lena mit dem Muttermal und dem langen geflochtenen Zopf abgeblieben? Lena, die in den letzten Sitzungen des Edgar-Allan-Poe-Seminars unentschuldigt gefehlt hatte, obwohl sie eigentlich nie unentschuldigt fehlte?

»Wow«, sagte Lukas neben mir, »das Zeug haut ganz schön rein.«

Wir warteten ab, bis wir nüchtern genug für ein halbwegs normales Gespräch mit ganz und gar normalen Leuten waren, dann verließen wir den Speicher. Wie zu Schulzeiten bemüht, unter dem Hausmeisterradar zu bleiben, huschten wir die Treppen hinab und hinaus auf den Schulhof. Hier fand unsere Flucht ein abruptes Ende. Jemand lehnte mit verschränkten Armen an Lukas' Auto und empfing uns mit einem Kopfschütteln. »Seitz und Markwart«, sagte er, »wer sonst?« Wegen seines Vollbarts, den er früher nicht getragen hatte, erkannte ich den Mann erst auf den zweiten Blick: Claus Amann. Er war zu Beginn unseres vorletzten Schuljahres an die Schule gekommen, frisch aus dem Referendariat und damit nur gut zehn Jahre älter als wir. Alle Mädchen hatten für ihn geschwärmt. Wir Jungs hatten ihn gemocht, weil er die Mischung aus Kumpeltyp und Autoritätsperson gut hinbekam. Nach Majas Verschwinden war er wie kein anderer für uns Schüler da gewesen, vor allem für Lukas, Ulrike und mich. Wenn wir reden wollten, hörte er uns zu; wenn wir schweigen wollten, schwieg er mit uns. Ein vertrautes, beinahe freundschaftliches Verhältnis war so gewachsen. Wir duzten einander seitdem. Wenn wir unter uns über ihn sprachen, nannten wir ihn aber nicht beim Vornamen, sondern weiterhin Amann, so wie wir es als Schüler getan hatten, teils aus alter Gewohnheit, teils – zumindest was mich betraf – aus einem Rest an Distanz ihm gegenüber, den ich nicht aufgeben wollte oder konnte. Vielleicht hätte sich das noch geändert, wenn ich länger in Wendling geblieben wäre. Doch nachdem ich weggegangen war, hatte ich den Kontakt zu ihm irgendwann abgebrochen. Er war eben auch ein Teil all dessen, was ich hinter mir lassen wollte. Ihn jetzt hier so unvermittelt zu sehen löste gemischte Gefühle in mir aus. Ich freute mich. Und ich schämte mich für meinen Abgang ohne ein Wort des Abschieds oder Danks. Der Rest an Marihuana in meinem Gehirn machte beide Gefühle wie unter einer Lupe größer, als sie waren, so dass ich fürchtete, gleich in Tränen auszubrechen und einige sehr dumme, pathetische Erklärungen zu stammeln.

Immerhin war ich schon wieder ausreichend bei klarem Verstand, um diese Gefahr zu erkennen. Ich presste die Lippen aufeinander und streckte ihm die Hand hin. Doch Amann ignorierte das, umarmte mich wie einen alten Freund und klopfte mir auf den Rücken. »Ich habe oft an dich gedacht, Arno«, sagte er. Ich täuschte einen Hustenanfall vor, bis ich wieder Herr meiner Gefühle war.

»Wie geht es dir?«, sagte Amann. »Du siehst übrigens blendend aus. Stimmt es, dass du Professor bist?«

»Keine Ahnung, wer das Gerücht verbreitet«, erwiderte ich. »Ich bin promoviert und unterrichte an der Humboldt. Das ist auch schon alles.«

»Das ist viel mehr als ich! Ich bin noch immer ein kleiner Lehrer an einer Provinzschule.« Er lachte.

»So betrachtet hast du recht.«

Wir lachten alle drei. Lukas zwinkerte mir zu.

Ich fragte, ob noch andere Lehrer zum Treffen kämen. »Ein paar«, sagte Amann und nannte Namen, die bei mir jedoch nur vage Erinnerungen auslösten. Wir verabschiedeten uns für den Moment, Amann ging zum Lehrerparkplatz, wo sein Auto stand. Wir stiegen in Lukas' Cabrio. »Glaubst du, er hat gemerkt, dass wir breit sind?«, fragte Lukas.

»Und wenn schon«, sagte ich.

Lukas startete den Wagen und ließ den Motor aufheulen.

Da fiel mir etwas wieder ein. »Was hast du vorhin gemeint, als du sagtest, dass es keinen Tag gibt, an dem du Maja nicht vermisst?«

Lukas sah mich irritiert an. »Das soll ich gesagt haben?«

»Hast du.« Hatte er? Ich war mir keineswegs mehr so sicher, wie ich eben noch geglaubt hatte und wie ich ihm gegenüber vorgab.

Lukas zuckte mit den Schultern. »Mann, ich war breit. Was willst du von mir? Woher soll ich wissen, was ich gemeint habe?«

Er wendete, drehte eine Ehrenrunde um die Linde herum und fuhr dann mit Vollgas vom Schulhof.

10

Lukas setzte mich beim *Schwanenwirt* ab. Er müsse noch etwas erledigen, sagte er, sei aber im Handumdrehen wieder da. Ich solle schon mal alle von ihm grüßen. Aus dem Raum, in dem das Abiturtreffen stattfand und der den schönen Namen *Edelweiß-Stube* trug, waren Stimmen zu hören. Gelächter. Ich verharrte vor der halb offenen Tür, an der eine mit Tesafilm befestigte Pappe hing, auf der in schwungvoller Handschrift geschrieben war: *Welcome Class of '99.* Mir wurde plötzlich schwindlig. Dieser verdammte Joint! Wann hörte das endlich auf? Es war ein Fehler gewesen mitzurauchen. Schon früher hatte es mir nicht gutgetan.

Ich eilte in mein Zimmer, ließ mich aufs Bett fallen und starrte an die schneeweiße Decke. Das Schwindelgefühl ließ nach. Plötzlich sah ich Claus Amann vor mir. Wie er dagestanden hatte, lässig an das Cabrio gelehnt. Abgesehen vom Vollbart noch ganz der jugendliche Mann von damals. Ich war mir nicht mehr sicher, ob ich ihn früher wirklich gemocht oder ob ich mir das nur eingeredet hatte, weil alle sagten, er sei so nett und so cool. War nicht er es gewesen, der mich auf Edgar Allan Poe aufmerksam gemacht hatte? Natürlich, wer sonst? Er war mein Englischlehrer. *The Tell-Tale Heart*. Das war die erste Geschichte, die ich von Poe gelesen hatte, danach musste ich einen Essay darüber schreiben. Das Düstere darin hatte mich fasziniert, diese Mischung aus Rationalität und Wahn, so als wären beide nur zwei Seiten ein und derselben Medaille. Ob es das war, was auch Amann an Poes Geschichten fesselte?

Raimund tauchte vor meinem geistigen Auge auf. Wie er sein Referat vortrug. So gekonnt. So souverän. Er war als Puck sicher genauso gut gewesen. Überzeugend. Vorausgesetzt, ich hatte mich nicht geirrt, und er war das auf den Fotos wirklich. Aber im Grunde hatte ich keine Zweifel: Er war es. Und wahrscheinlich kannte Amann ihn. Ich musste ihn später unbedingt nach Raimund fragen.

Und noch etwas musste ich tun. Etwas, das ich schon viel früher hätte machen sollen. Lena mit dem langen, geflochtenen Zopf. Die in Raimunds Geschichte als die Frau vorkam, die verschwand, und die an den letzten beiden Terminen des Seminars unentschuldigt gefehlt hatte. Ich durfte das nicht einfach auf sich beruhen lassen, als ginge es mich nichts an. Schließlich hatte ich schon einmal eine Frau verloren. Ich stand auf, holte meinen Laptop und schrieb ihr eine E-Mail: *Liebe Lena, geht es Ihnen gut? Sie haben mir zuletzt im Seminar gefehlt, so ohne Entschuldigung. Geben Sie bitte ein Lebenszeichen! Beste Grüße!* Ich klickte auf senden und klappte den Laptop zu. Danach ging ich ins Bad, nüchterte mich aus, indem ich mir eiskaltes Wasser ins Gesicht spritzte, und verließ das Zimmer.

An der Tür zur *Edelweiß-Stube* stieß ich beinahe mit einer Bedienung zusammen. »Hoppla«, sagte sie lächelnd, machte den Weg für mich frei und wies mit der Hand in den Raum: »Bitte schön, der Herr!«

Ich trat ein, und da stand ich nun, vor bereits gut besetzten Tischen, an denen bei Bier, Wein, Saft und Cola munter geplaudert wurde. Die meisten Gesichter waren mir vertraut, andere hätte ich vermutlich auch früher nicht auf den ersten Blick erkannt. Mich dagegen kannte jeder. Erst wandte sich nur vereinzelt jemand nach mir um, stieß Nebenmann oder -frau an, es wurde geflüstert, und dann wurde es stiller und stiller. Mir war klar, was sie sahen: den Typ, dessen Freundin spurlos verschwunden war. Bei dem man noch nie gewusst hatte, was man von ihm halten sollte. Ich wollte etwas sagen, das die Anspannung löste, doch mein Kopf war leer.

»Hey, Alter, wo warst du?«, rief Lukas von einem der hinteren Tische. »Komm zu uns rüber!« Er saß mit Claus Amann und einer Frau zusammen, die sich nun zu mir umdrehte. Ulrike. Tiefe braune Augen sahen mich an. Nicht der Anflug eines Lächelns. War das der Blick einer alten Freundin? Oder war es der Blick einer alten Freundin, die inzwischen Polizistin war und mir nie ganz vertraut hatte?

Allmählich nahmen alle ihre Gespräche wieder auf, einige grüßten nur mit einem Nicken oder einer der üblichen Floskeln, die ich in gleicher Weise erwiderte. Außer zu Lukas und Ulrike hatte ich in der Schule zu niemandem engeren Kontakt gepflegt. Abgesehen von Maja natürlich, Maja mit ihrem Faible für Außenseiter. Claus Amann beobachtete mich eingehend, so als mache er sich meinetwegen Gedanken.

Der einzige freie Platz am Tisch war neben Ulrike. »Hey«, sagte sie, als ich mich niederließ.

»Hey«, sagte auch ich. »Alles klar?«

Was folgte, war Schweigen. So pur und kalt wie das Wasser eines Gebirgsbachs. Selbst Lukas saß nur da und wusste nicht, was er sagen sollte. Als wir vorhin in der Schule zu zweit gewesen waren, hatten wir leicht in unsere alten Rollen schlüpfen können. Zwei junge Wilde, die aus Übermut einen Blödsinn nach dem anderen anstellten. Da war es nicht aufgefallen. Da hatten wir es überspielen können. Erst jetzt, zu dritt, ging das nicht mehr. Jetzt wurde sichtbar, dass etwas fehlte. Das vierte Rad am Wagen: Maja. Das Gleichgewicht war aus der Balance.

Ich wünschte mich weit weg. Wieso tat ich mir das an?

Claus Amann nahm sein Bierglas und erhob sich. »Ruhe, bitte!«, rief er. »Leute! Hallo! Nur für einen Moment!«

Langsam verebbten die Gespräche, alle wandten sich ihm zu. Er wartete, bis es vollkommen still war, dann sagte er: »Bevor wir gleich essen, sollten wir noch einer Person gedenken, die heute nicht bei uns sein kann. Ihr wisst, von wem ich rede. Und es wird Zeit, ihren Namen laut und klar auszusprechen. Maja Hofmann ist nicht mehr unter uns, aber sie ist nicht vergessen. Heben wir das Glas und trinken wir auf sie! Auf dich, Maja! Du warst, bist und bleibst eine von uns!«

Alle erhoben die Gläser und tranken. Nur ich hatte nichts, um auf Maja anzustoßen. Ich war ja gerade erst gekommen.

Nach dem Essen holte Ulrike eine Schachtel Gauloises aus ihrer übergroßen Handtasche. Sie rauchte also immer noch, und immer noch ihre alte Marke, die ihrer Liebe zu allem entsprang, was mit Frankreich zu tun hatte. »Ich verschwinde mal kurz«, sagte sie.

»Kann ich mich anschließen?«, fragte ich.

»Klar.«

Lukas konnte nicht mit, er wurde bei der Vorbereitung der Bildershow gebraucht, die als Nächstes auf dem Programm stand. Er hatte Fotos aus der Schulzeit gesammelt und digitalisiert und musste nun sehen, dass Laptop und Beamer harmonierten. »Bleibt nicht zu lange«, rief er uns nach, »sonst verpasst ihr das Beste.«

»Du hast doch früher nicht geraucht«, sagte Ulrike auf dem Weg nach draußen. Von den Joints mit Lukas wusste sie zwar, aber das zählte nicht als rauchen.

»Tu ich immer noch nicht«, sagte ich. »Ich will nur an die frische Luft.«

Vor allem wollte ich mit ihr allein reden. Über nichts Bestimmtes. Nur um zu sehen, wo wir standen. Ob es noch einen Draht zwischen uns gab. Während des Essens hatte sie mit dem ihr eigenen Sarkasmus einige Anekdoten aus ihrem Berufs- und Privatleben zum Besten gegeben. Zum Beispiel eine Rangliste der dümmsten Einbrecher aller Zeiten oder der verrücktesten Ausreden, wo die Drogen im Kofferraum herkamen. Sie war, wie ich, kinderlos und geschieden; beides aus Überzeugung, wie sie sagte. Über Lukas' Frage, ob man bei weiblichen Bullen eigentlich von Kühen spreche, hatte sie dagegen nur müde gelächelt und gesagt: »Den kenne ich schon. Und wie gut.«

Weil sich um den Aschenbecher vor dem Hoteleingang bereits eine kleine Menschentraube gebildet hatte, entfernten wir uns ein Stück weiter, um unter uns zu sein. Es war ein milder Abend, die Mondsichel stand über der Kirchturmspitze, als wäre sie von ihr aufgespießt.

»Polizei also«, sagte ich und sah zu, wie sie rauchte. »Hätte ich nie gedacht. Ausgerechnet du.«

»Wieso? Ich hatte immer einen starken Gerechtigkeitssinn.«

»Ja, schon, aber was hat das mit der Polizei zu tun? Und sich an Regeln zu halten war nie wirklich dein Ding.«

Ulrike lächelte. »Ist es immer noch nicht.«

»Also?«

»Kannst du es dir nicht denken?« Sie nahm einen tiefen Zug von der Zigarette.

Natürlich konnte ich das.

»Majas Akte liegt immer griffbereit in meinem Schreibtisch. Mindestens ein Mal die Woche blättere ich darin. Ich kenne sie auswendig. Und eines Tages finde ich ihn.«

»Wen?«

»Den, der Maja auf dem Gewissen hat. Ihren Mörder.«

Ich schwieg. Das Wort *Mörder* ließ meine Gedanken verstummen. Dieses schreckliche Wort, hinausgesprochen in die Nacht – es erschreckte mich auch nach so langer Zeit. Die Vorstellung dessen, was Maja in ihren letzten Minuten – vielleicht Stunden – hatte erleben und erdulden müssen, war unerträglich. Die Angst und der Schmerz.

»Und wenn es doch ein Unfall war? Wenn sie in der Nacht rausgegangen ist, warum auch immer. Sie könnte abgestürzt sein.«

»Das glaubst du nicht wirklich, oder?«

Nein, tat ich nicht. Es war alles in der Umgebung abgesucht worden. Jeder Abgrund und jede Felsspalte. Mehrfach. Mit Suchtrupps am Boden und in der Luft. Nirgends eine Spur von ihr. Eine verunglückte Person wäre gefunden worden, selbst wenn sie tot war. Nur eine geschickt versteckte Leiche konnte verborgen bleiben.

»Erinnerst du dich noch an den Typen in der Hütte?«, fragte Ulrike. »Der beim Essen ein Foto von uns gemacht hat?«

Ich nickte.

»Er war mir damals schon unheimlich.«

»Mir auch«, sagte ich. Doch stimmte das auch? War er uns wirklich damals schon unheimlich gewesen? Oder redeten wir uns das erst im Nachhinein ein? Weil wir etwas brauchten, an dem wir unsere Hoffnung festmachen konnten, dass Majas Verschwinden irgendwann aufgeklärt werden würde?

»Wo ist das Foto eigentlich, das er gemacht hat?« Ulrike sah mich an. »Hatte er nicht deinen Fotoapparat?«

»Das weiß ich nicht mehr«, log ich.

»Die Polizei wollte damals, dass wir alle Fotos von diesem Abend abgeben. Ein Foto mit uns vier beim Essen ist nie aufgetaucht.«

Ich schüttelte nur den Kopf. Oder sollte ich Ulrike von den Fotos, die ich erst vor kurzem hatte entwickeln lassen, erzählen?

»Was würde ein Foto, das er gemacht hat, schon über ihn sagen?«, fragte ich. »Ein Foto, auf dem er drauf ist, wäre hilfreich.«

»Sicher. Aber so ein Foto gibt es nicht. Leider.«

Ulrike sah mich mit einem Blick an, den ich von früher nicht kannte. Das war wohl der Polizistinnenblick. Vielleicht lernte man auf der Polizeischule, Leute so zu taxieren. Oder kam das mit der Erfahrung? Wieso sah sie mich überhaupt so an? Ahnte sie, dass ich etwas zurückhielt? Ein leichtes Unbehagen machte sich in mir breit. Nein, besser ich sagte ihr nichts von den Fotos.

Sie schnippte die Zigarettenkippe über die Straße, ich schaute der Glut nach, die noch ein Stück weiterrollte. Als ich den Blick hob, traf er auf eine Gestalt, die eben aus einer dunklen Seitengasse in den Lichtschein der Laterne trat. Eine junge Frau. Lange blonde Haare, schlanke Gestalt. Wie sie sich bewegte, erschien mir seltsam vertraut. Ein Schauder lief mir über den Rücken.

»Uli«, sagte ich. »Siehst du das auch? Die Frau, die auf uns zukommt?«

Ich fragte mich in diesem Moment, ob die Gestalt real war oder ein Erzeugnis meiner Phantasie.

»Ich sehe sie auch«, sagte Ulrike.

»Das ist doch ... Maja ...«

11

Maja kam zielstrebig auf uns zu. »Hallo«, grüßte sie, als sie bei uns war. »Du bist doch Arno, oder?«, sagte sie zu mir, und zu Ulrike: »Und du Ulrike, richtig?« Ulrike und ich sahen einander an.

Mir war natürlich klar – und Ulrike sicher noch mehr als mir –, dass die Frau nicht Maja sein konnte, gerade weil sie ihr so sehr ähnelte. Sie war viel zu jung, kaum älter als wir damals beim Schulabschluss. Und das herzförmige Muttermal auf ihrer Wange fehlte auch. Das Maja-Double löste das Rätsel sofort auf: »Ich bin Anja, Majas Schwester. Ich kenne euch von Majas alten Fotos. Ihr habt euch kein bisschen verändert.«

»Das ist sehr freundlich«, sagte Ulrike trocken, »nur leider nicht wahr.«

Nun fiel mir Majas kleine Schwester auch wieder ein. Eine Nachzüglerin, mit der niemand mehr gerechnet hatte. Sie war ein Kleinkind, als Maja und ich zusammenkamen. Ich kriegte damals kaum was von Anja mit, denn ich war so gut wie nie bei Maja zu Hause. Das heißt, ich war bei ihr zu Hause, aber immer nur heimlich, wenn alle ausgeflogen waren oder längst schliefen. Ich war so was wie Majas schmutziges Geheimnis (das so geheim nicht war) und fühlte mich in der Rolle durchaus wohl, denn sie verlieh mir etwas Verwegenes und Wildromantisches, das meinem Lebensgefühl entsprach. Ich hätte ohnehin kein Interesse daran gehabt, dass mich Maja ihren Eltern offiziell als ihren festen Freund vorstellte und dass ich von da an bei familiären Festen und dergleichen als ein Anhängsel der Familie auftrat. Das fanden Maja und ich spießig, so sahen wir uns und unsere Beziehung nicht. Deshalb war ein Teil von mir erleichtert darüber, dass Majas Eltern nichts weniger wollten, als jemanden wie mich in die Familie aufzunehmen.

Ein anderer Teil war von der Ablehnung gekränkt. Wer waren diese Leute, um derart auf mich herabzuschauen? Kleingeistige Spießer, die glaubten, Majas Lebensziel sei erfüllt, wenn sie an der Seite eines angehenden Arztes oder Ingenieurs in den Ehehafen einlief. Ich dagegen war der Sohn eines stadtbekannten Säufers und Querulanten, den die Ehefrau mit einem kleinen Kind hatte sitzen lassen. Eine Frau, deren Ruf schon davor nicht gerade der beste gewesen war und von der man später nur noch gehört hatte, dass sie in der Adria ertrunken und in Italien begraben war. Meine zweifelhafte Herkunft und die Tatsache, dass trotz Gymnasium nichts an mir einen angehenden Arzt oder Ingenieur erwarten ließ, steigerten jedoch in Majas Augen meine Attraktivität, denn sie war eine Rebellin, die ihre Eltern provozierte, wo sie nur konnte. Ihre kleine Schwester aber liebte Maja über alles. Und genau deshalb erzählte sie nur selten von ihr. Über die ganz persönlichen Dinge schwieg Maja eisern, nicht einmal mir, dem Jungen, den sie liebte, gestattete sie einen allzu tiefen Blick in ihre Seele. Einmal nur sagte sie über ihre kleine Schwester: »Nicht zu fassen, dass zwei so spießige Typen wie meine Alten etwas so Wunderbares in die Welt setzen können.« Ich küsste sie und sagte: »Und das schon zum zweiten Mal.«

»Du gleichst deiner Schwester aufs Haar«, sagte ich, »es ist unglaublich.«

Anja lächelte. Sie nahm es als Kompliment, und so war es

auch gemeint. »Muss daran liegen, dass wir dieselben Eltern haben«, scherzte sie.

Für eine kleine Weile wusste keiner etwas zu sagen. Ich war noch immer dabei, meinen Schrecken von vorhin zu verarbeiten. Die Bemerkung meines Vaters, er habe Maja in der Stadt gesehen, fiel mir ein. Es konnte nur Anja gewesen sein. Sie musste ihm irgendwo über den Weg gelaufen sein.

»Euer Abitreffen hat wohl schon angefangen?«, brach Anja das Schweigen.

»Bist du deshalb hier?«, fragte Ulrike.

Anja nickte. »Ich weiß so wenig über Maja und würde gern erfahren, wie sie bei ihren Freunden war. Oder überhaupt. Meine Eltern ...« Sie senkte den Blick. »Meine Eltern können mir leider nichts mehr erzählen. Sie sind beide tot. Schon lange.«

»Das ist ja schrecklich«, sagte Ulrike. »Ich wusste nur, dass eure Eltern aus Wendling weggezogen sind. Danach hat man nichts mehr von ihnen gehört. Darf ich fragen ...«

»Herzinfarkt bei meinem Vater, Krebs bei meiner Mutter. Innerhalb von ein paar Jahren. Es war die Ungewissheit über Maja, die sie krank gemacht hat.«

»Und was wurde aus dir? Gab es noch andere Verwandte, die sich um dich kümmern konnten?«

Sie schüttelte den Kopf. »Ich kam zu Pflegeeltern nach München. Sie waren okay. Nee, eigentlich waren sie richtig nett. Meine Geschwister auch. Kein Grund zur Klage. Es war nicht ihre Schuld, dass ich mich fremd gefühlt habe. Egal, wo ich war.«

Mir fiel ein, dass Maja genau das auch oft gesagt hatte. Sie fühle sich fremd. In ihrer Familie. Unter ihren Freunden. Selbst bei mir. Ich versuchte damals, ihr dieses Gefühl zu nehmen. Für wenige Stunden gelang es mir sogar. Wenn ich Anja jetzt ansah, erwachten in mir alte Gefühle. Nicht die Verliebtheit, aber der Wunsch, Anja zu trösten, so wie ich damals ihre Schwester getröstet hatte. Sie aufzufangen. Ich hatte ganz vergessen, wie viel Traurigkeit sich hinter Majas scheinbarer Ausgelassenheit und Leichtigkeit verbarg. Den Grund dafür habe ich nie erfahren, wahrscheinlich gab es keinen bestimmten. Es war wohl das Leben an sich, das sie bedrückte, oder vielleicht lag es schlicht in ihren Genen.

Vor dem Eingang des Hotels, dort, wo die anderen Raucher standen, tauchte Lukas auf, schaute sich suchend nach uns um, und als er uns entdeckt hatte, fing er an, heftig zu winken. »Hallo! Wo bleibt ihr denn? Die Show fängt gleich an.« Erst da fiel ihm auf, dass wir zu dritt waren, denn er ließ abrupt den Arm sinken.

»Komm«, sagte Ulrike, »es gibt gleich eine Fotoshow. Dann kannst du sehen, mit was für Leuten deine Schwester die Schulbank gedrückt hat.«

Wir nahmen Anja in die Mitte und gingen zu Lukas. Die Hände tief in den Hosentaschen, wartete er vor dem Hoteleingang auf uns. So wie er Anja ansah, wunderte er sich wohl gerade genauso, wie wir uns gewundert hatten, als sie vorhin auf der anderen Seite des Platzes im Licht der Straßenlaterne erschienen war.

»Wen haben wir denn da?«, fragte er mit einer gewissen Verzögerung und ganz ohne seinen typischen ironischen Unterton.

Ulrike machte Lukas und Anja bekannt und erklärte ihm, was diese hierherführte.

»Alte Geschichten kriegst du hier reichlich geliefert«, sagte Lukas. Ich spürte hinter der ihm eigenen jovialen Art eine innere Anspannung. Keinen von uns ließ Anjas Auftauchen kalt, sie war in unserer Mitte wie eine Wiedergängerin ihrer verschwundenen Schwester.

Auf dem Weg zur *Edelweiß-Stube* kam mir eine Frage in den Sinn: Wie hatte Anja von dem heutigen Treffen erfahren, wenn sie schon so lange nicht mehr in Wendling lebte? Ich fragte sie danach, und sie antwortete: »Na, von der Einladung. Es kam eine Karte, mit der Post.«

»Ach ja? Bist du so leicht zu finden?«

»Über Facebook, und ich steh sogar ganz altmodisch im Telefonbuch. Ich bin keine von denen, die nicht gefunden werden wollen.«

»Jedenfalls nett, dass man dich eingeladen hat.«

»Fand ich auch. Obwohl ... ehrlich gesagt weiß ich noch immer nicht, ob es wirklich eine gute Idee war herzukommen. Ich erinnere alle an Maja, und ihr wollt doch eigentlich feiern und Spaß haben.«

Ich wiegelte ab. »Keine Sorge, wir werden Spaß haben.«

Als wir die *Edelweiß-Stube* betraten und immer mehr Schulkameraden auf Anja aufmerksam wurden, verebbten die Gespräche nach und nach, bis sie schließlich ganz verstummt waren. Wie gebannt schauten alle auf Anja. Sie stand da und lächelte verlegen. Mir war, als hörte ich ihr Herz schlagen. Vielleicht war es auch das meine. Lukas rettete sie aus der peinlichen Situation, indem er rief: »Das ist Majas kleine Schwester Anja. Sie ist heute unser Gast. Es hat hoffentlich keiner von euch was dagegen, dass sie hier ist.«

Applaus setzte ein. Anja lächelte mir zu, und dieses Lächeln berührte mich. Hatte es mit Maja damals nicht genauso angefangen, mit so einem Blick und so einem Lächeln? Natürlich, denn mit einem Blick und einem Lächeln fing es ja immer an. Ich trat neben sie. »Komm«, sagte ich, »an unserem Tisch ist noch ein Platz frei.«

Ohne nachzudenken, legte ich meine Hand sanft an Anjas Rücken, um sie zu führen und ihr Sicherheit zu geben. Sie zuckte bei der Berührung zusammen, nicht heftig, aber spürbar. Ich zog meine Hand sofort zurück und entschuldigte mich. Sie reagierte nicht darauf.

An unserem Tisch hatte Claus Amann sich erhoben, um Anja zu begrüßen. Und wie er sie ansah. Es machte mich fast ein wenig eifersüchtig, weil ich in diesem Blick eine Absicht vermutete. Hatte er sich nicht schon früher gern von hübschen Schülerinnen umschwärmen lassen?

»Was für eine wunderschöne Überraschung!«, sagte er. »Kommen Sie, setzen Sie sich!«

Er dirigierte sie so, dass sie schließlich zwischen ihm und mir Platz nahm. Ich fragte mich plötzlich, was er eigentlich an unserem Tisch machte. Gehörte er nicht an den Lehrertisch auf der anderen Seite des Raumes?

Gleich nachdem Anja sich niedergelassen hatte, wurde sie, wie befürchtet, von Amann in Beschlag genommen. Wichtigtuer, dachte ich. Ulrike nutzte die Gelegenheit und nahm mich beiseite. »Ist ja sehr schön, dass Anja hier ist«, sagte sie mit gedämpfter Stimme, »aber offiziell eingeladen hat sie niemand. Ich war im Orga-Team für das Verschicken der Einladungen zuständig. Eine Anja Hofmann stand nicht auf unserer Liste.«

»Du glaubst, sie lügt?«

»Entweder das, oder jemand anders wollte, dass sie hier auftaucht.«

»Fällt dir da jemand ein?«

Ulrike überlegte, schüttelte dann den Kopf.

»Mir auch nicht«, sagte ich.

Je länger der Abend dauerte und je mehr Alkohol durch unsere Kehlen floss, desto ausgelassener wurden wir. Amann saß zum Glück nicht den ganzen Abend bei uns. Er sah es wohl als seine Pflicht an, jeden der Tische wenigstens kurz mit seiner Anwesenheit zu beehren, und blieb schließlich bei den anderen Lehrern hängen, so dass Lukas, Ulrike, Anja und ich unter uns waren. Wir erzählten Anja von unseren Erlebnissen, unseren Dummheiten und verrückten Aktionen. Wie wir sturzbetrunken beim Sportfest angetreten waren und Ulrike trotzdem beim Hindernislauf Zweite wurde, danach aber einen Kreislaufkollaps bekam und der Notarzt gerufen wurde; wie wir uns bei einer Exkursion ins *Deutsche Museum* in München abseilten, in einem Nobelrestaurant fürstlich zu Mittag speisten und dann die Zeche prellten; wie wir die Karre unseres fiesen Geschichtslehrers Knappertsbusch mit Graffiti verzierten, die den Schrotthaufen eigentlich aufwerteten. Ein ums andere Mal versicherten wir Anja, dass bei vielen dieser Aktionen ihre auf allen Fotos so süß und lieb guckende Schwester Maja die treibende Kraft gewesen war. »Sie hatte eine Menge kriminelle Energie«, konstatierte Ulrike stolz, und Lukas pflichtete grinsend bei: »Sie sah aus wie ein Engel, aber in ihr steckte auch ein kleiner Teufel.« Ich konnte nur zustimmen. Maja hatte den Schalk im Nacken. Es wurde viel gelacht, und alles, was erzählt wurde, fühlte sich für mich zugleich sehr nah und sehr weit weg an. Anja nahm unsere Erzählungen mit großen Augen und offenen Ohren auf, sie lachte mit uns, fragte nach, und wir gaben gern Auskunft.

Als Ulrike irgendwann nach draußen verschwand, um eine Zigarette zu rauchen, und Lukas sich ihr anschloss, blieben Anja und ich allein am Tisch zurück. Wir schwiegen zunächst. Ich bemerkte, dass sich die *Edelweiß-Stube* schon zu leeren begann, und schaute auf die Uhr. Es war bereits nach zwölf. Wie schnell die Stunden doch verflogen waren.

»Willst du schon gehen?«, fragte Anja wegen meines Blicks auf die Uhr.

»Nein.«

»Ich würde auch gern ein wenig frische Luft schnappen.«

»Gute Idee.«

Beim Aufstehen spürte ich erst, dass die vier Gläser Wein und die beiden Schnäpse, die ich im Lauf des Abends getrunken hatte, nicht ohne Wirkung geblieben waren. Als wir am Lehrertisch vorüberkamen, fiel mein Blick auf Amann, der mich ebenfalls ansah. Er lächelte und nickte. Was er damit sagen wollte, war mir schleierhaft. Dennoch nickte ich zurück, wie in stillem Einverständnis, auch wenn ich nicht wusste, worüber.

Wir verließen das Hotel durch den Hinterausgang zum Parkplatz. Jenseits davon lag eine Grünfläche. Es war eine sternenklare Nacht, angenehm, wenn auch noch ein wenig kühl. Immerhin machte die frische Luft meinen Kopf rasch klarer.

»Bereust du es, hergekommen zu sein?«, fragte ich.

»Überhaupt nicht. Es ist ein sehr schöner Abend.«

»Freut mich zu hören.«

»Maja hatte Glück, Freunde wie euch zu haben.«

»Wir hatten Glück mit ihr. Ich im Besonderen.«

»Erzähl mir von ihr. Sie hat dir viel bedeutet, oder?«

Obwohl ich in den letzten Tagen und Wochen wieder oft an Maja gedacht hatte, traf mich die Frage unvorbereitet. Was sollte ich darauf erwidern? Ließen sich Gefühle in Worte übersetzen? Der Versuch endete immer in peinlichen Phrasen und Missverständnissen. Deshalb sagte ich nur: »Sie war meine erste große Liebe, und allein deshalb wird sie für mich immer etwas Besonderes bleiben.«

Anja nickte.

»Aber auch andere haben gespürt, dass sie etwas Besonderes war«, fuhr ich fort. »Eigentlich jeder, der sie kannte. Was es genau war ... Wie soll ich es beschreiben? Es war etwas, das passierte, wenn man mit ihr zusammen war. Sie erlebte. Dann machte das etwas mit einem. Mit ihr zusammen zu sein bedeutete für mich, selbst etwas Besonderes zu werden. Es war das, was ich zu der Zeit am dringendsten brauchte, weil ich das genaue Gegenteil von etwas Besonderem war.«

»So wie ihr alle von Maja sprecht, war sie entweder ein Engel oder ein kleiner Teufel oder beides. Ich frage mich, ob man auch so über sie reden würde, wenn sie noch da wäre.«

Ich wusste genau, was Anja meinte. Eigentlich hatte ich dieselben Fragen wie sie. Und wie sie hatte ich keine Antworten. Deshalb schwieg ich.

Wir gingen eine kleine Weile nebeneinander her, jeder in Gedanken vertieft. Anja hatte recht mit dem, was sie eben gesagt hatte. Was hatte ich über Maja gewusst? Sie über mich? Was konnte man schon über einen anderen Menschen wissen?

»Glaubst du, Maja ist tot?«, fragte Anja.

Ich zögerte, ehe ich antwortete: »Was sonst?«

Sie nickte. »Manchmal stelle ich mir vor, dass sie irgendwo da draußen ist und ein Leben führt, wie sie es wollte.« Sie hielt kurz inne, dann fügte sie hinzu: »Natürlich weiß ich, dass es nicht so sein kann. Und um ihr eigenes Leben zu leben, hätte sie nicht verschwinden müssen. So bestimmend waren unsere Eltern auch wieder nicht. Außerdem war sie volljährig, die ganze Welt stand ihr offen. Und sie hatte dich.«

Ich schwieg. Ja, sie hatte mich. Wie viel ich von ihr hatte, war für mich nie sicher gewesen. Sie und ich für immer – daran hatte ich nur in meinen kühnsten Träumen geglaubt, nicht im wirklichen Leben. Als damals die Suche nach Maja eingestellt wurde und immer mehr Zeit ohne eine Spur von ihr verging, war sie für mich irgendwann tot. Und ich musste lernen, damit zu leben. Das war schwer genug. Mich auch noch mit unrealistischen Hoffnungen zu belasten, das hätte ich nicht ertragen.

»Was ist in der Nacht passiert?«, fragte Anja. »Ich meine die Nacht, in der Maja verschwand? Wie kann jemand einfach über Nacht verschwinden? Mitten unter seinen Freunden. Das verstehe ich nicht.«

Ich erschrak. Ihre Fragen klangen in meinen Ohren wie eine leise Anklage. *Wie konntest du, als der Mensch, der Maja liebte, zulassen, dass sie verschwand? Warum hast du nicht besser auf sie achtgegeben?* Wie oft hatte ich mich das damals selbst gefragt. Wie schuldig hatte ich mich gefühlt. Und jetzt tat ich es wieder.

»Ich verstehe es auch nicht«, sagte ich. »Jemand hat Maja etwas angetan und sie verschwinden lassen. Davon geht die Polizei aus. Und ich tu das auch.«

Anja blieb stehen und schlang die Arme um sich. »Mir ist ein wenig kalt. Gehen wir wieder rein.«

Wir kehrten zurück ins Hotel, wo Lukas und Ulrike uns schon erwarteten, allerdings nur, um ihren Abschied einzuläuten. Für einen Moment fragte ich mich, ob die beiden ihre alten Gefühle füreinander wiederentdeckt hatten und den Abend zu zweit ausklingen lassen wollten. Zum Beispiel mit einem Quickie auf die alten Zeiten in dem Wohnmobil, mit dem Ulrike von Rosenheim gekommen war und in dem sie die Nacht verbrachte. Wenn es so sein sollte, ging es mich nichts an. Nachdem wir unsere Zeche bezahlt hatten, schlug Lukas vor, dass wir uns am nächsten Morgen zum Brunch treffen könnten. »Wer weiß, wann wir uns wiedersehen«, meinte er. Er deutete auf Anja. »Du bist damit auch gemeint, klar?«

»Gern«, sagte Anja. »Ich wollte euch sowieso noch etwas vorschlagen. Eigentlich ist es mehr eine Bitte. Aber das kann bis morgen warten.«

»Kann es das?« Lukas verzog den Mund und spielte den schmollenden kleinen Jungen. »Jetzt hast du mich so neugierig gemacht, dass ich bestimmt die ganze Nacht wachliege.«

Anja lachte und klopfte ihm auf die Schulter. »Das glaube ich nicht. Wir sehen uns morgen. Sagen wir um elf? Hier im Hotel?«

12

Das Geläut der Kirchenglocken weckte mich schmerzhaft, so als wäre nicht nur der schmetternde Klang im Innern meines Schädels, sondern auch der Klöppel, der es erzeugt. Dabei waren die Fenster geschlossen. Ich hatte wild geträumt, wusste aber nicht mehr was. Anja hatte eine Rolle gespielt. Oder war es Maja gewesen? Als ich mich aufsetzte, wurde der Druck in meinem Kopf noch schlimmer. In weiser Voraussicht hatte ich eine Schachtel Aspirin eingepackt. Sie steckte allerdings in meinem Kulturbeutel, und der lag im Bad. Wieso hatte ich sie nicht aufs Nachtkästchen gelegt und ein Glas Wasser daneben gestellt? Auf dem Weg zur rettenden Medizin kam ich am Garderobenspiegel vorüber und war positiv überrascht. Ich sah wesentlich besser aus, als ich mich fühlte. Das Aspirin und eine kalte Dusche würden mich wiederherstellen.

Ich nahm sicherheitshalber zwei Tabletten, stellte mich in die Dusche und drehte das kalte Wasser auf. Die ersten zehn Sekunden waren die schlimmsten. Wenn sich das Wasser kalt und hart anfühlte wie Eisregen. Nach einer Weile kam der Kreislauf auf Touren, und Wärme strömte durch mich hindurch. Da fiel mir die Verabredung zum Brunch mit Anja, Ulrike und Lukas ein. Hatten wir nicht elf Uhr gesagt? Und hatte das Glockengeläut von vorhin nicht bedeutet, dass es elf Uhr war? Jetzt also schon nach elf?

Ich kürzte meine Waschroutine ab und eilte tropfnass ins Zimmer. Als ich mir das Handy griff, um meine Verspätung zu melden, fand ich zu meiner Erleichterung eine Nachricht von Lukas, die besagte, dass der Brunch auf halb zwölf verschoben war. Die anderen hatten einen ähnlich verzögerten Start gehabt wie ich. Eilig trocknete ich mich ab und zog mich an. Als ich fertig war, schlug die Kirchturmuhr gerade halb zwölf. Trotzdem setzte ich mich hin und klappte meinen Laptop auf, um mir einen raschen Überblick darüber zu verschaffen, was auf der Welt los war. Ich vermied es stets, bei einer Verabredung der Erste zu sein.

Dann fiel mir ein, dass ich gestern noch eine E-Mail an meine Studentin Lena abgeschickt hatte. Was genau ich ihr geschrieben hatte, wusste ich allerdings nicht mehr. Ich öffnete den Postausgang meines E-Mail-Account. Als ich die E-Mail nun las, erschrak ich.

Liebe Lena, geht es Ihnen gut? Sie haben mir zuletzt im Seminar gefehlt, so ohne Entschuldigung. Geben Sie bitte ein Lebenszeichen! Beste Grüße!

Dieser sehr persönliche, fast schon vertrauliche Ton – das war sonst nicht die Art, wie ich Studentinnen ansprach. Und statt einfach nur festzustellen, dass sie im Seminar gefehlt hatte, hatte ich doch glatt geschrieben, sie habe *mir* gefehlt. Und diese beinahe schon flehentliche Bitte um ein Lebenszeichen. Das alles war völlig unangemessen. Heutzutage vielleicht sogar ein Grund für eine Beschwerde. Ich ärgerte mich. Das kam heraus, wenn man unter dem Einfluss von Drogen E-Mails schrieb. Wieso hatte ich mich von Lukas zu dem Joint überreden lassen? Hatte er mich nicht schon früher mit seinen Dummheiten immer wieder in Schwierigkeiten gebracht? Lena hatte noch nicht geantwortet. Hoffentlich würde sie es auch nicht tun. Sollte ich ihr zuvorkommen und eine zweite Mail schreiben, in der ich die Situation richtigstellte und meine Frage erklärte? Oder machte das die Sache nur größer?

Die Kirchturmuhr schlug Viertel vor zwölf.

Ich vertagte die Entscheidung auf später und klappte den Laptop zu. Der Ärger über die missglückte E-Mail begleitete mich noch ein Stück auf dem Weg nach unten. Dann fiel mir plötzlich Raimund ein, der zu den letzten beiden Seminarsitzungen ebenfalls nicht erschienen war und allem Anschein nach aus Wendling stammte. Ich hatte gestern Abend völlig vergessen, Claus Amann nach ihm zu fragen. Sollte ich mir nachher von Ulrike Amanns Telefonnummer oder E-Mail-Adresse geben lassen, um das nachzuholen? Wohl besser nicht. Wenn ich Amann nur wegen eines Studenten kontaktierte, würde das der Sache eine Wichtigkeit geben, die sie nicht besaß. Andererseits hatte ich wegen des heutigen Brunchs noch in der letzten Nacht an der Rezeption meinen Aufenthalt um einen Tag verlängert. Wenn ich wollte, hatte ich nun sogar Zeit für einen Besuch bei Amann. Wir waren gestern Abend kaum zum Reden gekommen, und so überstürzt, wie ich Wendling vor zwanzig Jahren verlassen hatte, war es wohl angebracht, mich wenigstens diesmal anständig von ihm zu verabschieden.

Unten in der Hotellobby war niemand. Ich schaute mich nach allen Seiten um und entdeckte durch die verglaste Eingangstür hindurch Ulrike, die draußen eine Zigarette rauchte. Anja war bei ihr. Sie im hellen Licht des Tages zu sehen versetzte mir einen Stich. Wie sie strahlte, in all ihrer Jugend. Die beiden Frauen unterhielten sich, sie wirkten dabei ernst und eindringlich. So als ginge es um etwas Wichtiges, Persönliches. Vermutlich um Maja. Wenn die beiden pünktlich gewesen waren, hatten sie ausgiebig Zeit gehabt, sich auszutauschen. Was Ulrike Anja wohl alles erzählt hatte, insbesondere über Maja und mich?

Beherzt stieß ich die Glastür auf und platzte mit einem »Schönen guten Morgen, die Damen!« in das Gespräch.

»Na so was. Gibt man sich doch noch die Ehre.« Ulrike drückte ihre Zigarette in dem Aschenbecher aus, der auf einem Stehtisch neben der Tür bereitstand. »Das waren noch Zeiten, als Pünktlichkeit eine Form der Höflichkeit war. Besonders bei den Herren.«

»Ja, das waren noch Zeiten. Lang, lang ist's her.« Ich lachte, obwohl ich spürte, dass Ulrike nicht scherzte, sondern wirklich ein wenig sauer über meine und Lukas' Verspätung war. Zu Recht, wie ich zugeben musste.

Anja lächelte, und ich lächelte zurück. »Na«, fragte ich, »alles gut?« Ich hätte gern etwas weniger Beliebiges gesagt, mir fiel aber nichts Besseres ein.

In diesem Moment brauste Lukas in seinem Cabrio heran. Er hupte. Da es wieder ein strahlend schöner Tag war, trug er eine Sonnenbrille. Lässig grüßte er im Vorbeifahren zu uns herüber und steuerte eine Parklücke an.

Ich wandte mich wieder Anja zu und fragte sie, wie sie geschlafen habe. »Ziemlich unruhig«, sagte sie. »Mir ging zu viel durch den Kopf.«

»Kann ich verstehen.«

Wenig später kam Lukas ohne jede Hast auf uns zu geschlendert. »Sorry für die Verspätung, Leute«, sagte er, »Familie eben. Jeder will was von einem. Gehen wir rein? Ich habe einen Hunger, ich könnte ein Pferd essen.«

Der Brunch war in einem Nebenraum angerichtet, und es herrschte reger Betrieb. Ob süß oder sauer, warm oder kalt, gesundheitsbewusst oder deftig – an dem riesigen Buffet war für jeden Geschmack vorgesorgt. Und auch wir vier saßen bald vor vollen Tellern.

»Ich bin schon sehr gespannt auf deinen geheimnisvollen Vorschlag«, sagte Lukas zu Anja. »Ich hoffe, du willst uns nicht irgendwas andrehen, eine Versicherung oder so.«

»Was? Nein!« Anja lachte auf. »Es ist ... sehr viel delikater.«

»Raus damit«, sagte Ulrike. »Du bist unter Freunden.«

Anja schaute in die Müslischale vor sich, als suche sie dort nach den richtigen Worten. Dann blickte sie auf und sagte: »Ich möchte mit euch Wandern gehen.«

»Na, wenn es nichts Schlimmeres ist«, erwiderte Lukas und biss in ein Croissant.

Ich glaubte nicht, dass das schon alles war. Ein unguter Verdacht stellte sich ein.

»Ich meine nicht einfach nur Wandern«, fuhr Anja fort.

»Sondern?« Lukas hörte auf zu kauen. Vielleicht ahnte er auch, worauf das hinauslief, und schließlich sagte Anja es: »Ich meine eure letzte Wanderung. Mit Maja. Ich würde gern dieselbe Route mit euch gehen.«

Lukas und Ulrike sahen einander an und dann zu mir. Wir waren alle drei von Anjas Vorschlag befremdet. Ich vermutete wohl richtig, dass die beiden diese Route in den letzten zwanzig Jahren auch nicht mehr gegangen waren.

»Was versprichst du dir davon?«, fragte Lukas ernst.

»Keine Ahnung. Vielleicht, dass mir Maja dadurch näherkommt. Wenn ich das sehe, was sie zuletzt gesehen hat, gemeinsam mit den Leuten, mit denen sie damals unterwegs war. Und ihr könnt mir dabei erzählen, wie es war.« Sie sah in unsere wenig euphorischen Mienen. »Wahrscheinlich verlange ich zu viel, oder?«

Niemand sagte etwas, Lukas und Ulrike tauschten wieder Blicke, während ich Anja ansah, die in ihrem Müsli stocherte. Es schien ihr viel zu bedeuten, vielleicht trug sie diese Idee schon sehr lange mit sich herum. Ich fühlte mit ihr, obwohl ich nicht glaubte, dass die Wanderung ihre Hoffnungen erfüllen würde. Dennoch brachte ihr Vorschlag etwas in mir in Bewegung. Seit zwanzig Jahren hatte ich alles gemieden, was mich auch nur entfernt an Maja, insbesondere an unsere letzte Wanderung, erinnerte, und nun spürte ich plötzlich, was das für ein großer Verlust war. Es hatte ja sehr viel Gutes und Intensives gegeben, an das ich hätte denken können. Aus diesem Gefühl heraus, ohne weiter zu überlegen, sagte ich: »Ich finde, das ist eine schöne Idee.«

Anja sah mich dankbar an.

»Ich wäre auch dabei«, sagte Ulrike.

Moment!, wollte ich dazwischenrufen. Ich hatte nicht gesagt, dass ich dabei wäre, nur dass ich es eine schöne Idee fände. Doch bevor ich das richtigstellen konnte, sagte Lukas schon: »Na, meinetwegen, ich auch.«

Mist, dachte ich. Jetzt konnte ich schwerlich zurückrudern.

Anja blickte auf und schaute in die Runde. »Wirklich? Ihr würdet das mit mir machen?«

»Klar«, sagte Lukas. »Es gibt da nur ein Problem.«

»Was denn?«

»Ein Teil unserer damaligen Route ist aus Sicherheitsgründen gesperrt. Genau der, wo die Hütte liegt, in der wir damals übernachtet haben. Die wird auch nicht mehr bewirtschaftet. Ist schon seit Jahren so.« Er beugte sich vor und fuhr in gedämpftem Ton fort: »Andererseits ... sind Regeln nicht dafür da, gebrochen zu werden?«

»Ähm ... nicht ganz«, wandte Ulrike ein.

»Also bitte, Uli, lass hier nicht den Cop raushängen.«

Ulrike schob eine Gabel voll Rührei in den Mund. »Wir können uns ja mal ansehen, was da oben genau los ist. Und wenn es nicht geht, nehmen wir eben eine andere Route.«

»Perfekt, so machen wir's. Hand drauf!«

So wie früher, wenn wir einen Beschluss gefasst hatten, legte Lukas die Hand in die Mitte des Tisches, Ulrike ihre auf die seine, dann kam, etwas zögerlich, meine dazu und am Schluss die von Anja. Sie sah sehr zufrieden aus. Ich aber hatte ein ungutes Gefühl bei der Sache.

Es war schon später Nachmittag, als unsere Runde sich auflöste. Wir verabschiedeten uns vor dem Hotel voneinander. Anja war noch immer so froh, dass wir auf ihren Vorschlag eingegangen waren, dass sie jeden von uns fest umarmte. Wir hatten Kontaktdaten ausgetauscht, und Lukas versprach, eine WhatsApp-Gruppe einzurichten, in der wir in Verbindung bleiben und alles Weitere zu der Wanderung verabreden konnten. Als ungefährer Zeitraum war der Spätsommer anvisiert. Noch immer nicht ganz glücklich mit diesem Vorhaben, tröstete ich mich damit, dass ich ja jederzeit absagen könne. Allerdings hatte ich das schon beim Abiturtreffen gedacht, und doch war ich hier.

Anja ging zu einem Kleinwagen, der auf der anderen Straßenseite parkte. Sie winkte noch einmal, dann stieg sie ein und fuhr davon.

»Was ist eigentlich mit dir?«, sagte Lukas zu mir. »Wann fährst du los? Ist ja ein Stück nach Berlin.«

»Erst morgen«, sagte ich.

»Du kannst heute Abend zu mir kommen. Frau und Kinder kennenlernen.«

»Beim nächsten Mal. Ich habe was vor.« Ich wandte mich an Ulrike, die sich gerade eine Zigarette angezündet hatte. »Kannst du mir die Adresse von Claus Amann geben? Ich würde ihn gern besuchen. Ich bin damals einfach verschwunden, ohne mich bei ihm zu bedanken. Ich habe mich nicht mal richtig verabschiedet.«

Ulrike blies Rauch in die Luft. »Der wohnt immer noch im selben Haus wie früher.«

An den Weg dorthin erinnerte ich mich.

»Ich muss dann auch langsam los«, sagte Ulrike.

»Ich begleite dich zu deiner Karre«, bot Lukas an.

Sie widersprach nicht.

Wir umarmten einander zum Abschied, und die beiden

gingen davon. Lukas kniff Ulrike plötzlich in die Seite, sie schlug ihm auf die Finger. Ganz so wie früher. Ich fragte mich, ob zwischen ihnen in der letzten Nacht was gelaufen war.

Mit gemischten Gefühlen kehrte ich ins Hotel zurück. In meinem Zimmer ließ ich mich aufs Bett fallen. Ich dachte an Anja. Was ich dabei empfand, gefiel mir nicht. Sie rührte zu viel in mir auf. Und doch war ich dankbar, ihr begegnet zu sein.

13

Ich fand Claus Amanns Haus auf Anhieb wieder. Ein altes, etwas abseits stehendes Häuschen, das er einst billig gekauft und über die Jahre renoviert hatte. Es lag am Ende einer Sackgasse und besaß einen kleinen Garten, der auf einer Seite von einem schmalen Kanal begrenzt wurde, auf der anderen von einer Reihe hoher Tannen. Nach Majas Verschwinden hatte Amann mich öfter zu sich eingeladen, weil er die schwierigen Verhältnisse bei mir zu Hause kannte. Ich hatte diese Einladungen nur zwei- oder dreimal angenommen, so wie ich Amanns Angebote überhaupt eher reserviert aufnahm. Es fiel mir immer schon schwer, mich Menschen zu öffnen, und Freundlichkeit begegnete ich mit Misstrauen. So hatte ich es gelernt, denn mein Vater war nur freundlich gewesen, wenn er etwas von mir wollte.

Ich kam unangemeldet, und es wäre mir am liebsten gewesen, wenn Amann nur für ein Gespräch zwischen Tür und Angel Zeit gehabt hätte. Während des Spaziergangs hierher war mir immer klarer geworden, dass es mir vor allem um einen Abschluss von etwas ging, das vor zwanzig Jahren offengeblieben war. Ich war ungern jemandem etwas schuldig.

Auf dem Türschild stand nur ein Name: *C. Amann.* Also keine Lebenspartnerin, die auch hier wohnte. Durch ein gekipptes Fenster drang Schlagermusik. Amann war also zu Hause. Ein wenig nervös drückte ich auf den Klingelknopf und erschrak über das deutlich hörbare, schrille Klingeln. Wenig später öffnete Amann. Er war sichtlich erstaunt, mich zu sehen.

»Entschuldigung, wenn ich störe«, sagte ich. »Ich bin auf einem Spaziergang zufällig hier vorbeigekommen und dachte ...«

»Du störst überhaupt nicht, Arno«, sagte Amann. »Im Gegenteil. Wir hatten gestern ja kaum Gelegenheit, uns richtig zu unterhalten. Na los, komm rein.«

Er führte mich in ein Wohnzimmer, das genau das rechte Maß zwischen Ordnung und Unordnung aufwies, um als gemütlich durchzugehen. Amann stellte die Musik leise und räumte ein paar Bücher aus einem Sessel, damit ich dort Platz nehmen konnte.

»Eigentlich wollte ich gar nicht lange bleiben«, sagte ich ein wenig hilflos.

Amann ging darüber hinweg, als habe er mich nicht gehört. Er schien ehrlich erfreut, mich zu sehen, und brachte mir eine Tasse Hagebuttentee, den er frisch aufgebrüht hatte. Zufrieden ließ er sich mir gegenüber aufs Sofa sinken und fragte mich, wie es mir so ginge. Ich erzählte ein wenig von meinem Leben in Berlin und von der Arbeit an der Universität, ehe ich zum Grund meines Besuchs kam.

»Du warst mir in der Zeit nach Majas Verschwinden eine größere Stütze, als ich mir selbst eingestanden habe«, sagte ich, »und ich habe mich dafür nie richtig bedankt. Das wollte ich heute nachholen.«

Amann winkte ab. »Ach, hör auf! Das war nichts Besonderes. Eine Selbstverständlichkeit. Dafür musst du dich nicht bedanken. Du würdest dasselbe tun, wenn jemand, der dir was bedeutet, in Schwierigkeiten wäre.«

Ich nickte, obwohl ich mir da keineswegs so sicher war. Eigentlich war ich eher ein Mensch, der sich aus den Problemen anderer Leute lieber raushielt. Der nicht zu tief in etwas verwickelt werden wollte.

»Ich denke oft an dich, Arno«, sagte Amann, »und auch an Maja. Sie war bezaubernd. Etwas Besonderes, zugleich stark und verletzlich.«

Die Kehle wurde mir eng. Ich nahm einen Schluck Tee. Er war nur noch lauwarm und schmeckte mir nicht besonders. Ich wollte weder mit Amann noch mit irgendjemandem sonst über Maja sprechen. Außer vielleicht mit Anja. Mit ihr war es anders, das hatte ich sofort gespürt. Nachdem ich die Tasse wieder zurückgestellt hatte, fiel mir ein dickes Buch auf einem Beistelltisch neben dem Sessel ins Auge. Es kam mir bekannt vor.

»Deine Gesamtausgabe von Poe«, sagte ich und griff danach. »Die hattest du damals schon im Unterricht.« Ich blätterte wahllos darin herum.

»Ich verwende den alten Schinken immer noch.« Amann beugte sich vor. »Poes Geschichten sind eine Quelle der Inspiration.«

»Na ja«, sagte ich, »Inspiration ist vielleicht das falsche Wort, wenn man bedenkt, was für schreckliche Dinge in ihnen vorkommen. Aber ich weiß schon, was du meinst. Im letzten Semester habe ich übrigens ein Seminar zu Poe angeboten. So schließt sich ein Kreis.« Ich legte das Buch wieder weg. »Bei der Gelegenheit fällt mir ein: Kennst du einen ehemaligen Schüler namens Raimund Wolfsohn? Er war in meinem Seminar, und wenn ich nicht irre, hat er hier am Gymnasium vor ein paar Jahren in einer Inszenierung von Shakespeares *Sommernachtstraum* den Puck gespielt.«

Amann rieb sich den Bart, während er nachdachte. »Mit der Theater-AG habe ich nichts zu tun, das macht eine Kollegin. Auf Anhieb sagt mir der Name nichts. Bist du sicher, dass er hier zur Schule ging?«

»Ich dachte, ich hätte ihn auf einem der Fotos in der Schulaula erkannt. Es ist nicht wichtig.« Von der Geschichte, die Raimund mir zu lesen gegeben hatte, erzählte ich nichts. Wozu auch, da Amann Raimund nicht zu kennen schien?

Wir schwiegen, und ich wollte die Gelegenheit gerade nutzen, um mich zu verabschieden, als Amann sagte: »Übrigens fand ich es sehr schön, dass Majas kleine Schwester gestern bei dem Treffen war. Ist sie Maja nicht wie aus dem Gesicht geschnitten? Ich muss zugeben, einen Moment dachte ich …«

»Das dachten wir alle. Es ist unglaublich.«

»Wie ging es dir damit? Es muss dir wie ein Déjà-vu vorgekommen sein.«

Ich überlegte, denn es war mir nicht klar. Anja hatte etwas in mir aufgewühlt, doch es fühlte sich nicht beängstigend oder bedrohlich an. »Eigentlich nicht. Anfangs war es ein Schreck, danach …« Ich zuckte mit den Schultern.

»Was wollte sie überhaupt bei dem Abitreffen?«

»Mehr über Maja erfahren. Sie vermisst wohl etwas in ihrem Leben.«

»Kann sein. Aber sie vermisst sicher nicht direkt ihre Schwester, sondern etwas anderes. Sie kannte sie ja kaum. Und es ist viel Zeit vergangen. Wollte sie mit dir in Kontakt bleiben?«

»Nun ja … Sie will, dass Lukas, Ulrike und ich mit ihr unsere letzte Wanderung mit Maja wiederholen.«

»Hm.« Amann zwirbelte ein paar Barthaare, während er mich ansah. »Wenn ich dir einen Rat geben darf: Sei vorsichtig mit Anja. Im Interesse aller Beteiligten.«

Mein Blick wich seinem aus und glitt zu der Gesamtausgabe von Poes Geschichten, fand dort jedoch keinen Halt. Was seine Warnung so unangenehm machte, war die Tatsache, dass eine leise Stimme in meinem Innern mir längst dasselbe zugeraunt hatte. Und Amanns Gespür für Menschen war schon immer herausragend gewesen, das machte ihn zu einem guten Lehrer. Wenn er also so etwas sagte, sollte man es nicht ignorieren.

Ich musste daran denken, dass Anja laut Ulrike nicht auf der Einladungsliste gestanden hatte. Hatte Anja gelogen und nie eine Einladung erhalten? Das wäre allerdings eine eher plumpe, leicht aufzudeckende Lüge gewesen. Statt Amann nach seiner Meinung zu fragen, nahm ich einen Schluck des nun kalten und dadurch noch widerlicheren Hagebuttentees und erhob mich dann. »Ich muss los«, sagte ich.

Amann bedauerte, dass ich ihn schon verlassen wollte, hielt mich aber nicht zurück. An der Tür dankte ich ihm noch einmal, dass er vor zwanzig Jahren für mich da gewesen war, drehte mich um und ging. Amann blieb anscheinend stehen, bis ich das Grundstück verlassen hatte, denn erst dann hörte ich die Haustür zufallen.

Am nächsten Morgen fuhr ich zurück nach Berlin. Neuneinhalb Stunden und mehrere Staus später hatte ich ausgiebig über Anja und das, was Amann gesagt hatte, nachgedacht. Ob seine Warnung berechtigt war? Anjas Vorschlag war ziemlich makaber. Eine Wanderung auf den Spuren ihrer vermissten Schwester. In der Besetzung von damals, bis auf eine Ausnahme. Was für eine Idee. Hatten Lukas, Ulrike und ich uns nicht viel zu schnell darauf eingelassen? Was konnte dabei schon herauskommen? Oder war es – im Gegenteil – eine gute Idee, sich endlich mit dem Verlust von damals zu konfrontieren? So wie es mir schon Kaitlan empfohlen hatte? Würde ich am Ende freier sein? Auf diese Weise überlegte ich während der ganzen Fahrt hin und her, war aber kein bisschen schlauer, als ich in Berlin endlich auf den Hof der Autovermietung fuhr. Ich wusste nur eines: dass ich eigentlich nichts wusste. Nicht über Anja, nicht über ihre Motive. Nicht, was es mit mir machen würde, die letzte Wanderung und all die damit verbundenen Erinnerungen an Maja wiederzubeleben. Eine Sache war mir vollkommen klar: Anja hatte etwas in mir ausgelöst, und bloße Vorsicht würde nicht ausreichen, das in Schach zu halten.

In der S-Bahn, die mich nach Hause brachte, kam ich plötzlich auf die Idee, Kaitlan eine WhatsApp-Nachricht zu schreiben. Schließlich wäre ich ohne sie wahrscheinlich nicht zu dem Abiturtreffen gefahren. Als ich den Chat öffnete, fiel mir auf, dass wir seit unseren Trennungsnachrichten keinen Kontakt mehr gehabt hatten. Und plötzlich war sie weit weg, nicht nur räumlich, sondern auch emotional, fast schon wie eine Fremde. Während mir Maja so nah war, als hätten wir uns erst vor kurzem aus den Augen verloren. Manche Geschichten waren vorbei, wenn sie vorbei waren; andere dagegen hörten nie ganz auf.

Ich schloss die App, steckte das Handy ein und schaute aus dem Fenster. Irgendwann fielen mir die Augen zu. Als ich wieder aufwachte, hatte ich meine Haltestelle verpasst.

VIER WOCHEN VOR DER WANDERUNG

14

ERINNERE DICH!

Ich starrte die SMS auf dem Display des fremden Handys lange an. Es half nichts, sie enthüllte mir ihre tiefere Bedeutung nicht. Die Großbuchstaben in Verbindung mit dem Ausrufezeichen am Ende wirkten bedrohlich. *Wehe, du erinnerst dich nicht, dann …* Was dann? Und woran sollte ich mich erinnern? Ein kleiner Hinweis hätte sicher geholfen.

Ich öffnete das Adressbuch und fand dort zwei Einträge: meine eigene Nummer und *Lost & Found*. Als ich die Nummer anrief, sagte eine Automatenstimme: *Der Teilnehmer ist derzeit nicht erreichbar. Bitte versuchen Sie es später noch einmal.* Das würde ich bestimmt, erwartete jedoch nicht, dann etwas anderes zu hören. Ich kehrte mit dem Handy an meinen Schreibtisch zurück und weckte den Laptop aus dem Standby-Modus. Das angefangene Dokument für die Vorlesung des nächsten Semesters war noch geöffnet. Thema: Die Romane Herman Melvilles. Daran war jetzt nicht mehr zu denken. Ich klickte es weg und googelte den Absendernamen *Lost & Found*. Es gab entmutigende 1,6 Milliarden Treffer, ganz oben eine Popgruppe, außerdem mehrere Song-, Film- und Buchtitel, in denen der Begriff vorkam, und eine österreichische Firma, die Koffer und Taschen herstellte. Etwas weiter unten auf Seite eins stieß ich auf eine Werbeagentur. *Eine kleine innovative Kreativfabrik*, lobte die Agentur sich auf ihrer Homepage selbst, *mit originellen Werbeideen und*

Marketingkonzepten. War das Ganze etwa ein Marketinggag? Ich rief bei der Agentur an, eine junge Frau nahm ab, und nachdem ich ihr mein Anliegen geschildert hatte, versicherte sie entschieden, dass sie keine Handys ohne Aufforderung verschickten, auch keine SMS. Letzteres sei ohnehin gesetzlich untersagt, und sie hielten sich penibel an die gesetzlichen Vorgaben. Ich bedankte mich und legte auf.

»Genug Zeit damit verschwendet«, sagte ich zu mir selbst und verstaute das Handy in der untersten Schublade meines Schreibtisches bei den Fotos von der letzten Wanderung mit Maja. Ich war entschlossen, das Handy künftig zu ignorieren, aber nicht entschlossen genug, um es in den Müll zu werfen.

Am späten Nachmittag verließ ich die Wohnung und fuhr nach Mitte. Ich wollte erst ins Kino, danach in einem meiner Lieblingsrestaurants etwas essen. Leider hatte aus meinem Freundeskreis niemand Zeit, mich zu begleiten. Eigentlich machte es mir nichts aus, allein etwas zu unternehmen. Nur heute hätte ich gern einen Freund bei mir gehabt, der mich auf andere Gedanken brachte. Die Sache mit dem Handy ließ mir keine Ruhe. Da hatte sich jemand Mühe gegeben, und das sicher nicht ohne Grund.

Den Film, den ich mir ansehen wollte, wählte ich nach der Anzahl der zu erwartenden Actionszenen und Explosionen aus. Hauptsache nichts Leises und Tiefsinniges. Im Foyer herrschte großes Gedränge, vor allem junge Leute. Auf dem Weg zur Toilette rempelte mich eine junge Frau an. Sie entschuldigte sich, und da wurde uns beiden klar, dass wir uns kannten. Es war Lena aus dem Edgar-Allan-Poe-Seminar. Sofort fiel mir die missglückte E-Mail wieder ein, die ich ihr aus Wendling geschickt und die sie nie beantwortet hatte.

»Wie geht es Ihnen?«, fragte ich.

»Gut«, sagte sie.

Sie kam mir irgendwie verändert vor. Nervös. Unsicher. Verlegen. War ihr die Begegnung mit mir peinlich? Vielleicht wegen der E-Mail? Aber dann sagte sie: »Es tut mir leid, dass ich auf Ihre nette E-Mail nicht geantwortet habe. Ich schulde Ihnen wohl noch eine Erklärung für mein Fehlen im Seminar.«

»Das Semester ist vorbei, und außer einer Seminararbeit schulden Sie mir nichts.« Ich war erleichtert, dass sie meine E-Mail nett genannt hatte, ohne ironischen Unterton.

Lena wirkte jedoch weniger erleichtert, als ich erwartet hatte. Etwas quälte sie. Für einen Moment zitterte ihre Unterlippe, und ich befürchtete, sie werde gleich in Tränen ausbrechen, doch dann sagte sie: »Ich weiß nicht, ob ich schon wieder normal arbeiten kann. Mein Leben fühlt sich gerade an wie eine Geschichte von Poe.«

»Das klingt nicht gut«, sagte ich.

»Ist es auch nicht. Ich muss weiter. Meine Freundin wartet. Noch einen schönen Abend.«

Und schon war sie fort.

Die Begegnung mit Lena beschäftigte mich noch, als ich längst im Kino saß und der Film bereits begonnen hatte. Sie tat mir leid. Ihr musste etwas zugestoßen sein, das ihr schwer zusetzte. Hätte ich ihr anbieten sollen, mit mir darüber zu reden? So schnell, wie sie verschwunden war, hatte sie mir dazu allerdings keine Gelegenheit gelassen. Außerdem war ich für sie kaum mehr als ein Fremder. Und dennoch hielt sich bei mir das Gefühl, dass sie sich mir unter anderen Umständen anvertraut hätte.

Anders als die Begegnung mit Lena ging der Film spurlos an mir vorüber. Statt wie geplant danach gemütlichen essen zu gehen, holte ich mir an einem Stand einen Döner und schlang ihn an einem Stehtisch hinunter. So kam ich früher als beabsichtigt nach Hause. Ich schaltete den Fernseher an, um die Nachrichten zu sehen, und entkorkte eine Flasche Wein. Gerade als ich mich in meinem Sessel niedergelassen hatte, vernahm ich Musik. Unschlüssig, ob sie von draußen kam oder von irgendwo in der Wohnung, stellte ich den Fernseher auf stumm. Die Musik kam eindeutig von drinnen. *When the Saints Go Marching In.* Ich trat in den Flur und folgte den Klängen bis zu ihrer Quelle in meinem Arbeitszimmer, an meinen Schreibtisch. Ich zog die unterste Schublade auf. Die Musik war der Klingelton des Handys. *Lost & Found* rief mich an. Ich nahm das Handy heraus, zögerte noch einen Moment, dann sagte ich: »Hallo? Wer ist da?«

»Bist du das, Arno?«, fragte eine Frau. »Arno Seitz? Natürlich bist du es. Erkennst du mich denn nicht? Ich bin ...«

Bevor sie den Namen aussprechen konnte, legte ich in schierer Panik auf. Ich hatte die Stimme erkannt. Wusste, wer die Anruferin war. Wie ein Stück heiße Kohle ließ ich das Handy fallen, machte einen Schritt nach hinten. Mein Herz raste, ein Schwindelgefühl erfasste mich, ich klammerte mich am Bürostuhl fest.

Die Stimme ... es war Majas Stimme gewesen! Auch wenn ich sie zuletzt vor zwanzig Jahren gehört hatte, war ich absolut sicher. Derselbe helle Klang. Wie war das möglich? Lebte sie? Natürlich, ich hatte sie doch gehört! Aber wo war sie all die Jahre gewesen? Warum war sie verschwunden? Warum hatte sie sich vor aller Welt versteckt? Und wieso war sie plötzlich wieder da? Was wollte sie von mir?

When the Saints Go Marching In erklang erneut. Das Display des Handys leuchtete fordernd auf. Sofort schnellte mein Puls nach oben. Alle meine Fragen würden nur beantwortet werden, wenn ich den Anruf annahm. Ich griff nach dem Handy und nahm ab.

»Maja?« Ich brachte kaum mehr als ein Flüstern zustande.

»Habe ich dich erschreckt?«

Ein Lachen folgte. Mit Majas Stimme. Doch es war nicht ihr Lachen. Ihr Lachen war völlig anders gewesen.

»Dann ist mir meine Überraschung ja geglückt«, sagte die Frau. »Ich muss dich enttäuschen, Arno. Ich bin nicht Maja. Dass ich so klinge, verdanke ich einer Software. Unglaublich, was man heutzutage alles machen kann, oder?«

Meine Beine gaben nach, wie ein Sack Mehl sank ich auf den Bürostuhl. Ich brauchte einen Moment, um das Gehörte zu begreifen. *Lost & Found* war also nicht Maja. War ich enttäuscht? Oder erleichtert? Irgendwie beides.

»Wer sind Sie?«, fragte ich schließlich. »Und was wollen Sie?«

»Ich will dir helfen, Arno.«

»Helfen? Wobei?«

»Dich zu erinnern.«

Ich hatte den ersten Schreck verdaut, er verwandelte sich gerade in Zorn. »Keine Ahnung, was das bedeuten soll«, blaffte ich *Lost & Found* an. »Interessiert mich auch nicht. Lassen Sie mich in Ruhe. Ich lege jetzt auf und werfe das Handy weg. Und danach will ich nie wieder was von Ihnen hören, klar?«

»Willst du nicht wissen, was mit Maja passiert ist?«

Ich zögerte. »Sicher will ich das.«

»Wieso weist du mein Angebot dann zurück?«

»Wenn Sie mir was zu sagen haben, treffen wir uns und reden. Wie normale Leute. Was soll diese Nummer mit dem Handy? Mit Majas Stimme? Wieso verstecken Sie sich hinter dieser albernen Show?«

»Das ist keine Show. Das Setting ist wichtig. So wie die Couch in der Psychoanalyse. Oder der Beichtstuhl für die Beichte.«

»Beichte? Ich habe nichts zu beichten.«

»Sag das nicht. Wir sind alle Sünder. Unsere Sünden zu bekennen macht uns frei.«

Ich zögerte. Mit dem Sündengeschwätz beeindruckte mich *Lost & Found* kein bisschen. Ich fragte mich vielmehr, was ihre wahre Absicht hinter all dem war. Sie schien meine Gedanken zu erraten, denn sie sagte: »Sei unbesorgt, Arno. Es geht mir weder um Geld noch um Gefälligkeiten.«

Mein Vertrauen in die Versprechungen einer Person, die mir nicht einmal ihren Namen nannte, war eher gering. Dafür wuchs mein Interesse daran, worauf das Ganze hinauslaufen würde. Vor allem, was Maja anging.

»Sie wissen wirklich, was mit Maja passiert ist?«

»Ob ich es weiß, spielt keine Rolle«, sagte *Lost & Found*. »Du weißt es, Arno. Du musst dich nur erinnern. Und genau dabei will ich dir helfen. Aber für heute haben wir genug gesprochen. Ich melde mich wieder.«

Damit brach die Verbindung ab. Noch bevor ich meine Gedanken gesammelt hatte, traf eine SMS ein: *Noch etwas: Du solltest besser niemandem von unserem Kontakt erzählen. In deinem eigenen Interesse.*

15

Ohne das Handy hätte ich vermutlich schon am nächsten Morgen nicht mehr sicher sagen können, ob das Gespräch mit *Lost & Found* wirklich stattgefunden hatte oder nur Einbildung gewesen war. Mit dem Ding in der Hand aber ließ es sich nicht leugnen. Deshalb – und weil ich *Lost & Founds* nächsten Anruf auf keinen Fall versäumen wollte – nahm ich es am nächsten Morgen überallhin mit: in die Küche zum Frühstücken, in mein Arbeitszimmer, sogar ins Bad. Wieder und wieder las ich die SMS. Ließ mir das Gespräch durch den Kopf gehen. Wie war es *Lost & Found* gelungen, Majas Stimme so perfekt nachzuahmen, nach so vielen Jahren? Sie musste eine Tonaufnahme von ihr besitzen. Je länger ich darüber nachdachte, desto weniger Sinn ergab das alles. Ging es um mich oder um Maja? Was meinte *Lost & Found*, wenn sie sagte, ich wisse, was mit Maja geschehen sei, und müsse mich nur erinnern? Ich erinnerte mich an alles, sogar sehr gut, denn damals war ich zigfach von der Polizei befragt worden und hatte allen möglichen Leuten viele Male erzählt, was ich wusste. Allen voran diesem penetranten Kommissar, der mich zu einem Geständnis zwingen wollte. Nur hatte ich nichts zu gestehen und konnte auch sonst nichts erzählen, das geholfen hätte.

Ich nahm die Fotos von dieser letzten Wanderung aus der untersten Schublade meines Schreibtisches und blätterte sie durch. Betrachtete Maja auf jedem von ihnen. Ihren mal ernsten, mal heiteren Blick; das blonde Haar; ihr Lachen; das herzförmige Muttermal auf ihrer Wange. Plötzlich war sie mir so nah, dass ich ihren Duft in der Nase hatte und die flaumweiche Haut auf den Fingerkuppen spürte. Und es überkam mich eine tiefe Traurigkeit, weil mir bewusst wurde, was ich verloren hatte. Irgendwann schob sich vor diese Erinnerungen eine andere, wesentlich frischere. Dachte ich wirklich die ganze Zeit an Maja? Oder nicht auch an ihre Schwester Anja?

Seit dem Klassentreffen hatten Lukas, Ulrike, Anja und ich gelegentlichen Kontakt. Lukas hatte wie versprochen in WhatsApp eine eigene Vierergruppe für uns eröffnet und ihr den wenig einfallsreichen, aber treffenden Namen *Die Wanderer* gegeben. Er schickte manchmal witzige Cartoons oder Videoclips, die er im Netz gefunden hatte und die Anja stets mit einem Lach-Smiley beantwortete. Ulrike meldete sich so gut wie gar nicht, und ich hielt mich auch ziemlich zurück. Sollte ich, *Lost & Founds* Warnung zum Trotz, jemandem aus der Gruppe von dem Anruf erzählen? Lukas, meinem alten Freund? Ulrike, die als Polizistin am ehesten eine Ahnung hatte, wie man sich in so einer Situation verhielt? Oder Anja, einfach deshalb, weil sie Majas Schwester und mir dadurch besonders nah war, obwohl ich sie in Wirklichkeit von allen am wenigsten kannte? Dass ich mich am Ende niemandem anvertraute, lag nicht an *Lost & Founds* Warnung, sondern mehr daran, dass ich mich generell Menschen nur schwer anvertraute. Geteilte Geheimnisse ließen sich nicht mehr zurücknehmen, und da ich von Kindesbeinen an die Erfahrung gemacht hatte, dass alles irgendwann gegen mich verwendet wurde, fühlte ich mich sicherer, wenn andere so wenig wie möglich über mich und meine Angelegenheiten wussten.

Es gab noch einen weiteren, nicht unerheblichen Grund, warum ich schwieg. Jeder aus meinem Umkreis, dem ich mich anvertraute, konnte *Lost & Found* sein, und ich hatte ja keine Ahnung, wo das Ganze hinführte. Auch wenn es eine weibliche Stimme – Majas Stimme – gewesen war, konnte ein Mann hinter allem stecken. Vielleicht erlaubte sich Lukas einen makabren Scherz mit mir. Hatte Ulrike nicht gesagt, dass sie Majas Fall nie ad acta gelegt habe? Konnte doch sein, dass sie stets einen gewissen Verdacht gegen mich gehegt hatte, der sich nach dem Abiturtreffen verstärkt und sie zu einer unkonventionellen Methode verleitet hatte, um mir etwas zu entlocken. Und was wusste ich von Anja? Gut möglich, dass ihre Freundlichkeit nur die Fassade war, hinter der sich abgrundtiefes Misstrauen verbarg. Sie musste ihre Stimme noch nicht einmal großartig mit einer Software bearbeiten, sie war auch so der von Maja recht ähnlich.

Nachmittags wurde es mir in der Wohnung und in meiner Haut zu eng. Da es ein sonniger Tag war, schwang ich mich aufs Fahrrad und fuhr durch die Gegend. Es tat gut, an der frischen Luft zu sein. Bei einem Elektronikmarkt legte ich einen Halt ein und sah mir Handys an. Genauer gesagt, Billighandys. Ich wollte sehen, ob sie das Modell führten, das *Lost & Found* mir geschickt hatte. Einfach, um mich zu vergewissern, dass es ein völlig normales Telefon war. Und in der Tat, es war da und kostete mit zehn Euro Startguthaben knapp vierzig Euro.

Ich winkte einen kaugummikauenden Kundenberater herbei und ließ mir erklären, wie ich das Ding in Betrieb nehmen könne. Als er mich eingewiesen hatte, fragte ich nach: »Kann ich dieses Handy auch anonym betreiben?«

Der Kundenberater – ein lässiger junger Mann mit den Spuren einer austherapierten Akne im Gesicht – zog eine Braue hoch. »Sie meinen, so wie diese Wegwerfhandys, die dauernd in amerikanischen Krimis zum Einsatz kommen? Sorry, Mann, das geht hierzulande nicht. Das ist Deutschland. Hier muss sich jeder, der eine SIM-Karte in ein Handy steckt, ausweisen. Also, falls Sie kein gefälschtes Ausweisdokument haben …« Er zwinkerte.

»Ich habe doch nicht vor … ich frage nur, weil …« Sein Zwinkern irritierte mich, ich begann zu stottern, obwohl es dafür keinen Grund gab. Zumindest nicht den, den er mir unterstellte.

Der Kundenberater lachte. »Schon klar, Mann. War nur ein Witz. Übrigens gibt es in Europa Länder, in denen die Vorschriften anders sind. Dieses Handy wird weltweit vertrieben. Also, wenn Sie es anonym benutzen wollen …«

»Das habe ich nicht vor. Ich frage nur aus Interesse. Vielen Dank.«

Ich legte das Telefon zurück ins Regal und verließ den Markt.

Ob *Lost & Found* bei der Anmeldung des Handys einen gefälschten Ausweis vorgelegt hatte oder dafür ins Ausland gegangen war, war egal, sicher war eines: Sie hatte auf dem Handy keine Spuren hinterlassen, die auf ihre Identität hinwiesen. Sonst hätte sie mich auch einfach auf meinem Handy anrufen können. Vielleicht würde sie irgendwann das Handy zurückverlangen, und dann wäre es so, als hätte es zwischen uns nie Kontakt gegeben.

Als ein Polizeiwagen mit Blaulicht an mir vorbeijagte, fragte ich mich, ob es nicht klüger war, mit der ganzen Sache zur Polizei zu gehen. Doch was konnte ich vorbringen? Bisher war nichts Illegales geschehen. Auch nichts, das ein Verbrechen erwarten ließ. *Lost & Found* hat mich weder mit Gewalt bedroht noch in erpresserischer Weise genötigt. Alles, was sie angeblich wollte, war, dass ich mich erinnerte. Es war ein Psychospiel. Und wenn *Lost & Found* mich nicht komplett verarschte (was ich keineswegs ausschloss), würde ich am Ende vielleicht mehr darüber erfahren, was mit Maja geschehen war. Vielleicht gab es ja etwas, an das ich mich nicht erinnerte, eine Kleinigkeit, die der Schlüssel zu allem war. Doch wenn ich selbst nichts davon wusste, woher wusste *Lost & Found* es?

Eine Bemerkung meines versoffenen Vaters bei unserer kurzen Begegnung in Wendling fiel mir wieder ein: Er habe bei der Polizei für mich ausgesagt, von ihm hätten sie nichts erfahren. Was sollte das bedeuten? Es hatte geklungen, als habe er für mich gelogen. Was nicht nötig gewesen war. Niemand hatte für mich lügen müssen, weil ich nichts zu verbergen hatte. Dieser Kommissar Berger, der damals die Ermittlungen leitete, hatte das zwar anders gesehen. Als Majas Freund hatte er mich, mangels anderer Verdächtiger, besonders auf dem Kieker gehabt, weil in neunzig Prozent solcher Fälle der Täter im nächsten Umfeld des Opfers zu finden ist. Er unterstellte mir allerhand Motive. Oder baute mir vermeintlich eine Brücke, indem er vorschlug, es sei vielleicht ein Unfall gewesen. Eine Verkettung unglücklicher Umstände. Aber ich ließ mir nichts einreden und blieb bei der Wahrheit, bis Berger entnervt aufgab.

Wenn *Lost & Found* glaubte, sie könnte mir etwas unterschieben, würde es ihr genauso gehen.

16

Lost & Founds nächster Anruf erfolgte tags darauf. Ich hatte mich viele Stunden mit meiner Vorlesung zu den Romanen Herman Melvilles gequält, ohne wesentlich voranzukommen, und der Rotwein, mit dem ich meinem Geist zu etwas mehr Leichtigkeit verhelfen wollte, hatte spätestens nach dem dritten Glas eher das Gegenteil bewirkt. Bleiern schleppten sich meine Gedanken dahin, die Zeit kam beinahe zum Stillstand. Bis *When the Saints Go Marching In* erklang und die Erstarrung sprengte. Im Nu war ich hellwach. Ich nahm ab, meldete mich knapp mit einem »Ja?«

»Ich störe hoffentlich nicht.«

Es war wieder Majas Stimme. Obwohl ich wusste, dass sie nicht echt war, traf mich ihr Klang fast so heftig wie beim ersten Mal. Nur dass ich dieses Mal etwas schneller meine Sprache wiederfand.

»Sparen Sie sich die Floskeln. Sagen Sie mir lieber, was das hier werden soll.« Ich bemühte mich um einen ruppigen Ton, um mein Nervenflattern zu überspielen.

»Das sagte ich doch schon beim letzten Mal, Arno. Ich will dir helfen, dich zu erinnern. An das, was du getan hast. Mit Maja.«

»Was sollte das sein? Ich habe sie geliebt und liebe sie immer noch.«

»Aus Liebe tun die Menschen manchmal die schrecklichsten Dinge.«

»Lassen Sie mich mit Ihren Phrasen in Ruhe und sagen Sie endlich, worauf das Ganze hinauslaufen soll.«

»Du sollst dich erinnern, Arno. Daran, dass du Maja umgebracht hast. Aber das weißt du längst, nicht wahr? Es hat keinen Sinn, es zu leugnen.«

Ich war sprachlos. Nicht nur wegen der Wucht dieser ungeheuerlichen Anschuldigung. Mehr noch über die unaufgeregte Freundlichkeit, mit der *Lost & Found* sie vorbrachte. Keine Spur von mühsam zurückgehaltener Empörung, von eisigem Zynismus, von Anklage. Sie ließ es wie die bloße Feststellung einer Tatsache klingen, was es umso niederschmetternder machte.

»Arno? Hallo? Bist du noch da?«

Ich brachte kaum mehr als ein Knurren zustande.

»Du musst nichts sagen, Arno. Deine Gedanken sind so laut, dass ich sie hören kann. Wieso hätte ich Maja umbringen sollen? Ich habe sie geliebt. Wir waren glücklich. Alles war perfekt.« *Lost & Found* machte eine kleine Pause, ehe sie fortfuhr: »War es das wirklich, Arno – perfekt? Denk nach. Sei ehrlich zu dir.«

Was ist schon perfekt, wollte ich sagen. Doch ich sagte nichts. Erschöpfte mich in Schweigen.

»Was war zum Beispiel mit Lukas?«, sagte *Lost & Found*. »Deinem besten Freund?«

»Lukas? Was soll mit ihm gewesen sein?«

»Das frage ich dich. Oder hast du das auch vergessen?«

In meinem Kopf war nur weißes Rauschen. Völlige Leere. Hätte jemand mich nach meinem Namen gefragt, wäre ich ins Stocken geraten.

»Denk an die Freinacht im letzten Schuljahr. Erinnerst du dich?«

Wieder antwortete ich nur mit Schweigen.

»Ihr habt ziemlich über die Stränge geschlagen. Aber davon rede ich nicht, sondern von dem, was danach geschah. Du weißt, was ich meine.«

Nichts wusste ich. Gar nichts.

»Denk nach, Arno! Erinnere dich! Du hast Maja geschlagen.«

»Niemals! Das ist eine Lüge!«

»Denk nach, Arno, und erinnere dich! Dann sprechen wir weiter.«

Die Verbindung brach ab.

Meine Hände zitterten, als ich das Handy weglegte. Ich verschränkte die Finger, damit das Zittern aufhörte. Der Vorwurf, ich hätte Maja geschlagen, ja sogar umgebracht, versetzte mich emotional in die finstersten Momente meines Lebens: Das Vernehmungszimmer der Polizei, dieser widerliche Kommissar Berger sitzt mir gegenüber, sein Raucheratem stinkt penetrant, und er sagt: *Du hast Maja umgebracht, Junge. Ich weiß es, du weißt es, also wieso Zeit verschwenden? Erzähl, was passiert ist, danach geht's dir besser.* Doch ich hatte damals nichts zu gestehen, und daran hatte sich nichts geändert.

Meine Zunge klebte am Gaumen. Ich brauchte etwas zu trinken, etwas mit deutlich mehr Prozent als Rotwein. In meiner Hausbar stand ein Bourbon, wie geschaffen für solche Gemütslagen. Kaitlan hatte ihn mir aus Tennessee mitgebracht. Ich goss das Glas halb voll und kippte den Whiskey in einem Zug hinunter. Er vertrieb das klamme Gefühl aus meinen Gliedern, und die Zahnrädchen in meinem Kopf fingen langsam wieder an, sich zu drehen. Ich schenkte mir nach und wanderte, das Glas in der Hand, wie ein Gespenst durch die Wohnung, von Zimmer zu Zimmer, während meine Gedanken die Rumpelkammern meiner Erinnerung durchstöberten.

Freinacht. So lange hatte ich dieses Wort nicht mehr

gehört, dass es inzwischen fremd in meinen Ohren klang. Seine Bedeutung hatte ich allerdings nicht vergessen. Freinacht hieß die Nacht zum ersten Mai, es war die Nacht, in der in Süddeutschland Maibäume gestohlen und noch allerlei anderer Unfug angestellt wurde, der manchmal von Vandalismus nicht zu unterscheiden war. Im letzten Schuljahr waren Lukas, Ulrike, Maja und ich mit ein paar anderen durch Wendling gezogen, hatten Autos in Klopapier eingewickelt, die Griffe an Haustüren mit Rasierschaum beschmiert, Knallfrösche in Briefkästen geworfen. Möglich, dass ein paar unserer Streiche auch nicht so harmlos waren. Ich erinnerte mich dunkel an den zerkratzten Lack eines silbernen Porsche. Aber hatte irgendetwas von all dem mit Majas Verschwinden zu tun? Nein, hatte es nicht! Und auf keinen Fall und unter keinen Umständen hatte ich Maja in dieser Nacht geschlagen. Weshalb auch?

Der Bourbon knockte mich nach dem zweiten Glas aus, ich hatte davor ja schon eine Flasche Wein geleert. Ich stellte das Glas irgendwohin, hörte im nächsten Moment hinter mir ein Klirren, als ob irgendwo eine Fensterscheibe zu Bruch ginge. Der Boden schwankte unter meinen Füßen, die Wände neigten sich. Ich rettete mich ins Wohnzimmer, sackte schwer in meinen Fernsehsessel, die Augen fielen mir zu. Ich schwebte, drehte mich und wünschte mir, dass der Schlaf mich schnell aus diesem quälenden Zustand erlösen möge.

Als ich wieder zu mir kam, herrschte um mich herum Dunkelheit. Wo war ich? Den Umrissen nach zu schließen im Wohnzimmer. Ich rappelte mich auf und machte Licht. Mein Schädel schmerzte wie nach einem Boxkampf. Das war nicht nur der Alkohol gewesen. Es war, als hätte mir jemand den Stecker gezogen. Wegen Systemüberlastung. Und nun ein

Neustart. Noch immer wacklig auf den Beinen, torkelte ich ins Bad und stellte mich unter die kalte Dusche. Danach fühlte ich mich endlich besser, hatte wieder festen Boden unter den Füßen.

Ich hatte einen Bärenhunger, warf mir den Bademantel über und ging Richtung Küche. Auf halbem Weg schoss mir plötzlich ein stechender Schmerz durch den Fuß. Ich schrie auf und bemerkte erst jetzt die Scherben auf dem Boden. Mir fiel wieder ein, dass ich das Whiskeyglas abgestellt und dass es danach geklirrt hatte. Eine Scherbe steckte in meiner Ferse, Blut quoll aus der Wunde. Ich hüpfte auf einem Bein in die Küche, entfernte die Scherbe, desinfizierte die Wunde mit Jod und verband sie. Mein Magen rebellierte. Ich nahm wahllos Sachen aus dem Kühlschrank – Käse, Quark, Salami – und stopfte sie mit Graubrot in mich hinein. Während ich, das Pochen in meinem verletzten Fuß tapfer ignorierend, kaute, fiel mein Blick auf die Blutspur, die aus dem Flur in die Küche führte.

Und plötzlich war das Wort wieder in meinem Kopf: Freinacht. Und dann kamen die Bilder: Ich sah Maja und mich, Lukas und Ulrike die Schule mit Farbbeuteln bewerfen. Dann Licht in der Hausmeisterwohnung. Wir rennen weg. *Es gibt keinen Tag, an dem ich Maja nicht vermisse*, sagt Lukas. Maja und Lukas rennen weg, Ulrike und ich werfen die letzten beiden Beutel und rennen ihnen nach. Lukas greift nach Majas Hand. Und sie lässt es zu. Mir ist nicht zum Lachen. Nicht mehr. In mir ist ein Schmerz wie von einer Glasscherbe, die in meinen Eingeweiden herumwandert. Als wir allein sind, stelle ich Maja zur Rede. Sie tut so, als sei nichts gewesen. Als wüsste sie überhaupt nicht, was ich meine. Aber sie weiß es. Hab dich nicht so, sagt sie und lacht. Du weißt, wie ich bin. Du kannst mich nicht ändern. Niemand kann das.

Während mir das durch den Kopf ging, starrte ich die ganze Zeit auf das Blut auf dem Küchenboden, mein eigenes Blut. Es klagte mich an, doch wessen beschuldigte es mich? Ich war mir keiner Schuld bewusst. Ich war Maja gegenüber nie gewalttätig geworden. Möglich, dass ich Lukas später meine Meinung gesagt hatte; möglich, dass er mit einer blutigen Nase aus diesem Gespräch herausging. Damals war ich nicht so gefestigt wie heute, ich war ein impulsiver junger Mann, der seinen Platz im Leben suchte. Erblich vorbelastet durch einen Vater, der kein Vorbild, sondern ein abschreckendes Beispiel war und mein Verhalten dennoch prägte, ob ich wollte oder nicht. Aber nur bis zu einem gewissen Grad. Ja, er hatte meine Mutter geschlagen. Und sie ihn. Weil ich gesehen hatte, was das mit uns machte, hatte ich mir geschworen, niemals so zu werden. Und ich hatte den Schwur gehalten.

Oder?

Ich stand auf und humpelte zur Anrichte, holte die Rolle Küchenpapier und kniete mich vor die rote Pfütze auf den Fliesen. Gierig sog das Papier mein Blut auf. *Es gibt keinen Tag, an dem ich Maja nicht vermisse.* Dieser Satz von Lukas fiel mir plötzlich wieder ein. Er löste etwas in mir aus, von dem ich nicht wusste, was es war. Mir wurde klar, dass er ihn nicht damals in der Freinacht gesagt hatte, sondern erst vor kurzem, auf dem Speicher der Schule, benebelt von Marihuana. Ein Satz, an den er sich, wieder nüchtern, nicht mehr erinnerte. Angeblich.

Ich stopfte das blutige Küchenpapier in den Abfalleimer, humpelte ins Schlafzimmer und warf mich aufs Bett. Das Pulsieren in meinem verletzten Fuß ließ langsam nach. Ich war erschöpft. Meine Kraft reichte gerade noch aus, um mich zu fragen, woher *Lost & Found* von der Freinacht und meiner Eifersucht auf Lukas wusste, jedoch nicht mehr, um mir eine wenigstens halbwegs plausible Antwort einfallen zu lassen.

17

Was immer ich in der Nacht geträumt hatte, musste aufreibend gewesen sein, denn als ich aufwachte, fühlte ich mich wie gerädert. Außerdem schmerzte meine Ferse. Die Wunde hatte im Schlaf nachgeblutet. Ich desinfizierte sie und erneuerte den Verband. Kaum damit fertig, vernahm ich im Wohnzimmer ein Piepen. Es dauerte ein paar Sekunden, bis ich begriff, dass *Lost & Found* mir eine SMS geschickt hatte. Ich humpelte ins Wohnzimmer, um nachzusehen.

ERINNERE DICH!

Und schon war alles wieder da: die Freinacht vor zwanzig Jahren; meine Eifersucht auf Lukas; *Lost & Founds* Anschuldigung, ich hätte Maja geschlagen und umgebracht. Umgebracht hatte ich sie nicht, darauf hätte ich jeden Eid geschworen. Eine solche Tat würde ich nicht einfach vergessen. Und ich hatte Maja niemals geschlagen. Ich liebte Maja.

Aus Liebe tun die Menschen manchmal die schrecklichsten Dinge, hatte *Lost & Found* gesagt.

Wie genau der Streit mit Maja am Ende der Freinacht verlaufen war ... wenn ich ehrlich war, musste ich mir eingestehen, dass ich nur eine unscharfe Erinnerung daran hatte. Das alles war schließlich eine Ewigkeit her.

Beim Frühstück erreichte mich eine E-Mail. Sie kam von Lena aus dem Edgar-Allan-Poe-Seminar. Ohne Betreff. Ich ließ den vollen Löffel zurück in mein Müsli sinken und öffnete die Mail.

Hallo, Herr Dr. Seitz, es gibt etwas, worüber ich mit Ihnen sprechen möchte. Können wir uns treffen? LG Lena Becker

Was sollte das bedeuten? Gerade weil die E-Mail so knapp gefasst war, beunruhigte sie mich. Schon bei unserem zufälligen Treffen im Kino vor ein paar Tagen hatte Lena bedrückt gewirkt. Irgendwas lag ihr auf dem Herzen, und es musste mit dem Studium zu tun haben, denn wieso sonst sollte sie ausgerechnet mich ansprechen? Dass sie ein Treffen vorschlug, ohne auch nur eine Andeutung darüber zu machen, worum es ging, warf weitere Fragen auf.

Die Antwort kam prompt: *14 Uhr, Café Voltaire. Passt das?*

Das war alles.

Das *Café Voltaire* lag in der Nähe der Uni und war ein beliebter Treffpunkt geisteswissenschaftlicher Studenten. Vielleicht keine so gute Idee, ausgerechnet dort eine Studentin zu treffen, denn irgendjemand war immer da, der einen kannte und gleich die Buschtrommeln rührte, selbst jetzt, in den Semesterferien. Aber wahrscheinlich machte ich mir zu viele Gedanken. Humpelnd näherte ich mich dem Café, in meinen wenig standesgemäßen ausgelatschten Sandalen, das einzige Paar Schuhe, die ich mit meiner verletzten Ferse tragen konnte. Wegen des schönen Wetters saßen die meisten Leute draußen. Lena war nicht darunter. Sie hatte sich drinnen an einen Tisch gesetzt, unter einem tropisch anmutenden Gewächs, das aus einem riesigen Terrakottatopf fast bis unter die Decke wucherte. Lena trug eine Sonnenbrille und winkte mir zu. Selbst nachdem ich mich gesetzt hatte, nahm sie die Brille nicht ab.

»Sie humpeln ja«, sagte sie. »Haben Sie sich verletzt?«

»Bin in eine Scherbe getreten. Das wird schon wieder.« Ich beugte mich vor und senkte die Stimme, obwohl an den benachbarten Tischen niemand saß. »Warum sind wir hier, Lena? Was ist los?«

Sie schaute auf ihre Finger, die sich ineinander verhakt hatten. Bevor sie etwas sagen konnte, kam ein junger Mann an unseren Tisch und nahm die Bestellung auf. Latte macchiato für mich, Cola für Lena.

»Haben Sie schon einmal etwas getan, das ...« Sie schluckte. »Ich meine, etwas richtig Schlimmes?«

»Wie schlimm?«

Sie schwieg eine Weile, dann sagte sie: »Es ist wegen Raimund. Sie wissen schon, der aus dem Seminar.«

»Was ist mit ihm?«

Wieder ließ sie sich mit der Antwort Zeit. Mein Blick blieb kurz an dem Muttermal an ihrem Hals hängen. »Er hat diese Geschichte geschrieben. *Die verlorene Frau*. Es geht darin um einen Mann, der von einer Frau besessen ist ...«

»Ich kenne die Geschichte«, sagte ich. »Er hat sie mir zu lesen gegeben.«

Lena wirkte überrascht. Wahrscheinlich hatte sie gedacht, sie sei die Einzige, der Raimund sein Geheimnis offenbart hatte. »Dann wissen Sie ja Bescheid«, sagte sie.

Worüber wusste ich Bescheid? Dass Raimund sie zum Vorbild für seine Protagonistin genommen hatte? Dass er von ihr besessen war? Dass er sie – wie ich annahm – stalkte?

»Ich bin mir nicht sicher ...«

Unsere Getränke wurden gebracht. Lena nahm gleich einen großen Schluck von ihrer Cola.

»Raimund denkt, dass Sie zwischen uns stehen. Dass Sie der Grund sind, weshalb ich nicht ...«

Das verschlug mir die Sprache. Lena nahm ihre Sonnenbrille ab. Ihre Augen waren gerötet.

»Wie kommt er denn auf die Idee?«, fragte ich.

»Keine Ahnung. Von mir hat er es nicht. Ich bin nicht in

Sie verliebt, Herr Dr. Seitz. Wirklich nicht. Und außerdem hat Raimund behauptet, wenn ich mich mit Ihnen einlasse, ende ich so wie die Frau in seiner Geschichte.«

»Was soll das bedeuten?«

»Ich dachte, Sie kennen die Geschichte.«

»Nicht den Schluss.«

»Die verlorene Frau wird in ein Verließ gesperrt, gefoltert und umgebracht. Sie kehrt als Geist zurück und erinnert den Mörder an seine Schuld.«

Kein besonders originelles Ende, wie ich fand. Gefolterte Frauen – das war beinahe schon ein eigenes Genre, und keines nach meinem Geschmack. Aber hier ging es nicht um Literaturkritik. »Möchten Sie, dass ich mit Raimund spreche?«, fragte ich, obwohl es mir unangenehm war, noch tiefer in diese Sache hineingezogen zu werden.

Lena schüttelte den Kopf.

Ich war ratlos. Was wollte sie von mir?

»Sie hatten also Streit mit Raimund, ja? Was ist danach passiert? Wurde er zudringlich?«

»Er ... er ...«

Lena begann erneut zu weinen, sprang abrupt auf und rannte aus dem Lokal. Selbst wenn ich es gewollt hätte, hätte ich ihr mit meinem verletzten Fuß nicht folgen können. Also blieb ich sitzen und rührte in meinem Latte macchiato. Der junge Kellner schaute vom Tresen aus zu mir herüber. Ich ignorierte seine Blicke. Wirklich schlau wurde ich aus Lenas Geschichte nicht. Ich sollte nicht zwischen ihr und Raimund vermitteln. Was dann? Ob an Raimunds Vorwurf, sie habe Gefühle für mich, doch mehr dran war, als sie zugeben wollte? War das eben der misslungene Versuch gewesen, mir ihre Gefühle zu offenbaren? Wie auch immer, wenn Lena in mich verliebt war, hatte sie es bis jetzt gut versteckt, denn während des Semesters gab es nichts, das mich hätte vermuten lassen, dass ihr Interesse an mir über das rein Akademische hinausging.

Was sollte, was konnte ich tun?

Ich nahm einen Schluck von meinem Latte macchiato.

Schließlich entschied ich, mit einer gewissen Erleichterung, dass ich rein gar nichts tun konnte, selbst wenn ich gewollt hätte. Ich wusste nicht einmal, was passiert war. Ob es einen Übergriff gegeben hatte. Oder nur einen heftigen Streit mit verletzten Gefühlen auf beiden Seiten.

Erst nach einer Weile bemerkte ich, dass ein paar Leute, die draußen an den Tischen saßen, verstohlene Blicke hereinwarfen. Der Kellner lehnte am Tresen, kaute an den Nägeln und schien mich ebenfalls weiter im Auge zu behalten. Lenas überstürzter, tränenreicher Abgang hatte für größeres Aufsehen gesorgt, als mir bewusst gewesen war. Vermutlich fragten sich alle, was ich Lena angetan hatte.

»Zahlen!«, rief ich dem Kellner zu.

»Die Cola auch?«

»Sicher.«

Je weiter ich mich vom *Café Voltaire* entfernte, desto mehr ärgerte ich mich. Wieso hatte ich mich in etwas hineinziehen lassen, das mich gar nichts anging? Hatte ich nicht schon genug Probleme? Am Bahnhof Friedrichstraße humpelte ich zum Aufzug, doch er war außer Betrieb. Also die Treppe, unter Schmerzen. Während ich am Bahnsteig auf meine S-Bahn wartete, fiel mir etwas ein, das Lena gesagt hatte. Raimund habe behauptet, wenn sie sich mit mir einließe, würde sie so enden wie die verlorene Frau in seiner Geschichte. Ich hatte das als Drohung verstanden, dass er sie entführen, foltern und ermorden würde. Aber man konnte es auch anders verstehen. Als Warnung, dass *ich* sie so behandeln würde, sollte sie sich mit mir einlassen.

Meine S-Bahn fuhr rumpelnd näher, die Türen gingen auf. Ich stieg ein und ließ mich auf den erstbesten freien Sitz fallen. Ein kleiner schmutziggrauer Hund wollte meinen verbundenen Fuß beschnuppern, vermutlich angelockt vom Geruch des Blutes. Seine Besitzerin zog ihn an der Leine zurück.

Am Ende von Raimunds Geschichte kehrte also der Geist der verlorenen Frau, die inzwischen eine tote Frau war, zu ihrem Mörder zurück und erinnerte ihn an das Verbrechen, das er begangen hatte. Bei dem Gedanken lief es mir plötzlich eiskalt den Rücken hinunter. Ähnelte das nicht dem, was *Lost & Found* mit mir vorhatte?

18

Am nächsten Morgen nahm ich mir einen Mietwagen und fuhr nach Norden, Richtung Meer. Ich musste raus aus meiner Wohnung, raus aus Berlin. Am liebsten raus aus meinem Kopf. Aber das war nicht der einzige Grund für meinen Ausflug. Ich wollte mit Bettina sprechen, meiner geschiedenen Frau. Anders als bei Maja erinnerte ich mich gut, dass es am Ende unserer Ehe öfter zu Handgreiflichkeiten gekommen war. Von beiden Seiten. Für meinen Anteil daran hatte ich mich nie entschuldigt. Das wollte ich nun nachholen, auch in der Hoffnung, dass alles sich als weniger schlimm herausstellte, als es in meiner Erinnerung war. Natürlich hätte ich Bettina anrufen können, um über die schlechte alte Zeit zu reden. Oder wenigstens, um meinen Besuch anzukündigen. Doch wenn ich vor ihr stand, konnte sie mich nicht so leicht abweisen.

Die Fahrt führte über schnurgerade Landstraßen, durch gesichtslose Kleinstädte und sterbende Dörfer, in der Ferne tauchten von Zeit zu Zeit gleichförmig rotierende Windräder auf. Ihr Anblick in der Weite und Leere der Landschaft wirkte beruhigend auf mich. Wie das Pendel eines Hypnotiseurs. Genau das, was ich brauchte, nachdem ich mir die halbe Nacht das Gehirn darüber zermartert hatte, ob ich gegenüber Maja jemals gewalttätig geworden war. War ich in meiner Jugend so ein Mensch gewesen?

Bettina hatte nach der Scheidung von mir einen deutlich

älteren Pastor geheiratet, war zu ihm aufs Land gezogen und hatte ihm zu späten Vaterfreuden verholfen. Sie war sicher eine gute Mutter. Zwischen uns hatten Kinder nie zur Debatte gestanden. Wieso eigentlich nicht? Obwohl wir nach der Scheidung lange überhaupt keinen Kontakt mehr gehabt hatten und später nur eher sporadisch, hatte Bettina mir ganz altmodisch eine Postkarte mit ihrer neuen Adresse geschickt, auf der sonst nur stand: *Für alle Fälle*. Ich hatte mich gefragt, was für Fälle sie meinte. Trotzdem war ich dankbar für diese versöhnliche Geste.

Das Navigationssystem des Mietwagens lotste mich zuverlässig an mein Ziel, einem Pfarrhaus in der Ortsmitte, direkt neben der Kirche. Beides waren schlichte Gebäude aus rotem Klinker. Ich hielt vor dem Haus an, ließ den Motor laufen. Plötzlich kam ich mir dumm vor. Was machte ich hier nach all den Jahren? Was erhoffte ich mir? Sollte ich nicht besser wenden, ehe mich Bettina bemerkte, und nach Berlin zurückfahren?

In diesem Moment piepte das *Lost-&-Found*-Handy in meiner Hosentasche. Eine SMS. Ich zog es heraus und öffnete die SMS. *Ist es dir schon wieder eingefallen? Nein? Ich helfe dir auf die Sprünge*. Weiter kam ich nicht, denn jemand klopfte ans Seitenfenster. Erschrocken blickte ich auf.

Eine Frau stand vor mir, neben sich ein Fahrrad, beladen mit schweren Einkaufstaschen. Bettina. Hastig schob ich das Handy zurück in die Hosentasche, stellte den Motor ab und stieg aus.

»Na, so eine Überraschung«, sagte Bettina. Sie hatte sich verändert, aber nicht so sehr, dass ich sie nicht wiedererkannt hätte. Gut sah sie aus. Zufrieden.

»Ich war in der Nähe«, sagte ich, »und da dachte ich …«

Sie lächelte. »Schön, dass du hier bist.«

Wir begrüßten uns mit Wangenküssen, dann lud sie mich

ein, auf eine Tasse Kaffee zu bleiben. »Mein Mann ist leider nicht da«, sagte sie, »er hätte dich sicher gern kennengelernt. Stattdessen gibt es Bienenstich. Selbst gemacht!«

»Selbst gemacht.« Ich nickte anerkennend.

»Du würdest staunen, wenn du wüsstest, was sich alles verändert hat.«

»Ich staune jetzt schon.«

Wir gingen Richtung Haustür. Bei jedem Schritt spürte ich das *Lost-&-Found*-Handy überdeutlich in meiner Hosentasche. Als Bettina bemerkte, dass ich humpelte, fragte sie besorgt, was los sei. Ich wiegelte ab. »Nur eine Scherbe, in die ich barfuß getreten bin.«

Während sie Kaffee machte, tastete ich nach dem Handy. *Ich helfe dir auf die Sprünge*. Das klang nicht gut. Schließlich riss ich mich von den Gedanken daran los und ließ den Blick durch die Küche schweifen. Sie war sauber und aufgeräumt, ohne penibel oder gar steril zu wirken. Das Leben hatte seine Spuren hinterlassen. Am Kühlschrank waren Kinderzeichnungen und Fotos mit Magneten befestigt.

»Deine?« Ich deutete auf die Fotos.

»Luisa und Florian.« Sie lächelte stolz.

»Sehr nett.«

Bettina stellte die Kaffeekanne, Tassen, Bienenstich und Teller auf ein Tablett und trug es auf die Terrasse. Ich folgte ihr nach draußen. Vor uns lag ein riesiger Garten mit mehreren Gemüsebeeten, einem Glashaus, Obstbäumen und einem Haselnussstrauch in der Ecke.

»Alles meins«, sagte Bettina. »Viel Arbeit, aber eine schöne Arbeit.«

»Kinder, Küche, Kirche.«

Sie verzog den Mund. »Ich bin kein Heimchen am Herd, falls du das denkst. Ich habe einen Job, klar? Drei Tage die Woche Buchhaltung in einem Autohaus.«

Ich entschuldigte mich für meine unbedachte Bemerkung und aß vom Bienenstich. Er schmeckte ausgezeichnet.

»Und dein Mann?«, fragte ich.

»Er hilft mir. Ich helfe ihm. Wir sind ein Team.«

»Ganz anders als wir damals.«

»Das ist der Grund, warum es diesmal funktioniert.«

Ich quittierte die Spitze mit einem bemühten Lächeln. Ihre kleine Gemeinheit war allerdings schlicht die Wahrheit. Wir waren nie ein Ganzes gewesen, hatten uns gegenseitig blockiert statt uns zu beflügeln.

»Wenn wir schon von früher reden«, sagte ich nach kurzem Schweigen. »Wir haben uns ja ziemlich gefetzt am Ende.«

»O ja, das haben wir.« Sie lachte bitter.

»Hattest du jemals Angst, dass das entgleiten könnte? Dass ich ... na ja ... die Kontrolle verlieren und dir was antun könnte?«

Bettina wurde hellhörig. »Wieso fragst du das?«

»Nur so. Sag schon.«

Sie schob mit der Kuchengabel die Brösel auf ihrem Teller zusammen. »Du warst ziemlich heftig, wenn du ausgerastet bist. Angst hatte ich trotzdem keine vor dir. Ich war ja auch nicht viel besser. Und ich war zu wütend, um Angst zu haben.« Sie schaute auf, sah mich mit ihren grünen Augen an. »Du warst nie ein Schläger, Arno. Bestimmt nicht. Wenn du die Kontrolle verloren hast, dann aus Hilflosigkeit. Leider habe ich das damals nicht verstanden. Sonst hätte ich mit der Situation anders umgehen können.«

Ich hatte mir nach dem Ende meiner Ehe selbst geholfen, wurde mein eigener Therapeut, nachdem ich eine professionelle Therapie nur ein paar Wochen durchgehalten hatte. Ich las Bücher zum Thema Eifersucht, Selbstwertgefühl, innere Ruhe. Machte sogar Workshops zur Selbstfindung mit. Irgendwie schaffte ich es, mein Seelenleben zu befrieden und ein ausgeglichener Mensch zu werden. Nun drängte sich mir die Frage auf, ob ich diesen Do-It-Yourself-Weg gewählt hatte, um der Auseinandersetzung mit den wahren Abgründen in mir auszuweichen. Einer Auseinandersetzung, zu der *Lost & Found* mich nun zwingen wollte.

Bettina berührte meine Hand. »Alles gut?«

Ich schreckte aus meinen Gedanken auf. »Alles bestens.« Ich nahm ihre Hand und hielt sie fest. »Ich habe mich nie bei dir entschuldigt, für all das, was ich falsch gemacht habe.«

»Es ist lieb, dass du das sagst. Aber ich bin längst damit im Reinen. Ich kenne meinen Anteil an unserer Geschichte und trage dir nichts nach. Und du mir hoffentlich auch nicht.«

»Wie käme ich dazu.«

Mit gemischten Gefühlen fuhr ich von Bettina weg. Sie war glücklich, und das freute mich für sie. Zugleich führte mir ihr Leben mein eigenes Scheitern vor Augen. Was war ich nur für ein Mensch gewesen? Und wie viel davon war immer noch in mir? Während ich mich von dem Pfarrhaus entfernte, schaute ich immer wieder in den Rückspiegel und beobachtete, wie Bettina, die mich zum Wagen begleitet hatte, in ihr wohlgeordnetes Heim zurückkehrte. Sie hatte ihren Platz in der Welt gefunden. Mir dagegen bröckelte gerade der Boden unter den Füßen weg.

Sobald ich um die Ecke gebogen war, wollte ich anhalten, um endlich zu erfahren, was *Lost & Found* mir geschrieben hatte. Doch vor einem Hauseingang standen zwei alte Frauen. Als sie mich kommen sahen, unterbrachen sie ihre Unterhaltung und beäugten mich, als würden sie sich fragen, auf welchem Fahndungsplakat sie mein Gesicht schon mal gesehen hatten. Ich gab Gas und fuhr weiter, bis ich den Ort hinter mir gelassen hatte. Und immer weiter. Die schnurgerade Landstraße entlang nach Westen, der sinkenden Sonne entgegen. Was, wenn ich die verdammte SMS niemals las? Wenn ich das Handy aus dem Fenster warf und alles, was mit *Lost & Found* zu tun hatte, einfach vergaß?

Leider war es dafür längst zu spät. Ich hatte mich schon zu weit vorgewagt, es gab kein Zurück mehr. Alles, was ich mir verschaffen konnte, war ein kleiner Aufschub.

Als ich Stunden später zu Hause ankam, setzte ich mich an den Küchentisch, holte das *Lost-&-Found*-Handy aus der Hosentasche und öffnet die SMS.

Ist es dir schon wieder eingefallen? Nein? Ich helfe dir auf die Sprünge. Ein Bild sagt mehr als tausend Worte.

An die SMS angehängt war ein Foto. Es zeigte Maja, nackt bis auf Slip und BH. Auf ihrem Körper zeichneten sich mehrere dunkle Flecken ab. Blutergüsse. Wie nach Schlägen und Quetschungen. Der Anblick schockierte mich. Woher kamen die Blessuren? Hatte ich Maja das angetan? War es das, worauf *Lost & Found* mich stoßen wollte?

Ich sprang auf, lief durch die Wohnung. Ignorierte das Stechen in meiner Ferse. Das Bild blieb in meinem Kopf haften.

Nein! Das war ich nicht! Niemals hätte ich Maja so zugerichtet. Zudem hatte ich sie nie so gesehen!

Und wenn ich es doch gewesen war? Mein damaliges Ich war mir heute zwar fremd, und das heutige Ich würde so was niemals tun. Aber konnte ich auch für den jungen Arno Seitz bürgen? Es stimmte, dass ich manchmal ausrastete, wenn sie mit anderen geflirtet hatte. Die Angst, sie zu verlieren, saß mir stets im Nacken. Weil alle Welt mir zu verstehen gab, dass ich ein Mädchen wie Maja nicht halten konnte. Dass ich für sie nur ein Zeitvertreib war, dessen sie bald überdrüssig werden würde. Und dennoch ... Nein, ich hätte Maja niemals ernsthaft verletzt. Auf keinen Fall hatte ich sie so zugerichtet wie auf dem Foto.

Der erste Schreck legte sich, ich wurde ruhiger. Ich kehrte an den Tisch zurück, auf dem das Handy lag. Andere Gedanken tauchten auf. Andere Fragen.

Woher stammte dieses Foto eigentlich? Wer hatte es aufgenommen? Vor zwanzig Jahren gab es noch keine Handykameras. Ja, es hatte noch nicht einmal jeder ein Handy. Das Bild musste eine Fälschung sein!

Ich betrachtete das Foto näher. Meine Hoffnung verflog rasch. An den Rändern konnte man erkennen, dass es kein Digitalbild war, sondern ein mit dem Handy abfotografiertes Polaroid. Doch wer hatte das Polaroid aufgenommen? Und wie war *Lost & Found* an das Bild gelangt? Außerdem konnte es trotzdem eine Fälschung sein.

Ich durfte *Lost & Found* nicht vertrauen und mich von ihr nicht in die Irre führen lassen. Der Einzige, der die wahre Geschichte von Maja und mir kannte, war ich selbst. Ich musste nur tief genug in meiner Erinnerung graben. Dort lag die Wahrheit verborgen. Ich musste hart genug mit mir selbst ins Gericht gehen.

19

ERINNERE DICH!

Es ist Frühling. Die Nacht zum ersten Mai. Freinacht.

Da sind Maja und du, Lukas und Ulrike. Ihr seid gut drauf. Seid wie entfesselt. Habt den Kopf voller Dummheiten. Der Höhepunkt in dieser langen Nacht: Ihr habt Luftballons mit Farbe gefüllt, bis sie die Größe von Tennisbällen haben und gut in der Hand liegen. Die Farbbomben werden wunderbar fliegen. Wessen Idee war es? Egal. Wie so oft war die Idee plötzlich da. Die Ballons werft ihr an die Fassade der Schule. Maja und du, Lukas und Ulrike. Maja und Lukas, Ulrike und du. Die Farbbomben platzen an den Wänden, die Farbe spritzt über die Mauer und rinnt daran herab. Ihr könnt euch kaum halten vor Lachen.

Wo bist du? Was machst du? Was siehst du?

ERINNERE DICH!

Du siehst Maja. Und du siehst Lukas. Du lachst noch, aber es ist schon nicht mehr echt. Etwas in dir kippt.

In der Hausmeisterwohnung geht Licht an. Der Hausmeister ist der Feind. Mehr noch als Lehrer und Mitschüler. Er kennt dich. Kennt deinen Vater. Denkt, er wisse alles über dich. Der Apfel fällt nicht weit vom Stamm. Er lässt keine Gelegenheit aus, dich fertigzumachen.

Abhauen!, ruft Lukas.

Weg hier!, ruft Maja.

Ich habe noch ein paar, sagt Ulrike. *Hilf mir!*

Sie hält dir ihren Korb mit Farbbomben hin. Du nimmst eine, zwei, drei, schleuderst sie an die Mauer. Jemand brüllt etwas über den Hof. Der Hausmeister. Du rennst weg, mit Ulrike.

Was siehst du vor dir?

ERINNERE DICH!

Du siehst Lukas und Maja. Sie laufen nebeneinander. Was siehst du noch? Lukas hält Maja an der Hand. Wie kannst du das sehen? Ist es nicht dunkel? Nein, da sind Straßenlaternen. Und der Morgen ist auch nicht mehr fern.

An der Straße steht Lukas' Auto. Maja springt auf den Beifahrersitz. Ganz selbstverständlich. Als wäre das ihr Platz. Weil eine wie Maja nun mal vorn sitzt. Du sitzt mit Ulrike hinten. Der Motor heult auf, die Reifen quietschen.

Ihr lacht. Ihr klatscht euch ab. Ihr seid voller Adrenalin. Ihr fühlt euch wie die Helden der Nacht. Nur du nicht. Du fühlst dich betrogen. Du fühlst die wie ein Verlierer. Wie jemand, der nur geduldet ist. Der nicht wirklich dazugehört, den alle nur verarschen.

Was passiert dann?

ERINNERE DICH!

Du weißt es nicht mehr?

Steigst du nicht mit Maja aus dem Auto? Am Anfang der Straße, in der sie wohnt? Damit ihre Eltern dich nicht sehen. Schämt sie sich für dich? Bist du nicht gut genug? Unter ihrem Niveau? Nur ein Zeitvertreib für das Mädchen, das jeden haben kann? Sie greift nach deiner Hand, aber du ziehst sie weg.

Was passiert dann?

Ihr redet. Du machst Maja Vorwürfe. Klagst sie an. Du glühst vor Eifersucht. Will Maja nicht viel lieber Lukas? Und er sie? Passt das nicht viel besser? Wieso streitet sie alles ab, obwohl es offensichtlich ist? Sogar vom Mond aus könnte man es sehen! Denkt sie, du bist blind? Denkt sie, du bist dumm?

Ist das vielleicht der Moment, in dem du sie am Handgelenk packst? Sie in ein Gebüsch zerrst? Ihr Schläge verpasst? Sie würgst?

Alles verschwimmt vor deinen Augen. Es könnte so gewesen sein. Das kannst du nicht leugnen. Du bist der Sohn deines Vaters, der deiner Mutter nur gewachsen war, indem er zugeschlagen hat. Du hast ihn gehasst dafür, aber ob du es wolltest oder nicht, du hast auch von ihm gelernt.

Maja stößt dich weg. Schlägt dir ins Gesicht. Ihre Fingernägel fahren über deine Wange. Kratzer auf der Haut. Kratzer auf der Seele. Sie läuft weg. Flieht. Nach Hause, wo sie in Sicherheit ist. Vor dir. Als wärst du der Feind. Und nicht derjenige, der sie mehr liebt als sein eigenes Leben.

Du folgst ihr nicht. Du bist außer dir. Du starrst deine Hände an. Kannst nicht fassen, was sie getan haben. Du bist der Feind.

Ist es das erste Mal? Oder ist es schon früher passiert? Wenn ja, wieso hat Maja dich nicht längst verlassen? Aus Liebe? Oder um dich zu quälen?

Du siehst Majas Körper. Dunkle Flecken darauf. Am Bauch. An den Oberschenkeln. Würgemale am Hals.

Warst du das?

Denk nach!

Du warst das! Gib es zu!

ERINNERE DICH!

20

Happy Hour, stand auf dem Schild vor der Bar, *jeder Drink nur die Hälfte*. Ich blieb stehen, überlegte kurz und ging hinein. Eigentlich war es noch zu früh, um in einer Bar abzuhängen. Aber ich hatte ja nicht vor, mich zu betrinken. Ich wollte unter Leuten sein, die redeten, lachten und mich in Ruhe ließen.

Bis auf eine überschaubare Gesellschaft aus ein paar Anzugträgern und Frauen in Business-Kostümen, die sich nach Büroschluss zum Runterkommen einen Cocktail gönnten, war nicht viel los. Ich bestellte einen Gin Tonic und ließ zwischen mir und den Büroleuten ein paar Tische frei. Um mich von meinen eigenen Gedanken abzulenken, beobachtete ich die anderen Gäste, belauschte ihre Gespräche und versuchte zu erraten, wer mit wem eine Affäre hatte. Eine Weile funktionierte diese Ablenkung, aber irgendwann landete ich doch bei meinen eigenen Gedanken.

Es war nicht einfach, mich der Tatsache zu stellen, dass ich in meiner Beziehung mit Maja Grenzen überschritten hatte, die ich niemals hätte überschreiten dürfen. Mindestens ein Mal. Vielleicht öfter. In der Freinacht vor zwanzig Jahren war es passiert. Nachdem mir die ersten Einzelheiten wieder eingefallen waren, kamen immer mehr Details ans Licht, wurde die Erinnerung immer klarer. Und das ganz ohne *Lost & Founds* Mithilfe. Ich war mir selbst ein hartnäckigerer Ankläger und Richter geworden, als sie es jemals hätte sein können. Ich hatte Maja angegriffen. Das war wohl eine Tatsache. Wozu war ich noch fähig gewesen? Sie zu töten, wie *Lost & Found* behauptete? Ich war noch nicht bereit, das für möglich zu halten.

Nach dem Gin Tonic brauchte ich etwas Härteres und bestellte einen doppelten Whiskey. Am Tisch der Büroleute zeitigte der Alkohol seine Wirkung, es wurde lauter und ausgelassener. Doch das Geplauder und Gelächter konnten meine Gedanken nicht übertönen.

Mir fiel wieder ein, was mein Vater bei unserem kurzen Zusammentreffen in Wendling angedeutet hatte: dass er mich bei der Polizei geschützt habe. Ich wusste noch immer nicht, was das bedeuten sollte. Höchste Zeit, es herauszufinden.

Ich tat etwas, das ich seit zwanzig Jahren nicht mehr getan hatte: Ich rief meinen Vater an. Unter der Nummer, die ich immer noch auswendig kannte. Mit etwas Glück war er noch nüchtern genug, um es zum Telefon zu schaffen und ein halbwegs vernünftiges Gespräch zu führen. Nach vielmaligem Klingeln wurde abgenommen.

»Wer ist da?« Er klang gereizt.

»Arno.« Ich ließ eine kleine Pause. »Dein Sohn.«

»Der Herr Professor aus Berlin gibt sich die Ehre?« Der bekannte Ton, eine Mischung aus Spott, Herablassung und Gehässigkeit. »Na, da schau an. Es geschehen noch Wunder.«

»Ich will nicht lange rumreden. Es geht um eine Sache vor zwanzig Jahren.«

»So, so, nicht lange rumreden will er, der Herr Sohn«, fiel er mir ins Wort. »Fragen, wie es mir geht, könnte er trotzdem. Oder ist das zu viel verlangt?«

Dir geht's immer gut, wenn du genug Bier und Schnaps hast, wollte ich sagen, beherrschte mich aber, denn wenn ich ihn verärgerte, würde er einfach auflegen. Also fragte ich ihn, wie es ihm ging.

»Schlecht. Ich wohne in einem Drecksloch, und mein undankbarer Sohn denkt nicht daran, seinen alten Herrn ein wenig zu unterstützen.«

Ich schwieg. Wollte er allen Ernstes Geld von mir? »Ich komme in ein paar Wochen nach Wendling, dann sehe ich mal nach dir. Vielleicht lasse ich dir auch den einen oder anderen Schein da.« Ich hatte nichts dergleichen vor, wollte ihn nur milde stimmen, damit er mit mir redete.

»Und was willst du dafür?« Das klang wenig nach Dankbarkeit.

»Du hast beim letzten Mal gesagt, du hättest mich bei der Polizei geschützt, damals, nach Majas Verschwinden. Was hast du damit gemeint?«

»Na ja ... die wollten allerhand über dich wissen. Und über dieses Mädchen. Deine Freundin. Du denkst, ich habe nichts mitgekriegt, weil du sie nie mit nach Hause gebracht hast. Aber ich hab dich mit ihr streiten hören, am Telefon. Hab gehört, wie du gesagt hast, dass du sie umbringen könntest. Nichts davon hab ich diesem Kommissar erzählt. Im Gegenteil. Dass es zwischen dir und dieser Maja bestens lief. Eitel Sonnenschein. Er war nicht glücklich, das zu hören, dieser Kommissar. Hatte sich was anderes erhofft. Wollte mir dauernd was in den Mund legen. Dieses Arschloch.«

»Warum hast du mir nie davon erzählt?«

»Wann denn? Du warst ja nie da. Und wenn, dann hast du dich eingeschlossen in deinem Zimmer und die Musik so laut aufgedreht, dass die Wände wackelten.«

»Weil du immer besoffen warst und Streit gesucht hast!«

Ich hatte mich damals die meiste Zeit in einem ausgemusterten Bauwagen verkrochen, den Lukas, Ulrike, Maja und ich zu unserem Domizil umgebaut hatten.

»Ja, du hast ja recht«, gab mein Vater nach kurzem Schweigen zu. »Ich war ein Arschloch. Trotzdem hättest du mir alles sagen können. Dachtest du, dein alter Herr würde dich verpfeifen? Bei so einem wie diesem Kommissar?«

»Wie soll ich das verstehen?«

»Ich mein ja nur. Egal, was du getan hast. Du hättest zu mir kommen können. Das gilt immer noch. Mensch, ich bin dein Vater.«

»Was redest du denn da? Ich habe nichts getan.«

»Na ja, so ganz ohne Grund wird dich der Typ nicht auf dem Kieker gehabt haben. Wo Rauch ist, ist bekanntlich auch Feuer. Und dieser Kommissar war verdammt überzeugt von seiner Sache.«

Nicht zu fassen. Mein eigener Vater hielt mich anscheinend für einen Mörder. Oder traute es mir zumindest zu.

»Ich hätte Maja niemals etwas antun können. Niemals!«

»Natürlich nicht. Aber irgendwann passiert trotzdem was, und hinterher weißt du nicht mehr, wie. Glaub mir, ich kenn das. Wie oft sind mir die Sicherungen durchgebrannt.«

»Stell mich nicht auf eine Stufe mit dir! Du warst immer ein Säufer und ein Schläger.«

»Und du bist mein Sohn. Davor kannst du nicht weglaufen, Junge.«

Ich ertrug es nicht länger, ihm zuzuhören, und legte auf. Dann kippte ich den Whiskey in einem Zug herunter und bestellte den nächsten.

Als ich nach Hause kam, spürte ich den Alkohol, doch ich war nicht betrunken. Ich ließ mich auf die Couch im Wohnzimmer fallen und starrte an die Decke. Meine Erinnerung an die Freinacht vor zwanzig Jahren wurde immer deutlicher. Und es fielen mir noch weitere Gelegenheiten ein, bei denen ich Maja härter angefasst hatte, als ich es eigentlich wollte. Meine Kehle brannte vor Verlangen nach noch einem Drink.

Du wirst wie dein Alter, dachte ich. *Warst es schon immer. Trinkst zu viel und hast die Frau, die du liebst, misshandelt. Es liegt wohl in deinen Genen.*

Nein, das wollte ich nicht gelten lassen! Ich widerstand dem Verlangen nach Alkohol und bestrafte mich für meine Schwäche damit, dass ich mich zwang, das Foto der misshandelten Maja auf dem *Lost-&-Found*-Handy anzusehen. Selbst wenn es eine Fälschung war – wofür vieles sprach –, stellte es die Wirklichkeit dar. Denn die Bilder meiner Erinnerung kamen nicht von *Lost & Found*, sie kamen aus meinem Kopf. Und je mehr ich sie abwehrte, desto deutlicher wurden sie. Was lag noch im Dunkel meiner Vergangenheit und wartete nur darauf, ans Licht zu kommen? Dass ich schuld an Majas Verschwinden war? Dass ich sie umgebracht hatte?

Alles in mir wehrte sich dagegen. Jemand, der damals dabei war, musste mir bestätigen, dass ich es nicht gewesen sein konnte. Und dafür kam nur einer in Frage. Ich legte das Handy weg, nahm mein eigenes und rief Lukas an. Erst dann schaute ich auf die Uhr. Es war schon halb elf. Eigentlich zu spät für einen Anruf bei Leuten mit Kindern.

»Hallo?«, meldete sich Lukas.

»Ich bin's. Entschuldige, dass ich so spät noch anrufe. Mir geht nur etwas durch den Kopf ...«

»Schon okay.« Er klang nicht so, als wäre es wirklich okay, aber ich ging darüber hinweg.

»Das Abitreffen hat einiges in mir aufgewühlt, ich meine, von damals. Du kannst dir ja denken, was.«

»So ungefähr.«

Ich druckste herum, weil ich nicht wusste, wie ich es formulieren sollte, und das machte Lukas ungeduldig.

»Jetzt sag schon, was los ist.«

»Habe ich Maja jemals ... ich meine, habe ich sie mal ... hart angefasst?«

Lukas schnaubte. »Na ja, du hattest eine kurze Zündschnur, und deine Eifersucht grenzte manchmal ans Krankhafte ... Du hast in jedem Mann einen Rivalen gesehen. Sogar in mir. Ich habe mir zigmal den Mund fusselig geredet, um dich vom Gegenteil zu überzeugen. Obwohl ich dir manchmal am liebsten eine reingehauen hätte. Deine Verdächtigungen waren beleidigend. Hey, wir waren Freunde!«

Lukas trug die Kränkung von damals wohl noch in sich. Doch ich wollte nicht über ihn reden. »Ich weiß, ich weiß«, sagte ich rasch. »Habe ich Maja jemals ...« Ich brachte es kaum über die Lippen. »Habe ich sie jemals geschlagen?«

Lukas atmete schwer. »Keine Ahnung. Ulrike hat mir erzählt, dass sie beim Sport in der Umkleide manchmal blaue Flecken an Maja bemerkt hat. Wenn sie Maja gefragt hat, woher die kamen, hat sie nur gemeint, vom Handballtraining.«

Ausgerechnet Ulrike! Ulrike, die inzwischen bei der Kripo war und Majas Akte griffbereit im Schreibtisch liegen hatte. Aber keiner meiner beiden Freunde hatte der Polizei damals von Majas blauen Flecken erzählt. Das wäre ein gefundenes Fressen für diesen Kommissar Berger gewesen, um mich endgültig fertigzumachen.

»Du warst kein Schlägertyp, Arno«, sagte Lukas. »Im Gegenteil. Die meiste Zeit hast du Maja auf Händen getragen. Nur wenn dich die Eifersucht gepackt hat, war's schwierig. Trotzdem hat dich Maja nicht fallenlassen. In dem Alter denken die Frauen noch, sie können uns mit ganz viel Liebe ändern. Bis sie irgendwann checken, dass das Arschloch, das sie geheiratet haben, immer ein Arschloch bleiben wird.« Er lachte.

Ich konnte nicht mitlachen. Ich konnte nicht einmal etwas sagen.

»Hör auf, über die alten Zeiten zu grübeln, Arno«, sagte Lukas. »Die Sünden der Vergangenheit sind verziehen, und du hast dich gut in den Griff gekriegt. Was mich angeht, ich muss ins Bett. Ich hatte heute zwei schwere Wurzelbehandlungen und hab zu so später Stunde nicht mehr die Kraft für eine dritte. Wenn du Redebedarf hast, ruf mich am Wochenende an. Mach's gut, wir sehen uns.«

Lukas legte auf.

Ich verharrte eine Weile regungslos und dachte über das nach, was er gesagt hatte. Irgendwie fühlte ich mich besser. Ob es an Lukas' Aufmunterung lag oder einfach nur daran, dass ich mit jemandem gesprochen hatte, der mir Verständnis entgegenbrachte, statt mich anzuklagen, wusste ich nicht. Es war auch nicht wichtig. Ich war kein Schlägertyp gewesen, sondern ein unbeherrschter junger Mann. Das hatte mir auch Bettina bestätigt, und ich hatte mich geändert. Ich war heute ein anderer als damals.

Egal, was *Lost & Found* behauptete, ich hatte Maja nicht umgebracht.

21

Am nächsten Morgen wachte ich mit einem schalen Geschmack im Mund auf. Ich fühlte mich verkatert, was jedoch nicht vom Alkohol kam, denn dafür hatte ich gestern nicht genug getrunken, sondern vom ständigen Nachdenken. Ich war offenbar nicht derjenige, für den ich mich gehalten hatte. Wer war ich dann? Mein ganzes Leben war ins Schleudern geraten.

Meine verletzte Ferse schmerzte zum Glück kaum noch, so dass ich nach dem Frühstück einen Spaziergang unternehmen konnte. Ein paar Straßen von meiner Wohnung entfernt gab es ein kleines italienisches Café. Hier verweigerte man sich dem Coffee-to-go-Wahn konsequent, und der eilige Gast konnte dafür, ganz nach italienischer Art, im Stehen aus einer Porzellantasse einen Espresso trinken. Die herzliche Begrüßung durch den Besitzer Marcello tat mir gut, und mir wurde erst dadurch bewusst, wie wichtig solche kleinen, alltäglichen Freundlichkeiten für das Wohlbefinden waren.

»Doppelter Espresso?«

Die Antwort erübrigte sich, Marcello stand schon an der Maschine. Um meine Ferse zu entlasten, trank ich meinen Espresso nicht wie üblich an der Theke im Stehen, sondern setzte mich an einen der kleinen Tische. Trotz des freundlichen Ambientes dauerte es nicht lange, bis mich meine trüben Gedanken einholten. Ich rief mir das gestrige Gespräch mit Lukas in Erinnerung. Ich war also kein Schlägertyp, und die meiste Zeit waren Maja und ich glücklich gewesen. Das konnte mir *Lost & Found* nicht nehmen.

Vielleicht sollte ich mir ohnehin weniger Gedanken über die Vergangenheit machen und mich mehr auf die Gegenwart konzentrieren. Zum Beispiel darauf, wer sich hinter *Lost & Found* verbarg. Theoretisch kamen alle in Frage, die zu Maja und mir in irgendeiner Verbindung standen. Das waren Ulrike, Lukas und nicht zuletzt Anja, die so dringend mehr über ihre verschwundene Schwester erfahren wollte. Ulrike und Lukas schloss ich aus. Anonyme SMS und Anrufe – nein, das war nicht ihr Stil. Gut, Lukas war für einen makabren Scherz zu haben, aber das jetzt ging weit über einen Scherz hinaus. Und welchen Grund sollte er haben, mich derart zu bedrängen? Ulrike hätte vielleicht einen Grund gehabt, wenn sie einen Verdacht gegen mich hegte. Doch warum erst jetzt? Und warum auf diese Weise? Nein, es passte nicht zu ihrer geradlinigen Art. Anja hingegen war ein anderer Fall. Ich wusste kaum etwas über sie. Trotzdem konnte ich mir nicht vorstellen, dass sie hinter *Lost & Found* steckte. Ein anderer Name drängte sich in den Vordergrund: Raimund Wolfsohn.

Raimund *A*. Wolfsohn.

Das Foto in meiner alten Schule, das ihn in der Verkleidung als Puck in Shakespeares *Sommernachtstraum* zeigte, hatte sich mir eingeprägt, und jetzt erschien es mir so, als gelte das freche Grinsen mir. Ein mögliches Motiv hatte Lena mir genannt: Er war ihr verfallen und nahm an, ich stehe zwischen ihm und ihr. Doch was konnte Raimund sich für einen Vorteil davon versprechen, mich derart zu bedrängen? Ging es einfach nur um Rache? Für einen hypersensiblen, gestörten Menschen mit ausschweifender Phantasie und neurotischem Realitätsverlust brauchte es nicht viel, um überall Bedrohungen zu wittern. Dass ich nicht besser auf seine Geschichte aufgepasst hatte – einer Geschichte wohlgemerkt, die deutlich auf mich und Maja Bezug nahm –, hatte er vielleicht als Kränkung, ja, als eine Demütigung empfunden. Schließlich die Art und Weise, auf die er mich bedrängte – Majas Stimme, das Beschwören verschütteter Erinnerungen und das Gerede von einer Therapie durch Erinnern –, das ähnelte sehr einem typischen Plot von Edgar Allan Poe.

Ich gab Zucker in meinen Espresso, rührte um und beobachtete die Kreisbewegung des Löffels.

Was, wenn Raimunds Obsession nicht so sehr Lena, sondern eher mir galt? Er hatte mich und meine Vergangenheit bereits gekannt, ehe er in mein Seminar kam. Seine Geschichte von der verlorenen Frau bewies das. Ich stellte mir vor, wie er nachforschte. Maja war in der Theatergruppe gewesen, die bei den Proben mit Video gearbeitet hatte. So konnte er an Aufnahmen von Majas Stimme gelangt sein. Doch wie hatte er von der Freinacht erfahren?

Vielleicht leichter, als man nach so langer Zeit erwarten würde. Unsere Aktion hatte damals hohe Wellen geschlagen, über die Schule hinaus. Es gab sogar einen Bericht in der Lokalzeitung. Alte Tradition hin oder her, unser Direktor war erbost über so viel Vandalismus und drohte den Übeltätern mit Rauswurf. Der Hausmeister hatte zwar niemanden von uns erkannt, doch unglücklicherweise hatte Maja beim Werfen der Farbbeutel nicht nur ihren Armreif mit Namensgravur verloren, es war auch etwas Farbe daran. Wir anderen wollten uns aus Solidarität auch stellen. Das ließ sie nicht zu. Welchen Sinn hätte es gehabt, dass wir alle von der Schule geflogen wären? Wir ließen Maja dieses Opfer viel zu bereitwillig erbringen, und ich hatte deswegen noch ein schlechtes Gewissen, als die Sache dank des Einsatzes von Claus Amann längst glimpflich ausgegangen war. Maja kam mit einem verschärften Verweis davon, durfte aber das Schuljahr beenden und ihr Abitur ablegen.

Ich trank meinen Espresso in zwei Zügen, legte Geld auf den Tisch, rief Marcello einen Abschiedsgruß zu und verließ das Café.

Die Idee, dass Raimund *Lost & Found* war, ließ mich nicht los. Es blieb die Frage, wie er so viel über Maja und mich hatte erfahren können. Er hatte sicher Leute befragt, allen voran Claus Amann. Doch Amann kannte Raimund nicht. Er musste also eine andere Quelle gefunden haben.

Das Quietschen von Bremsen und schrilles Hupen rissen mich aus meinen Gedanken. Ein Autofahrer in einem SUV brüllte wüste Beschimpfungen und wies auf die rote Fußgängerampel. Erschrocken trat ich ein paar Schritte zurück auf den Bürgersteig.

Als die Ampel auf Grün schaltete, kam auch das Gedankenkarussell in meinem Kopf erneut in Schwung. Mit einer völlig neuen Idee. Was, wenn Raimund eine Quelle in die Hände gefallen war, die ihm mehr über Maja verriet, als selbst ich ihm hätte sagen können: ein Tagebuch. Ich wusste zwar nichts von einem Tagebuch. Doch das musste nicht heißen, dass Maja keines geführt hatte.

Ich hatte nur eine Möglichkeit herauszufinden, ob ich auf der richtigen Spur war oder ob ich mich völlig vergaloppierte: Ich musste mit Raimund sprechen. Von Angesicht zu Angesicht. Wenn er *Lost & Found* war, würde ihn irgendetwas verraten. Da war ich sicher. Er würde es mich spüren lassen, weil er gar nicht anders konnte.

Raimund wohnte im Stadtteil Friedrichshain, im Dachgeschoss eines fünfstöckigen Hauses, wie ich der Klingelleiste entnahm. Die Adresse hatte ich von der Teilnehmerliste des Poe-Seminars. Raimund hatte sich dort zum Glück nicht nur mit seiner Mailadresse oder Handynummer eingetragen, wie die meisten seiner Kommilitoninnen, sondern mit der vollständigen Postanschrift. Da an der Klingel nur sein Name stand, ging ich davon aus, dass er allein lebte. Alles andere hätte mich auch überrascht. Raimund war nicht der WG-Typ. Ich klingelte mehrmals. Keine Reaktion. War er nicht da, oder hatte er bloß keine Lust auf Besuch? So schnell wollte ich nicht lockerlassen. Auf der gegenüberliegenden Straßenseite befand sich ein Lokal, und da ich ohnehin hungrig war, bezog ich an einem Fenstertisch meinen Beobachtungsposten, bei einem Schinken-Käse-Toast und einer hausgemachten Limonade.

Nachdem ich eine Stunde totgeschlagen hatte, verließ ich meinen Posten und klingelte noch einmal. Wieder keine Reaktion. Trotzdem hatte ich Glück. Ein Pärchen verließ gerade das Haus und hielt mir die Tür auf. Der Aufzug war außer Betrieb, so dass ich die Treppen nehmen musste. Ziemlich außer Atem kam ich oben an. Drückte auf den Klingelknopf. Nichts. Klopfte. Nichts.

Statt der Tür vor mir öffnete sich die Tür in meinem Rücken. »Raimund ist nicht da«, sagte eine junge Frau in Jogginghosen und T-Shirt. Studentin, wie ich vermutete. Ich schielte auf das Klingelschild neben ihrer Tür. Ihr Name war Jana Würth.

»Wissen Sie zufällig, wann er zurückkommt?«

Jana schüttelte den Kopf. »Er ist schon länger weg.«

»Länger heißt ...?«

Sie überlegte. »Ein paar Wochen vielleicht. Keine Ahnung.«

»Sie wissen nicht zufällig, wo er ist?«

»Was wollen Sie denn von ihm?«

»Nichts Besonderes. Hat mit der Uni zu tun.«

Sie musterte mich genauer. »Tut mir leid, ich habe keine Ahnung, wann Raimund wieder da ist. Er ist ziemlich verschlossen. Nicht der Typ, der viel redet. Er ist eher ein bisschen unheimlich.«

Ich trat einen Schritt auf sie zu. »Ach ja? Wieso?«

»Wenn man ihm begegnet ... im Aufzug oder im Treppenhaus ... Er guckt einen immer an, sagt aber nie was. Nicht mal Hallo oder so.«

»Sonst noch was Auffälliges?« Mir wurde bewusst, dass ich mich durch meine Fragen verdächtig machte, deshalb fügte ich hinzu: »Er ist mein Student, ich mache mir in letzter Zeit Sorgen um ihn.«

Jana überlegte. »Manchmal höre ich in seiner Wohnung Stimmen. So als hätte er Besuch. Aber man sieht nie jemanden kommen und gehen. Es ist, als würde er mit sich selbst reden. In unterschiedlichen Stimmlagen. Das ist doch irgendwie gruselig, oder?«

Das war es in der Tat. Ich verabschiedete mich, verließ das Haus und fuhr nach Hause.

Dort schlug ich Lenas Handynummer nach – auch sie stand auf der Teilnehmerliste des Poe-Seminars – und wählte. Vielleicht hatte sie inzwischen etwas von Raimund gehört. Nach mehrmaligem Klingeln ging die Mailbox an.

»Hallo, Lena«, sagte ich, »hier ist Dr. Seitz. Ich hoffe, es geht Ihnen gut. Vielleicht melden Sie sich kurz. Nach Ihrem überstürzten Abgang im Café mache ich mir ein wenig Sorgen um Sie.«

Mehr sagte ich nicht. Sie sollte nicht denken, dass ich eigentlich wegen Raimund anrief.

Lena rief nicht zurück. Sie schrieb eine SMS. Ich war gerade wieder in meiner Wohnung angekommen und hatte die Tür hinter mir zugemacht, als die Nachricht eintraf. Es ginge ihr gut, schrieb sie. Ich fragte nach Raimund. Daraufhin folgte nichts mehr.

Dafür meldete sich *Lost & Found* mit einer SMS. Schlagartig ging mein Puls nach oben. Ich öffnete die SMS.

Herzliche Grüße aus Wendling! Die alte Heimat kann es kaum erwarten, den verlorenen Sohn wiederzusehen. Und kehrt ein Verbrecher nicht stets früher oder später an den Ort seiner Tat zurück?

An die Textnachricht angehängt war wie beim letzten Mal ein Foto. Welche Scheußlichkeit erwartete mich dieses Mal? Doch das Bild zeigte nur ein verfallenes Haus in einem Wald. Ich kannte dieses Haus. Es war das alte, seit Jahrzehnten verlassene Forsthaus in Wendling, das von schrecklichen Geschichten und Mythen umrankt wurde, die die älteren Jungs im Ort uns Kleinen erzählt hatten, um uns zu erschrecken. Wir glaubten sie alle und gruselten uns wohlig. Und natürlich wurde das alte Forsthaus durch all die schrecklichen Geschichten zum idealen Ort für Mutproben. Wer sich hineintraute, vielleicht sogar abends im Dunkeln, errang das Ansehen eines Helden. Ich war einer von diesen Verwegenen.

Später, als ich nicht mehr an Spukgeschichten glaubte, war ich noch einmal dort. Mit Maja. Das Haus war zu einem besonderen Ort für uns geworden. Dort kamen wir uns zum ersten Mal wirklich nahe.

Ich legte das Handy zur Seite.

Wieso schickte *Lost & Found* mir ausgerechnet dieses Foto? Was war die Botschaft dahinter?

EINE WOCHE
VOR DER WANDERUNG

22

Nachdem *Lost & Found* mir das Foto des alten Forsthauses geschickt hatte, hielt ich es in Berlin nicht länger aus. Ich buchte eine kleine Ferienwohnung in Wendling, dazu ein Zugticket, und schon war ich auf dem Weg. Meine Vermieter, keine gebürtigen Wendlinger, sondern erst vor wenigen Jahren aus Hessen zugezogen, holten mich an der Bushaltestelle ab. Es war ein sportliches Ehepaar – Volker und Edith Wallner –, dessen Kinder längst eigene Wege gingen und das sich vor einigen Jahren einen Alterssitz in einer der ihrer Meinung nach schönsten Gegenden Deutschlands geleistet hatte. Wallner, der vom ersten Handschlag an darauf bestand, von mir Volker genannt zu werden, erzählte mir auf der kurzen Autofahrt allerlei, was ich gar nicht wissen wollte: dass er in Darmstadt eine Firma besessen, diese aber verkauft habe, dass er noch was vom Leben haben wolle, bevor er in die Grube fahre. Er sah nicht so aus, als ob das bald der Fall sein würde, im Gegenteil. Edith schwieg. Ich erzählte nur das Nötigste über mich, und das war auch kein Problem, denn Volker stellte kaum Fragen, und wenn doch, schienen ihn die Antworten wenig zu interessieren.

Meine Unterkunft lag in einem Neubaugebiet am Ortsrand, wo entweder Neubürger oder junge Familien lebten. All das war mir nicht nur recht, ich hatte es bewusst so gewählt, denn ich wollte für mich sein. Niemand von meinen alten Kontakten in Wendling – Lukas, mein Vater, Claus Amann –

sollte wissen, dass ich hier war. Der Termin für die Wanderung war ungefähr abgesprochen, in etwa einer Woche sollte es so weit sein. Wir wollten den Wetterbericht abwarten und dann entscheiden, an welchem Tag wir losgingen. Die Ferienwohnung befand sich unter dem Dach, zwei Zimmer mit einer kleinen Küche und einem Bad. Es gab Mountainbikes, die im Preis inbegriffen waren, und den Zweitwagen der Wallners, ein E-Auto, durfte ich gegen Aufpreis mitbenutzen.

Nachdem Volker mich in alles eingewiesen hatte, war ich endlich allein und konnte die Aussicht auf die Berge betrachten, die sich mir durch das breite Dachfenster bot. Für Wanderungen und Fahrradtouren war die Lage meiner Unterkunft ideal. Die Berge waren zum Greifen nah. So vieles mich auch gerade bedrängte, der Anblick bewaldeter Hänge und die dahinter aufragenden, teils schneebedeckten Gipfel verschafften mir zumindest für den Moment ein wenig Erleichterung. Die Berge in all ihrer Erhabenheit waren unendliche Zeit vor mir da gewesen, und sie würden eine Unendlichkeit nach mir auch noch da sein, und das verkleinerte alles, was mir so wichtig erschien. Sogar das Leben, die eigene Existenz, schmolz vor ihnen zu einer vernachlässigbaren Größe zusammen. Ein Tropfen im Meer der Zeit. Und lag darin nicht Trost?

Ich riss mich von dem Anblick los, und schon kehrte die Bedrängnis zurück. Um mich davon abzulenken, packte ich meine Koffer aus. Was die Wanderausrüstung anging, war ich auf jedes Wetter vorbereitet. Ich war nie ein bloßer Schön-Wetter-Wanderer gewesen, hatte Wind und Regen genauso wie schwierige Strecken stets als Herausforderungen begriffen, die es zu bewältigen galt. Deshalb schreckte es mich nicht, dass in der kommenden Nacht ein Wetterumschwung hin zu Sturm und Regen angesagt war. Eine größere Tour hatte ich morgen ohnehin nicht geplant, nur einen kleinen

Ausflug. Ich hoffte, dass es den Feldweg noch gab, den ich von früher kannte. Er führte zwischen Äckern und Wiesen hindurch in den Wald, wo zahlreiche Wanderwege ihren Anfang nahmen. Und dort in diesem Wald lag auch das Ziel, das ich mir für morgen gesetzt hatte. Nein, eigentlich hatte ein anderer das getan: *Lost & Found* mit ihrem Foto des alten Forsthauses, das meine Gedanken nun schon seit mehreren Tagen magnetisch anzog.

Für diesen Abend hatte ich ebenfalls Pläne. Nach dem Auspacken lieh ich mir Volkers Elektroauto. Meine Gastgeber hatten haltbare Lebensmittel wie Nudeln, Reis, H-Milch und Konserven vorbereitet, ich wollte die fehlenden frischen Sachen besorgen. Die Supermärkte hatten noch geöffnet. Das war allerdings nur einer der Gründe, warum ich in den Ort fahren wollte, und nicht der wichtigste.

Vor meiner Abreise aus Berlin hatte ich über die Online-Ausgabe des Wendlinger Telefonbuchs die Adresse von Raimunds Familie herausgefunden. Ich hatte zwar wenig Hoffnung, Raimund bei seinen Eltern anzutreffen, aber vielleicht konnte ich ja irgendetwas erfahren, das mir verriet, wo ich ihn suchen musste, oder mir auf andere Weise weiterhalf.

Familie Wolfsohn wohnte in einem Haus mit Garten am Ortsrand. Ich fuhr daran vorbei und sah eine Frau beim Heckenschneiden. Vermutlich Raimunds Mutter. Hinter der nächsten Kurve stellte ich das Auto ab und kehrte als Spaziergänger zurück, der anscheinend zufällig vorbeikam. Auf einem Messingschild neben dem Gartentor stand *Familie Wolfsohn.*

»Entschuldigen Sie«, sagte ich zu der Frau, »Ihr Name ist Wolfsohn?«

Die Frau unterbrach ihre Tätigkeit und musterte mich mit

einem misstrauischen Blick. Zweifellos Raimunds Mutter. Die Ähnlichkeit mit Raimund war nicht zu übersehen.

»Und wenn schon«, sagte sie, »was geht Sie das an?«

»Gar nichts. Mein Name ist Arno Seitz, ich unterrichte an der Humboldt-Universität in Berlin und habe einen Studenten namens Raimund Wolfsohn. Ist er Ihr Sohn?«

»Wird wohl so sein. Er ist aber nicht da, falls Sie zu ihm wollen.«

»Schade. Ich kann ihn schon seit einer Weile nicht mehr erreichen. Wo steckt er denn gerade?« Ich versuchte, möglichst beiläufig zu klingen. Sie blieb auf Distanz, beäugte mich weiterhin misstrauisch.

»Das wissen wir auch nicht. Raimund führt sein eigenes Leben.«

»Sicher. Alt genug ist er ja. Man muss die jungen Leute auch mal von der Leine lassen. Selbst wenn es schwerfällt.«

Frau Wolfsohn winkte ab. »Wird schon sehen, was er davon hat. Schauspielern. Theater. Sich alberne Geschichten ausdenken. Von uns hat er das nicht. Denkt, er könnte was werden. Und Leute wie Sie bestärken ihn auch noch in diesen Flausen.« Sie wandte sie sich wieder der Hecke zu.

Mich fröstelte innerlich. Was für eine unangenehme Person. Ohne mich zu verabschieden, ging ich weiter.

Raimund wollte also Schauspieler werden. Vielleicht hatte er nach der Schulaufführung Blut geleckt. Auf den ersten Blick mochte das für einen gehemmten Menschen wie ihn die denkbar unpassendste Wahl sein. Doch ich hatte schon gehört, dass gerade gehemmte Menschen loszulassen lernten, sobald sie in Rollen schlüpften, die mit ihrer eigenen Persönlichkeit nichts zu tun hatten. Ich hatte im Seminar ja selbst miterlebt, wie sich der verdruckste Eigenbrötler in einen eloquenten Redner verwandelte. Vielleicht hatte er sich auf dieselbe Weise in *Lost & Found* verwandelt.

Am Abend kochte ich mir Pasta mit Tomatensoße und trank dazu ein Glas Rotwein. Ich war mit dem Essen gerade fertig und freute mich darauf, früh schlafen zu gehen, denn nach der langen Anreise fielen mir bereits die Augen zu, als *When the Saints Go Marching In* erklang. Sofort war ich wieder hellwach. *Lost & Found* hatte sich schon lange nicht mehr persönlich gemeldet. Welche Gemeinheit hatte sie wohl heute für mich?

»Ja?«

»Wie ich sehe, bist du in Wendling«, sagte Majas Stimme. »Freut mich. Wir verstehen uns auch ohne viele Worte.«

Lost & Found wusste, dass ich hier war. Das konnte nur bedeuten, dass sie das Handy ortete.

»Wie geht es dir?«, sagte sie. »Beginnst du dich zu erinnern? Wieso warst du bei deiner Ex-Frau? Nein, antworte nicht, ich glaube, ich weiß es auch so. Du wolltest herausfinden, was du ihr angetan hast. Wozu du fähig bist. Um zu erfahren, was du auch Maja angetan hast. Hast du es erfahren, Arno?«

»Hören Sie auf zu quatschen und sagen Sie, was Sie wollen. Ich bin müde.«

»Du bist verärgert. Zornig. Das ist gut. Deine Fassade aus Selbsttäuschung und Selbstbetrug beginnt zu bröckeln. Eindeutig ein Fortschritt. Du näherst dich der Wahrheit. Selbsterkenntnis tut weh. Das muss sie. Der Schmerz ist Teil des Prozesses. Er ist wie reinigendes Feuer.«

»Was wollen Sie?«, schrie ich ins Telefon.

»Du fragst mich, was ich will? Nur das, was du ohnehin vorhast. Ich will, dass du morgen zu dem alten Forsthaus gehst. Du hast hoffentlich nicht vergessen, was dort passiert ist.«

»Natürlich nicht.«

»Na, wer weiß. Du hast so vieles vergessen, Arno. Aber nichts ist verloren. Es ist alles noch da. Tief in dir. Um Licht ins Dunkel zu bringen, habe ich im Forsthaus etwas für dich hinterlegt.«

»Und was?«

»Das wirst du schon sehen. Lass dich überraschen.«

»War's das? Ich muss ins Bett.«

»Dann gute Nacht, Arno, und schöne Träume.«

Lost & Found legte auf.

Ich verharrte noch eine Weile sitzend auf dem Bett. Äußerlich wie erstarrt, innerlich aufgewühlt. Selbsterkenntnis. Fassade. Schmerz. Licht ins Dunkel in mir bringen. Die Worte hallten in mir nach. Irgendwann löste sich die Erstarrung, ich beruhigte mich.

Ich ging ins Bad. *Lost & Found* wusste also, dass ich hier war. Sie – oder er – musste selbst in Wendling gewesen sein, um etwas im alten Forsthaus zu deponieren. War vielleicht noch immer hier und beobachtete mich. Was es wohl war, das sie für mich hinterlassen hatte? Ein weiteres Foto?

23

Als ich am nächsten Morgen erwachte, trommelte Regen gegen das Dachfenster. Ein Blick auf mein Handy: Es war noch nicht einmal sechs Uhr. Ich drehte mich um und versuchte weiterzuschlafen. Vergebens. Also stand ich auf und duschte. Danach machte ich Kaffee und Müsli. Immer wieder ging mir dabei das gestrige Gespräch mit *Lost & Found* durch den Kopf. Was hatte sie für mich im alten Forsthaus hinterlegt? Auf etwas Angenehmes durfte ich nicht hoffen.

Am frühen Vormittag ließ der Regen etwas nach. Ich zog meine regenfesten Sachen an, packte eine Taschenlampe und ein Messer in den Rucksack und verließ die Wohnung. In der Garage, in der auch die Fahrräder standen, traf ich auf Volker, der gerade das E-Auto vom Strom trennte, nachdem er es die Nacht über aufgeladen hatte. Verwundert schaute er mich an.

»Sie wollen bei dem Wetter raus?«

»Es gibt kein schlechtes Wetter …«

»… nur schlechte Kleidung«, ergänzte er meinen Satz. »Verstehe. Na dann viel Spaß.«

Die neu aussehenden E-Bikes gehörten, wie ich gestern erfahren hatte, Volker und Edith, ihre alten Mountainbikes standen den Gästen zur Verfügung. Sie waren bestens gepflegt und für mich völlig in Ordnung. E-Bikes waren ohnehin nur was für alte Leute. Ich zog die Kapuze meiner Regenjacke über den Fahrradhelm und tief ins Gesicht, sah zu, dass alle Öffnungen, durch die Wasser eindringen konnte, geschlossen waren, schwang mich aufs Rad und fuhr los.

Ich kurvte durch die Siedlung auf der Suche nach einem Anschluss zu dem Feldweg, den ich von früher kannte. Schließlich fand ich einen schmalen gepflasterten Spazierweg, der zwischen zwei Grundstücken hindurch auf den gesuchten Weg mündete. Ich trat kräftig in die Pedale, stemmte mich gegen Wind und Regen und merkte, wie gut mir die Anstrengung tat. Die Muskeln zu bewegen, die Elemente zu spüren – das machte auch den Kopf frei. Wieso hatte ich mich nicht schon früher darauf besonnen? Ich kam viel zu schnell aus der Puste und tadelte mich dafür, dass ich in den letzten Monaten so wenig für meine Fitness getan hatte. Es konnte nicht schaden, vor der Wanderung mit den anderen ein wenig an meiner Kondition zu arbeiten.

Schließlich erreichte ich mein erstes Etappenziel: den Waldrand. Unter dem Blätterdach von Buchen und Eschen war ich etwas besser gegen den Regen geschützt, der kräftiger wurde. Nicht mehr lange, dann würde die Steigung zunehmen. Die Brombeersträucher entlang des Weges ließen mich an Maja denken. Sie liebte wilde Brombeeren und wollte alle paar Meter anhalten, um so viele wie möglich zu pflücken. *Die hier sind noch schöner als die von vorhin*, rief sie stets aufs Neue.

Der erste steile Anstieg kam in Sicht, ich schaltete in einen niedrigeren Gang und bewältigte ihn. Meine Oberschenkel brannten. Von hier aus war es nicht mehr weit bis zum alten Forsthaus, das an einer Weggabelung lag. Nicht viele Wanderer kamen hier entlang, weil die Wanderführer interessantere Routen empfahlen. Dafür gab es in der Gegend reichlich unerschlossene Höhlen, die wir als Kinder erforscht hatten, in der Hoffnung, versteckte Schätze zu heben. Ich erkannte einen moosbewachsenen Felsen wieder, bei dem Maja mir jedes Mal weismachen wollte, sie sehe darin ein menschliches Gesicht, während er für mich einfach nur ein unförmiger Felsen mit Vorsprüngen und Einbuchtungen war. Da sie stets etwas anderes identifizierte – mal einen Mann mit Bart, mal ein Kind, mal eine Frau mit großer Nase –, wurde ich den Verdacht nicht los, dass sie mich auf den Arm nahm. Sie jedoch sagte, es fehle mir an Phantasie.

Der Weg machte etwa hundert Meter vor mir eine Biegung, und da wusste ich, dass ich meinem Ziel nahe war. Dort musste das Forsthaus liegen. Ich fuhr langsamer. Ein mulmiges Gefühl breitete sich in meinem Bauch aus. Auch ohne *Lost & Founds* Ankündigung war der Ort gesättigt mit Erinnerungen. Ich war ja öfter mit Maja hier entlanggekommen, zu Fuß oder auf dem Fahrrad. Jeder Felsen, jeder Baum, jeder Strauch begrüßte mich wie einen lange nicht gesehenen alten Bekannten.

Schließlich tauchte das Forsthaus gut hundert Meter vor mir auf. Sein Anblick weckte widersprüchlich Gefühle. Echos glücklicher Momente mit Maja, die gleichzeitig den Verlust umso schmerzhafter fühlbar machten. Dazu *Lost & Founds* dunkle Ankündigung. Ich stieg schon hier vom Rad, um mir ein wenig Zeit zu verschaffen.

Der Verfall des Forsthauses war in den letzten zwanzig Jahren unaufhaltsam vorangeschritten. Bis zum Dach hinauf überwuchert von Geißblatt und bedrängt von aufdringlichem Gestrüpp und jungen Bäumen, die ihre Äste begehrlich ausstreckten, verwandelte es sich gerade selbst in ein Stück Wald. Die Fensterscheiben waren schon damals alle zerbrochen gewesen, inzwischen waren die Türen und die Fenster im unteren Geschoss zugenagelt. *Betreten verboten!*, stand auf einem giftig gelben Schild, *Einsturzgefahr!* Diese Warnung war relativ neu, zumindest konnte ich mich von früher nicht daran erinnern.

Ich versteckte das Fahrrad auf der Rückseite des Hauses und suchte nach einer Möglichkeit hineinzukommen. Das war nicht schwierig, denn die Bretter und Pressspanplatten, mit denen Türen und Fenster zugenagelt waren, waren bereits morsch und ließen sich mit bloßen Händen wegdrücken.

Ich schlüpfte hinein und fand mich im Halbdunkel eines Raumes wieder, der früher einmal der Flur gewesen war. Das wenige Licht, das eindrang, fiel durch Löcher im Dach und die Fenster im oberen Stockwerk. Ich zog meine Kapuze vom Kopf, legte den Helm ab und holte die Taschenlampe aus dem Rucksack. Ihr grelles Licht erhellte rissige, moos- und pilzbewachsene Wände und von Schösslingen aufgesprengte Bodenfliesen. Die Treppe ins obere Geschoss schien intakt zu sein, doch dem bloßen Eindruck war nicht zu trauen.

Ich rüttelte am Geländer. Es antwortete mit warnendem Knarren. Ich setzte den Fuß auf die unterste Stufe. Beängstigend lautes Ächzen. Vor zwanzig Jahren hatte das Holz noch getragen, inzwischen hatten Feuchtigkeit und Holzwürmer ihr Werk getan. Maja und ich hatten in unserem jugendlichen Übermut nicht lange überlegt und waren einfach hinaufgegangen. Ich erinnerte mich an alles. Es war nicht nur ein heißer Sommertag gewesen, wir trugen die Hitze auch in uns. Rasend ineinander verliebt, konnten wir es kaum erwarten, endlich miteinander zu schlafen. Seit unserem ersten Kuss dachte ich an nichts anderes mehr. Maja ließ mich, wie es ihre Art war, eine ganze Weile zappeln. Sie liebte Spielchen und trieb sie gern bis auf die Spitze. An diesem Tag jedoch war ich sicher, dass es passieren würde, und ich sollte recht behalten. Nur die Wände dort oben und vielleicht ein paar Eichhörnchen in den Bäumen vor dem Fenster waren Zeugen.

Es lockte mich, den Ort, an dem Maja und ich uns zum

ersten Mal geliebt hatten, wiederzusehen. Aber war es das Risiko wert, mir deswegen den Hals zu brechen? Und was würde ich dort oben finden? Verfall, Dreck, Ungeziefer. Also wandte ich mich den Räumen im Erdgeschoss zu, durchstöberte auf der Suche nach der Überraschung, die *Lost & Found* für mich deponiert hatte, die Küche, das Bad, die Wohnstube. An Mobiliar waren nur ein Schrank, ein Beistelltischchen, eine freistehende Badewanne geblieben. Ich leuchtete mit der Taschenlampe in die hintersten Ecken. Doch ich fand nichts. Hatte ich etwas übersehen?

Nein, hatte ich nicht. Mir wurde klar, dass es nur einen Ort gab, an dem *Lost & Found* ihre Überraschung platzieren würde: in dem Raum, in dem Maja und ich uns geliebt hatten. Natürlich! Wieso kam ich erst jetzt darauf, oder hatte ich es nicht vielmehr von Anfang an geahnt und nur nicht wahrhaben wollen? Trotz regte sich in mir. Wenn *Lost & Found* glaubte, sie könne meine wundervolle Erinnerung in den Dreck ziehen, indem sie mich ausgerechnet am Ort meines größten Glücks mit einer weiteren ihrer Gemeinheiten konfrontierte, hatte sie sich getäuscht. Das würde sie niemals schaffen.

Ich wollte weg. Aber ich blieb. Stand erneut vor der morschen Treppe und schaute nach oben. Ich musste dort hinauf. Es gab keine andere Option. Also setzte ich einen Fuß auf die unterste Stufe. Dann auf die nächste. Blieb dabei dicht an der Wand und horchte auf jedes verdächtige Knarren. Stufe für Stufe stieg ich höher. Aus Angst hielt ich die Luft an. Erst als ich oben war, atmete ich tief durch.

Vor mir lag ein kleiner Gang, in den es hereinregnete. Sowohl der Dachboden als auch das Dach waren eingebrochen. Durch ein Fenster am Ende des kurzen Flurs ragte ein Ast. Faszinierend, wie Menschenwerk und Natur sich hier verbanden. Doch für weitere schöngeistige Betrachtungen hatte ich keine Muße. Der Raum, den ich suchte, lag direkt vor mir. Das Türblatt war schräg nach hinten gekippt und hing nur noch an einem Scharnier am Türstock. Ich trat ein.

Mein Blick wanderte in die Ecke, in der ich damals für Maja und mich die Decke ausgebreitet hatte. Heute lagen dort abgebröckelter Putz, etwas aus Blättern, Zweigen und Gräsern Gebautes, das vielleicht einmal ein Mäusenest gewesen war, und ein weißer Stofffetzen, den andere Eindringlinge zurückgelassen hatten. Ich erinnerte mich gut an das flackernde Licht, das, gefiltert vom Blätterdach der Bäume, genau an jener Stelle durchs Fenster fiel. An Maja, die einen kurzen schwarzen Rock und ein zitronengelbes Top trug. Ich spürte wieder, wie sehr ich sie damals wollte. Erinnerte mich, wie sich ihre Haut an der Innenseite ihrer Oberschenkel anfühlte. Wie meine zittrigen Hände ihr den Slip auszogen. Wie erregt ich war und wie nervös. Schnell, schnell sollte es gehen und gleichzeitig ewig dauern. Ich erinnerte mich, wie es war, in sie einzudringen und in ihr zu kommen. Und jetzt, nach über zwanzig Jahren, daran zu denken, nein, diese Gefühle in mir wachzurufen, erregte mich beinahe ebenso sehr wie damals. Ich schämte mich vor mir selbst. Aus einem Grund, der mir nicht ganz klar war, kam mir meine Reaktion unangebracht vor. Als würde ich das Andenken an Maja besudeln, wenn ich derart intensiv an unseren unschuldigen ersten Sex dachte.

Ich durchquerte den Raum, und dabei fiel mir ein, dass ich in der Ecke, in der Maja und ich das erste Mal miteinander geschlafen hatten, ein Herz in die Wand geritzt hatte, mit unseren Initialen. Maja fand das kindisch und zugleich ziemlich machomäßig, wie eine Kerbe im Bettgestell oder ein Brandzeichen. So als würde ich meinen Besitz markieren. Sie hatte öfter eine Sicht auf die Dinge, die mir damals schräg erschien. Ich ließ mich jedoch nicht davon beirren und vollendete mein Werk. Auch wenn die Farbe inzwischen von der Wand abgeblättert war, war zumindest noch ein halbes Herz erkennbar und darin der Buchstabe M für Maja. Ich ging in die Knie, legte meinen Finger drauf, meine Kehle wurde eng.

Und plötzlich, so als sei vor meinen Augen ein Schleier zerrissen, sah ich *Lost & Founds* Überraschung. Sie hatte die ganze Zeit vor mir gelegen, ich hatte sie nur nicht beachtet, weil ich sie bloß für einen Fetzen Stoff gehalten hatte. Doch das stimmte nicht. Es war ein Damenslip, wie Maja ihn an jenem Tag getragen hatte. Vielleicht war es sogar ihrer. Ich betrachtete ihn genauer und erschrak: An der Innenseite war ein rostroter Fleck. Ich wusste sofort, was das war: Blut!

»Sie haben es ja ganz schön eilig«, sagte Volker Wallner. »Ist jemand hinter Ihnen her?« Er stand breitbeinig vor der Garage und grinste mich an.

»Was?«, sagte ich. »Nein. Wieso?«

Er hatte natürlich einen Scherz gemacht, aber ich konnte nicht einmal aus Höflichkeit lachen. Zumal wirklich jemand hinter mir her war, wenn auch in einem etwas anderen Sinn.

»Geben Sie mir das Rad«, sagte er. »Ich mache es für Sie sauber. Betrachten Sie es als Teil des Service.«

»Danke.«

Ich eilte ins Haus, hinauf in die Wohnung, schälte mich aus meiner wasserdichten Kleidung und hinterließ dabei eine große Pfütze im Eingangsbereich. Mein Puls brauchte lange, bis er sich normalisiert hatte. *Lost & Founds* Überraschung hatte mir einen gehörigen Schrecken eingejagt, obwohl mir nicht klar war, welche Botschaft sie mir senden wollte. Vielleicht wollte ich es aber auch nicht verstehen.

Als ich meine durchgeschwitzten Sachen gewechselt hatte, bemerkte ich, dass *Lost & Found* mir geschrieben hatte.

Überraschung geglückt? Botschaft angekommen? ERINNERE DICH!

Ich legte das Handy weg. Die Unruhe in mir blieb. Woher wusste *Lost & Found,* was Maja und ich vor über zwanzig Jahren in dem alten Forsthaus getan hatten? Es war unser Geheimnis gewesen. Und wie war *Lost & Found* an Majas Slip gekommen? *Obwohl es nicht zwangsläufig Majas Slip sein musste,* wie ich mir sofort sagte. Darauf kam es auch nicht an, sondern nur auf die Botschaft, die *Lost & Found* mir damit senden wollte. Ich erinnerte mich gut an jenen Tag. Es war schließlich einer der glücklichsten Tage meines Lebens gewesen. Blut hatte es keines gegeben.

Oder?, fragte etwas in mir. *Bist du dir ganz sicher?*

ERINNERE DICH!

24

ERINNERE DICH!

Es ist ein heißer Sommertag. Du und Maja, ihr seid mit Lukas und Ulrike schon morgens am See. Maja zieht in ihrem roten Bikini alle Blicke auf sich. Sie wirkt wie ein Magnet auf Männer. Und nicht nur, weil sie sexy aussieht. Das tun andere Frauen auch. Was Männer und Frauen gleichermaßen kirre macht, ist ihre Unbeschwertheit, ihre Natürlichkeit. Vor allem dir raubt es den Verstand. Aber es macht dich auch wütend. Maja gehört dir. Wieso versprüht sie ihre Heiterkeit und ihren Charme nach allen Seiten?

Lukas fragt dich etwas. Erinnerst du dich noch, was es war? Er fragt dich, ob du es schon mit ihr gemacht hast. Du drückst dich um die Antwort. Du genierst dich vor deinem Freund. Die Wahrheit ist: Ihr habt es noch nicht getan. Maja hält dich hin. Du verstehst nicht, warum sie dich zappeln lässt.

Du darfst dich nicht von einer Frau zum Narren halten lassen, sagt Lukas. Zeig ihr, wo der Hammer hängt. Sonst verliert sie den Respekt.

Als du das gehört hast, hast du einen Entschluss gefasst. Weißt du das noch?

ERINNERE DICH!

Mittag. Die Hitze wird unerträglich. Ihr macht ein Picknick. Maja und du. Nur ihr beide. Am Waldrand hast du die Decke ausgebreitet, im Schatten hoher Buchen. Maja ist gut drauf. Sie scherzt und neckt dich. Du kannst nicht vergessen, wie sie am See war. Du bist immer noch wütend. Aber du sagst nichts. Bist lieb und machst Komplimente. Hast du deinen Entschluss da bereits gefasst? Du weißt: Maja zeigen, wo der Hammer hängt. Damit sie den Respekt nicht verliert. Falls sie überhaupt Respekt vor dir hat.

Wessen Vorschlag war es, zum alten Forsthaus im Wald zu fahren? Majas? Oder deiner? War es wirklich ein spontaner Einfall? Oder ein Plan, den du lange zuvor schon gefasst hattest?

ERINNERE DICH!

Es geht in den Wald hinein. Tiefer und tiefer. Wie in einem Märchen, in dem Wölfe über Mädchen herfallen. Erinnerst du dich noch, wie du dich gefühlt hast? Kann man das vergessen? Vibriert hast du vor Aufregung. Du kannst es nicht erwarten, bis es endlich so weit ist und du ihr zeigst, wo der Hammer hängt. Es ärgert dich, dass sie alle paar Meter anhält, um am Wegesrand Brombeeren zu pflücken. Ihre Lippen, ihre Finger sind blau vom Saft der Beeren. Sie will dich füttern, du wendest dich ab. Maja lacht.

Dann das Forsthaus. Bereits vor langem verlassen, aber noch intakt. Nur die Fensterscheiben sind zerbrochen. Du willst vorausgehen, ritterlich sein. Maja findet das süß und lacht dich aus. Sie geht voraus. Du nimmst die Decke aus dem Picknickkorb mit. Du hast einen Plan. Stimmt doch, oder?

Der Plan:

Maja zeigen, wo der Hammer hängt.

Respekt einfordern.

Maja ahnt nichts. Sie ist aufgedreht. Denkt sich aberwitzige Geschichten aus. Die Förstersfrau, die eine Liebesaffäre mit einem Werwolf hat. Der Förster, der es herausfindet und seine Frau ermordet. Welche Geschichte hast du dir für Maja ausgedacht?

ERINNERE DICH!

Als du den Ort siehst, weißt du sofort, dass es hier passieren wird. Das Licht ist magisch. Das leise Rascheln der Blätter draußen vor dem Fenster. Du bist elektrisiert. Du hast Angst. Nicht genug, um zu verhindern, was kommt. Du breitest die Decke aus. Ihr setzt euch. Du küsst Maja. Streichelst sie. Sie macht mit. Du merkst, dass sie sich nicht ganz wohlfühlt, aber du willst es. Willst ihr zeigen, wo der Hammer hängt.

Du schiebst deine Hand unter ihr Top. Ihre Brüste sind weich und zugleich fest. Es raubt dir den Verstand. Du willst mehr. Viel mehr. Du schiebst deine zittrige Hand unter ihren Rock. Die Haut an der Innenseite ihrer Oberschenkel – so zart. Du ertastest den Saum ihres Slips. Schiebst deine Fingerkuppe darunter.

Plötzlich stößt Maja deine Hand weg. *Nicht*, sagt sie.

Doch, sagst du.

Nein. Hör auf.

Du bist zornig. Fühlst dich verarscht. Wieso will sie dich nicht?

Sie gibt dem Ort die Schuld dafür, dass sie nicht in Stimmung kommt. Schiebt es auf die Spinnen und Asseln, auf Moder und Dreck. Alles nur Vorwände, glaubst du. Immer ist irgendetwas, das ihr nicht passt. Sie spielt mit dir. Sie will alles bestimmen. Sie respektiert dich nicht. Dich und deine Wünsche. Es frustriert dich. Es macht dich wütend.

Was passiert dann? Weiß du es noch? Grab tiefer in deinen Gehirnwindungen!

ERINNERE DICH!

Hast du Maja nicht nach hinten gedrückt, auf die Decke? Die Hand auf ihre Brust gepresst, genau unter ihrer Kehle, wie um sie zu würgen? Und die andere Hand, greift die nicht unter den Rock, reißt ihr den Slip herunter? Wie geht es weiter?

ERINNERE DICH!

Du reißt auch deine Hose herunter, du drängst dich in Maja hinein. Du zeigst ihr, wo der Hammer hängt. Du bist auf ihr, du bist in ihr, du bist überall. Du siehst Angst in ihren Augen. Du hältst die Angst für Respekt. Du bist am Ziel. Ist es nicht so?

ERINNERE DICH!

Dann ist es vorbei. Du wirst weich. Du küsst Maja auf den Hals. Auf ihre Schultern. Ihre Hände. Du bist glücklich. Nie hast du sie so geliebt wie jetzt. Und sie dich. Zumindest redest du dir das ein. Du sagst dir: Hätte sie es nicht gewollt, hätte sie dich abgewiesen. Jetzt respektiert sie dich. Jetzt bist du in ihren Augen ein Mann. Nicht so wie dein Vater, der deine Mutter geschlagen und sich mit Gewalt genommen hat, was er von ihr wollte. Nein, du bist anders als er. Du bist voller Gefühle. Voller Liebe. Stürmisch, ja, aber auf die romantische Art.

Du nimmst einen rostigen Nagel, der neben euch auf dem Boden liegt, ritzt ein Herz in den Putz an der Wand und schreibst hinein: *A + M*. Du und Maja für immer, jetzt mehr denn je.

Tief in dir weißt du, was du getan hast. Du kennst deine Schuld. Fällt es dir nicht allmählich wieder ein? Mosaiksteinchen für Mosaiksteinchen, bis das Bild erkennbar wird?

ERINNERE DICH!

25

Mein Handy piepte. Eine WhatsApp-Nachricht war eingegangen. In unserer *Wanderer*-Gruppe. Es war Lukas.
Alles klar bei euch, Leute? Habe eben den Wetterbericht fürs Wochenende gecheckt. Sieht gut aus. Packen wir's? Was meint ihr?
Ich legte das Handy weg.

Mir stand der Sinn nicht danach, ausgerechnet jetzt mit alten Freunden und Majas kleiner Schwester wandern zu gehen. Schon gar nicht auf diese ganz besondere Wanderung. Nein, ich hatte inzwischen einen Horror davor. Seit ich mit der Möglichkeit klarkommen musste, dass mein erstes Mal mit Maja wahrscheinlich eine Vergewaltigung gewesen war, war alles anders. Wieder und wieder hatte ich in den letzten Tagen alles durchgespielt, und mit jedem schrecklichen Detail, das sich aus dem Dunkel der Erinnerung schälte, war ich mir selbst zu einem noch härteren Ankläger geworden. Ich grub weiter. Ich grub tiefer. Und wünschte die ganze Zeit, ich hätte sagen können, *Lost & Found* habe mir das alles eingeredet. Habe mir Bilder in den Kopf gesetzt. Mir Vorfälle suggeriert. Aber so war es nicht. *Lost & Found* hatte mich mit dem blutigen Slip auf etwas gestoßen, das längst da war. Die Erinnerungen kamen alle aus mir selbst. Die bohrende Stimme in meinem Kopf war meine eigene. Und ich fürchtete mich vor dem, was noch in meinem Innern verborgen sein mochte.

Zugleich fragte ich mich, ob wirklich Raimund Wolfsohn hinter *Lost & Found* stecken konnte. Woher sollte er von all den intimen Details wissen? Hatte Maja tatsächlich im Geheimen ein Tagebuch geführt, das in Raimunds Hände gelangt war? Die Polizei hatte damals Majas Sachen genau durchsucht. Ein Tagebuch war nicht aufgetaucht, und niemand behauptete oder vermutete auch nur, dass es eines gab. Zumindest, soweit ich wusste. Natürlich konnte es trotzdem eines geben. Doch wie sollte es den Weg zu einem Fremden gefunden haben, der vor zwanzig Jahren noch ein Baby war und in keinerlei persönlicher Beziehung zu einem von uns stand? Sicher, Maja konnte jemandem von dem Vorfall im alten Forsthaus erzählt haben, der es wieder jemandem erzählt hatte, bis die Geschichte irgendwann bei Raimund gelandet war. Aber wie wahrscheinlich war das? Ulrike war Majas engste Vertraute. Hätte Maja ihr von der Vergewaltigung erzählt, wäre Ulrike nicht einfach zur Tagesordnung übergegangen. Wieso also hatte Raimund nach so langer Zeit davon erfahren, aber nicht die Polizei, die jeden, der Maja auch nur entfernt kannte, ausgiebig befragt hatte? Dieser Kommissar Berger hatte nur auf so eine Information gewartet, um mich endgültig ans Kreuz zu nageln.

Je länger ich grübelte, desto mehr zerbröselte mir meine Der-verrückte-Raimund-Wolfsohn-ist-*Lost-&-Found*-Theorie zwischen den Fingern. Sie ging einfach nicht auf. Ich würde sie im Hinterkopf behalten, denn widerlegt war sie keineswegs, doch ich musste andere Möglichkeiten in Erwägung ziehen. Etwa die, dass es jemanden gab, der Maja nahegestanden hatte, in ihr Leben eingeweiht war und bis heute sein Geheimnis bewahrt hatte, nun aber, aus einem unerfindlichen Grund, Rechenschaft von mir verlangte. Nach über zwanzig Jahren. Wer konnte das sein? Ich hatte nicht die leiseste Idee.

Ich trat ans Fenster, um Lukas' Wetterprognose zu überprüfen.

Es hatte schon gestern aufgehört zu regnen, nun lockerten die dichten Wolken auf und ließen Platz für einzelne Stückchen blauen Himmels. Bis Samstag waren es noch zwei Tage, genug Zeit für den Sommer, mit Sonne und hohen Temperaturen zurückzukehren. Ein Seufzer entfuhr mir. Warum konnte es nicht einfach weiter wie aus Eimern schütten, so dass sich die Wanderung von selbst erledigte? Als eine Art Gottesurteil?

Vom Frühstück war noch ein Rest Kaffee in der Kanne. Ich goss ihn mir ein und starrte in die Tasse, als wäre dort die Antwort auf alle meine Fragen verborgen. Sollte ich die Wanderung absagen und noch heute nach Berlin zurückkehren? Um mir vorzumachen, ich könnte alles vergessen und mein altes Leben einfach so wiederaufnehmen? Die Anrufe und Nachrichten von *Lost & Found* ignorieren, am besten das Handy in den Müll werfen?

Vielleicht hätte ich das ganz am Anfang tun können, jetzt war es zu spät. Selbst wenn *Lost & Found* Ruhe geben sollte – was nicht zu erwarten war –, fände ich keine Ruhe. Ich war schon zu weit gekommen. Die Brücken zu meinem früheren Leben waren abgebrochen. Der Weg, der aus all dem hinausführte, war der Weg nach vorn. Ich musste herausfinden, was mit Maja passiert war. Was ich getan hatte.

Ich nahm einen Schluck Kaffee. Er war lauwarm und schmeckte bitter. Ich goss ihn in die Spüle und stellte die Tasse auf die Anrichte. Ein anderer Gedanke kam mir in den Kopf.

Was, wenn *Lost & Found* mir nicht schaden, sondern helfen wollte? So wie sie es in unserem ersten Gespräch gesagt hatte. Ich hatte das für Sarkasmus gehalten, um mich zu verhöhnen. Aber vielleicht war es ehrlich gemeint. Vielleicht wurde mir von *Lost & Found* eine Therapie aufgezwungen, zu der ich mich allein nicht entschließen konnte. Dass ich mich mit meiner Vergangenheit auseinandersetzen sollte, insbesondere mit Majas Verschwinden, hatte mir auch Kaitlan geraten, die etwas Düsteres in mir wahrgenommen hatte. Das Gefühl, unter einem unguten Stern zu stehen, war mir so vertraut, dass ich es selbst nicht mehr spürte. Die Dämonen in mir hatte ich nur befriedet, nicht bezwungen. Mich mit ihnen zu konfrontieren, indem ich aufhörte, die dunklen Ereignisse in meinem Leben zu verdrängen, konnte der Beginn eines Heilungsprozesses sein.

Mein Handy piepte zweimal in kurzer Folge. In unserer *Wanderer*-Gruppe waren Antworten eingegangen.

Klar packen wir's, schrieb Ulrike, und Anja: *Passt perfekt. Lasst mich Ort und Zeit wissen, ich werde da sein. Freu mich auf euch!*

Ich legte das Handy zur Seite. Ich würde später antworten.

Die Idee, dass *Lost & Found* kein Feind, sondern ein Freund war, elektrisierte mich, und damit stellte sich die Frage nach *Lost & Founds* Identität völlig neu. Nicht jemand, der mich hasste, versteckte sich hinter dem Pseudonym, sondern jemand, der mir helfen wollte. Mich vielleicht sogar liebte. Es gab nicht viele Menschen in meinem Leben, über die ich das heute noch sagen konnte. Allzu oft war aus Liebe Gleichgültigkeit, manchmal sogar Feindseligkeit geworden. Mir fiel niemand ein, der eine derartig aufwendige Charade inszenieren würde, wie *Lost & Found* es tat, nur um mir gegen meinen Willen etwas Gutes zu tun. Eigentlich fiel mir nur eine Person ein, der das zuzutrauen wäre, doch die war tot.

Maja.

War es möglich, dass sie …?

Dieser Gedanke traf mich mit solcher Wucht, dass ich mich setzen musste, nur um gleich wieder aufzuspringen.

Ich tigerte durch die Wohnung, während sich die Gedanken in meinem Kopf überschlugen.

Für Majas Tod gab es keinen unmittelbaren Beweis. Das war Fakt. Auch wenn alles – die Umstände ihres Verschwindens, die viele Zeit, die seither vergangen war – dafür sprach, dass sie tot war: Eine Leiche war nie gefunden worden. Vielleicht hatte jemand sie entführt und festgehalten. Es gab Fälle, in denen Frauen jahrzehntelang in Kellern gefangen gehalten wurden, dort sogar Kinder zur Welt brachten, ohne dass jemand außerhalb des Hauses davon etwas mitbekam. Wenige Fälle. Sehr, sehr wenige. Nicht genug, um sich ein Leben lang an so eine Hoffnung zu klammern. Was deshalb auch keiner von uns getan hatte. Trotzdem, so gering diese Möglichkeit auch war, es gab sie. Der Mann in der Hütte, der unser Gruppenfoto gemacht hatte, fiel mir sofort ein. Sein Spruch, ich solle gut auf Maja aufpassen. Hatte nicht etwas Bedrohliches mitgeschwungen? Schwer zu sagen, nach all der Zeit. Ich fragte mich, ob Maja für tot erklärt worden war oder offiziell bis heute lediglich als vermisst galt. *Lost & Found* behauptete zwar, ich hätte sie umgebracht, aber das musste nicht wörtlich gemeint sein, sondern in einem übertragenen, psychologischen Sinn. Als eine Metapher.

Ein Lachen entfuhr mir, als mir bewusst wurde, dass *Lost & Founds* Stimme ja die von Maja war. Angeblich durch eine Stimmensoftware künstlich erzeugt. Poes Geschichte *Der entwendete Brief* fiel mir ein, wo der titelgebende Brief dadurch verborgen wurde, dass der Täter ihn allzu offensichtlich auf einer Ablage liegen ließ. War es hier ähnlich? Die angeblich gefälschte Stimme war echt? *Lost & Found* war Maja?

Ich blieb abrupt stehen, so als wäre ich gegen eine Wand gelaufen.

Das sollte die Lösung sein? Die Euphorieblase in meinem Kopf zerplatzte noch schneller, als sie entstanden war.

Wollte ich mir ernsthaft einreden, Maja hätte nach zwanzig Jahren Abwesenheit nichts Besseres zu tun, als mir auf eine sehr ungewöhnliche Weise dabei zu helfen, mich an verdrängte Erlebnisse zu erinnern und mit mir ins Reine zu kommen? Nein, das ergab keinen Sinn. Wenn wirklich Maja hinter *Lost & Found* steckte, ergab eigentlich nur eines Sinn: Sie wollte mich heute für etwas bezahlen lassen, das vor zwanzig Jahren geschehen war und das sie ihre Jugend gekostet hatte. Sie war damals in gewisser Weise gestorben und gab mir die Schuld dafür. Und das vielleicht zu Recht.

Der Boden unter meinen Füßen schwankte, ich hielt mich am Küchentisch fest, sackte auf den Stuhl. Das war zu viel. So musste sich ein Boxer fühlen, der gerade einen Volltreffer seines Gegners eingefangen hatte.

Ich brauchte eine Weile, bis ich wieder klar denken konnte. *Das ist alles rein hypothetisch*, sagte ich mir. *Es gibt keinen Beweis, dass* Lost & Found *wirklich Maja ist.*

Dennoch.

Wenn Maja wirklich nach so langer Zeit ins Leben zurückkehrte, zu wem würde sie als Erstes gehen? Die Eltern tot, die Freunde gealtert – es blieb nur eine Person übrig: ihre kleine Schwester Anja.

Anja, die aus dem Nichts aufgetaucht war.

Anja, die mit der eigenartigen Idee zu uns gekommen war, wir könnten unsere letzte Wanderung, bei der Maja dabei gewesen war, wiederholen.

Plötzlich fiel mir wieder ein, dass Claus Amann mich vor ihr gewarnt hatte. Und hatte Anja mich nicht beim Klassentreffen gefragt, ob ich mir vorstellen könnte, dass Maja noch lebte? Wie kam sie darauf? Wieso fragte sie mich das?

Ich stand auf und holte mein Handy. Las die letzten Nachrichten in unserem *Wanderer*-Chat. Was sollte ich tun? Was erwartete mich auf dieser Wanderung?

Vielleicht die Wahrheit, dachte ich. Und war es dafür nicht längst an der Zeit?

Bin dabei, schrieb ich in den Chat und machte unsere Gruppe damit komplett.

DIE WANDERUNG

26

Diesmal kam Lukas nicht in seinem Mercedes Cabrio an, um mich abzuholen, sondern in einem VW Touran, und er kam auch nicht allein. Seine Frau saß am Steuer. Lukas machte uns eher beiläufig bekannt. Ihr Name war Sandra, eine etwas bieder aussehende, resolut wirkende Brünette, neben der Lukas nicht mehr ganz so überlegen wirkte wie sonst. Sandra hatte es offenbar eilig, denn während Lukas und ich noch dabei waren, meinen Rucksack mit den seitlich daran befestigten Teleskopstöcken im Kofferraum zu verstauen, stieg sie bereits mit lautem Türenknallen ein. Ich setzte mich nach hinten, neben einen Kindersitz, musste dazu aber erst eine Stoffpuppe mit überlangen Armen und Beinen und einem Pfannkuchengesicht wegräumen. Sandra ließ den Motor an und fuhr los. Im Radio lief ein lokaler Sender. Niemand sagte etwas. Ich schaute aus dem Fenster, wo ein herrlicher Sommertag mit wolkenlosem Himmel gerade seinen Anfang nahm.

Nach einer Weile drehte sich Lukas zu mir um. »Ich kapiere noch immer nicht, warum du mich nicht wegen der Übernachtung gefragt hast. Wir haben ein tolles Gästezimmer.«

Sandra sagte nichts. Musste sie auch nicht. Ihr Schweigen sagte genug.

»Ich wollte euch nicht zur Last fallen, mit zwei kleinen Kindern im Haus«, wiederholte ich meine Ausrede. Dass ich schon seit einer ganzen Woche in Wendling war, hatte ich verschwiegen, stattdessen unbestimmt von ein paar Tagen zum Akklimatisieren gesprochen, die ich früher angereist sei.

»Ach was«, sagte Lukas. »Seit wann bist du so rücksichtsvoll?«

Das sollte ein Witz sein, doch nach all den Erschütterungen meines Selbstbewusstseins in der letzten Zeit traf mich die Bemerkung wie ein Nadelstich.

Die Fahrt führte quer durch den Ort, wo sich trotz der frühen Stunde – es war erst acht Uhr – schon einiges Leben regte, und weiter auf eine Landstraße, die mitten hinein ins Gebirge führte. Sandra drückte ordentlich aufs Gaspedal, zischte an Radfahrern und Traktoren vorbei. Lukas nervte sie damit, dass er ständig am Radio herumspielte, auf der Suche nach einem Sender mit besserer Musik. Mein Blick glitt derweil über hügelige Wiesen und Äcker hinweg, über Baumgruppen, windschiefe Scheunen und kleine Brücken, die Bäche überspannten. All die Gedanken, die ich mir in den letzten Tagen gemacht hatte – zu Maja, die vielleicht noch lebte, und Anja, die mit ihr ein Rachekomplott gegen mich geschmiedet hatte –, all die Spekulationen über *Lost & Found* und wie das alles zusammenhängen könnte, erschienen mir plötzlich irreal, wie einer finsteren Traumwelt zugehörig. Die einzige handfeste Verbindung zwischen beiden Welten war das Billighandy, das ich in meiner Hosentasche spürte. Doch ich hatte keine Ahnung mehr, ob irgendetwas von dem, was mir in den letzten Tagen durch den Kopf gegangen war, einen Sinn ergab oder ob ich dabei war, mich in Wahnvorstellungen zu verlieren. War es möglich, sich bei klarem Verstand selbst dabei zuzusehen, wie man langsam verrückt wurde?

Die Straße wurde schmaler und zugleich steiler und tauchte

in einen Wald ein. Neben uns stieg das Gelände schroff an, unter einer dünnen Erdschicht trat an vielen Stellen blanker Fels hervor, an den sich dicke Baumwurzeln klammerten. Endlich kam der kleine Parkplatz in Sicht, der für Wanderer wie uns als Ausgangspunkt für Wandertouren angelegt war. Ein paar Autos standen schon da, eines davon war Anjas Kleinwagen und gleich dahinter Ulrikes Wohnmobil. Von den beiden Fahrerinnen war nichts zu sehen. Sandra fuhr schwungvoll auf den Parkplatz und bremste scharf ab. Um sie nicht länger als nötig aufzuhalten, stieg ich sofort aus, genau wie Lukas.

Er grinste mich an. »Ich weiß, es ist schwer, sich von Marie-Lou zu trennen, aber willst du sie wirklich mitnehmen? Du würdest damit ein kleines Mädchen sehr traurig machen.«

Erst da bemerkte ich, dass ich die Stoffpuppe mit dem Pfannkuchengesicht und den langen Armen und Beinen in der Hand hielt. Ich setzte sie zurück ins Auto, warf die Tür zu und folgte Lukas zum Kofferraum. Nachdem wir unsere Rucksäcke herausgeholt hatten, schloss Lukas die Klappe, und Sandra fuhr davon. Ohne Gruß und Kuss.

»Weiß Sandra von deiner Vergangenheit mit Ulrike?«, fragte ich.

Lukas winkte ab.

In diesem Moment traten Ulrike und Anja hinter dem Wohnmobil hervor. Beide trugen Wanderoutfits, die nicht nur funktional waren, sondern auch verdammt gut an ihnen aussahen: eng anliegende Hosen, leichte Jacken, wegen der morgendlichen Frische, und darunter Shirts. Ulrike zeigte Anja gerade, wie sie die unübersehbar funkelnagelneuen Teleskopstöcke auf die richtige Länge einstellte. Der Einzige von uns, der keine Stöcke dabeihatte, war Lukas. Er hatte schon in unserem Chat dagegen gewettert, wenn er etwas zum Abstützen brauche, suche er sich irgendwo einen abgebrochenen Ast als Wanderstock. Alles andere sei neumodischer Kram.

»Guten Morgen, die Damen«, grüßte Lukas. Nun, da er aus dem Schatten seiner Frau herausgetreten war, blühte er auf.

Ulrike und Anja wandten sich uns zu. »Hi«, sagte Anja. Ulrike nickte nur.

»Hallo«, sagte ich und vermied es, Anja länger anzusehen. Sie ähnelte Maja so sehr, dass ich befürchtete, jeder Blick in ihre Augen könne eine Art emotionalen Flashback hervorrufen. Gleichzeitig sollte ich ihr nicht trauen, ihr freundliches Lächeln und ihre nette Art waren vielleicht nur Fassade. Ich durfte mich auf keinen Fall einlullen lassen, musste wachsam bleiben.

Wir stellten unsere Rucksäcke neben die von Ulrike und Anja, die am Wohnmobil lehnten, Lukas holte die Wanderkarte heraus und breitete sie auf der Motorhaube von Anjas Wagen aus. Ulrike trat neben ihn, gemeinsam besprachen sie, welche Etappen wir am Stück nehmen würden, wo es schöne Aussichten gab und wir unbedingt Halt machen sollten, und ab welcher Stelle der Weg gesperrt war. Anja und ich rahmten die beiden ein und sagten kein Wort. Ich gab vor, mich für die Wanderkarte zu interessieren, während alle meine Antennen in Wahrheit auf Anja ausgerichtet waren. Anja suchte Blickkontakt mit mir, ich tat erst so, als würde ich es nicht bemerken, ließ mich dann doch darauf ein, da es ja sowieso nicht zu vermeiden war. Sie sagte nichts, guckte nur freundlich. Es war schwer, sich vorzustellen, dass hinter einem Engelsgesicht wie diesem etwas Dunkles lauern sollte.

Wie in stillem Einvernehmen zogen wir beide uns schließlich ein Stück zurück und sahen einander an.

»Ich hoffe, ich mach nicht schlapp«, sagte Anja. »Eigentlich bin ich eher der Typ, der mit der Seilbahn auf den Berg hochfährt, in der Hütte zu Mittag isst und am Abend wieder runterfährt.«

»Keine Sorge. Der Langsamste gibt das Tempo vor. Altes Wandergesetz. Und der Langsamste bin vermutlich ich. Ich habe seit Monaten keinen richtigen Sport gemacht.«

»Glaube ich zwar nicht, aber nett, dass du das sagst. Gehen wir beide zusammen? Dann kannst du mir von Maja erzählen.«

Ich nickte. Und war schon dabei, alle Vorsicht in den Wind zu schlagen und sehenden Auges auf ihre Masche hereinzufallen – falls es eine war. Ich freute mich trotz aller Bedenken, dass sie mit mir gehen wollte. Und ich freute mich darauf, mit ihr zu gehen. Nur, was sollte ich ihr von Maja erzählen? Dass ich sie geschlagen und bei unserem ersten Sex vergewaltigt hatte? Womit ich Anja, wenn sie wirklich hinter *Lost & Found* steckte, noch nicht einmal etwas Neues erzählen würde.

Lukas faltete die Karte zusammen. »Genug geturtelt, ihr beiden. An die Rucksäcke.«

Ich half Anja mit ihrem Rucksack, ehe ich den meinen aufsetzte. Lukas wollte Ulrike ebenfalls helfen, doch sie hatte den Rucksack schon auf dem Rücken. Lukas und ich tauschten einen Blick. Ulrike machte einen derart durchtrainierten Eindruck, dass wir es mit der Angst zu tun bekamen. Wir waren alle ordentlich bepackt. Jeder hatte Wasser für einen und Proviant für zwei Tage dabei, außerdem Wechselklamotten, einen Schlafsack für die Nacht und was man sonst noch brauchte. Die Frauen nahmen ihre Stöcke, ich ließ die meinen vorerst an meinem Rucksack hängen.

»Wollen wir?«, fragte Lukas in die Runde.

»Moment!«, rief Anja. »Foto!«

Sie zog ihr Handy aus der Jackentasche. Wir drängten uns für das Gruppenselfie so dicht zusammen, dass die Duftwolken unserer Duschgels und Sportdeos sich vermischten, und zeigten unser schönstes Lächeln. Ich dachte an das Selbstauslöserfoto mit den abgeschnittenen Scheiteln von vor zwanzig Jahren. Anja machte zur Sicherheit noch ein zweites Bild, zeigte das Ergebnis herum, und als wir alle zufrieden waren, schickte sie es uns auf unsere Handys.

»Ich fänd's gut«, sagte ich, »wenn wir noch einen Moment innehalten und uns an Maja erinnern. Nicht zuletzt ihretwegen machen wir das Ganze ja.«

»Wollte ich auch gerade sagen«, sagte Ulrike. »Kommt!« Sie dirigierte uns in einen Kreis wie Mannschaftssportler, die sich vor dem Spiel einschwören. Jeder legte den Arm um die Schultern von Nebenmann und Nebenfrau und sah sein Gegenüber an. In meinem Fall Ulrike.

»Für Maja«, sagte ich mit leicht zittriger Stimme. »Du bist und bleibst eine von uns. Unvergessen.«

27

Die erste Etappe der Wanderung führte überwiegend auf einem breiten Weg durch den Wald, der Anstieg war moderat. Das würde sich bald ändern. Lukas und Ulrike gingen voraus, Anja und ich folgten mit etwas Abstand. Die morgenfrische Luft trug das Aroma von Moos, Erde und Harz in sich. Ich atmete sie bis in die letzten Lungenbläschen ein und spürte, wie gut mir das tat. Dazu die Anstrengung durch die körperliche Bewegung, die Geräusche der Natur um mich herum: das leise Knacken in den Bäumen, das Zwitschern der Vögel. All das wirkte so stark auf mich, dass mein Gedankenkarussell fast zum Stillstand kam. Nur das regelmäßige Klacken von Anjas Stöcken neben mir setzte einen bedrohlichen Unterton, denn ich wusste nichts über sie und ihre Absichten.

Doch welcher Pläne und Täuschungen ich sie auch verdächtigte, es änderte nichts daran, dass ich mich zu ihr hingezogen fühlte. Eine Schwäche, der ich mit eisernem Schweigen begegnete. Egal, wie sehr Anja sich bemühte, ein Gespräch zu beginnen, etwa wenn sie mich auf ein Eichhörnchen in einem Baum aufmerksam machte oder fragte, was das wohl für ein Vogel sei, der so laut singe, ich antwortete stets knapp, meistens mit: »Ich weiß auch nicht.«

»Wie das wohl ist, wenn man mal zusammen war, sich viele Jahre lang nicht gesehen hat und dann wieder trifft«, machte Anja nach einer Weile einen neuen Versuch. »Ich meine die beiden da. Lukas und Ulrike.«

»Keine Ahnung«, sagte ich nur. Da wurde mir bewusst, dass ich nur etwas über sie herausbekam, wenn ich mit ihr redete. Deshalb fuhr ich fort: »Lukas' Frau fand die Idee wohl nicht so prickelnd. Sie machte während der Fahrt einen etwas angespannten Eindruck. Gelinde gesagt.«

»Glaubst du, von der alten Liebe bleibt was übrig? Ich meine, wenn man nicht gerade im Streit auseinandergeht.«

»Irgendwas bleibt immer übrig. Und die beiden haben all die Jahre wohl lose Kontakt gehalten.«

»Wie sind Ulrike und Lukas überhaupt zusammengekommen? Sie sind doch recht verschieden.«

»Sie haben denselben Humor. Das wird oft unterschätzt.« Ich betrachtete Lukas und Ulrike. Nach dem Klassentreffen waren sie gemeinsam in die Nacht verschwunden. Ob danach in Ulrikes Wohnmobil noch etwas gelaufen war? »Es war eine Schulhofliebe«, sagte ich. »Ganz klassisch. Man kannte sich schon, kam sich bei einer Party näher, blieb zusammen.«

»Und du und Maja? Wie lief's bei euch?«

Ich überlegte einen Moment, dann sagte ich: »Ich war kein guter Fang für Maja. Ein Außenseiter. Anders als Lukas, um den sich alle rissen. Aber Maja wollte mich. Keine Ahnung, warum.«

»Wieso sagst du das? Und wieso erwähnst du ausgerechnet Lukas. Wollte er auch was von Maja?«

»Nein. Wir waren Freunde, und er war schon lange mit Ulrike zusammen. Da lief nichts.«

In meinem Kopf tauchten Bilder auf. Lukas, der in der Freinacht Majas Hand hielt. Maja, die sich wie selbstverständlich auf den Beifahrersitz setzte. Blicke, die sie austauschten, wenn sie sich unbeobachtet fühlten. Flirten in unserem Stammcafé. Gemeinsame Fahrten im engen Autoscooter auf dem Volksfest. Und Maja, die abwiegelte, wenn ich sie hinterher fragte, was das sollte. Selbst jetzt, nach so vielen Jahren, piekte mich die Eifersucht wie ein Stachel. Das Foto von *Lost & Found* fiel mir ein: Maja mit blauen Flecken.

»Vielleicht wollte Maja dich«, sagte Anja in mein Schweigen, »weil du ein sehr netter Kerl warst. Lukas ist auch nett, aber er ist sich seiner selbst zu sicher. Jemand wie du ist viel« – sie lächelte – »interessanter. Du bist schwer zu durchschauen.«

»Soll das ein Kompliment sein?«

»Ich weiß nicht. Ist es für dich eines?«

Ich zuckte mit den Schultern. »Ich bin nicht sehr empfänglich für Komplimente. Das war Maja übrigens auch nicht. Sie konnte Schmeicheleien nicht leiden. Dabei dachten alle, sie sei genau darauf aus. Weil sie überall auffiel. Was nicht ihre Absicht war. Es passierte einfach.«

»Und sonst? Wo wart ihr euch sonst noch ähnlich?«

»Wir wollten beide raus aus unseren Familien, raus aus der Provinz, raus aus der Enge und allen Zwängen. Wollen das in dem Alter nicht die meisten? Wenn Maja nicht verschwunden wäre, wäre das, was zwischen uns war, nur eine weitere Schulhofliebe geblieben, die irgendwann endet, dann verblasst und einem mit den Jahren ein wenig peinlich wird.«

»Das finde ich nicht. Ich denke gern an meine erste Liebe zurück. Sind schöne Erinnerungen, selbst der Herzschmerz. So intensiv empfindet man nie wieder.«

»Kann schon sein. Unsere Geschichte ist jedenfalls nur durch das schlimme Ende so groß geworden. Ohne das würde sich niemand dafür interessieren.«

»Außer dir und Maja. Das wäre ja auch genug.«

Sicher wäre es genug gewesen. Doch es war nun einmal anders gekommen. Die Frage, wie mein Leben verlaufen wäre, wenn Maja damals mit uns zurückgekehrt wäre, hatte ich mir nie gestellt. Ich hatte mich umgedreht und war weggegangen. Oder besser: Ich war weggelaufen. Das war ein Ende nach meinem Geschmack. Der Ursprung all meiner Probleme lag ja nicht bei Maja, sondern woanders.

»Wie seid ihr beide eigentlich zusammengekommen?«, fragte Anja.

Ich musste nicht lange überlegen.

»Es war am Ende unseres vorletzten Schuljahres. Maja war erst seit einem halben Jahr an unserer Schule. Ich hatte schon eine Weile ein Auge auf sie geworfen, und sie hatte mir auch Signale gesendet. Aber dann hat sie alle meine Annäherungsversuche ins Leere laufen lassen. Ich fühlte mich veräppelt und hielt sie für eine eingebildete Ziege. Bis zu unserer Abschlussfahrt nach London. Dort änderte sich alles. An einem Nachmittag, den wir zur freien Verfügung hatten und den die meisten mit Shoppen verbrachten, fragte Maja mich, ob ich Lust hätte, mit ihr zum Bahnhof Kings Cross zu fahren, um dort Gleis 9 ¾ zu suchen. Du weißt schon, aus Harry Potter. Harry Potter war damals bei uns noch kaum bekannt, und in unserem Alter hätte das Buch sowieso keiner angefasst, es war Kinderkram. Maja hat das nicht gekümmert, ihr gefiel die Vorstellung, dass es neben der realen noch eine magische Welt gab. Ich hatte keine Ahnung, was das mit Kings Cross und Gleis 9 ¾ bedeuten sollte, hielt es für einen Scherz und fragte lieber nicht. Und so erlebten wir einen schönen Nachmittag – für meinen Teil einen der schönsten meines Lebens – und auch unseren ersten Kuss. Bis wir wirklich zusammen waren, dauerte es trotzdem noch eine Weile. Maja legte sich nicht so schnell fest. Sie war wählerisch.«

Ich war langsamer geworden, weil das Gehen und Sprechen mich anstrengten.

»Das ist eine schöne Geschichte«, sagte Anja.

Eine schöne Geschichte, hallte es in mir nach. *War es auch die Wahrheit?*

»Was ist eigentlich mit dir?«, fragte ich. »Du hast noch kaum was über dich erzählt. Was machst du?«

»Ach, nicht viel. Ich habe eine Ausbildung zur Restauratorin hinter mir. Im Moment bin ich in einer Orientierungsphase. Keine Ahnung, ob ich in der alten Richtung weitermache oder mir was Neues suche. Und falls du wissen willst, ob ich mit jemandem zusammen bin: Nein, bin ich nicht. Das heißt aber nicht, dass ich zu haben bin.«

»Also bist du nicht zu haben.«

»Das habe ich auch nicht gesagt.«

»Und was hast du gesagt?«

»Keine Ahnung. Was fragst du mich?«

Ich musste spontan auflachen, und Anja lachte auch. Dieses vergnügte kleine Geplänkel hätte genauso zwischen Maja und mir stattfinden können.

Lukas hatte mein Lachen gehört und drehte sich kurz zu uns um, ohne jedoch stehen zu bleiben.

Die Steigung nahm deutlich zu, wir hatten keine Luft mehr zum Reden, und das würde für eine Weile so bleiben. Lukas und Ulrike hatten ihr Tempo verlangsamt, so dass wir aufschließen konnten und nun in der Gruppe gingen. Den Rhythmus von Anjas Atem und das Klacken ihrer Stöcke im Ohr, setzte ich einen Fuß vor den anderen, und irgendwann war es nicht mehr Anja, die ich neben mir atmen hörte, sondern Maja. Ich spürte sie so, wie ich sie vor zwanzig Jahren gespürt hatte, als sie tatsächlich auf genau diesem Weg neben mir gegangen war. Ich hörte sie sogar etwas sagen, das ich nicht verstand, und fragte laut: »Wie bitte? Was meinst du?«

»Nichts«, sagte Anja keuchend, »ich habe nichts gesagt.«

Ich fiel zurück in mein Schweigen. Dachte wieder an London und Kings Cross und fragte mich, ob all das, woran ich mich zu erinnern glaubte, wirklich so gewesen war. Hatte

Maja vielleicht deshalb so lange gebraucht, um sich endgültig für mich zu entscheiden, weil sie schon damals das Dunkle, Gefährliche in mir gespürt hatte, das auch Kaitlan aufgefallen war? Hatte sie mich zwischen Gleis 9 und 10 wirklich freiwillig geküsst? Oder hatte sie nur meinem Drängen nachgegeben? War es vielleicht sogar dieses subtil Bedrohliche und Unberechenbare gewesen, das sie an mir reizte, so wie manche Menschen die Gefahr reizt?

»Wenn wir oben sind, legen wir einen kleinen Stopp ein«, sagte Lukas und riss mich aus meinen Überlegungen.

Ich konnte mir denken, welche Stelle er meinte. Dort hatten wir vor zwanzig Jahren auch die erste Pause gemacht. Der Wald endete, der Weg wurde schmaler und querte Almwiesen. Ob es die Bank noch gab, in die wir unsere Namen geritzt hatten? Eine halbe Stunde würden wir bis dorthin bestimmt noch brauchen.

Wir waren wieder eine Weile schweigend gegangen, als das *Lost-&-Found*-Handy in meiner Hosentasche kurz vibrierte. Eine SMS. Da ich nicht wollte, dass jemand es sah, ließ ich es stecken und hoffte auf eine baldige Gelegenheit, bei der ich unbemerkt nachsehen konnte.

Der Wald öffnete sich vor uns, und ich erkannte den Ausblick auf die hügelige Almwiese sofort wieder. Zwischen Gras und Gestrüpp lugte blankes Kalkgestein hervor, allein oder in kleinen Gruppen stehende Fichten warfen kurze Schatten. Dahinter türmten sich die Gipfel des Hochgebirges auf. Doch mir fehlte die Muße für die Betrachtung der Natur. Ich dachte an die SMS von *Lost & Found*.

»Toller Ausblick«, sagte Anja.

»Das ist nur der Anfang«, sagte Lukas. »Das wird noch viel besser.«

Die Bank von früher war noch da. »Ob das noch dieselbe

ist?«, fragte Ulrike. Sie schaute auf der Rückseite der Lehne nach und fand jede Menge eingeritzte Namen. Die unseren waren nicht dabei. »Schade«, sagte sie. »Holz ist vergänglich.«

»Marmor, Stein und Eisen bricht«, sang Lukas, »aber unsere Liebe nicht …«

Wir stellten unsere Rucksäcke ab. Während die anderen ihre Wasserflaschen herausholten, verschwand ich unter dem Vorwand, meine Blase zu erleichtern, im Wald und verbarg mich hinter einem Gestrüpp. Ich holte das Handy heraus. Der Empfang war nicht besonders gut, für die SMS hatte es immerhin gereicht. Dass ich sie erhalten hatte, während Anja neben mir gegangen war, musste nicht heißen, dass sie nichts damit zu tun hatte oder dass sie nicht die Absenderin war. Eine SMS ließ sich zeitversetzt senden. Trotzdem spürte ich eine gewisse Erleichterung. Ich mochte sie und wollte nicht, dass sie mit *Lost & Found* zu tun hatte.

Ich öffnete die SMS und las:

Ein Mörder kehrt immer wieder an den Ort des Verbrechens zurück.
Wo ist der Ort des Verbrechens?
Foto folgt!
ERINNERE DICH!

28

Wir legten an der Bank eine Trinkpause ein. Lukas unterhielt Ulrike und Anja mit kleinen Neckereien, die spielten die Bälle zurück. Nur ich blieb seit meinem kurzen Abstecher in den Wald schweigsam. Das fiel Lukas irgendwann auf, so dass er mich aufs Korn nahm. »Hast du dich eben beim Pinkeln erschreckt, wie winzig dein kleiner Freund ist, oder wieso sagst du nichts?«, scherzte er. Ich grinste bemüht, blieb die Antwort aber schuldig und kaschierte meinen Mangel an Schlagfertigkeit, indem ich einen Schluck Wasser nahm. Lukas begriff, dass mit mir gerade nicht viel los war, und wandte sich wieder Ulrike und Anja zu.

Mörder. Dieses Wort zu lesen hatte mir einen gehörigen Schrecken eingejagt. *Lost & Found* hatte es lange nicht verwendet. Und nun war es wieder da. Vor meinen Augen. In meinem Kopf. Und die Idee, Maja könnte noch leben – Hoffnung und Drohung in einem –, zerplatzte. Wo sollte sie die letzten zwanzig Jahre gesteckt haben? Sie war keine, die sich hätte wegsperren lassen. Sie hätte Wege gefunden, sich zu befreien. Nein, Maja war tot. Doch ich war nicht ihr Mörder. Und egal, was *Lost & Found* glaubte, ich kannte den *Ort des Verbrechens* nicht. So wenig, wie ich wusste, was mit Maja geschehen war. Dass ich die SMS auf der Wanderung erhalten hatte, war sicher kein Zufall, sondern ein weiterer Beweis dafür, dass *Lost & Found* mein Handy ortete. Sie wusste immer, wo ich war. Und im Moment vielleicht besonders gut, weil sie die ganze Zeit neben mir her ging.

Anja kam zu mir. Da ihr warm geworden war, hatte sie die leichte Jacke ausgezogen und stand nun in einem mintgrünen Shirt vor mir. Der nussige Duft ihrer Sonnenmilch, die sie auf den Armen verteilt hatte, hüllte sie ein.

»Alles okay?«, fragte sie. Nicht die leiseste Regung in ihrem Gesicht verriet, dass sie wusste, was in mir vorging oder welche Nachricht ich vorhin erhalten hatte. Wenn sie die nette junge Frau nur spielte, legte sie eine meisterliche Leistung hin. Vielleicht gelang es mir ja, sie ein wenig aus der Reserve zu locken, indem ich etwas Unerwartetes tat.

»Ich weiß, dass du es bist«, sagte ich.

»Wie bitte? Was?«

»Du bist es, oder?«

»Keine Ahnung, was du meinst.«

»Lost & Found.«

Sie lächelte wie jemand, der auf die Pointe eines Witzes wartet. Als keine kam, fragte sie irritiert: »Was soll das bedeuten?«

»Nichts. Vergiss es.«

Verunsichert wandte sie den Blick ab.

Ich hatte auf ein verräterisches Blitzen in ihren Augen gehofft oder ein verstohlenes Lächeln; irgendetwas, das auf eine stille Mitwisserschaft oder auf die bemühte Vermeidung einer Reaktion hinwies. Doch sie wirkte einfach nur wie eine Frau, die nicht kapierte, was ich von ihr wollte.

Bevor die Situation peinlich wurde, kehrte sie zur Bank zurück, wo Lukas gerade sein Taschenmesser zückte und sagte: »Tun wir, was wir tun müssen.« Dann fing er an, auf der Rückseite der Bank seinen Namen in die Lehne zu ritzen. Als er damit fertig war, reichte er das Messer an Ulrike weiter, die gab es nach getaner Arbeit mir und ich Anja. Am

Ende standen wir da und betrachteten voller Stolz das Ergebnis. Anja wollte schon ein Foto davon machen, als Ulrike noch einmal das Messer nahm und einen fünften Namen ins Holz ritzte: *Maja*.

Es ging auf Mittag zu. Das Blau des wolkenlosen Himmels glänzte wie emailliert. Wir schützten uns mit dunklen Brillen, Hüten und Kappen vor der sengenden Sonne. Schweigend folgten wir einem schmalen, aber steilen Steig, bei dem man auf jeden Schritt achten musste. Kein Raum für auch nur einen Gedanken, der nicht dem nächsten halben Meter des Wegs galt. Der Schweiß floss in Strömen, die Muskeln in den Oberschenkeln schmerzten. Mein Zeitgefühl verlor sich, so wie davor schon meine Gedanken. Dafür spürte ich Lukas, Ulrike und Anja. Und sogar Maja. Wie wohltuend diese Gemeinschaft war. Irgendwann zweigte ein etwas breiterer Weg ab, der uns zu einer Alm führte. Der Duft von Bergkräutern würzte die Luft, Bienen summten, ein paar Schmetterlinge flatterten über die Wiese. Zwei Kühe grasten träge, ihre Glocken schlugen bei jeder Bewegung verhalten an.

Im spärlichen Schatten einer Krüppelkiefer legten wir die nächste Trinkpause ein. Wir waren zu sehr aus der Puste, um zu reden. Anja und ich tauschten einen Blick. Sie lächelte. Es wirkte ehrlich, und ich war froh darüber und lächelte auch. Ich wollte, dass sie *nicht* hinter *Lost & Found* steckte. Ich wollte ihr vertrauen. Ich wollte von ihr gemocht werden. Für Misstrauen und Ablehnung war ich viel zu erschöpft.

»Das nächste Stück wird leichter«, versprach Lukas Anja.

Als wir aufbrechen wollten, bemerkte Anja, dass der Schnürsenkel an ihrem rechten Wanderstiefel durchgescheuert und gerissen war. Lukas hatte Ersatz im Rucksack. »Geht ihr schon mal los«, sagte er zu Ulrike und mir, »wir holen euch schnell ein.« Ich spürte einen feinen Stich in der Brust. Das kleine Malheur kam ihm anscheinend gelegen. Er zwinkerte mir sogar zu.

Nachdem wir außer Hörweite waren, fragte ich Ulrike, was sie von Anja hielte. »Sie ist nett«, sagte sie. »Und fast wie ein Double von Maja. Bis hin zu Gesten und Mimik. Ist dir das aufgefallen? Wie sie mit den Händen redet. Oder manchmal die Nase krauszieht.«

Natürlich war mir das nicht entgangen. »Hat sich eigentlich aufgeklärt, wer ihr die Einladung zu unserem Abi-Treffen geschickt hat?«, fragte ich.

»Das habe ich nicht mehr weiterverfolgt. Ist doch schön, dass sie da war. Oder hast du ein Problem mit ihr?«

»Nein. Ist nur ein bisschen enttäuschend, dass du dem nicht nachgehst, ich meine, als Kriminalistin.« Ich ließ es wie einen Scherz klingen.

»Frag sie, wenn es dir so wichtig ist.«

»Ist es nicht. Ich finde es auch schön, dass sie bei uns ist.«

Wir blieben stehen und sahen uns nach Lukas und Anja um. Sie standen noch immer unter der Kiefer. Zwei winzige Figuren unter einem bizarren Baum. Ich sah Lukas vor mir, wie er seine Show abzog. Sprüche klopfte und Charme versprühte. Anja um den Finger wickelte. Das konnte er gut. Und wieso sollte Anja es sich nicht gefallen lassen? Sie war niemandem Rechenschaft schuldig. Mir schon gar nicht. Wenn sich meine schlimmsten Befürchtungen bewahrheiteten, war sie diejenige, die mich zwang, Rechenschaft abzulegen.

Ulrike und ich warteten im Schatten einer Felswand auf die Nachzügler. Wir redeten nicht viel. Ulrike war nie sehr gesprächig gewesen, ich auch nicht, und darin waren wir uns offenbar beide treu geblieben. Ulrikes Schweigsamkeit hatte schon früher Souveränität ausgestrahlt. Sie redete nur, wenn sie etwas zu sagen hatte, dann aber auf den Punkt. Meine Schweigsamkeit war eher eine Verlegenheit um Worte und mir zumindest als Jugendlicher peinlich gewesen. Inzwischen war ich damit im Reinen. Es gab eben Leute, die viel redeten, und andere, die zuhörten, und ich war, genau wie Ulrike, eher ein Zuhörer. Ich konnte sie mir gut als akribische Ermittlerin vorstellen. Wie sie vor den Tatverdächtigen saß und sie anschwieg, bis sie die Anspannung nicht mehr ertrugen. Sicher lief das in Wirklichkeit anders ab, aber die Vorstellung gefiel mir. Was Ulrike wohl von der Sache mit *Lost & Found* halten würde? Vielleicht würde sie sagen: *Wo Rauch ist, da ist auch Feuer.* Und mich in die Mangel nehmen. Ich solle schweigen, hatte *Lost & Found* mir nahegelegt, in meinem eigenen Interesse.

»Sie kommen«, sagte Ulrike.

Da hörte auch ich Lukas' Stimme. Und dann die von Anja. Ein paar Momente später bogen sie um den Felsvorsprung, hinter dem wir im Schatten warteten. Lukas erzählte gerade eine Anekdote aus seinem bewegten Leben, Anja hinter ihm lächelte. »Ich dachte schon, wir müssen hier übernachten«, sagte Ulrike mürrisch. Lukas lachte nur und ging mit Anja an uns vorbei. Ulrike und ich nahmen unsere Rucksäcke auf und folgten.

Nach etwa einer halben Stunde erreichten wir eine Weggabelung. *Zur Raubachklamm* stand auf einem Wegweiser. Gleich darunter hing noch ein Schild: *Raubachklamm gesperrt! Steinschlaggefahr!*

»Wer noch mal Nachrichten nach Hause verschicken will, sollte das jetzt tun«, sagte Ulrike mit Blick auf ihr Handy. »Es wird dauern, bis wir wieder Empfang haben.«

Wir anderen zückten auch unsere Handys.

Ich wandte mich ab, um das *Lost-&-Found*-Handy unbeobachtet zu checken. Kaum hatte ich es aus der Hosentasche gezogen, vibrierte es schon in meiner Hand. Eine SMS mit einem Foto, auf dem eine Stelle am Raubach zu sehen war. Eine Stelle, die ich kannte.

Ist das der Ort?

ERINNERE DICH!

29

Wir folgten dem Weg zur Raubachklamm. Ich ließ mich von den anderen mitziehen, lief wie auf Autopilot. Dem Ort entgegen, der auf mich wartete. *Ein Mörder kehrt immer wieder an den Ort des Verbrechens zurück.* Es ging nicht mehr bergauf, sondern leicht bergab. Der Untergrund war an manchen Stellen locker, man musste achtgeben, um nicht auszurutschen. Zur Sicherheit hatte ich meine Wanderstöcke zur Hand genommen. Die Bergwände rückten zusammen, der Himmel verengte sich zu einem schmalen Streifen. Beklemmung stellte sich ein. Anja entdeckte einen Vogel, der über uns kreiste. Lukas reichte ihr sein kleines Fernglas, das er griffbereit in einer Seitentasche seines Rucksacks hatte. »Ein Steinadler«, sagte er, »sehr selten.« Anja reichte das Fernglas an mich weiter, ich verschwendete nur einen flüchtigen Blick, und dann war der Vogel auch schon weg. Ich hatte immer noch ein anderes Bild im Kopf und dazu tausend Fragen; nein, eigentlich nur diese eine: *Ist das der Ort?* Ulrike interessierte sich mehr für die Tiefe, die sich neben uns öffnete, als für das, was über uns kreiste. »Wir nähern uns der Klamm«, sagte sie. »Spürt ihr den Raubach auch schon?«

Hören konnte man ihn noch nicht, aber ja, ich spürte ihn. Den Raubach. Weiches Wasser, das sich über Jahrhunderte und Jahrtausende einen Weg durch den harten Stein gefräst, geschmirgelt, geschliffen hatte, tosend durch die enge Klamm schoss, um danach in einem breiten Bett gemächlich dahinzufließen und sich später an einer Felsbarriere in einem natürlichen Bassin auszuruhen, ehe es sich über die Felsen stürzte und das Weite suchte. Und dieses Bassin war jener Ort auf dem Foto, den *Lost & Found* schlicht und klar *den Ort des Verbrechens* nannte.

Die irrationale Sorge ergriff mich, dass, wenn wir an dem moosgrünen Wasser ankamen, die anderen mein Verbrechen und meine Schuld augenblicklich erkennen würden, während ich noch immer mit einem Loch in der Erinnerung dastand und nicht wusste, was los war. Dass eine Schrift an einem Felsen, die ich nicht entziffern konnte, ihnen alles über mich sagte. *Unsinn!*, rief ich mir zu. *Du machst dich verrückt! Nichts ist geschehen, nichts! Erinnere dich endlich!* Ja, ich wollte mich erinnern. Wollte es wirklich. Selbst wenn ich etwas Schreckliches getan hatte. Besser, es zu wissen, als dunkel zu ahnen. Nur so gewann ich die Kontrolle über mein Leben zurück, die mir allmählich entglitt oder vielleicht längst schon entglitten war.

»Déjà-vu«, sagte Ulrike neben mir.

Ich schreckte aus meinem inneren Film auf. »Was?«

»Die beiden da vorn. Genau wie Lukas und Maja vor zwanzig Jahren.«

Lukas und Anja waren ein Stück vor uns. Wenn ich die Satzfetzen, die ich auffing, richtig deutete, erheiterte Lukas Anja mit Anekdoten aus seinem Zahnarztleben. So, wie er damals Maja umgarnt hatte mit seinem Charme, seinem Humor, seiner Frechheit. Damals hatte mich das innerlich rasend gemacht, auch wenn ich es nicht gezeigt hatte. Erst am Abend hatten Maja und ich unseren Streit. Lukas zurechtzuweisen hatte wenig Sinn gehabt, er schaffte es jedes Mal, dass man sich wie ein Idiot vorkam, der wegen Nichts einen Riesenaufstand machte. Bei mir hatte er es damit leicht, mir fehlte das Gespür für angemessene Reaktionen.

»Ich finde Zähne erotisch«, hörte ich Lukas sagen. »Vor allem deine, wenn ich das sagen darf.«

Anja lachte. »Du bist unmöglich.«

»Im Ernst. Dieses makellose Weiß zwischen deinen Lippen, und wenn du mit der Zungenspitze darüberstreichst ...«

Belangloses Geplänkel. Mehr war es nicht. Ich wusste, was Anja davon hielt. Sie hatte es mir gesagt. Und ich glaubte ihr. So wie Maja es mir vor zwanzig Jahren gesagt hatte. Doch ihr hatte ich nicht geglaubt. Ich erschrak vor mir selbst. Was, wenn ich sie deshalb getötet hatte? Wegen nichts!

Vor uns tauchte ein hohes, aus Brettern gezimmertes und mit Maschendrahtzaun versehenes Tor auf, an dem ein Schild befestigt war. Die Botschaft darauf war so groß geschrieben, dass man sie schon von weitem lesen konnte:

DURCHGANG VERBOTEN!

STEINSCHLAGGEFAHR!

RAUBACHTAL-HÜTTE GESCHLOSSEN!

»Lassen wir uns von so was aufhalten, Frau Hauptkommissarin?«, fragte Lukas und lachte Ulrike an.

»Wenn wir vernünftig wären, würden wir das tun«, sagte sie.

»Wenn wir vernünftig wären«, gab er zurück, »wären wir überhaupt nicht hier.«

30

Eingezwängt zwischen schroffen Kalksteinwänden rauschte der Raubach in seinem gewundenen Bett durch die Klamm. Was eben noch ein kleiner Bach gewesen war, hatte sich zu einer reißenden Gefahr verwandelt. Mit den feinen Tröpfchen, die in der Luft hingen, stieg auch die Kälte des Bergwassers auf und legte sich uns wohltuend auf die Haut. Der mit Geländern gesicherte Weg war so schmal, dass wir hintereinander gehen mussten. Lukas bildete die Spitze unserer Truppe, danach kam Ulrike, dann folgte Anja. Ich bildete die Nachhut. Lukas rief uns über die Schulter etwas zu, das hoffnungslos im Tosen des Wassers unterging. Ich wusste trotzdem, was er gemeint hatte: dass gleich die beste Stelle käme. Und in der Tat. Vor uns schlug das Wasser brachial gegen einen Felsvorsprung, schoss in einer Gischtwolke hoch auf und kurvte um das glattpolierte Hindernis herum. Wir blieben stehen, um das Naturschauspiel ausgiebig zu bestaunen. Fotos wurden gemacht. Vom Bach und von uns. Gruppenselfies mit Gischt im Hintergrund. Nachdem wir uns sattgesehen hatten und alle Fotos gemacht waren, gingen wir in der alten Formation weiter.

Die Felswände traten vor uns auseinander, der Raubach beruhigte sich und kehrte, erschöpft von der wilden Fahrt, zurück zu einer ruhigen Gangart. Erschöpft waren auch wir. Die Sonne warf inzwischen lange Schatten, und mit der Intensität ihres Lichtes schwanden auch unsere Kräfte. Selbst

Lukas schwang keine Reden mehr, sondern wanderte wie wir anderen schweigend weiter. Ich war dankbar für die Müdigkeit. Die Schwere in den Gliedern. Die Trägheit der Gedanken. Sie dämpfte auch meine Gefühle und Ängste.

Dann lag er vor mir, der Ort auf *Lost & Founds* Foto: jenes natürliche Bassin, in dem der Bach ausruhte, ehe er sich über das Hindernis fallen ließ und danach seinem weiteren vorgezeichneten Weg folgte. Ich betrachtete die Felsen, das glasklare Wasser, den bescheidenen Wasserfall. Nichts erinnerte mich an einen Mord, den ich hier begangen haben sollte.

Wir nahmen unsere Rucksäcke ab, holten die Wasserflaschen heraus. Anja befüllte ihre leeren Flaschen am Bach. Ich folgte ihrem Beispiel.

»Manchmal gebe ich mir die Schuld, dass Maja nicht mehr da ist«, sagte ich unvermittelt.

Anja sah mich an. »Wieso das?«

»Ich hätte besser auf sie achtgeben sollen.«

»Glaubst du das ernsthaft? Kommt mir ein bisschen überholt vor. Diese Ansicht, dass Männer auf Frauen aufpassen müssen, meine ich. Keine Ahnung, wie Maja das gesehen hat, aber ich kann gut auf mich selbst aufpassen. Und wenn nicht und es passiert mir was, ist das meine Schuld und nicht die von jemand anderem.«

Eine Flasche war voll, sie schraubte sie zu und hielt die nächste in den Bach.

»Denkst du, Maja wurde ermordet?«

Anja sah mich irritiert an. »Was sonst?«

»Hier?«

»Was fragst du mich? Wenn es einer von uns beiden wissen müsste, dann doch eher du.«

Das saß. Ich schlug die Augen nieder.

»Guckt mal zu mir, ihr beiden«, rief Ulrike hinter uns.

Anja und ich wandten uns gleichzeitig um. Ulrike stand mit ihrem Handy da, bereit, ein Foto zu schießen. »Sehr schön«, sagte sie, »bleibt so.«

Danach drehten wir uns zurück und saßen eine Weile schweigend da.

»Ist es noch weit bis zur Hütte?«, fragte Anja.

Anders als ihr Name suggerierte, lag die Raubachtal-Hütte nicht im, sondern oberhalb des Tals. Wir mussten uns in einer letzten Anstrengung einen schmalen Steig hinaufschleppen, der sich in Serpentinen durch den Bergwald wand. Die Sonne stand schon tief, bald würde sie vollends hinter den Gipfeln abtauchen. Je höher wir kamen, desto mehr verlor sich das Rauschen des Raubaches. Schließlich trat der Wald zurück, wir erreichten eine von Disteln und Gestrüpp bewachsene, verkarstete Anhöhe, auf der wir die Hütte endlich vor uns sahen. Allerdings bot sie einen tristen Anblick. Die Läden waren geschlossen, und der verblichene Eiscreme-Wimpel über der Eingangstür war nur noch ein leeres Versprechen. Das Ziel vor Augen, mobilisierten wir die letzten Kräfte und kamen schließlich erschöpft, aber zufrieden bei der Hütte an.

Auf der ehemals mit Tischen bestückten, nunmehr leeren Sonnenterrasse ließen wir die Rucksäcke von den Schultern rutschen und holten Essen und Trinken heraus. Ich hatte Käse, Salami, Räucherschinken und Brot eingepackt. Dazu ein wenig Obst. Vor der herrlichen Aussicht über das Raubachtal nahmen wir unser bescheidenes Mahl zu uns. Gekrönt wurde der Anblick durch das tiefe Abendrot, mit dem sich die Sonne hinter der Bergkette jenseits des Tals verabschiedete.

»Wir haben wieder Netz«, sagte Ulrike, mit Blick auf ihr Handy.

Ich dachte an das *Lost-&-Found*-Handy in meiner Hosentasche, erwartete den Vibrationsalarm. Es regte sich nichts.

Nach dem Essen, während die Dämmerung sich vertiefte, wandten wir uns der Hütte zu. Lukas zückte sein altes Taschenmesser, doch Ulrike überraschte uns, indem sie einen Dietrich präsentierte. Innerhalb von Sekunden hatte sie die Haustür geöffnet. Lukas ging mit der Taschenlampe voran. Ihr kaltes Licht wischte über die Wände, an denen Tierschädel mit Hörnern, Geweihen, Wildschweinhauern hingen.

»Abartig«, sagte Anja.

In der Wirtsstube öffneten wir die Fenster und die Läden, frische Luft trieb den Muff hinaus. Die Dämmerung war schon so dicht, dass sich nur noch die Konturen der Tische und Bänke in ihrem Aschgrau abzeichneten. Trotzdem erkannte ich alles sofort wieder.

»Lass uns den Stromgenerator suchen«, sagte Ulrike zu Lukas. »Wenn wir Glück haben, ist noch ein Rest Diesel im Tank.«

Die beiden verschwanden, Anja und ich waren allein.

In diesem Moment spürte ich, wie das *Lost-&-Found*-Handy in meiner Hosentasche vibrierte. Erschrocken zuckte ich zusammen. Statt mich unter einem Vorwand zurückzuziehen, um die neue Nachricht zu lesen, gestattete ich mir eine Gnadenfrist und blieb, wo ich war.

Lukas und Ulrike fanden nicht nur einen Generator, sondern auch einen vollen Kanister Diesel. Mit vereinten Kräften brachten sie den alten Generator zum Laufen. Bevor wir Licht machten, schlossen wir die Fensterläden. Schließlich befanden wir uns auf einem Berg, selbst ein schwaches Licht war weithin zu sehen. Danach richteten wir unser Nachlager im ehemaligen Schlafsaal unter dem Dach ein. Hier hatte in zwei gegenüberliegenden Reihen Matratze an Matratze gelegen, ausreichend für ein Dutzend Personen; ein Gemeinschaftserlebnis der besonderen Art für kleines Übernachtungsgeld, denn es war immer mindestens einer dabei, der gotterbärmlich schnarchte, und ein anderer, der ungeniert furzte. Nur die totale Erschöpfung nach einer langen, anstrengenden Wanderung ließ einen all das vergessen und rasch einschlafen. Wir rollten unsere Isomatten und Schlafsäcke aus und kehrten in die Wirtsstube zurück.

Ulrike ging zielstrebig auf einen Tisch zu und setzte sich. »Genau hier haben wir gesessen. Wisst ihr das noch?«

Sie hatte recht. Wir anderen setzten uns zu ihr. Für einen Moment war mir, als hörte ich das Stimmengewirr der vollen Wirtsstube und mitten drin Majas helle Stimme. Ich sah den Bierschaum an ihrer Oberlippe und wie sie ihn mit der Zunge ableckte. Jetzt aber saß Anja neben mir.

Ulrike zündete sich eine Zigarette an und wies mit dem Kinn auf einen Nebentisch. »Dort drüben saß der Mann.«

Ich wusste sofort, wen sie meinte. Anja jedoch fragte: »Welcher Mann?«

»Der ein Foto von uns gemacht hatte«, sagte Lukas. »Mit Arnos Kamera.«

»Er sagte, ich solle gut auf Maja achtgeben.«

Wir schwiegen eine Weile, als lauschten wir dem leisen Brummen des Generators, das durch mehrere Türen und Wände zu uns drang. Ich versuchte mich zu erinnern, wie der Mann ausgesehen hatte. Einen Schnauzbart hatte er gehabt, dünnes Haar über einer hohen Stirn, und er war deutlich älter als wir. Er saß allein am Tisch und hatte den hiesigen Dialekt gesprochen.

»Ich habe nur eine unscharfe Erinnerung an den Typen«, sagte Lukas. »Man sollte auch nicht zu viel in so was reininterpretieren.«

»Er wurde nie gefunden und von der Polizei befragt,« sagte Ulrike.

»Und wenn schon. Da gab es sicher noch andere.«

»Denkst du, der Mann hat was mit Majas Verschwinden zu tun?«, fragte Anja.

»Keine Ahnung.« Ulrike blies Rauch in die Luft. »Aber ich würde mich besser fühlen, wenn er überprüft worden wäre. Und sei es nur, um ihn auszuschließen.«

»Ich habe was für uns mitgebracht.« Lukas wechselte abrupt das Thema, griff in eine Seitentasche seiner Hose und holte vier von diesen kleinen Schnapsfläschchen heraus, die man an der Supermarktkasse bekommen konnte. Obstler, wie ich auf den ersten Blick erkannte. »Auch wenn das hier keine Gipfelbesteigung ist«, sagte er, »haben wir uns einen Gipfelschnaps verdient. Greift zu, Mädels!«

Jeder von uns nahm ein Fläschchen und schraubte es auf. Der Geruch stach mir in die Nase.

Lukas erhob sein Fläschchen. »Auf uns!«

»Und auf Maja«, sagte ich.

Die Fläschchen stießen klimpernd aneinander, wir kippten den Inhalt in einem Zug hinunter. Der Obstler zog eine Brandspur die Kehle hinab bis in den Magen. Ob es vom Alkohol kam oder nur das Ergebnis eines langen, anstrengenden Tages war, ich spürte beinahe schlagartig, wie meine Kräfte schwanden und Müdigkeit mich zu überwältigen drohte.

»Schon krass, hier an diesem Ort zu sein, wo Maja verschwunden ist«, sagte Anja. »Zusammen mit den Menschen, die bei ihr waren, in ihrer letzten Nacht. Ich fühle mich ihr gerade total nah.«

Sie wirkte bewegt. Fast so, als würde sie gleich anfangen zu weinen. Ich war so kraftlos, dass ich mich auf dem Stuhl kaum aufrecht halten konnte.

Anja weinte nicht. Lukas drehte das leere Schnapsfläschchen auf dem Tisch. Ulrike rauchte. Und ich hielt mich krampfhaft an der Tischkante fest. Das Schweigen schnürte mir die Luft ab. Ich musste weg. Einfach nur weg.

»Erzähl doch von Maja.« Lukas sah mich an. »Du kanntest sie von uns allen am besten.«

Ich starrte ihn an und wusste nicht, was er von mir wollte. Ich dachte daran, wie er in der Freinacht Maja an der Hand genommen hatte. Wie sie sich neben ihn auf den Beifahrersitz gesetzt hatte.

»Du kanntest Maja auch ziemlich gut«, platzte es aus mir heraus. »Erzähl du doch, was zwischen euch gelaufen ist.«

Hatte ich das wirklich gesagt? So, wie alle mich ansahen, hatte ich tatsächlich laut gesprochen. Erschrocken wirkten sie. Peinlich berührt.

»Sorry, Leute«, beschwichtigte ich, »ich erzähle gern ein anderes Mal. Aber mir zieht es gerade komplett den Stecker. Besser, ich hau mich aufs Ohr.«

Ich erhob mich und verschwand. Hinter mir wurde getuschelt. Wahrscheinlich erklärten sie sich mein Verhalten damit, dass mir das alles zu nahe ging. Und vielleicht war es ja auch so.

Im Halbdunkel suchte ich meinen Weg in den Schlafsaal. Die Fensterläden standen offen, bleiches Mondlicht erhellte den Raum. Ich zog mich aus und kroch in meinen Schlafsack. Dann nahm ich das *Lost-&-Found*-Handy heraus und öffnete die SMS.

Was hast du mit Majas Leiche gemacht? Wo hast du sie versteckt?
ERINNERE DICH!

31

ERINNERE DICH!

Dieses Rauschen, das du hörst, kommt das vom Bach, der sich irgendwo tief unterhalb von dir über Felsen stürzt? Oder ist es das Rauschen des Blutes in deinen Ohren? Du bist aufgewühlt, wütend. Glühst vor Eifersucht. Doch du lässt es dir nicht anmerken, so wie du dir nie irgendetwas anmerken lässt. Bis die Kräfte in deinem Innern zu groß werden und du sie nicht mehr kontrollieren kannst. Vorerst setzt du auf dem schmalen, unebenen Untergrund achtsam einen Fuß vor den anderen. Machst einen Schritt und noch einen und noch einen. Wenn Lukas einen Witz erzählt, lachst du mit. Wenn Maja darauf antwortet, merkst du, dass der Witz nicht für dich gedacht war. Du bist außen vor. So wie immer.

Maja. Sie spielt mit dir. Wann begreifst du das endlich?

Es ist nicht Lukas. Mit ihm tändelt sie nur. Nein, es gibt noch einen anderen. Es gibt immer noch einen anderen. Einen, von dem du nicht weißt, wer er ist. Aber dass es ihn gibt, da bist du dir sicher. Du spürst ihn, wenn sie bei ihm war. Auf ihrer Haut. Du riechst ihn an ihr. Sie sagt, da ist niemand. Du siehst Gespenster. Doch sie kann dich nicht täuschen. Es ist nur noch eine Frage der Zeit, bis sie dich abserviert.

ERINNERE DICH!

Maja geht vor dir. Du hast ihre schlanke Gestalt, ihre langen Beine, ihre Arme die ganze Zeit vor Augen. Du denkst daran, wie diese Arme dich umfingen, diese Beine sich um dich schlossen. Du denkst an ihre Küsse und Zärtlichkeiten. Du denkst daran wie jemand, der all das schon verloren hat. Der sein Glück hinter sich hat und vor sich nur Trauer und Verzweiflung erblickt. Und Wut.

Ist es nicht so?

Hast du bereits hier den Entschluss gefasst, Maja etwas anzutun? Oder kam das erst später? Wann war es so weit? Den Unterschied zwischen Liebe und Hass spürst du schon lange nicht mehr. Alle Grenzen sind verwischt. Maja muss büßen, das ist sicher, oder? Du musst es sie büßen lassen. Der Druck in dir ist zu groß. Doch was willst du tun?

Denk nach!

ERINNERE DICH!

Die flache Stelle unten am Bach. Wo moosgrünes Wasser über blankgescheuerte Felsen fließt. Etwas ist dort passiert. Muss dort passiert sein. Nur was?

Ihr nehmt ein Bad. Das Wasser ist eiskalt. Nichts für Weicheier, hat Lukas gesagt und ist todesmutig hineingerannt. Da kannst du nicht kneifen. Du musst hinterher. Das Wasser ist nicht tief, die Strömung hier nur schwach. Ihr taucht ganz ein, lasst euch auf die Steine sinken, das Wasser reicht euch fast bis zum Hals. Du denkst, dein Herz bleibt stehen, so kalt ist es. Dann wird dir auf einmal warm. Die Wärme schießt durch deinen Körper. Du fühlst dich stark. Du hast dich getraut. Du bist stolz auf dich.

Wo ist Maja? Sieht sie dich überhaupt? Oder hat sie wieder nur Augen für Lukas?

Maja steht neben Ulrike am Ufer. Ulrike versucht, sie zu überreden, mit ihr ins Wasser zu gehen. Maja hat keine

Badesachen dabei. Das hat keiner von euch. Doppelte Mutprobe, sagt Ulrike. Maja schüttelt den Kopf. Nicht wegen der fehlenden Badesachen. Sie geniert sich kaum wegen etwas. Nein, es sei ihr zu kalt, sagt sie.

Ulrike zieht sich aus, sogar ihren BH. Nur den Slip lässt sie an. Genau wie Lukas kommt sie zügig ins Wasser. Sie stößt einen Schrei aus, der weithin hallt. Sie geht zu Lukas, der regungslos im Wasser sitzt. Die beiden tauschen ungeniert Küsse und Zärtlichkeiten.

Du aber bist allein, weil Maja am Ufer sitzt. Schaut sie zu dir herüber? Oder sieht sie den beiden zu? Wahrscheinlich beobachtet sie Lukas. Sie wäre gern an Ulrikes Stelle. Es kann nur so sein. Doch selbst wenn sie zu dir sieht, ist es dir nicht recht. In der Stimmung, in der du bist, ist für dich alles, was sie tut, falsch und demütigend.

Die Wärme hat dich verlassen, du zitterst vor Kälte. Gehst aus dem Wasser und zu Maja. Wickelst dich in dein Handtuch und setzt dich neben sie.

Du bist mein Held, sagt Maja.

Herumzusitzen wird ihr langweilig, sie will die Gegend erkunden.

Du ziehst dich an und springst mit ihr über Felsen, die aus dem Wasser ragen, auf die andere Seite des Bachs. Es versöhnt dich ein wenig, dass sie das mit dir unternimmt. Ohne die anderen. Das ist euer Abenteuer.

Schau mal, da!, ruft sie.

Du siehst erst auf den zweiten Blick, was sie meint: ein Spalt im Felsen. Vielleicht der Eingang zu einer Höhle.

Wie tief es wohl hineingeht?, fragt Maja. Ihre Entdeckerlust ist geweckt.

Du spürst keine Entdeckerlust. Höhlen sind dir unheimlich. Die Dunkelheit. Die Kälte. Die Geräusche. Du hast Angst, dich darin zu verirren.

Maja ist nicht zu bremsen.

Der Eingang der Höhle reicht dir nur bis an die Schultern. Ihr müsst euch bücken. Du stößt dir den Kopf an. Du fluchst. Obwohl es rasch finster wird, will Maja immer weiter. Der Mut, der ihr vorhin am Wasser fehlte – jetzt hat sie zu viel davon.

Lass uns gehen, sagst du.

Noch nicht, sagt sie. *Vielleicht liegt dahinten ein Schatz.*

So dunkel, wie es dahinten ist, müssten wir schon drüberstolpern, um ihn zu finden.

Maja ist nicht aufzuhalten. Widerwillig folgst du ihr.

Das Licht, das vom Eingang her in die Höhle fällt, wird schnell schwächer. So als würde es von den Felswänden aufgesaugt. Du hörst Majas Atem. Deinen eigenen. Ihre Schritte auf dem Felsen. Sehen kannst du sie kaum noch.

Du wirst ungehalten. Was will sie denn hier? Glaubt sie wirklich, einen Schatz zu finden? Das ist kindisch.

Maja rutscht aus und fällt hin. Du bist fast ein wenig froh, denn das wird sie hoffentlich zum Anlass nehmen, endlich von hier zu verschwinden. Und richtig, das tut sie auch. Obwohl sie sich nicht schwer verletzt hat.

Da geht es noch ganz schön tief rein, sagt sie. *Wir sollten später mit einer Taschenlampe wiederkommen.*

Du sagst nichts, denkst nur: *ganz sicher nicht.*

32

Am nächsten Morgen schreckte ich aus wirren Träumen auf. Was mich umgetrieben hatte, war im Nu vergessen, aber leicht zu erraten: Maja und die SMS von *Lost & Found.*

Was hast du mit Majas Leiche gemacht? Wo hast du sie versteckt? ERINNERE DICH!

Ich schaute auf die Uhr. Nicht einmal halb sechs. Bis die Sonne aufging, dauerte es noch eine Weile, doch die Morgendämmerung hatte längst eingesetzt. Die anderen schliefen tief und fest. Ich fühlte mich bedrängt von ihrem Atmen und stillen Seufzern, vom Knistern ihrer Schlafsäcke. Ich starrte hinauf zu den Balken in der Dachschräge. Es erschien mir, als kämen sie langsam auf mich zu. Ich musste raus. An die frische Luft. Vorsichtig, um niemanden zu wecken, schälte ich mich aus meinem Schlafsack, nahm meine Klamotten und schlich auf Zehenspitzen zur Tür. Egal, wie leise ich auftrat, die Bretter unter meinen Füßen knarrten bei jedem Schritt. Doch niemand wachte davon auf.

Was hast du mit Majas Leiche gemacht? Wo hast du sie versteckt?

ERINNERE DICH!

Wegen der geschlossenen Fensterläden war es im ganzen Haus dunkel. Vom Generator war nichts zu hören. Um den Dieselvorrat zu schonen, hatten Lukas oder Ulrike ihn wohl vor dem Schlafengehen ausgeschaltet. Mich an der Wand entlangtastend, fand ich meinen Weg zur Haustür.

Was hast du mit Majas Leiche gemacht? Wo hast du sie versteckt?

ERINNERE DICH!

Die Frische des Morgens traf mein Gesicht wie eine Ohrfeige. Jetzt war ich vollständig wach. Ich zog mich hastig an. Für die idyllische Morgenstimmung, die wunderbare Aussicht – oder was auch immer – hatte ich keinen Sinn.

Was hast du mit Majas Leiche gemacht? Wo hast du sie versteckt?

ERINNERE DICH!

Ich wusste es nicht. Ich erinnerte mich nicht.

Wenn du Maja umgebracht hättest und ihre Leiche verstecken müsstest, wo würdest du das tun?

Da wusste ich es.

Bergab und ohne den schweren Rucksack auf den Schultern erschien mir der Weg runter zum Fluss viel kürzer. Das Gezwitscher der Vögel in den Bäumen und Büschen, der Klang meiner Schritte, das Rauschen des Wassers kamen mir unwirklich vor: unerträglich nah und zugleich unendlich weit weg. Am Bach angekommen, nahm ich denselben Weg, den ich vor zwanzig Jahren mit Maja gegangen war. Überquerte den Bach auf den Felsen. Anders als damals wurde die Höhle heute von den Ästen eines Gestrüpps verdeckt. Ich zwängte mich hindurch, holte mir dabei ein paar Schrammen, schaffte es aber.

Vor dem Eingang verharrte ich. Mein Herz raste, und ich war außer Atem. Ich hatte Angst. Eine Art von Angst, wie ich sie noch nie gefühlt hatte. Lag in der Höhle das, was ich befürchtete? Wollte ich wirklich eine Antwort auf diese Frage? *Gar nichts liegt dort*, flüsterte eine Stimme, *du wirst gar nichts finden*. Ich musste jedoch wissen, ob in dieser Höhle etwas war.

Da das Gebüsch das Tageslicht nahezu ausschloss, begann schon wenige Meter hinter dem Eingang völlige Dunkelheit. Ich hatte meine Stirnlampe eingesteckt, setzte sie nun auf und trat, wegen der geringen Höhe gebückt, in die Höhle. Verschwitzt, wie ich war, fröstelte ich in der Kälte, die hier drinnen herrschte. Das Licht meiner Lampe strich über die schroffen Felswände. Schritt für Schritt, das Echo meines eigenen Atmens in den Ohren, tastete ich mich voran.

STOPP!

Da war etwas.

War da etwas?

Ich ging auf die Knie. Drehte die Lampe an meiner Stirn so, dass sie die verdächtige Stelle beleuchtete.

Was war das?

Verrotteter Stoff? Eine Hose? Ein Shirt? Schuhe?

Panik ergriff mich.

Da waren zwei Augen. Sie starrten mich an. Nein, keine Augen. Augenhöhlen. Aus einem skelettierten Schädel. Daran feine Fäden. Helle Fäden. Haar. Blondes Haar.

Was hast du getan?

WAS HAST DU GETAN?

Mir wurde schlecht. Ich musste mich übergeben. Nein, ich bezwang das Würgen. Unter mir wankte der Fels. Und um mich herum drehte sich alles.

Weg hier! Nur weg!

Auf allen vieren rückwärts kriechend, machte ich mich davon.

Endlich! Licht, frische Luft!

Ich richtete mich auf. Die Äste des Gestrüpps griffen nach mir. Wollten mich festhalten. Ich riss mich los. Holte mir weitere Kratzer. Egal. Nur weg hier!

Ich lief ein Stück in die falsche Richtung. Ich musste auf die andere Seite des Bachs. Ich rutschte auf dem glatten Felsen aus, fiel auf den Hintern. Schmerz raste durch mich hindurch. Ich lag da, schaute in den Himmel über mir. Die Gipfel der Berge leuchteten im Licht der aufgehenden Sonne.

WAS HAST DU GETAN?

Ich weiß es nicht!

ERINNERE DICH!

Ich erinnere mich nicht!

Nach einer Weile – ich hatte keine Ahnung, wie lange, mein Zeitgefühl war wie jedes andere Gefühl dahin – richtete ich mich langsam auf. Mein Steißbein tat mir vom Sturz weh, aber anscheinend war nichts gebrochen. Ich wollte nicht an das denken, was ich in der Höhle gesehen hatte. Nicht an das, was vor zwanzig Jahren geschehen war. Geschehen sein *könnte*. An gar nichts wollte ich denken. Doch je weniger ich es wollte, desto mehr bedrängte mich, was ich gesehen hatte. Zwanzig Jahre war ich überzeugt gewesen, dass Maja tot war. Ermordet. Weil die Polizei das sagte. All die Fachleute. Das eigene Gefühl. Mit an Sicherheit grenzender Wahrscheinlichkeit, hieß es. Nun war Majas Tod für mich tatsächlich zur Gewissheit geworden. Was änderte das schon? Nichts. Und doch alles.

Ich kehrte zurück zum Raubach. Und da sah ich sie, auf der anderen Seite des Bachs. Es war wie eine Vision. Tief in sich versunken saß sie am Wasser wie ein Abbild der kleinen Meerjungfrau von Kopenhagen. Ja, wirklich, wie eine Gestalt aus einem Märchen sah sie aus. Ein Wassergeist. Oder eine ruhelose Seele.

Ich überquerte den Bach und ging auf sie zu.

»Maja«, sagte ich.

Sie schaute auf. »Anja«, sagte sie. »Ich bin Anja.«

Ich wollte etwas erwidern. Wusste nicht, was. Stand nur da. Sie war nicht Maja. Wie hatte ich das nur glauben können? Der Wunsch, dass sie es sei und alles andere nur ein böser Traum, war stärker als jede Vernunft gewesen und hatte mich in eine Art Wachtraum versetzt. Aus dem ich nun erwacht war.

»Natürlich«, sagte ich. »Anja. Du bist Anja.«

Sie sah mich besorgt an. »Geht es dir gut? Du bist total blass. Und zerkratzt.«

»Nicht so schlimm.« Ich deutete ins Ungefähre hinter mir. »Das Gestrüpp dahinten und ich, wir werden wohl keine Freunde mehr.«

Ich hörte mich reden, aber es war, als wäre es ein anderer, der sprach. Mein wahres Ich mit all seinen Geheimnissen war wie hinter einer Wand verborgen, wo es auch die letzten zwanzig Jahre verbracht hatte. Nur dass ich mir der Wand jetzt bewusst war und mich fragte, was sich noch alles hinter dieser Wand verbarg.

»Willst du dich zu mir setzen?«, fragte Anja.

Ich ließ mich neben ihr nieder. Seufzte leise, denn mein Steißbein tat weh. »Bin dahinten gestürzt«, erklärte ich, ehe Anja etwas sagen konnte, »voll auf den Hintern.«

»Autsch!« Sie lächelte.

Schweigend schauten wir auf das träge vorüberziehende Wasser. Immer wieder drängten sich die Bilder dessen, was ich in der Höhle gesehen hatte, in mein Bewusstsein. Majas Überreste lagen keine hundert Meter von uns entfernt. Und Anja als ihre einzige lebende Verwandte hatte ein Recht, das zu erfahren. Genau wie Ulrike und Lukas als Majas Freunde. Um einen Schlusspunkt ans Ende dieser Geschichte setzen zu können. Doch ich fand die Worte nicht, um darüber zu sprechen. *Jetzt nicht*, sagte ich zu mir, *nach so langer Zeit eilt es nicht.*

»Ich dachte mir, dass ich dich hier finde«, sagte Anja.

»Wirklich? Warum?«

»Weiß nicht.« Sie bückte sich und streckte die Hand ins Wasser. »War komisch, vorhin aufzuwachen, und du warst weg. Hab einen richtigen Schreck gekriegt. Ich dachte mir: damals Maja und diesmal du.« Sie schwieg wieder, und ich sagte auch nichts. »Wie war es damals für dich, als du wach geworden bist, und sie war nicht da?«

Ich hatte das und alles, was folgte, der Polizei und allen möglichen Leuten so oft erzählt, dass mir das tatsächliche Geschehen und meine Gefühle dabei abhandengekommen waren. Die immer gleichen Formulierungen, auf die mein Erleben reduziert worden war, hatten in mir heftigen Widerwillen erzeugt. Ich wollte nicht mehr davon erzählen. Doch jetzt, hier, war es anders.

»Erst habe ich mir nicht viel dabei gedacht«, sagte ich. »Maja war eine Frühaufsteherin, sie liebte die Stimmung am frühen Morgen, noch bevor die Sonne aufging. Wenn wir bei unseren Wanderungen übernachteten, war Maja stets lange vor uns anderen aufgestanden, manchmal einfach nur vor die Hütte gegangen, manchmal weiter weg. An dem Tag ...«

Ich hielt inne. Was sollte ich sagen? Etwas an meiner Erinnerung an jenen Morgen stimmte nicht. Oder fehlte. *Lost & Found* wusste es. Majas Überreste in der Höhle bezeugten es. Ich musste tiefer graben. Viel tiefer. Aber nicht jetzt.

»Was war an dem Tag?«, fragte Anja.

Ich fuhr fort: »An dem Tag suchte ich sie zuerst vor der Hütte, dann ging ich hierher. Als sie hier nicht war, bekam ich es mit der Angst zu tun und weckte die anderen. Wir suchten überall, und weil wir sie nicht fanden, verständigten wir die Bergwacht. Wir dachten, dass sie irgendwo runtergestürzt oder sonst wie verunglückt war.«

Das war das, was ich schon damals und seither allen über diesen Morgen erzählt hatte, mit geringfügigen Variationen. Und ich hatte es während all der Jahre selbst geglaubt. Wenn ich etwas so Schreckliches getan hatte, wie den Menschen zu ermorden, den ich am meisten liebte, musste mein Unterbewusstsein, nachdem ich mich wieder hingelegt hatte und eingeschlafen war, die Erinnerung daran abgespalten und hinter einer Mauer versteckt haben, um mich zu schützen. Ich hatte von solchen Schutzmechanismen der menschlichen Psyche gelesen. Was ich niemals vergessen, aber allen verschwiegen hatte, war: Als ich an jenem Morgen zum zweiten Mal erwachte und Majas Schlafsack leer vorfand, ahnte ich sofort, dass etwas Schlimmes passiert war. Rückblickend musste ich mich fragen, ob das wirklich nur eine Ahnung gewesen war.

Als Anja und ich zurück zur Raubachtal-Hütte kamen, erwarteten Ulrike und Lukas uns schon. Die Sonne hatte sich mittlerweile über die Bergkämme geschoben, keine Wolke trübte das Blau des Himmels. Ein weiterer Sonnentag stand uns bevor.

»Wo hat er die Kratzer im Gesicht her?«, fragte Lukas mit ernster Miene nicht mich, sondern Anja. »Hat er sich an dich rangemacht?«

Anja lachte. »Quatsch.«

»Ich bin gestürzt«, sagte ich, »und hab mich in einem Gestrüpp verheddert. Mein Steißbein tut mir auch weh.«

Lukas lachte nun auch. »Dann bin ich ja beruhigt.« Er klopfte mir auf die Schulter. »Nichts für ungut.«

Ich sagte nichts. Ich kam mir plötzlich vor wie unter Fremden. Was ich über Maja wusste, trennte mich von allen. Ja, sogar von mir selbst. Von dem Arno, der ich gewesen war. Den ich nur noch mit mehr oder weniger Geschick spielte.

Wir breiteten auf der Terrasse eine Decke aus, die wir in der Hütte gefunden hatten, und richteten das Frühstück her.

Dank eines Gaskochers, den Lukas mitgebracht hatte, gab es sogar frischen Kaffee.

»Wie war's da unten, so früh am Morgen?«, fragte Ulrike mich. »Irgendwas Besonderes gesehen?«

Ich erschrak. Einen Moment lang hielt ich es für möglich, dass sie Bescheid wusste. Mich testete. Aber nein, das war ausgeschlossen. »Es war rutschig«, sagte ich. »Und kratzig.«

Ich nahm einen Schluck Kaffee und fragte mich dabei, was Ulrike wohl sagen würde, wenn sie wüsste, was ich in der Höhle gesehen hatte. *Lost & Founds* SMS kam mir in den Sinn: *Ein Mörder kehrt immer wieder an den Ort des Verbrechens zurück.* Würde Ulrike das denken? Würde sie mich für Majas Mörder halten? War ich ihr Mörder? Ich musste doch ihr Mörder sein, da ich das Versteck der Leiche kannte. Täterwissen nannte man das.

33

Wir setzten die Wanderung auf den gleichen Wegen fort, wie wir sie vor zwanzig Jahren geplant hatten, und mussten dabei eine zweite Absperrung überwinden, um zurück auf erlaubtes Terrain zu kommen. Die Route führte uns auf steilen Serpentinenpfaden zu Hochalmen und Geröllfeldern hinauf. Wir wanderten zwischen schroff aufragenden Felswänden hindurch, bekamen Gämsen zu sehen und Edelweiß. Außer uns waren hier keine Wanderer unterwegs, es gab in der Gegend verlockendere Wege. Es wurde nur in den Pausen gesprochen, während des Gehens war jeder ganz auf die nächsten Schritte konzentriert, und nicht einmal Lukas verschwendete Kraft und Atem für seine Witze. Mir war es recht, derart gefordert zu werden, so kam ich nicht dazu, mir allzu viele Gedanken darüber zu machen, was in der Höhle am Raubach geschehen war. Aber diese Gedanken würden kommen, dessen war ich mir bewusst.

Erschöpft erreichten wir am späten Nachmittag den Parkplatz, an dem unsere Wanderung begonnen hatte. Da uns allen der Magen in den Knien hing, beschlossen wir, mit einem gemeinsamen Essen den Abschluss unserer Tour zu feiern. Lukas kannte in der nächsten Ortschaft eine Gaststätte, die er in den höchsten Tönen für ihre Küche lobte. Wie selbstverständlich stieg Lukas zu Ulrike ins Wohnmobil, während ich mit Anja ging. Ulrike und Lukas fuhren als Lotsen voraus.

»Ich habe das Gefühl, dich bedrückt etwas«, sagte Anja nach einer Weile. »Seit heute Morgen.«

»Ich bin nur total kaputt, das ist alles.«

Wie ein greller Blitz traf mich wieder die Erkenntnis, dass ich wahrscheinlich der Mörder ihrer Schwester war. Wie konnte ich so ruhig neben ihr sitzen? *Nein*, widersprach eine Stimme in mir. *Ich war es nicht. Ich habe Maja nichts angetan.*

Aber woher wusste ich dann, wo ihre Leiche lag?

Wir erreichten das Dorf und die Gaststätte mit dem schönen Namen *Zum Wildschütz*. Eine Lüftlmalerei über dem breiten Eingang zeigte das Abbild des namensgebenden Weidmanns. Die rustikal eingerichtete Gaststube war gut besucht, doch es gab noch einen Tisch für uns. Wir bestellten bei einer Bedienung Bier und deftiges Essen, und während wir auf unsere Stärkung warteten, sagte Anja in bewegtem Ton: »Ich danke euch von ganzem Herzen dafür, dass ihr mit mir diese Wanderung gemacht habt. Das bedeutet mir viel.«

»Uns auch«, sagte Ulrike, und Lukas und ich nickten.

»Es muss ja nicht bei dieser einen Wanderung bleiben«, sagte Lukas. »Wir können das wiederholen. Es gibt noch viel schönere Touren.«

Nun war wohl die Reihe an mir, etwas zu sagen, doch mir fiel nichts ein. Ich fühlte mich deplatziert, völlig neben der Spur. Die Bedienung erlöste mich aus meiner Not, indem sie, ehe mein Schweigen peinlich wurde, auf einem Tablett die Getränke brachte und verteilte.

»Trinken wir auf Maja«, hörte ich mich sagen und hob mein Glas.

»Auf Maja«, sagten wir alle, stießen an und tranken.

Genau in diesem Moment vibrierte das Handy von *Lost & Found* in meiner Hosentasche. Ich zuckte zusammen. Eine SMS. Ein Teil von mir wollte sie ignorieren, ein anderer, fatalistischer, wollte aber doch erfahren, was für einen Schrecken sie diesmal für mich bereithielt. Der fatalistische Teil gewann. Ich entschuldigte mich und verschwand auf die Toilette. Dort schloss ich mich in einer Kabine ein, holte das Handy heraus und öffnete mit zittrigen Fingern die SMS.

Hast du Maja gefunden? Ist es dir wieder eingefallen, wo du ihre Leiche verscharrt hast? Sag es mir! Du musst diese Last nicht mehr allein tragen! Ich melde mich demnächst bei dir, dann kannst du mir alles erzählen. Geteiltes Leid ist halbes Leid.

Ich war wie vor den Kopf geschlagen, verstand überhaupt nichts und musste die Nachricht mehrmals lesen. Was wollte *Lost & Found* mir damit sagen? Was wollte sie von mir? Erst nach einer Weile wurde es mir klar: *Lost & Found* wusste nicht, wo Majas sterbliche Überreste lagen. Sie wollte es von mir erfahren. Das bedeutete: Ich war der Einzige, der den Ort kannte. Doch was brachte *Lost & Found* auf die Idee, dass ich dieses Wissen ausgerechnet mit ihr teilen würde? Sie konnte nicht ernsthaft annehmen, dass ich so dumm war. Oder würde ich irgendwann an einen Punkt kommen, an dem ich mir die Last gern von der Seele redete? Egal, bei wem? Würde sie Wege suchen und finden, mich dazu zu bringen, mein Geheimnis preiszugeben?

Obwohl Ulrike nach unserem üppigen Mahl anbot, den Umweg nach Wendling zu machen und Lukas und mich nach Hause zu bringen, bestand Anja darauf, die Aufgabe zu teilen und mich zu meiner Unterkunft zu chauffieren. Lukas zwinkerte mir zu. Ich wandte meinen Blick ab. Auch ich hatte den Eindruck, dass hinter ihrem Angebot mehr steckte als bloße Nettigkeit, wenn auch nicht das, was Lukas vermutete. Sie wollte mit mir allein sein. Um zu reden. Das machte mich nervös. Der alte Verdacht, sie könne hinter *Lost & Found* stecken, lebte wieder in mir auf. Sie war mir am Morgen an den Bach gefolgt. Was hatte sie gesehen? Die SMS musste sie in der Früh geschrieben haben, bevor wir uns trafen. Würde sie, wenn wir gleich unter uns waren, ihre Maske fallenlassen? Um was mit mir zu tun?

Vor dem *Wildschütz* verabschiedeten Anja und ich uns von Lukas und Ulrike, mit dem Versprechen, über unsere WhatsApp-Gruppe in Kontakt zu bleiben und weitere Aktivitäten zu planen. Wir wussten alle, dass es nicht so sein würde. Ein Teil von mir hoffte es. Ich wollte Wendling und diese ganze Gegend nie mehr wiedersehen.

Wir verteilten uns auf unsere Autos, Ulrikes Wohnmobil fuhr voraus, wir blieben hinter ihr.

»Ich mag Ulrike sehr«, sagte Anja. »Lukas auch, aber er ist auf die Dauer ein bisschen anstrengend, oder?«

»Ich hatte den Eindruck, dir gefällt das«, sagte ich.

In einem Kreisverkehr trennten sich die Wege der beiden Autos. Anja hupte zum Abschied, als das Wohnmobil eine Ausfahrt vor uns abfuhr, Ulrike hupte zurück. Als wir bei meiner Unterkunft ankamen, stellte Anja den Motor ab. Ich schielte zum Türgriff.

»Ich fand das echt schön«, sagte Anja in mein Schweigen hinein, »und auch wenn ich Maja nicht richtig kennenlernen konnte, glaube ich zu verstehen, was sie an dir mochte. Das mag ich auch.«

Meine Anspannung wuchs. Ich wollte nur weg. Wollte allein sein. Doch ich blieb.

»Ich war damals ein anderer als heute«, sagte ich. »Keine Ahnung, ob Maja heute noch was an mir finden würde. Ein eigenbrötlerischer Uni-Dozent wäre vermutlich nicht gerade ihre erste Wahl.«

»Ich möchte dich wiedersehen, Arno. Irgendwann. Ohne die anderen. Vielleicht besuche ich dich mal in Berlin.«

Das war der Beginn eines Abschieds, stellte ich erleichtert fest. Also kein Showdown mit Demaskierung und der Anklage: *Was hast du getan? ERINNERE DICH!* Ich atmete auf und sagte: »Du bist immer willkommen. Meine Adresse hast du ja.«

Anja umarmte mich, hielt mich oder hielt sich an mir fest. Dann küsste sie mich auf den Mund. Ich war überrascht und verwirrt. Es war kein leidenschaftlicher Kuss, eher ein unsicheres Tasten, so als wollte sie etwas ausprobieren. Ich ließ es zu. Nicht mehr.

In der Wohnung atmete ich erleichtert durch. Dann stellte ich mich unter die Dusche, schloss die Augen und ließ das Wasser lange auf mich herabregnen. Wie gut das tat. Bis unvermittelt der Schädel vor mir auftauchte. Majas Schädel. Majas Augenhöhlen. Majas Haare. Etwas in mir zerriss, die Spannung in meinen Muskeln war mit einem Schlag weg, ich fiel in mich zusammen wie ein nasser Sack. Ich fing plötzlich an zu weinen, konnte gar nicht mehr aufhören. Wie ein Häufchen Elend hockte ich auf dem Boden der Wanne und ließ mich vom Wasser berieseln.

Ich hatte Maja gesehen. Das, was von ihr übrig war.

Du hast Maja getötet, sagte die Stimme in mir.

Lost & Founds Stimme.

Majas Stimme.

Sie rief mir zu:

ERINNERE DICH!

34

Zwölf Stunden hatte ich tief und fest geschlafen. Trotzdem fühlte ich mich wie durch den Wolf gedreht. Ich hatte schreckliches Zeug geträumt. Das dumpfe Gefühl von Schuld steckte mir wie Blei in den Knochen. Benommen schlurfte ich in die Küche. Ich brauchte dringend einen starken Kaffee. Doch mein Blick blieb am Messerblock hängen. Ich zog ein Messer heraus und betrachtete die Klinge. War in einem meiner Träume nicht so ein Messer vorgekommen? Ich steckte das Messer zurück an seinen Platz, nahm die Kaffeedose aus dem Hängeschrank und öffnete sie. Der Duft des Kaffeepulvers belebte mich ein wenig.

Während das Wasser durch den Filter lief, checkte ich erst das *Lost-&-Found*-Handy – keine Nachricht, kein entgangener Anruf –, dann mein eigenes Handy. In unserer WhatsApp-Gruppe *Die Wanderer* fand ich Grüße von allen an alle, verbunden mit einer Menge Fotos von unserer Wanderung und Wünschen, dass jeder die beiden Tage gut verdaut habe. Ich antwortete, dass es mir, abgesehen vom Muskelkater, gut gehe, und sandte meinerseits Grüße und Fotos. Ulrike hatte auch das Foto geschickt, das sie von Anja und mir am Raubach gemacht hatte. Wir drehten uns gerade zu ihr um und zeigten unser schönstes Lächeln. Gab es nicht ein ähnliches Foto von Maja und mir, fast genau an derselben Stelle? Ich musste unbedingt nachsehen, wenn ich wieder in Berlin war. Nicht weit von der Stelle lagen, wie mir wieder auf schreckliche Weise bewusst wurde, seit zwanzig Jahren Majas sterbliche Überreste. Meine Kehle wurde eng.

Ich verließ den Chat und wollte das Handy schon weglegen, als ich bemerkte, dass eine SMS eingegangen war. Von Claus Amann. Ich öffnete sie.

Hallo, Arno! Hattest du eigentlich einen besonderen Grund, mich bei unserem letzten Gespräch nach deinem Studenten Raimund Wolfsohn zu fragen? Ich bin zufällig wieder über diesen Namen gestolpert und habe dabei ein paar beunruhigende Dinge erfahren. Wenn du an dem jungen Mann noch ein Interesse hast, sollten wir mal telefonieren. Ruf mich an!

Nachdenklich beobachtete ich, wie der Kaffee in die Glaskanne tropfte. Claus Amann. Der Mann unseres Vertrauens vor zwanzig Jahren. Während Kommissar Berger mich in die Mangel genommen hatte, hatte Amann nie den Hauch eines Zweifels an mir spüren lassen. So allein, wie ich dachte, war ich damals nicht gewesen.

Ich las die Nachricht noch einmal. Was Amann wohl über Raimund erfahren hatte? *Ein paar beunruhigende Dinge*. Bei meinem letzten Besuch hatte er mich vor Anja gewarnt. Ohne es näher zu begründen.

Hallo, antwortete ich. *Ich bin zufällig gerade in Wendling und wollte dich ohnehin besuchen. Wenn es passt, könnte ich am Nachmittag zu dir kommen.* Dass ich vorgehabt hatte, Amann zu besuchen, stimmte zwar nicht, aber ich wollte mein Interesse an Raimund nicht zu deutlich zeigen. Amann war ein aufmerksamer Beobachter und guter Menschenkenner. Es war schwierig, etwas vor ihm zu verbergen.

Schon Sekunden später kam Amanns Antwort: *Wie schön. Komm gerne vorbei. 15 Uhr? Ich freue mich darauf!*

Oh, when the Saints go marching in …

So klang es durch die Wohnung, und mein Puls schoss augenblicklich in die Höhe, obwohl ich mit *Lost & Founds* Anruf rechnen musste. Sie hatte ihn ja in der letzten SMS angekündigt. Um zu erfahren, wo Majas Leiche lag. Ich atmete ein paarmal tief durch, dann nahm ich ab.

»Ich freue mich, deine Stimme zu hören«, sagte *Lost & Found*. »Freust du dich auch?«

Ich zwang mich, ruhig zu bleiben. Obwohl es mir schwerfiel. »Wissen Sie, was mir eine Freude wäre?«, sagte ich. »Wenn Sie mich nicht mehr belästigen würden.«

Lost & Found lachte. »Wie war die Wanderung? Schön?«

Ich presste die Lippen zusammen. Keinen Ton mehr als nötig würde ich sagen.

»Hast du Maja gefunden?«

»Nein. Ich habe keine Ahnung, wo sie ist.«

»Für jemanden, der sein ganzes Leben lang schon alle Welt belügt, am meisten sich selbst, lügst du erstaunlich schlecht, Arno. Ich weiß, dass du sie gefunden hast. Du musst sie dort irgendwo versteckt haben. Erzähl es mir, Arno. Nicht um meinetwillen, sondern um deinetwillen. Beichte, was du getan hast.«

»Ich habe nichts getan!«, brüllte ich ins Handy.

»Wie kannst du das sagen, Arno! Nach allem, was wir schon über dich und Maja herausgefunden haben.«

Mir wurde schwindlig. Ich musste mich setzen, um nicht umzukippen.

»Hast du es mit deinem Messer getan?«, fragte *Lost & Found*.

Ich war irritiert. Einmal mehr klang *Lost & Found*, als wüsste sie bereits alles. Im Gegensatz zu mir. »Was … was für ein Messer?«, fragte ich.

»Das Jagdmesser, das du damals bei jeder Wanderung dabeihattest. Das kannst du nicht vergessen haben. Dein Survival-Messer für alle Notlagen. Falls jemand aus einem Kleidungsstück oder einem Schuh geschnitten werden müsste, würdest du zur Stelle sein. Allerdings passierte das nie.«

Lost & Found hatte recht. Ich hatte damals wirklich bei jeder Wanderung ein Jagdmesser bei mir, mit einer Klinge, die mindestens zehn Zentimeter lang war. Eigentlich gehörte es meinem Vater, ich hatte es ohne sein Wissen an mich genommen und seither bei jeder Wanderung am Gürtel getragen.

»Hast du mit diesem Messer Maja aus deinem Leben geschnitten?«, fragte *Lost & Found.* »Du kannst es mir sagen.«

»Das ist Unsinn! Ich hätte Maja niemals was getan! Weder mit einem Messer noch irgendwie anders.«

»Bist du dir da wirklich sicher? Gab es da nicht einmal einen Vorfall, bei dem es fast zu einer Begegnung zwischen Maja und deinem Messer gekommen wäre?«

»Hören Sie auf! Ich habe Maja geliebt! Mehr als mein Leben! Wieso hätte ich sie umbringen sollen?«

»Manchmal töten wir das, was wir lieben. Und wir denken dabei sogar, wir tun es aus Liebe. Und vielleicht ist das ja auch so.«

Ich sprang auf und brüllte ins Handy: »Spar dir die Sprüche! Du weißt gar nichts! Rein gar nichts!«

»Ich weiß, was du getan hast, Arno. Ich weiß, warum du es getan hast. Als du an jenem Morgen aufgewacht bist und Majas Schlafsack leer vorgefunden hast, da glaubtest du zu wissen, was los war. Du dachtest, sie sei mit einem anderen Mann verschwunden. Würde es irgendwo mit ihm treiben. So war es doch, nicht wahr? All das weiß ich. Was ich nicht weiß, ist: Wie und wo hast du es getan? Und wie hast du dein Verbrechen vertuscht?«

»Lass mich in Ruhe!«

Ich legte auf, vibrierte bis in die kleinste Faser vor Zorn

und war trotzdem unfähig, etwa zu tun. Ich kämpfte gegen Schatten. *Lost & Found*. Die Schatten in meiner Erinnerung.

Nur sehr langsam wurde ich ruhiger. Es stimmte: Als ich an jenem Morgen erwacht war und Majas Schlafsack leer vorgefunden hatte, dachte ich als Erstes, sie wäre bei einem anderen Mann. Weil ich das immer als Erstes dachte, wenn sie weg war. Aber dieses Mal war es mehr als nur der übliche Reflex gewesen. Jetzt fiel es mir wieder ein. Ich hatte den Verdacht, dass sie etwas vor mir verbarg. Oder besser gesagt, jemanden, mit dem sie sich im Geheimen traf. Ich hatte keine Beweise, doch wozu brauchte ich Beweise? Angesichts ihres leeren Schlafsacks war ich sicher, dass ihr geheimer Liebhaber uns hierher gefolgt war, um mir Maja wegzunehmen. Ich war wild entschlossen, die beiden auf frischer Tat zu ertappen und das zu verhindern.

Ich sah das Jagdmesser deutlich vor mir. Die lange, scharfe Klinge. Meine Hand erinnerte sich daran, wie sich der hölzerne Griff anfühlte. *Lost & Found* hatte recht: Ich erinnerte mich dunkel, dass ich es einmal gegen Maja erhoben hatte. Wie es dazu gekommen war, wusste ich nicht mehr. Plötzlich hielt ich es in der Hand, und die Klinge zeigte auf Maja. Ich sah die Angst in ihren Augen und erschrak über mich selbst. Ich hätte ihr niemals etwas tun können!

Oder doch?

35

Wegen des sonnigen Wetters führte Claus Amann mich diesmal nicht ins Haus, sondern in den Garten, wo wir, beschattet von hohen Tannen, in knarzenden Korbstühlen saßen. Vögel zwitscherten in den Büschen, das leise Rauschen des nahen Bachs wirkte beruhigend auf meine Nerven. Amann bot mir zum Glück nicht wieder Hagebuttentee, sondern Kaffee an und stellte eine Schale mit Keksen auf den Tisch. Er schien ehrlich erfreut zu sein, mich zu sehen.

»Du hast mir beim letzten Mal von einer Wanderung erzählt«, sagte er, »die du und deine alten Freunde planten. Bist du deshalb in Wendling?«

Ich sagte nichts, nickte nur.

»Mit Majas Schwester? Anja ist ihr Name, richtig?«

Ich nickte erneut.

»Wieso so schweigsam? Bedrückt dich etwas?«

Amann sah mich an, interessiert, aufgeschlossen, doch ohne mich zu bedrängen. Genauso hatte er mich vor zwanzig Jahren bei unseren Gesprächen angesehen, und wenn ich nicht fähig gewesen war, ihm restlos zu vertrauen und mich ganz zu öffnen, dann lag es nicht an ihm, sondern an mir. Ich vertraute damals nicht einem einzigen Menschen. Und heute? Sollte ich nicht endlich damit anfangen? All die Menschen, denen Maja etwas bedeutete, hatten ein Recht darauf, endlich zu erfahren, was mit ihr los war. Und Amann war einer von diesen Menschen.

»Du hast mich vor Anja gewarnt«, sagte ich jedoch nur. »Wieso eigentlich?«

»Gewarnt?« Er wirkte überrascht. »Habe ich das?« Er überlegte, zwirbelte dabei Barthaare an seinem Hals. »Nun, vielleicht wollte ich zur Vorsicht mahnen, weil mir diese Sache mit der Wanderung merkwürdig vorkam. Also, nicht ausdrücklich wegen Majas Schwester, sie scheint ja sehr nett zu sein, sondern eher wegen dieser Konstellation zwischen euch vieren, in dieser vorbelasteten Umgebung. Da könnten schlafende Hunde geweckt werden. Gefühle außer Kontrolle geraten, alte Konflikte aufbrechen, verdrängte Erinnerungen hochkommen. Du verstehst, was ich meine?«

Und ob ich verstand. In mir wuchs der Drang, mir alles von der Seele zu reden. Die drückende Last zu teilen. Noch ein Wort von ihm, und ich hätte Amann alles erzählt. Von Majas sterblichen Überresten in der Höhle. Sogar davon, dass ich sie womöglich ermordet hatte. Aber egal, wie sehr *Lost & Found* mich bedrängte, ich war nicht bereit, das tatsächlich zu glauben. Daran hätte ich mich doch erinnern müssen.

Mein Messer. Plötzlich sah ich mein Messer vor mir. Jahrelang hatte ich nicht mehr an dieses Messer gedacht, und jetzt verfolgte mich der Gedanke daran. Weil ich Maja damit getötet hatte?

»Arno?«, sagte Amann. »Stimmt was nicht?«

Ich schreckte auf. »Was? Nein. Entschuldige. Ich war nur gerade ganz woanders.« Ich besann mich auf das, worüber wir zuletzt gesprochen hatten, und sagte: »Unsere Wanderung war am Wochenende. Es war überhaupt kein Problem. Wir hatten eine schöne Zeit. Sehr harmonisch.«

Amann lächelte. »Das freut mich zu hören.«

Wir griffen gleichzeitig zu unseren Tassen und nahmen einen Schluck Kaffee. Eine Amsel hüpfte über den Rasen, der Bach murmelte vor sich hin. Eine Wespe wollte auf den Keksen landen. Amann verscheuchte sie.

»Du wolltest mir etwas über Raimund Wolfsohn erzählen«, sagte ich schließlich und stellte meine Tasse ab. »Etwas, das du über ihn erfahren hast.«

»Richtig. Ich habe kürzlich die Kollegin im Supermarkt getroffen, die jedes Jahr die Theater-AG leitet, und da fiel mir dein Interesse an Wolfsohn wieder ein. Ich fragte also nach ihm, und die Kollegin meinte, der junge Mann habe schwere psychische Probleme. Er sei wohl auch in stationärer Behandlung gewesen.«

»Weißt du zufällig, welche Art von Problemen?«

Amann stellte seine Tasse nun auch ab. »Die Kollegin erzählte mir, dass es ihr bei der Inszenierung des Theaterstücks Angst machte, wie sehr Wolfsohn sich mit seiner Rolle identifizierte. So als spiele er den Puck nicht, sondern als sei er Puck. Nach der letzten Aufführung des Stücks fiel er in eine schwere Depression. Seine Welt brach zusammen. Er war nicht mehr Puck, er war wieder Raimund Wolfsohn und akut suizidgefährdet. Deshalb wurde er eingeliefert.«

Raimund hatte also eine Therapie gemacht. Genau das, was *Lost & Found* mir angedeihen lassen wollte.

»Sehr traurig«, sagte ich nur.

»Die Kollegin hatte später noch einmal Kontakt zu ihm«, fuhr Amann fort, »das war nach seiner Therapie. Er wolle einen Roman schreiben, nach einem realen Fall. Es sollte um das Mädchen gehen, das vor zwanzig Jahren spurlos in den Bergen verschwunden war.«

»Maja«, sagte ich.

Amann nickte. »Wolfsohn behauptete, er wisse, wie und warum sie verschwunden sei.«

»Woher?«

»Das hat er wohl nicht gesagt. Auch nicht, was er zu wissen

glaubte. Das solle die Welt erst aus seinem Roman erfahren. Für mich hört sich das so an, als wollte sich da jemand wichtigmachen. Jedenfalls war es also wohl kein Zufall, dass er bei dir im Seminar aufgetaucht ist. Hat er dich belästigt?«

Ich schüttelte den Kopf. »Er war äußerst zurückhaltend. Verklemmt, geradezu. Er gab mir sogar einen Text zu lesen. Eine Geschichte, die er geschrieben hatte. Titel: *Die verschwundene Frau*. Ich war erst ein wenig verwundert, weil mir die Ähnlichkeit zu Majas Verschwinden auffiel, aber dann dachte ich mir nichts weiter dabei. Die Literatur ist ja voller verschwundener, geschändeter, gequälter Frauen.«

»War es nicht unser lieber Edgar Allan Poe, der den Tod einer schönen Frau für das poetischste Thema auf der Welt hielt?«

Ich schwieg und dachte an Majas sterbliche Überreste in der Höhle. Daran war nichts Poetisches gewesen.

»Entschuldigung. Das war taktlos von mir.«

»Schon gut.«

Amann goss mir und sich selbst Kaffee nach. »Mach dir wegen Wolfsohn keine Sorgen. Wenn er dich bis jetzt nicht belästigt hat, ist alles sicher halb so wild.«

Dies wäre der Moment gewesen, Amann von *Lost & Found* zu erzählen. Den Anschuldigungen, die gegen mich erhoben wurden. Doch ich schwieg. Amann hätte mich gefragt, ob an den Vorwürfen etwas dran sei. Und selbst wenn er mich nicht gefragt hätte, hätte er sich seine Gedanken gemacht. Diese Vorstellung behagte mir nicht.

Ich trank meinen Kaffee und brach auf. Amann brachte mich bis zur Gartentür. »Ich spüre, dass dich etwas belastet«, sagte er zum Abschied. »Wenn du irgendwann darüber reden kannst, findest du bei mir immer ein offenes Ohr.«

ZWEI WOCHEN SPÄTER

36

ERINNERE DICH!

An den Morgen in der Raubachtal-Hütte.

Nein, erinnere dich an den Abend davor.

Was ist am Abend davor passiert?

Du bist eifersüchtig, nicht wahr? Den ganzen Tag hast du dich schon über Lukas und Maja geärgert. Wie ungeniert sie vor deinen Augen geflirtet haben. Die Eifersucht brennt sich wie Säure durch dich hindurch. Verätzt dich. Der Schmerz ist unerträglich. Zugleich erschien Maja dir nie schöner und begehrenswerter als jetzt. Ist es nicht so? Aber sie demütigt dich. Macht dich zum Gespött. Jeder kann es sehen. Auf den ersten Blick.

Selbst der Mann am Nebentisch. Erinnerst du dich an ihn? Er bietet sich an, ein Foto von euch zu machen. Warum tut er das? Sicher nicht deinetwegen. Es kann nur eine Antwort geben: Er hat ein Auge auf Maja geworfen. Das dachtest du doch, nicht wahr? Und schon bald wird es dir zur Gewissheit. Noch bist du arglos. Du gibst ihm deine Kamera. Er drückt ab. Weißt du noch, was er zu dir sagt, als er dir die Kamera zurückgibt?

Er sagt: *Ihr seid ein schönes Paar, du und deine Freundin. Gib gut auf sie acht.*

Der Satz beschäftigt dich lange. Was hat der Mann damit gemeint? Er sieht, dass du dabei bist, Maja zu verlieren. Dass du sie vielleicht schon verloren hast. Er hat Mitleid mit dir.

Er hält dich für einen Verlierer, der nicht gut genug ist für eine wie Maja. Da begreifst du es: Der Mann denkt von sich selbst, er sei besser für Maja. Maja hat ihm Signale gesendet. Unmissverständliche Signale. Die du übersehen hast.

Was sagt Maja dazu? Weißt du das noch?

Vor der Hütte, als ihr endlich einen Moment für euch habt, stellst du Maja zur Rede. Und was macht sie? Sie lacht. Verharmlost alles und tut so, als sei nichts gewesen. Als sei ihr der Mann am Nebentisch gar nicht aufgefallen. Erst als er anbot, das Foto zu machen. Du sollst nicht alles so schrecklich ernst nehmen. Mehr sagt sie nicht. Findet sie das witzig? Ist das alles ein Scherz? Bist du für sie eine Witzfigur?

Maja sagt: *So bin ich nun mal. So war ich immer. Du kennst mich. Ich liebe dich. Vertraust du mir nicht?*

Nein, das tust du nicht. Schon lange nicht mehr. Vielleicht noch nie. Du vertraust niemandem. Deine Mutter hat dich verlassen, da warst du noch ein kleiner Junge. Dein Vater demütigt dich und lügt, wenn er den Mund aufmacht. Wie sollst du da jemandem vertrauen? Du kannst nicht einmal dir selbst vertrauen. Ja, dir selbst am allerwenigsten.

Ist es nicht so?

ERINNERE DICH!

Der Morgen danach.

Du wachst auf. Es ist noch sehr früh, der Tag dämmert gerade erst. Der Schlafsack neben dir ist leer. Wo ist Maja? Sofort ein Verdacht. Lukas! Aber nein, er ist da. Schläft tief und fest.

Was tust du als Nächstes? Schläfst du weiter? Oder stehst du auf und suchst nach Maja?

Natürlich stehst du auf. Du denkst an den Mann am Nebentisch, der das Foto gemacht und dich ermahnt hat, gut auf Maja aufzupassen. Jetzt wird dir klar: Das war keine Ermahnung. Er hat sich über dich lustig gemacht. Weil er da schon wusste, dass er Maja haben wird und dass du nichts dagegen tun kannst. Vielleicht – nein, ganz sicher – ist er derjenige, den Maja schon lange hinter deinem Rücken trifft. Eigentlich ist er viel zu alt für Maja. Außer sie steht auf Männer mit Erfahrung. Du bist für sie wohl nicht gut genug. Weißt nicht, was eine Frau wirklich braucht.

Du ziehst dich an. Gehst leise nach unten. Es ist noch still in der Hütte.

Wo ist Maja?

Du siehst auf den Toiletten nach.

Nichts.

Du hörst Stimmen. Nicht in der Hütte, sondern davor. Eine könnte die von Maja sein. Du bist dir erst nicht sicher. Dann aber doch.

Was tut sie da draußen?

Was wohl?

Mit wem spricht sie?

Mit wem wohl?

Du gehst vor die Hütte. Da ist niemand. Du hörst auch niemanden mehr. Es ist ganz still. Nur Vögel, die mit ihrem Gezwitscher den heraufziehenden Morgen begleiten. Du hast dich vermutlich geirrt. Oder auch nicht.

Was bringt dich auf die Idee, Maja könnte zum Raubach hinunter gegangen sein oder zu der Höhle? Machst du dir Sorgen um sie? Oder zählen für dich nur deine verletzten Gefühle?

ERINNERE DICH!

Wo findest du Maja? Ist sie schon unten am Raubach? Sitzt sie dort auf einem Stein und sieht zu, wie das Wasser langsam an ihr vorbeifließt? Was will sie hier so früh am Morgen? Allein.

Du weißt genau, was sie hier so früh am Morgen getan hat. Sie war nicht allein.

Du gehst auf sie zu. Die sprichst ihren Namen aus.

Maja, sagst du.

Sie sieht dich an, als hätte sie etwas Verbotenes getan. Was hat sie getan?

Du weißt, was sie getan hat.

Du packst sie am Handgelenk. Sie reißt sich los und rennt weg. Du läufst ihr nach.

Hast du da schon das Messer gezogen? Was ist dein Plan?

Oder war es ganz anders?

ERINNERE DICH!

Du bist Maja gefolgt, und du findest sie. Sie sitzt am Raubach auf einem Stein und sieht zu, wie das Wasser langsam an ihr vorbeifließt. Sie ist allein. Jetzt.

Du gehst auf sie zu. Du sprichst ihren Namen aus.

Maja, sagst du.

Sie schaut dich an, als hätte sie etwas Verbotenes getan. Und das hat sie. Du weißt es. Du siehst es ihr an. Aber du packst sie nicht am Handgelenk. Sie rennt nicht weg. Du läufst ihr nicht nach.

Nein, ist es nicht eher so:

Maja, sagst du, *wollen wir die Höhle erforschen*? Nein, du sagst: *unsere Höhle. Es ist die letzte Gelegenheit.*

Maja muss zugestimmt haben, denn ihr seid in der Höhle. Du hast deine Taschenlampe eingesteckt. Das heißt: Du hast einen Plan. Ja, ist es nicht sogar so, dass du nur noch funktionierst? Wie eine Maschine. Wie ein Computerprogramm. Weil du diesen Plan schon viel länger in dir trägst, als dir bewusst ist. Deshalb hast du auch dein scharfes Jagdmesser dabei, das alles zerschneidet: Stoff, Lederhaut, sogar kleine Knochen, wenn es sein muss.

Du stichst zu. Einmal. Höchstens zweimal.

Maja fällt. Schlägt mit dem Kopf auf den Felsen und bleibt liegen. Sie bewegt sich nicht. Ist sie bewusstlos? Oder tot?

Du siehst nicht nach. Du wendest dich um und gehst. Du fühlst dich gut. Erleichtert. So wie man sich fühlt, wenn der Schmerz nachlässt. Befreit.

Im fahlen Licht des Morgens betrachtest du deine Hände. Es ist kaum Blut an ihnen. Das wenige, das an dir und deinem Messer klebt, wäschst du im Bach ab. Dann kehrst du zurück in die Hütte. Alle schlafen noch. Du legst dich hin, schließt die Augen und schläfst ein. Wenn du später aufwachst, wirst du alles, was geschehen ist, für einen bösen Traum halten. Und noch ein wenig später wirst du sogar den Traum vergessen haben.

War es so? Du weißt es!

ERINNERE DICH!

37

Ich hatte es getan. Ich hatte Maja ermordet. Ich.

Seit Tagen saß ich in meiner Wohnung fest wie ein Gefangener. Seit ich mich wieder erinnerte. Ich traute mich nicht unter Menschen. Aus Furcht, alle würden es mir sofort ansehen. Mein Verbrechen. Meine Schuld.

Bild für Bild war die Erinnerung an meine Tat zurückgekehrt, während Stimmen in meinem Kopf bohrende Fragen stellten. Danach, wie eines zum anderen gekommen war. Jedes Bild, das in meinem Kopf auftauchte, führte zwei weitere im Gefolge. Bis sie sich alle zu einem Film zusammenfügten. Meine Erinnerung – ein Horrorfilm.

Wie hatte ich meine Tat so lange verdrängen können? Es war mir unbegreiflich. Ich wünschte mir, ich wäre vor zwanzig Jahren tot in jener Höhle zurückgeblieben. Hätte mir die Pulsadern geöffnet mit der scharfen Klinge meines Messers und wäre neben Maja verblutet. Was sollte ich jetzt mit meinem Wissen anfangen? Sollte ich mich der Polizei stellen?

Ich hatte längst den Überblick darüber verloren, wie viele Tage ich schon zwischen Fernseher und Bett verbracht hatte, als es an der Tür klingelte. Wer konnte das sein? Die Pizza war vom Lieferdienst bereits gebracht worden. Ich ignorierte das Klingeln einfach. Es klingelte erneut. Genervt wuchtete ich mich aus dem Fernsehsessel und schlurfte zur Tür. Als ich aufmachte, traute ich meinen Augen nicht.

Anja stand vor mir.

»Du?«, sagte ich.

»Ich«, sagte sie. Lächelte. »Überraschung!«

»Das ist ... wirklich eine ... Überraschung ...«

Wortlos standen wir uns gegenüber. Ich schämte mich in meinem fleckigen T-Shirt und der Jogginghose. Überdies unrasiert und ungeduscht. Bestimmt roch ich wie ein nasser Hund.

Anja schmunzelte. »Platze ich in eine Pyjamaparty oder so was?«

»Was? Nein. Ich bin ... allein. Wieso ... wieso hast du nicht angerufen?«

»Habe ich. Mehrfach. Du gehst ja nicht an dein Handy.«

Ich hatte mein Handy seit Tagen stumm geschaltet, las keine Nachrichten, Chats und E-Mails. Alles war mir zu viel. Ich checkte nur das Handy von *Lost & Found*, doch das war seit unserem letzten Gespräch in Wendling tot. Kein Anruf, nicht mal eine SMS. War's das also von ihrer Seite? Hatte sie ihr Ziel erreicht? Ließ sie mich nun mit allem allein? Das Miststück hatte mich an diesen finsteren Ort geführt, um mich zu verlassen. Und nun hockte ich hier, mutterseelenallein. Kein Urteil, keine Erlösung, nichts. Nur ich und meine Schuld. Ich war so verzweifelt, dass ich anfing, *Lost & Founds* Nachrichten zu vermissen.

Doch ich war nicht mehr allein. Anja war da. Stand vor mir und brachte das Leben und die Welt zurück in meinen Kerker.

»Komm rein«, sagte ich. »Willst du ein Stück Pizza?«

Hoffnung keimte in mir auf. Ich hatte nie an Schicksal, Zeichen oder solche Sachen geglaubt, aber vielleicht hatte es ja eine Bedeutung, dass Anja ausgerechnet jetzt hier auftauchte. Sie war Majas Schwester. Ich war Majas Mörder. Wenn es jemanden gab, der mir meine Schuld vergeben konnte, dann war das Anja. Ich musste ihr gestehen, dass ich

Maja ermordet hatte. Sie würde mich zwar hassen, aber sicher nicht mehr, als ich mich selbst hasste. Und von ihr gehasst zu werden, das war vielleicht die Buße, die ich brauchte, um mich von meiner Schuld zu befreien. Ergab das einen Sinn? Ja, ich würde es ihr sagen. Nicht sofort. Irgendwann. Bald. Wenn ich alles noch einmal gründlich durchdacht hatte.

Vorerst aßen wir in der Küche Pizza. Die Stimmen in mir, die mich seit Tagen und Wochen quälten, waren verstummt. Anja hatte sie zum Schweigen gebracht. Durch ihre bloße Anwesenheit. Was für eine Wohltat. Ich war zwar nicht wieder der Alte, merkte aber, dass ich in der alten Rolle noch funktionierte.

»Suchst du eine Übernachtungsmöglichkeit?«, fragte ich.

Anja schaute sich um. Schmutziges Geschirr und Gläser standen auf der Anrichte herum, ein halbes Dutzend leerer Weinflaschen, und in der Ecke stapelten sich Kartons von Lieferdiensten.

»Äh ... hier?«, sagte sie.

Ich hörte mich lachen. Es kam mir fremd vor.

»Eigentlich bin ich ein sehr ordentlicher Mensch«, sagte ich. »Nur im Moment ist irgendwie ...«

»Verstehe schon. Kreative Phase.« Sie biss ein Stück Pizza ab. »Keine Sorge, ich habe ein Airbnb, für eine Woche, mit Option auf Verlängerung. Ich bin nicht wegen dir hier, sondern wegen Berlin. Nur damit wir uns nicht missverstehen.«

»Klar. Aber jetzt bist du trotzdem hier bei mir.«

Anja blinzelte. »Scheint so.«

Jeder von uns kaute auf einem Bissen kalt gewordener Pizza herum.

»Vorschlag: Ich gehe duschen, zieh mich anständig an, und danach trinken wir irgendwo in der Stadt was.«

»Klingt gut.«

Nachdem ich mein Pizzastück vertilgt hatte, verschwand

ich unter die Dusche. Im Prasseln des Wassers meldete sich wieder die Stimme. *Was tust du da?*, flüsterte sie. *Anja ist Majas Schwester. Maja. Die du ermordet hast. Wie kannst du so tun, als wäre es möglich, mit ihr wie mit einer beliebigen Frau in eine Bar zu gehen? Willst du alles noch schlimmer machen?*

Gegenfrage: Wie viel schlimmer konnte es noch werden?

Bei meinem Vorschlag, etwas zu trinken, hatte ich an eine Bar gedacht. Anja überredete mich, mit ihr in einen Techno-Club zu gehen. Ein Geheimtipp eines Freundes, wie sie sagte. So geheim konnte der Tipp allerdings nicht sein, denn der Club – ein mit Graffiti übermaltes, ehemaliges Lagerhaus – war zum Bersten voll. Unter all den jungen Leuten kam ich mir wie Methusalem vor. Doch das machte mir nichts aus, genauso wenig wie die ohrenbetäubende Lautstärke und das Gedränge der verschwitzten, tanzenden Körper. All das verschmolz ineinander, Konturen lösten sich auf, eines floss ins andere. Dazu die hämmernden Beats, die schlichten Klangfolgen in Endlosschleife, die bunten Lichteffekte, die Stroboskopblitze. Und mittendrin Anja, die tanzte. Und ich tanzte mit ihr. Unsere Körper waren verbunden, unsere Bewegungen aufeinander bezogen wie Frage und Antwort in einem Gespräch.

Plötzlich spürte ich Maja. Sie stand neben mir, ihre Hand lag schwer auf meiner Schulter. Sie brachte ihre Lippen nah an mein Ohr und flüsterte: *Du musst es ihr sagen. Jetzt. Um deiner selbst willen. Und um ihretwillen.* Und während Maja das sagte, fühlte ich, dass sie mir nicht böse war. Sie hatte mir verziehen. So wie sie mir immer alles verziehen hatte.

In mir war ein Dröhnen, so wuchtig wie die Bässe aus den Lautsprechern. Mir war klar, dass Maja nicht wirklich zu mir gesprochen hatte. Aber war sie deshalb weniger real? Waren ihre Worte deshalb bedeutungslos?

Ich winkte Anja heran. Als ich mich vorbeugte, zuckte sie zuerst zurück. Sie dachte wohl, ich wolle sie küssen, merkte aber schnell, dass ich ihr etwas sagen wollte. Ich brachte meine Lippen dicht an ihr Ohr und sagte: »Ich habe Maja getötet. Ich war es. Es ist alles meine Schuld.«

Anja sah mich an. Fragend. Nicht so, als könne sie nicht glauben, was sie gehört hatte. Sie hatte mich nicht verstanden. Die Musik war zu laut. Ich winkte ab und tanzte weiter.

Ich hatte es ihr gesagt. Hatte die Worte in ihr Ohr gesprochen. Es war nicht wichtig, dass Anja mich nicht verstanden hatte. Allein die Worte laut ausgesprochen zu haben, vor einem anderen Menschen, hatte etwas in mir in Bewegung gebracht. Es war ein Anfang. Der erste Schritt auf einem Weg. Wohin der Weg führte, würde ich ja sehen.

Wir tanzten noch eine Weile weiter, dann schwanden unsere Kräfte. Völlig durchgeschwitzt verließen wir den Club. Ich wollte ein Taxi rufen, doch Anja hatte es nicht eilig, nach Hause zu kommen. »Gehen wir spazieren«, sagte sie. »Es ist so eine schöne Nacht.«

Sie hatte recht. Die Luft war samtig, die Menschen waren voller Lebenslust, die Stadt vibrierte. Und der Himmel war weit und offen.

Anja nahm mich an der Hand. »Ich mag dich, Arno«, sagte sie. »Unter anderen Umständen würde ich vermutlich mit dir schlafen.«

Ich schwieg.

»Es ist nicht, weil du so viel älter bist als ich«, sagte Anja. »Das macht mir nichts aus. Es ist wegen Maja. Bei dem Kuss – du weißt schon, nach unserer Wanderung –, da habe ich gespürt, dass es nicht gut wäre. Für uns beide, meine ich.«

»Das ist okay«, sagte ich. »Mir geht's genauso.«

Wir gingen Hand in Hand weiter.

»Was wolltest du mir vorhin beim Tanzen eigentlich sagen?«, fragte Anja nach einer Weile. »Ich konnte dich nicht verstehen.«

Ich zögerte einen Moment, dann sagte ich: »Hat sich erledigt.«

Am nächsten Morgen wachte ich neben Anja auf. Sie schlief noch. Ein Teil ihres blonden Haares verdeckte ihr Gesicht. Vorsichtig kämmte ich die Strähnen zur Seite, um sie ansehen zu können. Wie schön sie war. Und sie ähnelte Maja so sehr. Nur das herzförmige Muttermal auf der Wange fehlte. Auch darin, Dinge erst auszuschließen, um sie dann doch zu tun, war sie Maja ähnlich. Als habe sie meine Blicke gespürt, drehte sie sich zur Seite und deckte sich dabei ein Stück auf. Voller Scham und Begehren betrachtete ich ihren nackten Oberkörper.

Leise verließ ich das Bett, schlüpfte in meine Boxershorts und ging in die Küche, um Kaffee zu kochen. Es war schon Mittag. Ich wartete darauf, dass sich ein schlechtes Gewissen einstellte. Reue. Doch beides blieb aus. Die Nacht mit Anja war wunderbar gewesen, ein unverdientes Geschenk. Sie änderte jedoch nichts an meiner Schuld, die für den Rest meines Lebens ein Teil von mir sein würde wie ein inoperabler Tumor im Kopf. Anja brachte keine Erlösung. Nichts würde je Erlösung bringen. Ich war bereit, das als mein Schicksal anzunehmen.

Ich hatte die Küchentür geschlossen, damit Anja nicht vom Getöse der Kaffeemaschine geweckt wurde. Nun öffnete ich die Tür wieder und horchte. Anja schlief noch. Die Stille hielt jedoch nicht lange an, denn Anjas Handy klingelte. Es steckte in der Gesäßtasche ihrer Jeans, die im Flur lag. Ich hob sie auf und nahm das Handy heraus. Im Display las ich den Namen: *Ulrike Gärtner.*

Ehe ich etwas tun konnte, eilte Anja aus dem Schlafzimmer und schnappte mir das Handy aus der Hand. »Ist wohl für mich«, sagte sie, kehrte zurück ins Schlafzimmer und setzte sich auf die Bettkante. Ich folgte ihr bis zur offen stehenden Tür und verharrte dort.

»Ja?«, meldete sie sich. Sie saß da, vorgebeugt, die Ellbogen auf den Knien, und lauschte Ulrikes Worten. Ihre Miene veränderte sich, wurde ernster. Am Ende sagte sie: »Okay. Danke für den Anruf.«

Zögerlich, da ich nicht sicher war, ob ich störte, trat ich zu ihr.

»Was ist los?«

»Das war Ulrike.«

»Habe ich gesehen. Was wollte sie?«

»Der Anruf war beruflich. Sie wissen jetzt, wer es war.«

Ich verstand kein Wort. »Was meinst du?«

Nein, ich hatte sehr wohl verstanden. Wieso sonst sollte mein Herz bleischwer werden?

Anja blickte auf. Sah mich an. »Sie wissen, wer Maja umgebracht hat. Ulrike wollte mir das sagen, bevor es an die Presse geht. Sie haben ihn.«

Ich stand da, erstarrt. Sie hatten ihn.

Sie hatten ihn?

Wieso war ich dann noch hier?

»Wer ist es?«, fragte ich.

»Claus Amann. Euer Lehrer. Jemand hat der Polizei einen Tipp gegeben. Anonym. Noch hat Amann nicht gestanden. Aber Ulrike denkt, dass er bald zusammenbricht.«

»Und Majas Leiche? Haben sie die auch gefunden?«

»Davon hat Ulrike nichts erwähnt. Also wohl nicht.«

Anja starrte vor sich hin. Ich stand daneben und starrte sie an. In mir herrschte völlige Leere. Jeder Gedanke, den ich greifen wollte, entglitt mir sofort wieder.

»Wie geht es dir?«, fragte ich nach einer Weile.

Anja schaute auf. »Ich weiß nicht. Es trifft mich, und irgendwie auch nicht. Ich kannte Maja ja gar nicht.« Sie griff nach meiner Hand. »Wie geht es dir?«

Ich konnte nur mit den Schultern zucken.

Sie erhob sich von der Bettkante und umarmte mich. Ich legte meine Arme um sie, spürte ihre Haut an meiner. Die Erregung, die die Berührung in mir auslöste, war mir peinlich. Auch wenn es nur eine rein körperliche Reaktion war, empfand ich es als unangemessen. Deshalb löste ich mich von Anja und schlug vor, dass wir uns anziehen und beim Frühstück darüber reden sollten. Ich brauchte Zeit. Anja verschwand ins Bad, ich schlüpfte in Jeans und T-Shirt und kehrte in die Küche zurück.

Zehn, fünfzehn Minuten waren vergangen, doch ich war noch immer unfähig, meine Gedanken zu ordnen. Amann verhaftet. Amann Majas Mörder. Amann kurz vor einem Geständnis. Dabei wusste ich, dass ich es getan hatte. Da hörte ich ein vertrautes Tonsignal aus dem Arbeitszimmer: *Lost & Found* hatte mir eine Nachricht geschickt. Ich ging sofort hin, um nachzusehen.

Was wirst du jetzt tun? Wirst du die Wahrheit bekennen?
Oder einen Unschuldigen für dein Verbrechen büßen lassen?
Deine Entscheidung!

Da fiel es mir wie Schuppen von den Augen: Der anonyme Tipp an die Polizei war von *Lost & Found* gekommen. Natürlich! Wieso hatte ich nicht sofort daran gedacht? Es ging auch gar nicht um Claus Amann. Er war unschuldig. Es ging um mich. Es war eine Prüfung. Ich hatte die Wahl, mich selbst anzuzeigen oder mit der doppelten Schuld zu leben, dass ich meine Freundin umgebracht hatte und den einzigen Menschen, der mir jemals beigestanden hatte, für mein Verbrechen büßen ließ.

38

Anja und ich verbrachten den Tag miteinander. Ich zeigte ihr die üblichen Berliner Sehenswürdigkeiten: Brandenburger Tor und Reichstag, Museumsinsel, das Szeneviertel am Prenzlauer Berg. Ohne die geringste innere Anteilnahme, wie auf Autopilot geschaltet, brachte ich sie von Ort zu Ort und gab mein gesamtes Wissen darüber zum Besten. Abgesehen davon redeten wir wenig, jeder hing seinen Gedanken nach. Das Hochgefühl der letzten Nacht war verschwunden und würde nicht mehr zurückkehren. Was zwischen uns passiert war, würde eine einmalige Sache bleiben, die wir schon bald einen Ausrutscher nennen würden. Und das war auch besser so. Während Anja unter der Dusche gewesen war, hatte ich Ulrike angerufen. Ich hatte keine Ahnung, ob Ulrike wusste, dass Anja bei mir war. Es gab keinen Grund, ein Geheimnis daraus zu machen, denn was wir taten, ging niemanden etwas an. Deshalb wollte ich sie geradeheraus nach Amann fragen. Da Ulrike nicht abnahm, hinterließ ich ihr eine Voicemail. Sie hatte nicht zurückgerufen.

Wir aßen in dem indischen Restaurant zu Abend, in dem ich mit Kaitlan oft gewesen war. Ich hatte es nicht gezielt angesteuert, meine Beine hatten den Weg ohne mein Zutun gefunden. Als wir unversehens davorstanden, umwehte mich ein Anflug von Melancholie. Mir wurde bewusst, wie glücklich ich vor kurzem noch gewesen war. Jetzt fühlte es sich wie die Erinnerung an ein erfundenes Leben an. Während wir auf unser Essen warteten, sagte Anja unvermittelt: »Es hilft, wenn man weiß, was passiert ist. Mit einer verschwundenen Person, meine ich. Und bald werden wir das hoffentlich wissen.«

Mir hilft es nicht, dachte ich voller Bitterkeit, nicht in diesem Fall. Ich antwortete jedoch: »Ich kann nicht glauben, dass Amann Maja umgebracht haben soll. Etwas so Brutales passt nicht zu ihm. Er ist die Sanftmut in Person.«

Anja fing an, mit der Gabel Kreise auf das Tischtuch zu zeichnen. »Was weiß man schon davon, was in einem anderen Menschen vorgeht. Man weiß ja kaum, was in einem selbst vorgeht. Ich fand ihn auch nett. Zugewandt. Einfühlsam.«

Ich staunte. »Woher willst du das wissen? Du hast ihn doch nur kurz gesehen und kaum mit ihm gesprochen.«

»Bei eurem Abi-Treffen. Wir hatten auch danach Kontakt. Ich habe ihn besucht.«

Mein Erstaunen wuchs. »Wieso das?«

»Ist das ein Problem?« Anja legte die Gabel ab und sah mich missbilligend an.

»Nein. Überhaupt nicht. Es ist nur ...« Die Vorstellung, dass Amann mit ihr über Maja und mich geredet haben könnte, missfiel mir. Was hatte ich ihm alles anvertraut? Außerdem war ich auch ein wenig eifersüchtig und konnte es mir nicht verkneifen, zu fragen: »Ging das von dir aus, dieses Treffen? Oder von ihm?«

»Irgendwie von uns beiden. Er wollte mir von Maja erzählen, aber bei eurem Abi-Treffen war zu viel los, um in Ruhe reden zu können. Deshalb hat er mich zu sich eingeladen.«

»Das hast du gar nicht erwähnt.« Und Amann auch nicht.

»Hätte ich das müssen?« Ihr Blick machte klar, dass das eine rhetorische Frage war. Ein Stoppschild mit der Botschaft: Das geht dich nichts an. Ich bin dir keine Rechenschaft schuldig. Und sie hatte natürlich recht.

Nach dem Essen checkten wir auf unseren Handys die einschlägigen Nachrichtenportale. Unter der Überschrift: *20 Jahre alter Vermisstenfall vor der Aufklärung?* stand auf einem zu lesen: *Im Fall der vor zwanzig Jahren bei einer Wanderung verschwundenen Maja H. hat die Kriminalpolizei Rosenheim überraschend eine Person festgenommen und deren Wohnhaus durchsucht. Das geht aus einer Pressemitteilung hervor. Die Vernehmungen dauern noch an. Zur Identität des Verdächtigen macht die Polizei keine Angaben, auch nicht dazu, wie sie auf den Verdächtigen kam und ob sie nach den neuen Erkenntnissen belegen kann, dass Maja H. ermordet wurde. Für morgen Vormittag wurde eine Pressekonferenz zum Stand der Ermittlungen anberaumt.*

Es dauerte nicht lange, bis mein Handy klingelte. Ulrike. Endlich.

»Entschuldige, dass ich mich erst jetzt melde«, sagte sie. Sie klang atemlos, so als sei sie gerannt. »Es war einfach keine Zeit, und ich wollte nicht zwischen Tür und Angel anrufen. Ich nehme an, Anja hat dir die ersten Informationen mitgeteilt.« Ulrike ließ mit keinem Wort und keiner besonderen Betonung erkennen, ob es ihr missfiel, dass Anja bei mir war.

»Das hat sie«, sagte ich. »Wie sieht's aus? Wie seid ihr auf Amann gekommen?«

»Ein anonymer Tipp, der so gut war, dass wir handeln mussten. Mehr kann ich dir nicht sagen.«

»Glaubst du, Amann war's?«

»Immer noch schwer vorstellbar. Amann war ein cooler Lehrer. Menschlich völlig okay. Tja, was weiß man. Ja, ich glaube, er war's. Es ist nur eine Frage der Zeit, bis er gesteht. Er hält dem Druck auf Dauer nicht stand.«

»Was wisst ihr denn …?«

»Einzelheiten kann ich noch nicht verraten. Amann muss uns sagen, wo er die Leiche versteckt hat. Das würde uns die

Arbeit erheblich erleichtern. Außerdem könnten wir Maja würdig bestatten, damit jeder, dem was an ihr liegt, seinen Frieden machen kann.« Ich hörte im Hintergrund jemanden rufen. »Sorry, ich muss wieder rein. Das wird eine verdammt lange Nacht. Alles wird gut, Arno. Endlich.«

»Endlich«, wiederholte ich beinahe tonlos.

»Ach so, noch was. Du wirst sicher auch noch mal vernommen werden. Buche also in der nächsten Zeit besser keine längeren Reisen. Ich melde mich, sobald ich mehr weiß. Mach's gut.«

Sie legte auf.

»Ulrike?«, fragte Anja. »Was sagt sie?«

»Sie ist sich ziemlich sicher, dass es Amann war. Noch hat er nicht gestanden, es ist wohl nur eine Frage der Zeit. Meint sie.« Ich betete darum, dass Amann das nicht tun würde. Und dass die anderen Beweise, die *Lost & Found* der Polizei zugespielt hatte, nicht ausreichen würden, um ihn zu verurteilen.

»Hoffen wir es«, sagte Anja. »Dann wird Majas Tod endlich gesühnt. Das ist ein gutes Gefühl, findest du nicht?«

Ich begleitete Anja nach Wedding zu ihrer Ferienwohnung. Es war nicht spät, die Partygänger befanden sich noch in der Phase des Vorglühens, aber wir waren nicht in Feierlaune. Wir brauchten beide eine Auszeit, um die neuesten Entwicklungen zu verarbeiten, und trennten uns mit dem Versprechen, am folgenden Tag zu telefonieren. Ein letzter Kuss, und sie war fort. Im ersten Moment war ich erleichtert, doch schon wenig später fehlte mir Anja, und mir wurde bewusst, wie nah sie mir in kurzer Zeit gekommen war. Ein Grund mehr, mich von ihr fernzuhalten.

Die Vorstellung, gleich in meinen vier Wänden allein mit mir und meinen Gedanken zu sein, erfüllte mich mit Schrecken. Ich wusste, wie solche Abende endeten. Mit sehr viel Alkohol. Wieso also nicht in einer Bar mit dem Trinken beginnen. Für mich, aber nicht allein. Irgendwo in Mitte oder am Prenzlauer Berg musste es doch am hintersten Ende eines Tresens ein Plätzchen geben, an dem ich unbehelligt meine Nerven beruhigen konnte.

Auf dem Weg zur U-Bahn dachte ich über Claus Amann nach. Ich sah ihn vor mir: wie er in einer Zelle hockte. Ängstlich. Unschuldig. Und ich war der einzige Mensch, der ihn rausholen konnte. Ich musste dafür nur ein Geständnis ablegen. Und der Polizei als Beweis, dass ich der richtige Täter war, den Verbleib von Majas sterblichen Überresten verraten. War ich bereit, mich selbst auszuliefern? Ich hatte vorher bereits in Erwägung gezogen, mich der Polizei zu stellen, war jedoch zu dem Schluss gekommen, dass davon niemand einen Nutzen gehabt hätte. Majas Eltern waren tot, Anja hatte eigentlich keine Erinnerung an ihre große Schwester, und alle anderen, die sie gekannt hatten, hatten sich längst mit der Situation, wie sie nun einmal war, arrangiert. Ich fühlte mich durch die Last, die plötzlich auf mir lag, bestraft genug, denn mein Leben würde nie mehr dasselbe sein. Die nächsten fünfzehn oder zwanzig Jahre im Gefängnis zu verbringen würde dieser Strafe nichts an Sühneleistung hinzufügen. Dann wurde mir wieder bewusst, dass es doch nicht so einfach war, wie ich es mir in meiner Selbstbezogenheit zurechtgelegt hatte. Es machte sehr wohl einen Unterschied, ob Anja, Ulrike und alle, die Maja gekannt hatten, erfuhren, was aus ihr geworden war. Auch nach so vielen Jahren noch.

Wenn das eine Lektion war, die *Lost & Found* mich lehren wollte, so hatte ich diese jetzt verstanden. Ob ich bereit war, den Preis dafür zu bezahlen – dessen war ich mir keineswegs sicher. Durch ihren letzten Schachzug hatte *Lost & Found* die Lage jedenfalls komplett verändert. Ich hätte zu gern gewusst, welche Beweise sie der Polizei gegen Amann geliefert hatte. Lediglich ein anonymer Hinweis reichte nicht für eine Verhaftung. Es musste etwas Handfestes sein. Ich musste Ulrike dazu kriegen, es mir zu verraten. Vielleicht würde mir das auch helfen, *Lost & Founds* Identität endlich zu lüften.

Lost & Found – ich hatte noch immer nicht die leiseste Ahnung, wer sich hinter diesem Decknamen verbarg. Anja hatte ich von der sehr kurzen Liste der Verdächtigen längst gestrichen, was mich mangels anderer Verdächtiger zurück zu Raimund Wolfsohn brachte. Ein junger Mann mit psychischen Problemen, wie ich inzwischen wusste. Was *Lost & Found* mit mir veranstaltete, konnte in der Tat nur einem kranken Hirn entsprungen sein. Ich änderte spontan meinen Plan. Bevor ich mich in einer Bar betrank, würde ich Raimund einen Besuch abstatten. Vielleicht war er so spät am Abend ja zu Hause.

Ich saß in der U-Bahn Richtung Friedrichshain und hing meinen Gedanken nach, als mein Handy klingelte. Lukas war dran.

»Du weißt es schon, oder?«, sagte er bedrückt. »Die Neuigkeiten zu Maja, meine ich.«

»Ulrike hat mir Bescheid gegeben«, erwiderte ich.

»Amann soll es gewesen sein. Kannst du dir das vorstellen?«

»Von wem hast du das? Von Ulrike?«

»Nee. Das macht hier in Wendling längst die Runde. Du weißt ja, wie das in so einem kleinen Ort ist. Da lässt sich nichts lange geheim halten. Denkst du, er war's?«

»Ulrike wirkte ziemlich überzeugt.«

»Mir wollte sie nichts sagen. Dienstgeheimnis. Bei dir ist es natürlich was anderes. Klar.« Lukas akzeptierte meine besondere Stellung, klang trotzdem beleidigt, weil Ulrike ihm nicht alles erzählen wollte. »Wer hätte das gedacht. Der liebe Claus. Der so gut zu uns war. Zu Maja vielleicht ein bisschen zu gut.«

»Du denkst, die beiden hatten was miteinander?«

»Keine Ahnung. Er hat sie nach der Freinacht rausgehauen. Vielleicht war es nicht bloß, weil er ihr helfen wollte. Aber schon komisch, dass dir das entgangen ist, während du mich jedes Mal angepflaumt hast, wenn ich angeblich zu nett zu Maja war.«

Lukas hatte recht. Dass ausgerechnet mir etwas Derartiges entgangen sein könnte, war schwer vorstellbar. Amann war Lehrer, und obwohl gerade mal zehn Jahre älter als wir, war er damals in unseren Augen alt. Maja hatte jedenfalls nie irgendein Interesse an ihm gezeigt. Nicht, soweit ich mich erinnern konnte. Was allerdings, wie ich inzwischen gelernt hatte, wenig bedeutete.

»Sie müssen ja nichts miteinander gehabt haben«, sagte Lukas. »Amann wollte was von ihr, Maja hat ihn abblitzen lassen, damit ist er nicht klargekommen und hat ihr was angetan.«

»Das hätte sie Ulrike doch erzählt, so eng, wie die beiden waren.«

»Bestimmt. Und die hätte es mir erzählt. Hat sie aber nicht.«

»Vielleicht hat Maja es genau deshalb für sich behalten: aus Sorge, Ulrike erzählt es dir, und du erzählst es mir. Und sie war gut darin, Sachen für sich zu behalten.«

»Kann sein.«

»Es bringt nichts, wild zu spekulieren. Warten wir ab, was noch alles ans Licht kommt.«

»Du hast recht.« Nach einer kleinen Pause fragte Lukas: »Wie geht es dir denn damit?«

Seine Anteilnahme war ehrlich, und das berührte mich.

Ich wünschte mir, ich hätte ihm immer so vertraut, wie er es verdiente.

»Es kommt vieles wieder hoch«, sagte ich, »na ja, es ist auch lange her.«

»Wenn du irgendwas brauchst ... reden willst ... melde dich, klar? Zu jeder Tages- und Nachtzeit. Ich bin für dich da.«

»Tut gut, das zu hören. Danke.«

Eine halbe Stunde später stand ich wieder – wie bereits vor ein paar Wochen – vor dem fünfstöckigen Gebäude in Friedrichshain, wo Raimund in einer Studentenbude unter dem Dach wohnte. Und wieder drückte ich vergeblich auf den Klingelknopf. Ich bemerkte, dass das Schloss an der Eingangstür nicht eingeschnappt war, und betrat das Haus. Anders als bei meinem letzten Besuch funktionierte der Aufzug. Er endete im vierten Stock, die letzte Treppe zu den Dachwohnungen musste ich laufen. Vor der Tür angekommen, horchte ich angestrengt. Nichts. Absolute Stille. Ich klingelte und klopfte.

»Sie waren doch schon mal hier«, sagte jemand hinter mir.

Ich drehte mich um. Die junge Nachbarin vom letzten Mal stand in der Tür, wieder in Shirt und Jogginghose.

»Richtig. Jana, stimmt's?«

Jana nickte und sah mich argwöhnisch an. Nicht zu Unrecht, wie ich zugeben musste. Dass ich zu so später Stunde hier auftauchte, war erklärungsbedürftig.

»Ich mache mir Sorgen um Raimund«, sagte ich. »Ernsthafte Sorgen. Irgendetwas stimmt nicht mit ihm, und ich würde gern mit dem Gefühl von hier weggehen, dass er okay ist.«

Jana verschränkte die Arme vor der Brust. »Er ist nicht da. War er auch nicht in der Zwischenzeit. Zumindest habe ich nichts mitgekriegt.«

Eigentlich war meine Mission damit beendet. Doch etwas in Janas Blick signalisierte mir, noch nicht zu gehen. Also blieb ich und sah ihr beim Nachdenken zu.

»Sie glauben, er könnte sich was angetan haben?«, fragte sie.

»Das weiß man nie.«

»Würde man das nicht riechen? Wenn jemand so lange in der Wohnung liegt ... das müsste man doch riechen?«

Ich sagte nichts.

Jana rang mit sich. Schließlich sagte sie: »Er hat mir einen Schlüssel überlassen. Für Notfälle.«

»Könnten Sie ihn mir geben?«

»Natürlich nicht!« Jana griff hinter die Tür, offenbar hatte sie dort ein Schlüsselbrett, und hielt den Schlüssel in der Hand. »Wir sehen gemeinsam nach.«

Besser als nichts, dachte ich, obwohl ich lieber allein gewesen wäre.

»Wieso sind Sie eigentlich so besorgt um Raimund?«, fragte Jana, während sie über den Flur kam und aufschloss. »Sind Sie Raimunds Vater? Oder sein Lover?«

»Ich bin sein Uni-Dozent. Das sagte ich doch schon.«

»Ja, klar.« Sie verzog den Mund zu einem schiefen Grinsen.

»Und ich bin jemand, der sich um seine Mitmenschen Sorgen macht.«

Jana ging voran, ich folgte ihr. Sie ließ mir wenig Zeit, mich umzusehen. Die Wohnung bestand aus einem Wohnraum mit kleiner Küchenzeile, einem winzigen Bad und einer Kammer, in die kaum mehr als ein Bett und ein Schrank passten. Auf die Schnelle konnte ich nichts Verdächtiges ausmachen. Eine stinknormale Studentenbude, wie es sie zu Tausenden gab. Überraschend war für mich lediglich die Unordnung auf dem Schreibtisch. Ich hätte Raimund für ordentlicher gehalten. Zwischen unzähligen Zetteln, Fotokopien und Büchern entdeckte ich einen Ausdruck mit der Überschrift: *Die verlorene Frau*. Darunter stand: *Von Raimund A. Wolfsohn. 2.Fassung*.

In diesem Moment drang der Klingelton eines Telefons über den Flur. »Das ist meines«, sagte Jana. »Sind Sie fertig?«

»Gleich.«

Janas Aufmerksamkeit galt nur noch dem Telefonklingeln. Sie war unschlüssig, ob sie mich allein in der Wohnung lassen konnte, ging aber schon mal voraus zur Tür. Das gab mir die Gelegenheit, die Unterlagen unbemerkt unter mein Hemd in den Hosenbund zu stecken. Eilig verließ ich die Wohnung. Warum ich Raimunds Geschichte mitgenommen hatte, wusste ich selbst nicht.

39

Am nächsten Morgen weckte mich das Klingeln meines Telefons aus einem unruhigen Schlaf. Ein Blick auf die Uhr: Es war bereits Mittag. Ich sprang aus dem Bett und rannte in die Küche, wo das verdammte Handy lag. *Anja*, las ich im Display.

»Hallo?«

»Na endlich!« Anja klang genervt. »Ich hab's schon zigmal bei dir versucht.«

Ich rieb mir den Schlaf aus einem Auge. »Sorry. Hatte eine schwere Nacht.« Dass ich erst in eine fremde Wohnung eingedrungen und dann in einer Bar versackt war, behielt ich für mich.

Anjas Ton wurde sofort weicher. »Ging mir genauso«, sagte sie.

»Sehen wir uns später?«

»Ich fahre heute noch zurück nach München. Ich weiß, es macht keinen Unterschied, ob ich hier oder dort bin. Aber irgendwie ... keine Ahnung ... vertraute Dinge geben Sicherheit.«

»Das verstehe ich.«

Ja, ich verstand es, und gerade deshalb fühlte ich mich noch ein wenig mehr verlassen und allein. Mir gaben die vertrauten Dinge im Moment keine Sicherheit, sie klagten mich eher an. Mir wurde bewusst, wie viel Halt mir Anjas Nähe gegeben hatte.

»Ich muss los«, sagte sie. »Mein Zug fährt in einer Stunde.«

Nachdem Anja aufgelegt hatte, stand ich noch eine Weile regungslos da, bis eine Stimme in meinem Kopf sagte: *Du hast ihre Schwester ermordet. Was willst du also von ihr? Soll ausgerechnet sie dich retten?*

Rettung – was hätte das für mich überhaupt bedeutet? Was geschehen war, war geschehen. Meine Tat ließ sich nicht mehr rückgängig machen.

Als ich den Kaffee zubereiten wollte, bemerkte ich die Papiere auf der Anrichte. Raimunds Geschichte. Ich war letzte Nacht zu betrunken gewesen, um sie zu lesen. Auch jetzt war mein Interesse nicht besonders groß. Ungefähr die Hälfte kannte ich ja schon, und den Rest hatte Lena mir erzählt. Dennoch stellte ich die Kaffeedose wieder hin und setzte mich an den Tisch, blätterte die Seiten durch, las an der einen oder anderen Stelle, bis ich auf etwas stieß, das mich stutzig machte. Es war eine Szene in der Berghütte, in der der Erzähler und die von ihm verehrte Frau nach der langen Wanderung übernachteten. Ich hatte diese Passage schon einmal gelesen, bemerkte jedoch eine Erweiterung zur letzten Fassung. Nun trat ein Mann an den Tisch der beiden und bot an, ein Erinnerungsfoto von ihnen zu machen. Und nachdem er das getan hatte, reichte er dem Erzähler den Fotoapparat zurück mit den Worten: *Passen Sie gut auf Ihre hübsche Freundin auf.*

Als ich das las, war ich schlagartig hellwach. Ich traute meinen Augen nicht. Las ein zweites Mal. Ein drittes Mal. Es war exakt die Szene, wie sie sich vor zwanzig Jahren in der Raubachtal-Hütte abgespielt hatte, mit ziemlich genau den Worten, die gesprochen worden waren. So, als hätte Raimund mit uns am Tisch gesessen. Wie war das möglich? Ein bloßer Zufall konnte es jedenfalls nicht sein. Jemand musste Raimund von dem Abend erzählt haben. Außer mir gab es nur zwei Menschen, die das gewesen sein konnten: Lukas und Ulrike.

Ich stand auf und ging zur Anrichte, um mir endlich einen Kaffee zu machen. Während ich die Kaffeebohnen in die Maschine füllte, fiel mir noch jemand ein, dem wir von der Begegnung erzählt hatten: diesem Kommissar Berger, der mich damals in die Mangel genommen hatte. Und es stand ja auch alles in den Akten, so dass jeder, der Zugang hatte, es nachlesen konnte. Nicht zu vergessen der namenlose Mann vom Nebentisch selbst, der uns in der Hütte angesprochen und fotografiert hatte. Auf welchem Weg mochte diese Szene wohl zu Raimund gelangt sein? Andererseits: War das nicht völlig egal? So wie es auch egal war, wer sich hinter *Lost & Found* versteckte: Raimund oder irgendjemand anders? Es änderte nichts an dem, was ich war: ein Mörder.

Am späten Nachmittag – ich hatte geduscht und fühlte mich wieder wie ein halbwegs normaler Mensch – ging ein Anruf von einer mir unbekannten Nummer ein. Ich überlegte, ob ich abnehmen sollte, entschied mich schließlich dafür.

»Gerald Schweiger von der *Rosenheimer Abendzeitung*«, sagte ein Mann mit deutlich hörbarem bayerischem Zungenschlag. »Spreche ich mit Herrn Arno Seitz?«

»Allerdings.«

»Es geht um den Vermisstenfall Maja Hofmann von vor zwanzig Jahren. Sie waren damals ja ihr Freund und sozusagen dabei, als sie verschwand. Was sagen Sie zu den neuesten Entwicklungen? Ich meine, dass es einen Verdächtigen gibt. Das ist Ihnen doch bekannt, oder?«

Ich musste mich setzen. Brachte keinen Ton heraus. Dass sich die Öffentlichkeit wieder für den Fall und damit für mich interessieren würde, hätte mir klar sein müssen. Trotzdem traf mich der Anruf völlig unvorbereitet.

»Sie wurden ja damals eine Weile selbst verdächtigt, mit dem Verschwinden Ihrer Freundin zu tun zu haben«, fuhr Schweiger in sachlichem Ton fort. »Ganz ausgeräumt wurde der Verdacht nie. Wie geht es Ihnen mit der neuen Situation? Es muss eine große Erleichterung für Sie sein, endgültig entlastet zu werden.«

»Ich will, dass der Schuldige bestraft wird«, sagte ich. »Das ist alles.«

Damit legte ich auf.

… dass der Schuldige bestraft wird, hallten meine eigenen Worte in mir nach.

Ich war überrascht, wie schnell dieser Gerald Schweiger an meine Handynummer gekommen war. Das würde sicher auch anderen gelingen, und je mehr Aufmerksamkeit die alte Geschichte erhielt, desto mehr solcher Anrufe würden mich erreichen. Und eher früher als später würden Leute vor meiner Tür stehen und mich bedrängen mit Mikros und Kameras und Fragen. Eine leichte Panik ergriff mich. Konnte ich nun, da ich die Wahrheit über mich kannte, die ganze Welt weiterhin belügen? War ich so kaltschnäuzig? Oder würde ich irgendwann unter dem Druck zusammenbrechen?

Mein Handy klingelte. Wieder Gerald Schweiger. Ich drückte ihn weg und stellte das Handy auf stumm.

Ich musste fort. Je weiter weg, desto besser. Doch wohin sollte ich verschwinden? Ulrike hatte mich gebeten, keine längere Reise anzutreten. Wenn ich trotzdem abtauchte, würde das wie eine Flucht aussehen. Erst recht, wenn sich herausstellte, dass Amann nicht der Schuldige war.

Unfähig, einen klaren Gedanken zu fassen, holte ich meinen größten Koffer und warf ihn aufs Bett. Schnappte mir aus Schrank und Kommode, was ich als Erstes zu fassen bekam, und stopfte alles hinein, bis ich erschöpft aufs Bett sackte.

Plötzlich musste ich wieder an Anja denken, die längst im Zug nach München saß. Nein, noch konnte ich die Wahrheit nicht sagen. Amanns Unschuld würde schon auf andere Weise bewiesen werden.

Ich musste Anja schreiben. Irgendetwas. Einen lieben Gruß, nicht mehr. Nur um mit ihr in Verbindung zu bleiben.

Als ich mein Handy nahm, sah ich, dass einige Anrufe eingegangen waren. Zweimal Gerald Schweiger, ein paar unbekannte Nummern, vielleicht auch von der Presse. Und ein Anruf von Ulrike, erst vor wenigen Minuten. Ich rief sie zurück, und sie nahm auch gleich ab.

»Wir haben ihn«, sagte sie. »Amann hat gestanden.«

Ich war wie vor den Kopf geschlagen. »Gestanden? Was hat er denn …?«

»Wie er sie aus der Hütte weggelockt und erwürgt hat. Alles hat er uns erzählt. In sämtlichen Details.«

»Und ihre Leiche … was sagt er dazu …?«

»Noch nichts. Aber das kriegen wir auch noch aus ihm raus.«

40

Am nächsten Morgen saß ich im ICE nach München. Nachdem sich meine erste Panik gelegt hatte, war mir klargeworden, dass es keinen Sinn hatte wegzulaufen. Egal, wohin ich floh, mir selbst konnte ich nicht entkommen. In Berlin hielt ich es jedoch nicht länger aus. Also blieb nur Wendling. Ob ich mich der Polizei stellen würde, hatte ich noch nicht entschieden. Sehr viel mehr als die zu erwartende Gefängnisstrafe schreckte mich die Ächtung durch die wenigen Menschen, die mir etwas bedeuteten. Allen voran Anja.

In München stieg ich in den Regionalzug nach Rosenheim um. Dort hatte ich ein Treffen mit Ulrike verabredet. Sie wollte mich am Bahnsteig erwarten. Die Vorstellung, sie belügen zu müssen, beunruhigte mich. Sie war schließlich geschult darin, Lügen zu durchschauen. Als ich aus dem Zug stieg, eilte sie schon auf mich zu und umarmte mich. Sie hatte dunkle Schatten unter den Augen, ihr zu einem Pferdeschwanz zusammengebundenes Haar glänzte fettig, doch sie glühte vor Euphorie. Bestimmt hatte sie in den letzten Tagen kaum geschlafen. Zwanzig Jahre hatte sie auf diesen Moment gewartet.

»Wie geht es dir?«, fragte sie.

»Wenn ich das wüsste …«

Ulrike klopfte mir auf die Schulter. »Alles wird gut. Komm mit.«

In der Ladezone vor dem Bahnhof parkte Ulrikes Wohnmobil. Sie gab einem Streifenpolizisten, der in der Nähe auf und ab ging, ein Zeichen, er grüßte zurück. Man kannte sich. Ich stieg ein wenig beklommen ein, fürchtete die Enge, fand es aber dann überraschend geräumig. Während ich mein Gepäck auf dem Bett ablegte, räumte Ulrike Tüten mit Abfall von Fast-Food-Ketten, andere Tüten mit Schmutzwäsche und Taschen mit sauberer Wäsche von den Sitzgelegenheiten.

»Wohnst du hier drin?«, fragte ich.

»Keine Sorge, ich habe auch eine richtige Wohnung«, sagte sie. »In den letzten Nächten lohnte es sich aber oft nicht, nach Hause zu fahren.« Ich setzte mich an den schmalen Tisch. »Kaffee?« Bevor ich antworten konnte, holte sie schon eine Tasse aus einem Fach über der Spüle und schenkte mir aus einer Thermoskanne ein, die bereits auf dem Tisch stand.

»Amann hat also gestanden?«, sagte ich.

»Hat er. Es war eine Erleichterung für ihn. Er wirkte beinahe glücklich. Endlich konnte er loswerden, was er schon so lange mit sich herumgetragen hat. Wir erleben das oft.«

Ich wusste genau, was sie meinte. Und wie sehr sehnte ich mich ebenfalls nach diesem Moment der Erleichterung. Nur folgt darauf der ganze verdammte Rest, und man ist in den Augen der Welt nur noch der Mörder und nichts anderes.

»Was hat er denn erzählt?«, fragte ich. »Und was hat ihn überführt?«

»Ich fange mal ganz von vorn an.« Ulrike klappte das Fenster über uns auf und zündete sich eine Zigarette an. »Vor gut einer Woche erhielt ich eine anonyme Briefsendung. An mich persönlich adressiert. Münchner Poststempel.«

»Habt ihr schon eine Ahnung, wer der anonyme Absender sein könnte?«, unterbrach ich sie.

»Keinen Schimmer. Wir ermitteln noch. In dem Umschlag befand sich ein beidseitig beschriebenes Blatt im Format DIN-A-5. Liniertes Papier, vermutlich aus einem Schulheft herausgerissen. Mir kam die Handschrift sofort bekannt vor. Nein, wenn ich ehrlich bin: Ich wusste, dass es Majas Handschrift war. Das ließ sich durch den Abgleich mit Postkarten, die sie mir geschrieben hat, bestätigen.«

Ulrike nahm einen Zug von ihrer Zigarette. Sie versuchte, ihre Aufregung zu kontrollieren, indem sie wie die nüchterne Polizistin redete, die sie sicher bei anderen Fällen auch war. Dieser Fall war allerdings zu persönlich. Ich bemerkte, dass mein Fuß unter der Tischplatte hektisch wippte.

»Hast du gewusst, dass Maja Tagebuch geführt hat?«, fragte Ulrike.

Ich schüttelte den Kopf.

»Ich auch nicht. Aber das, was mir da von einem unbekannten Absender auf den Schreibtisch geflattert war, sah exakt aus wie ein Blatt aus einem Tagebuch. Es stand auch ein Datum darauf. Maja hat den Eintrag am Tag vor unserer Wanderung verfasst.«

Ich räusperte mich. »Und was hat sie geschrieben?«

Ulrike drückte ihre Zigarette aus und zündete sich sofort die nächste an. »Sie redete davon, dass sie jemandem ein Ultimatum stellen würde. Jemandem, der sich zu ihr bekennen müsse. Dass sie sonst alles verraten und damit sein Leben ruinieren würde. *Er* – das ist Claus Amann.«

»Du meinst ... die beiden hatten was?«

»Das hat Amann inzwischen gestanden. Laut seiner Aussage fing es nach den Ereignissen der Freinacht im letzten Schuljahr an. Maja hatte schon länger Interesse an ihm gezeigt, und nachdem er sich für sie stark gemacht hatte, hatte sie sich erkenntlich gezeigt. Und er ... nun ja, ist eben schwach geworden, wie er heute sagt.«

Amann. Und Maja. Wie hatte mir das entgehen können? So eifersüchtig, wie ich Maja und alles um sie herum beobachtet hatte.

»Bist du okay?«, fragte Ulrike.

»Na ja …« Ich räusperte mich. »Ein Schock ist es schon. Dass sie mich betrogen hat. Ausgerechnet mit Amann.«

»Geht mir nicht anders. Maja und ich haben uns immer alles erzählt. Dachte ich zumindest. Doch sie war offenbar eine Meisterin der Verstellung. Niemand hat irgendwas gemerkt. Ich erspar dir die Details, die Amann zu Protokoll gegeben hat.«

»Kann es nicht doch sein, dass er sie gezwungen hat?« Ich klammerte mich an den letzten Fetzen Hoffnung.

»Die Seite aus dem Tagebuch sagt etwas anderes. Und Amann auch. Erst wollte er das Verhältnis nicht zugeben, aber als es nicht mehr zu leugnen war, konnte er gar nicht mehr aufhören zu erzählen. Bei der Durchsuchung seines Hauses fanden sich zahlreiche Erinnerungsstücke. Fotos von Maja. Notizen. Briefe. Liebesbotschaften auf kleinen Zetteln. Wir sind noch dabei, seinen gesamten Schreibkram auszuwerten.«

»Hör schon auf«, fiel ich ihr ins Wort. Ich ertrug es nicht länger, mir das anzuhören.

Ulrike erschrak über die Heftigkeit meiner Reaktion. Ich erschrak selbst. Sie brauchte einen Moment, bis sie fortfuhr: »Laut Amanns Aussage hat Maja ihm ein Ultimatum gestellt: Wenn sie von der Wanderung zurückkäme, müsse er sich zu ihr bekennen, oder sie werde ihn bei der Schulleitung anzeigen wegen einer intimen Beziehung mit einer Schülerin.«

Unfähig, die Dinge, die Ulrike sagte, in ein Bild einzufügen, das irgendeinen Sinn ergab, fragte ich: »Aber … wieso war sie dann mit mir zusammen, wenn sie ihn wollte?«

»Tarnung, sagt Amann.«

Tarnung. Das Wort drang wie ein giftiger Stachel in mich ein. Ich war nur ein nützlicher Idiot gewesen. Die Enge im

Wohnmobil begann mir zuzusetzen. Die Enge in meiner eigenen Haut.

Ulrike sah mich mitfühlend an. »Das ist auch nach so langer Zeit noch hart, oder? Sollen wir aufhören?«

»Nein, erzähl weiter. Ich will alles wissen.«

»Na gut. Nach Amanns Darstellung kam er auf einer anderen Route als wir zur Raubachtal-Hütte. Er wollte Maja dort scheinbar zufällig treffen und mit ihr reden. Weil er sich verirrte, erreichte er die Hütte erst spät in der Nacht. Da lagen wir schon in den Betten. Die Hütte war zwar voll, aber der Wirt konnte ihn trotzdem nicht wegschicken und erlaubte ihm, seinen Schlafsack in der Gaststube auszurollen. Am nächsten Morgen traf Amann, noch bevor irgendjemand anders wach war, unverhofft auf Maja. Sie war ja bei den Wanderungen immer früh auf, weil sie die Morgenstimmung liebte. Amann überredete sie, mit ihm von der Hütte wegzugehen, um alles in Ruhe zu klären. Ab hier wird Amanns Aussage vage. Er sagt, sie gerieten in Streit, er sei ausgerastet und habe sie erwürgt. Wo genau das geschehen sein soll, weiß er angeblich nicht mehr. Auch nicht, wohin die Leiche verschwunden ist. Blackout, angeblich.«

Ich starrte auf die Holzmaserung der dunklen Tischplatte vor mir und erkannte in den Linien die Konturen von Majas Schädel. Die Zähne. Die Strähne ihres blonden Haares. Ich spürte den Griff des Messers in meiner Hand. In meinem Kopf Leere. Weißes Rauschen.

Eine Hand berührte mich an der Schulter. »Schrecklich, ich weiß«, sagte Ulrike. »Ich musste bei der Vernehmung auch öfter raus. Das alles ist so lange her, und auf einmal ist es wieder so nah, als wär's eben erst passiert. Ich hätte den Drecksack am liebsten erwürgt.«

Ich blickte auf und sah sie an. Schaute in ihre braunen Augen, die sicher schon viel Schlimmes gesehen hatten. Sollte ich ihr sagen, dass sie den falschen Mann hatten? Dass ich der Mörder war? Etwas in mir wollte es. Dennoch brachte ich die Worte nicht über die Lippen.

»Wir hören besser auf«, sagte Ulrike. »Du musst dich nicht mit Einzelheiten quälen.«

Die Einzelheiten: Maja in der Höhle, der Strahl der Stirnlampe, das Messer in meiner Hand, das Gefühl der Erlösung, nachdem ich es getan hatte. Und danach das große Verdrängen und Vergessen. Der Nebel und die Dunkelheit.

Ich brachte nur ein Nicken zustande.

Ulrikes Handy piepte. Sie schaute darauf.

»Ich muss zurück«, sagte sie. »Ruf mich an, wenn du reden willst. Das meine ich ernst. Zu jeder Tages- und Nachtzeit.«

Ich konnte wieder nur nicken.

Wir stiegen aus und verabschiedeten uns mit einer festen Umarmung voneinander. Ich wartete, bis Ulrike in ihr Wohnmobil gestiegen und davongefahren war. Dann besorgte ich mir im Bahnhof eine Dose Bier und zwei Fläschchen Schnaps, setzte mich an die Bushaltestelle und trank das erste Fläschchen in einem Zug aus. Der Alkohol löste meine Anspannung ein wenig.

Maja und Amann also. Und was ich für Liebe gehalten hatte, war für Maja nur Tarnung. Hatte sie mich jemals geliebt? Oder hatte sie mich nur ausgesucht, weil sie feststellte, dass sie mich emotional abhängig machen konnte? War sie wirklich so ein Mensch gewesen? Mein Misstrauen war jedenfalls berechtigt gewesen.

Du hast Maja umgebracht, sagte die Stimme in meinem Kopf. *Haben also nicht beide verdient, was sie gekriegt haben: Maja den Tod und Amann das Gefängnis?*

Ich erschrak über mich selbst. Wie konnte ich so etwas denken? Und doch spürte ich eine gewisse Genugtuung, dass Amann hinter Gittern saß. Mir erst meine Freundin abspenstig zu machen und danach den Seelentröster zu spielen – das offenbarte ein Ausmaß an Niedertracht, die ihresgleichen suchte. Sollte der Mistkerl in der Hölle schmoren.

Ich machte die Bierdose auf und nahm einen kräftigen Schluck. Das Bier war viel zu warm und schmeckte schal.

Ulrikes anonymer Hinweis stammte zweifellos von *Lost & Found*. Aus einem Tagebuch von Maja. Es hatte also wirklich eines gegeben, und daher verfügte *Lost & Found* über alle Informationen. Dieses Rätsel war gelöst. Blieb nur die Frage, wieso dieses Tagebuch vor zwanzig Jahren nicht aufgetaucht war. Und wie es so viel später trotzdem seinen Weg in *Lost & Founds* Hände finden konnte.

Der Bus fuhr an die Haltestelle. Ich leerte die Bierdose in einem Zug, warf sie in den Mülleimer und stieg ein. Bis auf ein paar ältere Leute und eine Gruppe junger Burschen mit Sporttaschen war der Bus leer. Ich suchte mir einen Platz im hinteren Teil.

Während Leute, Autos und Häuser an mir vorüberzogen, fragte ich mich, wieso Amann einen Mord gestand, den er nicht begangen hatte. Da erinnerte ich mich, wie ich von diesem Kommissar Berger in die Mangel genommen worden war. Wie er versucht hatte, mir Sätze in den Mund zu legen, bis ich selbst nicht mehr wusste, was stimmte und was nicht. Vielleicht hatte Amann irgendwann einfach gesagt, was Ulrike und ihre Kollegen von ihm hören wollten, nur um endlich in Ruhe gelassen zu werden. Ruhe würde er in den nächsten Jahren reichlich haben.

41

Ich war wieder bei Volker und Edith in der Ferienwohnung untergekommen, in der ich auch bei meinem letzten Aufenthalt in Wendling gewohnt hatte. Volker begrüßte mich mit einem festen Händedruck, so als wären wir alte Freunde. Da Lukas vermutlich durch Ulrike erfahren würde, dass ich da war, meldete ich mich noch am Tag meiner Ankunft bei ihm, um mir später keine Vorwürfe anhören zu müssen. Ich erzählte ihm, was Ulrike mir berichtet hatte. Er lud mich zu sich ein, doch ich sagte, ich wolle erst einmal richtig ankommen, nicht nur in Wendling, sondern auch in der neuen Realität, die durch Amanns Geständnis entstanden war, und versprach, mich beizeiten zu melden. Lukas zeigte Verständnis und unterließ es, mich zu bedrängen, was ihm gewiss schwerfiel.

Kaum hatte ich aufgelegt, bereute ich es bereits, Lukas abgesagt zu haben. Die Stille in der Wohnung bedrückte mich. Aber ich hätte jetzt weder oberflächlichen Smalltalk ertragen noch ernste Gespräche voller Mitgefühl und Trost. Am unerträglichsten war mein eigenes Schweigen. Selbst in meinem Kopf herrschte bedrückende Stille. Wie sollte ich das ertragen? Ich brauchte dringend etwas zu trinken.

Auf dem Mountainbike meines Vermieters fuhr ich zu einem Supermarkt. Ich dachte an Wein. Gin. Cognac. Grappa. Was auch immer. Dazu ein paar Lebensmittel. Während ich meinen Einkaufswagen durch die Gänge schob und die anderen Menschen beobachtete, wie sie miteinander redeten, Sachen aus den Regalen nahmen, überlegten, was sie für den Abend brauchten, wurde mir erst so richtig klar, was diese neue Realität bedeutete. Ich war nicht mehr Teil der Welt. Ich war allein. Auf eine ganz und gar existenzielle Weise. Mich daran zu erinnern, dass ich Majas Mörder war, hatte mich aus der Welt der anderen hinauskatapultiert. Zu wissen, dass die Erinnerungen an Maja, die ich für wahr gehalten und gehegt hatte – Erinnerungen an Momente von Zärtlichkeit, Respekt und Geborgenheit –, auf einem Betrug basierten, hatte das letzte Band zur Welt der anderen durchtrennt. Und hier war ich nun, bereit für mein nächstes Vergehen, das mich noch weiter vom Rest der Welt entfernen würde: einen anderen für mein Verbrechen büßen zu lassen.

Auf dem Heimweg, das Klirren der Flaschen in meinem Rucksack im Ohr, hörte ich, wie mein Handy in einer der Seitentaschen klingelte. Ich fuhr weiter, ich hatte ohnehin nicht vor, das Gespräch anzunehmen. So wie ich seit gestern auch bei keinem der anderen Male rangegangen war, als es geklingelt hatte.

In meiner Unterkunft angekommen, sah ich, dass der letzte Anruf von Anja stammte. Ob sie mir eine Nachricht hinterlassen hatte? Ich entkorkte eine Flasche Wein, schenkte mir ein Glas ein und nahm einen kräftigen Schluck. Das Handy lag auf der Anrichte und lockte mich. Schließlich konnte ich nicht mehr widerstehen und hörte die Mailbox ab. Vor Anjas Nachricht waren überwiegend Presseleute dran, die wissen wollten, wie ich mich fühle, nachdem das Rätsel um Majas Verschwinden gelöst sei, und mich um Rückruf baten. Schließlich kam Anja.

»Hi«, sagte sie, »hier ist Anja. Hab von Lukas gehört, dass du in Wendling bist. Können wir uns sehen? Unsere Zeit in Berlin hat doch mehr mit mir gemacht, als ich dachte. Keine

Sorge, ich will dich nicht bedrängen oder so, sondern einfach nur ... weiß auch nicht ... dich sehen. Melde dich, wenn es dir ähnlich geht.«

Ging es mir ähnlich? Ich empfand etwas für sie. Ich vermisste sie. Und das war in meiner Lage nicht gut. Ich sah nur eine Möglichkeit, mit diesen Gefühlen umzugehen: Ich löschte Anjas Nachricht.

Am nächsten Morgen erwachte ich mit einem heftigen Kater. Nach einer erfrischenden Dusche durchforstete ich bei einem Frühstück, das hauptsächlich aus Kaffee und Kopfschmerztabletten bestand, die Onlinemedien nach Berichten über Maja. Das Interesse an dem alten Fall wuchs, auch auf überregionalen Portalen. Alle zeigten dasselbe Foto von Amann, mit wahlweise einem schwarzen Balken über den Augen oder verpixeltem Gesicht: *der mutmaßliche Täter Claus A.* Es wurde darüber informiert, dass er Majas Lehrer gewesen sei, es wurde munter über eine verbotene Liebesbeziehung zwischen Opfer und Täter spekuliert und der Mord als Beziehungstat bezeichnet, was die ganze Sache genau zu der Art von Story machte, nach der Schreiberlinge und Leserschaft gierten. Dass alle Welt in einem Atemzug über Maja und Claus A. sprach, fühlte sich für mich an, als würde er sie mir ein zweites Mal wegnehmen.

Ich hatte genug gelesen und klappte den Laptop zu.

Lukas schrieb mir eine WhatsApp.

Alles klar bei dir? Heute Abend, acht Uhr, Essen bei mir.
Ein Nein wird nicht akzeptiert.

Ich fügte mich und sagte zu.

Bis zum Abend waren noch viele Stunden totzuschlagen. Trinken war keine Option, denn ich durfte nicht betrunken bei Lukas einlaufen. Also Sport. Mit dem hauseigenen Mountainbike fuhr ich den ganzen Nachmittag durch die

Gegend. Vermied dabei alle Orte, die sich in irgendeiner Weise mit früher in Verbindung bringen ließen. Ich dachte an Majas Überreste in der Höhle. Und an Amann in seiner Zelle. Es kam mir alles unwirklich vor. Auch ich selbst kam mir unwirklich vor.

Punkt acht Uhr war ich bei Lukas. Ich war nüchtern, gut gekleidet und hatte sogar Blumen für Sandra besorgt. Ein perfekter Gast. Sandra schien sich diesmal wirklich über meinen Besuch und die Blumen zu freuen. Sie präsentierte sich jedenfalls ganz anders als bei unserer ersten Begegnung. Sehr aufmerksam, sehr mitfühlend. Doch da die beiden kleinen Töchter mit am Tisch saßen, wurde nicht über Amann, Maja und all das gesprochen. Erst als wir mit dem Essen fertig waren, die Kinder ins Bett mussten und Lukas und ich den Tisch abräumten, kam der Elefant im Raum zur Sprache.

Ein Gespräch, das diese Bezeichnung verdient hätte, wurde allerdings nicht daraus. Ich war innerlich unendlich weit weg. Gab, während ich zusah, wie Lukas die Spülmaschine befüllte, Phrasen zum Besten – über meine Erschütterung, meine Enttäuschung, meinen Schmerz. Ich fragte ihn, ob Ulrike ihm erzählt habe, dass zwischen Amann und Maja etwas gelaufen sei. Lukas schüttelte den Kopf und wollte es nicht glauben. Maja und Amann? Unvorstellbar. Lukas ballte von da an jedes Mal die Faust, wenn er über Amann sprach, wobei er ihn nicht beim Namen nannte, sondern nur noch als *diesen Typ* bezeichnete.

Es ging schon auf elf Uhr zu, als mein Handy klingelte. Ich schaute nur nach, um mich in der Annahme zu bestätigen, dass es wieder nur ein Pressefritze war, doch ich irrte. Es war Ulrike. War es ein gutes oder ein schlechtes Zeichen, dass sie zu später Stunde anrief?

Ich nahm ab.

»Wir haben ein Problem«, sagte sie.

»Was für ein Problem?«, fragte ich.

»Ich wollte schon früher anrufen, bin aber einfach nicht dazu gekommen.«

»Was ist denn los?«

»Er hat widerrufen.«

»Widerrufen?«

»Amann. Er hat sein Geständnis widerrufen. Sagt, wir hätten ihn bedrängt und ihm seine Aussagen in den Mund gelegt.«

Ich schwieg. Irgendwie war ich erleichtert. Irgendwie auch nicht.

»Und was heißt das jetzt?«

»Schwer zu sagen. Es heißt nicht, dass das Geständnis vom Tisch ist. Es bleibt in der Welt. Aber wenn wir eindeutige Beweise hätten, wäre das hilfreich. Wenigstens einen. Lass uns morgen noch mal telefonieren. Ich bin total platt.«

»Okay.«

Ulrike legte vor mir auf.

»Und?« Lukas sah mich gespannt an.

»Der Typ hat sein Geständnis widerrufen«, sagte ich.

Lukas ballte wieder seine Faust.

»Drecksack!«

42

Am nächsten Morgen, ich war noch gar nicht richtig wach, rief mich wieder Ulrike an. Ich schaute auf die Uhr. Kurz vor halb acht. »So früh schon wieder im Dienst?«, fragte ich.

»Ich habe mir ein paar Tage freigenommen«, sagte sie. »Das heißt, eigentlich hat mein Chef mich in den Zwangsurlaub geschickt. Überstundenabbau. Aber ich bin fürs Rumsitzen nicht geeignet. Hast du Lust auf eine kleine Fahrradtour? Ich kann in einer Stunde bei dir sein.«

Es hatte wenig Sinn, nein zu sagen. Ich gab ihr meine Adresse und versprach, in einer Stunde fertig zu sein. Hinterher fragte ich mich, ob es Ulrike wirklich nur um eine Fahrradtour ging. Hatte sie vielleicht schon einen Verdacht gegen mich? Und war das keine Freizeitaktivität, sondern eine Ermittlung?

Warte nicht, bis sie dich fragt. Die Stimme in meinem Kopf. *Sag es ihr einfach. Sag: Ich habe Maja getötet.*

Ich spritzte mir eiskaltes Wasser ins Gesicht. Das vertrieb die Stimme. Zumindest für eine Weile.

Eine Stunde später fuhr Ulrike mit ihrem Wohnmobil vor. Ich sah ihr vom Fenster aus zu, wie sie ihr Fahrzeug am Straßenrand parkte. Das Mountainbike hatte sie am Heck festgeschnallt. Sie hupte erst, klingelte dann, kam aber nicht rauf. Ich füllte noch schnell meine Trinkflasche und verließ die Wohnung. Ulrike stand mit ihrem Bike vor mir. Die Schatten unter ihren Augen hatten sich im Vergleich zum letzten Mal noch verdunkelt, ihr Gesicht war beinahe aschfahl. Nur ihre braunen Augen wirkten frisch.

»Fertig?«, fragte sie.

Ich holte das Gästebike meiner Vermieter aus der Garage, und es ging los. Ulrike übernahm ungefragt die Führung. So, als habe sie ein Ziel. Wir durchquerten die Siedlung, und ich erriet schnell, wohin Ulrike wollte: zu dem Feldweg, der zum Wald mit dem Forsthaus führte. Wir redeten kaum ein Wort miteinander. Nur dass das Wetter toll sei und die frische Luft und die Bewegung guttäten.

Glaubst du, es ist Zufall, dass sie diesen Weg nimmt?, flüsterte die Stimme in meinem Kopf. *Oder führt sie etwas im Schilde? Weiß sie etwas?*

Als wir die Siedlung hinter uns hatten und auf den Feldweg einbogen, dauerte es nicht lange, bis Ulrike sagte: »War ein ziemlicher Schock gestern, dass Amann widerrufen hat.«

»Du glaubst trotzdem, dass er es war?«, fragte ich.

»Wer sollte es sonst gewesen sein?«

Ich schwieg. Dafür sagte die Stimme in meinem Kopf: *Du bist fein raus. Amann sitzt deine Strafe ab, und für dich geht das Leben weiter wie gehabt. Nicht sofort, aber irgendwann. Das hat doch schon einmal geklappt. Oder?*

Nein, es würde nicht weitergehen wie gehabt. Auch in Jahren nicht. Es war ein vollständiger Bruch mit allem passiert. Mein Leben war genauso vorbei wie das von Amann.

Wieso gestehst du dann nicht? Was hält dich davon ab?

»Wie geht es dir mit all dem?«, fragte Ulrike in mein Schweigen hinein. »Du zeigst nicht viel von dir. Das hast du nie.«

Damit hatte sie recht. Je weniger die anderen von dir wissen, desto weniger haben sie gegen dich in der Hand. Denn wenn sie etwas gegen dich in der Hand haben, werden sie es irgendwann verwenden. Diese Lektion hatte ich schon früh in meinem Leben gelernt.

»Keine Ahnung«, sagte ich. »Ich fühle mich einfach nur leer.«

»Du kannst mir alles sagen, Arno. Wirklich alles.«

Hörst du das? Klingt das nicht wie die Aufforderung zu einem Geständnis? Sie weiß es.

Schweigend fuhren wir hintereinander den Feldweg entlang. Ulrike gab das Tempo vor. Sie trat kräftig in die Pedale, ihr Pferdeschwanz wippte im Takt ihrer Bewegung. Ich hatte Mühe mitzuhalten und geriet ins Schwitzen. Schließlich tauchten wir in den Wald ein wie in eine Höhle. Die kühle Luft tat gut, der würzige Geruch nach Harz, feuchter Erde und Tannennadeln öffnete meine Lungen. Und doch löste sich die Beklemmung nicht vollständig. Ich hatte Angst. Die ganze Zeit schon.

Wo bringt sie dich hin? Du weißt es, nicht wahr?

Der Weg wurde steiler. Ulrike, die immer noch voraus fuhr, schaltete einen Gang zurück, ich tat es ihr gleich. Oder versuchte es zumindest. Meine Schaltung hakte, ein Knirschen, dann funktionierte es. Schweiß brach mir aus. Mein Herzschlag war bis in die Schläfen zu spüren, und nicht nur wegen der Anstrengung. Vor uns gabelte sich der Weg, rechts ging es mit mäßiger Steigung weiter, links war die sportlichere Variante, die außerdem zum Forsthaus führte.

Zielstrebig und ohne mich zu fragen, nahm Ulrike den linken Weg.

Du bist nicht wirklich überrascht, oder?

Nein. War ich nicht. Nur: Suchte Ulrike lediglich die größere körperliche Herausforderung? Oder gab es einen anderen Grund, weshalb sie uns an den Ort brachte, an dem ich Maja zum ersten Mal Gewalt angetan hatte?

Zum ersten Mal? Bist du dir da sicher?

Wir näherten uns der überwucherten Ruine des Forsthauses. Ulrike verlangsamte das Tempo. Sie wischte sich mit dem Handrücken den Schweiß von der Stirn und drehte sich zu mir um.

»Wollen wir hier eine kleine Pause machen? Ich bin total aus der Form. Und einer meiner Reifen braucht ein bisschen mehr Luft.«

Vor dem Forsthaus hielt sie an. Ich blieb neben ihr stehen. Wir griffen beinahe gleichzeitig nach unseren Trinkflaschen. Ulrike sah mich schweigend an, ohne zu lächeln. Prüfend, erschien es mir. Dann trank sie. Ich bemühte mich, ihrem Blick standzuhalten, und trank auch.

Sie hat dich auf dem Kieker. Seit Amann widerrufen hat, braucht sie einen neuen Verdächtigen. Wer weiß, was Amann ihr erzählt hat. Was er über dich und Maja weiß. Dir sollte klar sein, dass sie diesen Weg nicht zufällig genommen hat. Und dass sie auch nicht rein zufällig hier eine Pause macht. Sie weiß alles.

»Was guckst du mich so an?«, fragte Ulrike und steckte ihre Trinkflasche zurück in die Halterung an ihrem Bike.

»Tu ich nicht«, sagte ich rasch.

»Ich weiß übrigens, dass das hier ein besonderer Ort für dich ist. Für dich und Maja.«

»So?«

»Sie hat es mir erzählt. Nicht in allen Details. Nur das Wesentliche.«

Ich steckte meine Flasche ebenfalls zurück in die Halterung, wollte schon fragen, was Maja erzählt hatte, ließ es aber bleiben, denn ich fürchtete die Antwort. »Ist lange her«, sagte ich nur.

»Das ist es. Tut mir leid. Ich wollte nicht …«

»Fahren wir?«

»Ich muss kurz um die Ecke. Zu viel Kaffee heute Morgen. Wenn du dich als Kavalier erweisen willst, kannst du mir den Vorderreifen aufpumpen.«

Ulrike verschwand hinter dem Forsthaus. Alles, was ich von ihr hörte, war Rascheln im Gebüsch.

Was willst du jetzt tun? Ihr alles erzählen? Die ganze Wahrheit? Ihr zuvorkommen, bevor sie dich damit konfrontiert? Würde sicher besser aussehen, bei der Gerichtsverhandlung. Strafmildernd. Ja, erzähl es ihr endlich. Bist du nicht deshalb hier? Ist es nicht das, was du tief in deinem Herzen willst? Hab keine Angst! Gesteh deine Tat. Tu ein Mal in deinem Leben das Richtige.

Ich schlug mir mehrmals mit der flachen Hand auf die Stirn, um die Stimme aus meinem Kopf zu vertreiben. Sie schwieg, aber sicher nicht für lange. Was sollte ich tun? Wie lange konnte ich das noch ertragen? Ganz egal, wie es ausging, ich war ein Gefangener.

Ich nahm Ulrikes Luftpumpe aus der Halterung. Meine Hände zitterten jedoch so sehr, dass ich die Kappe nicht vom Ventil abschrauben konnte. Hilflos saß ich neben dem Rad, wie gelähmt.

Du musst gestehen! Die Wahrheit macht dich frei!

»Alles okay?«

Ich blickte auf. Ulrike stand vor mir. Sah mich an.

Sag es einfach!

SAG ES!

Ich stand auf. Trat vor Ulrike hin.

»Ich war's. Ich hab's getan.« Meine Stimme war heiser und brüchig.

Ulrikes Augen weiteten sich. »Was? Was hast du getan?«

»Ich habe Maja ermordet.«

So wie Ulrike mich jetzt ansah, war klar, dass sie nicht das Geringste geahnt hatte. Sie rang um Worte.

»Das ... was ... was soll das heißen?«

Dass sie es offenbar nicht wahrhaben wollte, erzürnte mich. »Ich habe Maja ermordet!«, schrie ich sie an. »Am Morgen. Im Raubachtal. Amann ist unschuldig! Ich bin ihr Mörder!«

Es war heraus. Die Worte waren ausgesprochen und in der Welt. Die Last lag nicht mehr allein auf meinen Schultern. Der Druck in meinem Kopf ließ nach. Ich fühlte mich leichter.

Ulrike lief nervös vor mir auf und ab. Überlegte fieberhaft. Nein, sie hatte wirklich nicht die leiseste Ahnung gehabt. Dann trat sie wieder vor mich hin und sah mich mit wütend blitzenden Augen an.

»Wie konntest du das zwanzig Jahre mit dir herumtragen? Dir ein Leben aufbauen mit diesem Wissen? Wie geht das?«

»Überhaupt nicht«, sagte ich gefasst, ja geradezu ruhig. »Ich war mir die meiste Zeit keiner Schuld bewusst. Ich weiß es erst seit ein paar Monaten.«

»Willst du mich verarschen? Was soll das bedeuten?«

»Ich habe Maja ermordet. Mit einem Messer erstochen. Aus Eifersucht. Ihr findet ihre sterblichen Überreste in einer Höhle am Raubach.«

VIER TAGE SPÄTER

43

Ich hatte Ulrike und ihren Kollegen alles erzählt. Mehrfach. Und je öfter ich die Geschichte wiederholte, desto mehr Details fielen mir ein. Vor allem auf diese Details stürzten sich die Ermittler. Wie war Maja gekleidet? Wo hat das Messer ihren Bauch getroffen? Rechts, links, Mitte? Eher oben oder unten? Wie ist sie gefallen: seitlich, nach vorn oder nach hinten? Zu meinem eigenen Erstaunen hatte ich auf fast all diese Fragen eine Antwort. Klar, in meiner Zelle hatte ich reichlich Gelegenheit, mir alles wieder und wieder durch den Kopf gehen zu lassen, so dass das Geschehen inzwischen wie ein Film vor meinem geistigen Auge ablief. Doch die Tatsache, dass ich zwanzig Jahre lang nichts davon geahnt hatte und nun alles so klar vor mir lag, verwunderte niemanden so sehr wie mich selbst. Oder war ich vielleicht gar nicht so ahnungslos gewesen? Hatte es nicht Momente gegeben, in denen das verborgene Wissen aufblitzte und gleich wieder von mir ins Dunkel zurückgedrängt wurde? Ich war mir nicht mehr sicher.

Auch von *Lost & Found* hatte ich erzählt: alles über die Anrufe und Nachrichten, Majas blutigen Slip, der in der Ruine des alten Forsthauses für mich bereitlag. Ich äußerte meinen Verdacht, dass sich mein Student Raimund Wolfsohn hinter diesem Decknamen verbarg, und verwies als Indiz auf die Geschichte von der verlorenen Frau, die ich nach Wendling mitgebracht und die die Polizei bei der Durchsuchung meiner Sachen gefunden hatte. Auch meine Wohnung in Berlin war durchsucht und neben anderen Dingen Majas blutiger Slip sichergestellt worden. Das Billighandy, das ich immer noch ständig bei mir trug, übergab ich Ulrike ebenfalls. Die Nachrichten und Fotos darauf waren jedoch verschwunden. Erst konnte ich es nicht glauben. Dann wunderte ich mich nicht mehr. Es war kein Problem, die Daten auf einem Handy mittels einer Schadsoftware komplett zu löschen. Spezialisten der Kriminaltechnik versuchten gerade, Spuren dafür zu finden und vielleicht sogar etwas von den verlorenen Daten wiederherzustellen. Ich hatte wenig Hoffnung, dass das gelingen würde. Alles, was *Lost & Found* machte, machte sie gründlich. Bestimmt gab es unter den Kriminalpolizisten Leute, die glaubten, *Lost & Found* sei nur ein Hirngespinst von mir. Die annahmen, ich sei psychisch gestört. Ich fragte mich, ob Ulrike das auch dachte. Ich selbst hielt mich nicht für gestört. *Lost & Found* war real gewesen, daran zweifelte ich keine Sekunde. Nur ihre Motive waren mir schleierhaft. Oder wohl besser *seine* Motive.

Nun, da ich mein Geständnis abgelegt hatte, war alles sehr viel klarer. Meine Tat war unverzeihlich, ich würde bestraft werden, und das war gut so. Dies zu wissen und dadurch eingebunden zu sein in ein Verfahren, das meine Schuld in etwas Verhandelbares, etwas Greifbares verwandelte, wirkte beruhigend auf mich. Ich war nicht mehr allein mit meiner Schuld. Ich war noch ein Teil dieser Welt, wenn auch ein Gezeichneter. Meine Freunde würden zu mir halten oder sich von mir abwenden, was auch immer, ich würde es akzeptieren. Im Übrigen: Wie viele echte Freunde hatte ich schon? Ich war ein Einzelgänger, die wenigen engeren Freundschaften, die ich je gehabt hatte, damals als Heranwachsender, hatte ich vor zwanzig Jahren abgebrochen. Einzig die Frage, wie Anja mich nun sehen würde, bedrückte mich. Sie würde mich hassen, nicht nur wegen des Mordes, sondern weil ich überdies die Unverfrorenheit besessen hatte, mit ihr zu schlafen. Das hätte nicht passieren dürfen. Trotzdem wollte ich die Erinnerung daran nicht missen.

Es gab allerdings noch etwas, das meinen Frieden störte und an meinen Kräften zehrte: Majas heimliche Liebe für Amann. Durch sie wurde alles, was ich für Glück gehalten hatte, hohl. Sicher, der Betrug war zwanzig Jahre alt, doch die Wunde war frisch.

Am vierten Tag nach meiner Verhaftung wurde ich, wie schon an den Tagen zuvor, in den Vernehmungsraum gebracht, um, so vermutete ich, einmal mehr meine Geschichte zu erzählen. Ulrike erwartete mich, mit verschränkten Armen in der Ecke stehend, und sah zu, wie ich von einem Polizeibeamten an den Tisch geführt wurde, auf dem bereits eine aufgeschlagene Akte lag. Mir schräg gegenüber saß wieder der junge Beamte, der auch schon in den Tagen zuvor die Vernehmung mit einem Laptop protokolliert hatte. Ulrike war bei all diesen Begegnungen zu hundert Prozent Polizistin, vermutlich fiel es ihr auch nicht schwer, die Freundin, die sie einmal gewesen war, hinter einer Fassade aus Professionalität verschwinden zu lassen. Unserer kürzlichen Wanderung zum Trotz war ich nach zwanzig Jahren kaum mehr als ein Fremder für sie. Sie zeigte weder Mitgefühl für mich, noch Enttäuschung noch Empörung über mein Verhalten. Wohl auch, um den geringsten Verdacht von Befangenheit im Keim zu ersticken. Ich vermutete, dass ihr Vorgesetzter sie nach meinem Geständnis wegen unserer persönlichen Beziehung von dem Fall abziehen wollte, sie es ihm aber ausgeredet hatte.

»Du willst noch immer keinen Rechtsbeistand?«, fragte sie aus der Ecke heraus.

»Das hat Zeit.«

»Wie du meinst.« Ulrike trat an den Tisch, blätterte, noch immer stehend, in der Akte. »Die Identität der sterblichen Überreste, die wir in der Höhle gefunden haben, wurde inzwischen bestätigt«, sagte sie. »Das Zahnschema passt, die DNA-Analyse ist zwar noch nicht da, wird aber nichts anderes ergeben. Es ist Maja.«

Ich schwieg. Was sollte ich auch sagen?

Erst jetzt setzte sich Ulrike mir gegenüber an den Tisch. Die Stuhlbeine scharrten laut über den Linoleumboden.

»Es gibt allerdings Unstimmigkeiten, die uns Kopfzerbrechen machen«, sagte sie. »Da wäre die Sache mit dem Fundort von« – sie räusperte sich– »Majas Leiche.«

Worauf wollte sie hinaus?

»Nach Majas Verschwinden wurde die Gegend großräumig abgesucht. Mit Hunden und allem, was möglich war. Tagelang. Auch in der Höhle wurde gesucht. Du hast damals ja erzählt, dass du am Tag zuvor mit Maja dort warst. So steht es im Vernehmungsprotokoll. Deshalb wurde in der Höhle gesucht. Ohne das geringste Ergebnis.«

Das war in der Tat merkwürdig. »Vielleicht waren die Leute, die gesucht haben, nicht weit genug drin.«

»Das halte ich für ausgeschlossen. Bis zu der Stelle, an der Maja lag, sind sie auf jeden Fall gegangen. Das war relativ nah am Eingang. Da war nichts.«

Worauf wollte Ulrike hinaus?

»Majas Leiche kann zum damaligen Zeitpunkt nicht in der Höhle gelegen haben«, sagte sie kühl. »Sie wurde dort auch nicht erstochen. Denn es wurde kein Blut gefunden. Und wenn irgendwo jemand verblutet ist, dann übersieht man das nicht. Ausgeschlossen.«

Ich starrte Ulrike ins Gesicht. Auf die dezent rosa geschminkten Lippen. Wo war das Blut?

»Apropos Blut«, sagte Ulrike. »Der blutige Slip aus dem

alten Forsthaus könnte wirklich von Maja stammen. Diese Marke gab es damals, allerdings nur bis 2004. Danach wurde sie nicht mehr hergestellt. Ob es Majas Blut ist, wird die DNA-Analyse zeigen. Wie das dann in ein Gesamtbild passt, werden wir sehen.« Ulrike beugte sich vor. Ihre großen braunen Augen sahen mich erwartungsvoll an. »Willst du mir nicht endlich erzählen, was wirklich passiert ist?«

Ich warf mich abrupt nach hinten gegen die Stuhllehne. Was wollte sie von mir? Eine andere Geschichte als die, die ich zu Protokoll gegeben hatte, hatte ich nicht. Meine Erinnerung war kristallklar. Und die Sache mit dem Blut würde sich schon irgendwie erklären lassen.

»Es war so, wie ich es dir geschildert habe«, sagte ich. »Wieso sollte ich lügen? Nach so vielen Jahren! Mit euren Protokollen muss was nicht stimmen. Es wird doch dauernd und überall geschlampt.«

Ulrikes Miene war so undurchdringlich wie die weiße Wand hinter ihr. Hielt sie mich für einen Lügner? Einen Geisteskranken? Ich hatte einen Mord gestanden. Ich würde dafür viele Jahre im Gefängnis verbringen. Was wollte sie mehr?

»Reden wir von diesem anonymen Anrufer«, sagte sie. »Dieser Person, die mit Majas Stimme sprach und sich *Lost & Found* nannte. Wir haben die Berliner Kollegen gebeten, diesen Raimund Wolfsohn ausfindig zu machen, den du verdächtigst. Bisher ohne Ergebnis. Gestern habe ich mit den Eltern gesprochen. Sie haben seit Monaten nichts von ihm gehört und wissen nicht, wo er sich derzeit aufhält. Kennst du die Familie?«

»Eigentlich nicht. Nur mit der Frau habe ich mal über den Gartenzaun hinweg geredet. Die hat Haare auf den Zähnen.«

»Wolfsohn senior hast du nicht gesehen?«

»Nein. Wieso?«

Ulrike holte ein Foto aus der Akte und legte es vor mich hin. »Kommt er dir nicht irgendwie bekannt vor?«

Die Ähnlichkeit mit seinem Sohn Raimund sprang einen nicht an, war aber vorhanden. Doch darauf wollte Ulrike sicher nicht hinaus. Ich betrachtete das Foto genauer. Der Schädel war kahl, darunter ein Allerweltsgesicht. Dann fiel es mir ein, auch wenn ich nicht völlig sicher war. »Das könnte der Mann aus der Raubachtal-Hütte sein«, sagte ich. »Der vor zwanzig Jahren das Foto von uns gemacht hat.«

»Du erkennst ihn also auch.« Ulrike war sichtlich zufrieden. »Wolfsohn senior behauptet, dass er die Raubachtal-Hütte nicht kennt. Nie im Leben dort war. Was eher unwahrscheinlich ist. Der Mann ist vorbestraft. Wegen Wilderei. Der Waffenschein wurde ihm schon vor fünfundzwanzig Jahren entzogen. Das heißt, wenn er in jener Nacht im Raubachtal unterwegs war, hatte er wohl einen Grund, sich nach Majas Verschwinden nicht bei der Polizei zu melden.«

Ich nickte. Ein Wilderer, der sich in der Raubachtal-Hütte für die nächtliche Jagd stärkte. »Wilderer benutzen Nachtsichtgeräte für die Jagd«, sagte ich. »Wolfsohn senior könnte trotz der Dunkelheit etwas beobachtet haben.«

»Entweder das oder ...«

»Was?«

»Er könnte auch etwas getan haben.«

Überrascht sah ich sie an. Was meinte sie damit?

Ulrike seufzte. So wie man seufzt, bevor man jemandem eine schwierige Botschaft übermittelt.

»Deine Geschichte kann so, wie du sie erzählst, nicht stimmen, Arno«, sagte sie. »Maja ist nicht dort gestorben, wo wir sie gefunden haben. Die Gründe habe ich dir genannt. Sie ist auch nicht so gestorben, wie du es geschildert hast. Ihr Shirt hat sich dank der Bedingungen in der Höhle recht gut erhalten. Wir hätten Blutspuren daran finden müssen. Da war aber nichts. Und den Einstich eines Messers gab es auch nicht.«

Wutentbrannt sprang ich auf. »Willst du behaupten, ich lüge?«

Ulrike blieb völlig ruhig und schaute mir tief in die Augen. »Lügst du?«

»Nein!«, schrie ich. »Wieso sollte ich? Verdammt, ich weiß doch, was ich getan habe. Ich erinnere mich so klar daran, als wäre es erst gestern passiert!«

»Setz dich, Arno. Bitte!«

Mürrisch ließ ich mich auf den Stuhl fallen. War sie noch nicht fertig? Ich sehnte mich nach der Ruhe in meiner Zelle.

»Du erinnerst dich also an alles«, sagte sie. »Zwanzig Jahre hast du den Mord komplett verdrängt, und jetzt erinnerst du dich. Wegen dieser Anrufe. Der Nachrichten. Der Fotos.«

»Verdammt, ja!« Ich schlug mit der Faust auf den Tisch. Der Protokollant erschrak. Ulrike blieb ruhig.

»Mit dem Erinnern ist das so eine Sache«, sagte sie. »Wir erleben hier beinahe täglich, wie trügerisch Erinnerungen sind. Unzuverlässige Zeugen, falsche Geständnisse. Nicht weil die Leute uns bewusst täuschen wollen. Das gibt's natürlich auch. Aber fast genauso oft glauben sie das, was sie erzählen. Allerdings hält es oft vor den Fakten nicht stand. So wie bei dir. Und dann ist es unser Job, Erinnerung und Fakten zu einer plausiblen Geschichte zusammenzukriegen. In einer Fortbildung zu dem Thema habe ich mal gelernt, dass es sogar möglich ist, einer Person falsche Erinnerungen regelrecht einzupflanzen. Es ist sogar erstaunlich leicht. Weil Erinnerungen nicht wie Fotos in einem Album sind oder wie ein Videoclip. Sie verändern sich ständig.«

Ich ahnte, worauf sie hinauswollte. Doch statt mich über den Ausweg, den sie mir bot, zu freuen, erregte sie mit ihren Zweifeln meinen Zorn. »Glaubst du, ich wäre noch nicht auf die Idee gekommen, dass *Lost & Found* mich manipuliert hat? Natürlich ist das so. Der Punkt ist nur: Die Erinnerungen kamen alle aus mir. Mir wurde nichts vorgegeben. Nichts untergeschoben. Nichts suggeriert. So war das nicht.«

»Bis auf eines.«

»Was meinst du?«

»Dir wurde suggeriert, dass du Maja etwas Schlimmes angetan hast. Dass du ein Mensch warst, der zu so was fähig ist. Darauf wärst du niemals von allein gekommen. Stimmt's?«

»Nein, aber ...«

»Dein anonymer Anrufer hat dir ein paar Einzelheiten hingeworfen, und du hast daraus eine Geschichte gemacht. Weil das die Art ist, wie wir Menschen denken. Wir stellen Zusammenhänge her. Interpretieren. Das macht uns anfällig für Fehldeutungen und Manipulation.«

Die Worte trafen mich wie ein Schwall eiskaltes Wasser. Es stimmte schon. *Lost & Found* hatte mich von Anfang an gelenkt, bis ich dem, was ich geglaubt hatte, nicht mehr vertraute und für neue Einflüsterungen offen war. Trotzdem konnte ich mir nicht vorstellen, dass ich für eine derart umfassende Manipulation anfällig sein konnte. »Du hältst es für möglich ... dass ich Maja nicht ermordet habe?«

»Nicht nur für möglich, Arno, sondern sogar für wahrscheinlich. Aber so weit sind wir noch nicht. Wir müssen erst einmal die Fakten von der Fiktion trennen. Gemeinsam.«

Zurück in meiner Zelle, drehten nicht nur meine Gedanken Pirouetten. Zu aufgeregt, um mich zu setzen oder aufs Bett zu legen, lief ich auf und ab, was bei dem wenigen Platz einer Pirouette sehr nahekam. Ich war also nicht mit Maja in der Höhle gewesen. Ich hatte sie nicht erstochen. Behauptete Ulrike. Die Fakten sprächen dagegen. Trotzdem erinnerte ich mich daran, so wie ich mich daran erinnerte, mit

Ulrike, Lukas und Anja eine Wanderung unternommen zu haben. Ein unauflösbarer Widerspruch. Aber die Fakten waren die Fakten, da hatte Ulrike recht. Wenn ich also annahm, dass ich manipuliert worden war, was sagte das über mich aus? Ich war anscheinend ein leichtgläubiger Idiot, dem man alles weismachen konnte.

Besser ein Idiot als ein Mörder, fand ich, und erst jetzt löste sich etwas in mir. Damit war die entscheidende Frage wieder offen: Wer hatte Maja getötet? Vielleicht Raimunds Vater. Ulrike verdächtige ihn offenbar. Hatte er Maja nicht begehrlich angesehen? Und dieser Rat, ich solle auf sie aufpassen – das klang fast wie eine Drohung. Aber wie hatte er sie sich genommen? Hatte er ihr am Morgen aufgelauert? Hatte er sie gleich vergewaltigt und getötet? Oder hatte er sie entführt? Wohl eher Ersteres. Als Wilderer kannte er die Gegend und sicher auch Verstecke, in denen eine Leiche niemals gefunden werden würde. Vielleicht war es auch ein Unfall gewesen. Bei der Jagd. Maja war früh unterwegs gewesen, er hatte sie für Wild gehalten und geschossen. Und danach hatte er die Leiche beseitigt, um nicht aufzufliegen. Konnte es so gewesen sein? Wenn Wolfsohn senior Majas Mörder war, welche Rolle spielte Raimund? Vielleicht gar keine? Wenn er nicht *Lost & Found* war, wer dann? Wer hätte ein Interesse daran, mir jetzt, nach zwanzig Jahren, Majas Tod anzuhängen? Mir fiel niemand ein. Allerdings, dass ausgerechnet der Sohn des Mannes, der uns vor zwanzig Jahren in der Raubachtal-Hütte begegnet war, heute ein starkes Interesse an mir zeigte, konnte kein Zufall sein. Die Szene in der Hütte, die Raimund in seine Geschichte eingefügt hatte, stammte von seinem Vater.

Irgendwann wurde mir schwindlig, ich ließ mich aufs Bett fallen und starrte an die Decke. Durch das vergitterte Fenster fiel milchiges Licht in die Zelle. Ich schloss die Augen.

Mit einem Mal bin ich wieder in der Höhle, spüre die Kälte auf der Haut, habe den metallischen Geruch des Felsens in der Nase, mit einer Klarheit, als sei ich dort. Ich ziehe das Messer und steche zu. In den Bauch, seitlich. So genau sehe ich es vor mir. Und doch ist es nie passiert.

Ich schlug die Augen auf. Wir müssen Fakten von Fiktionen trennen, hatte Ulrike gesagt. Sie hatte recht. Ich musste wirklich alles in Frage stellen. Angefangen mit *Lost & Found*: War sie Fakt oder Fiktion? Fakt – da war ich mir sicher. Falls auf dem Handy nicht noch Spuren gefunden wurden, gab es zwar keinen materiellen Beweis dafür, aber es gab auch keinen Beweis, dass ich halluzinierte und mir etwas so Abgedrehtes einbildete. Ich war gern bereit, mich einer psychiatrischen Begutachtung zu stellen. Außerdem war das Handy selbst ein Beweis für *Lost & Founds* Existenz. Dass ich Maja geschlagen, vergewaltigt, getötet hatte: Fakt oder Fiktion?

Ich bin unschuldig, dachte ich. *Ich habe Maja nicht ermordet.*

Das Gefühl von Freiheit befiel mich wie ein Fieber. Ich sprang aus dem Bett, rannte zur Tür und hämmerte mit beiden Fäusten gegen das Eisen. »Ich bin unschuldig!«, schrie ich. »UNSCHULDIG!«

»Jaja«, ertönte es mürrisch aus der Nachbarzelle, »das sind wir alle. Und jetzt Ruhe im Karton, ich brauch meinen Schönheitsschlaf.«

Ich musste lachen. Nicht über den Sarkasmus meines Zellennachbars. Es war eine Heiterkeit in mir, wie ich sie lange nicht mehr gespürt hatte. Ja, vielleicht nie mehr, seit jenen glücklichen Tagen mit Maja. Diese neue uralte Leichtigkeit ließ mich vergessen, dass ich noch immer in einer Zelle saß, kaum größer als zwei mal drei Meter.

44

Dr. Schneidewind. So lautete der Name meines Anwalts. Ulrike hatte ihn mir empfohlen. »Der Typ ist ein bisschen schräg«, sagte sie, »aber er ist ein Wiesel. Wenn dich einer aus der U-Haft herausquatschen kann, dann er.« Das Wiesel schaffte es tatsächlich, mich rauszuholen. War für ihn nur ein Klacks, wie er sagte. Außer einem nachweislich falschen Geständnis hatte die Polizei nichts Belastendes gegen mich in der Hand. Dass ich den Mord auf andere Weise begangen haben könne, als der von mir irrtümlich behaupteten, argumentierte Schneidewind, sei in Anbetracht der Aktenlage von vor zwanzig Jahren, an der sich ja nichts geändert habe, auszuschließen. Vielmehr sei ich selbst das Opfer einer perfiden Manipulation geworden, und der Mörder sei wohl eher derjenige, der mir die falschen Erinnerungen untergeschoben habe. Geholfen hatte, dass es der Kriminaltechnik gelungen war, einen Teil der gelöschten SMS-Nachrichten von *Lost & Found* wiederherzustellen. Damit war ich zwar nicht ganz vom Haken, aber der Haftbefehl wurde aufgehoben. Abgesehen von dem *Lost-&-Found*-Handy bekam ich alle meine Sachen zurück und konnte gehen.

Schneidewind brachte mich in seinem maroden VW Golf zur Haltestelle am Bahnhof, wo der Bus nach Wendling abfuhr.

»Wenn Sie Ihre Freundin wirklich gekillt haben«, sagte Schneidewind, als ich schon aussteigen wollte, »war das eine clevere, wenn auch gewagte Strategie. Erst die Leiche an einem Ort verstecken, wo die Polizei sie vorher schon gesucht hat. Und dann etwas gestehen, von dem man sicher sein kann, dass die Polizei es widerlegen wird.«

Sollte das witzig sein? Ulrike hatte gesagt, der Typ sei ein bisschen schräg. »Ich war neunzehn, ein verliebter, unreifer Kerl. Glauben Sie ernsthaft, mir wäre damals so was eingefallen? Von der Ausführung ganz abgesehen. Und wieso sollte ich nach zwanzig Jahren aus heiterem Himmel ein falsches Geständnis ablegen?«

»Wenn Sie es so sagen, klingt es natürlich abwegig.«

Er sah mich an, als erwartete er, dass ich es ihm erklärte, was mich noch ein wenig mehr verwirrte, denn es gab nichts zu erklären. Außer er dachte ... »Sie meinen, ich habe Maja ermordet?«

»Haben Sie?«

Ohne ein weiteres Wort stieg ich aus, und Schneidewind fuhr davon. Der Typ war mehr als nur ein bisschen schräg. Andererseits war seine abstruse Frage auf ein Unbehagen in mir getroffen, das die Euphorie über meine wiedergefundene Unschuld abgelöst hatte wie der Kopfschmerz den Rausch. Dass das, woran ich mich erinnerte, nicht passierte sein konnte, zumindest nicht so, wie ich es erinnerte, bedeutete nicht, dass nichts passiert war. Und so sah es Schneidewind offenbar auch. Ich würde mich erst gänzlich entlastet fühlen, wenn der wahre Täter gefasst und die Tat aufgeklärt war. Wenn durch eindeutige Fakten bewiesen war, dass ich Maja nicht ermordet hatte.

Außer mir stand niemand an der Haltestelle. Ein Blick auf den Fahrplan im Wartehäuschen verriet mir, dass der nächste Bus erst in einer halben Stunde fuhr. Ich ging ins Bahnhofsgebäude, um bei einem Kaffee und einem Stück Bienenstich meine Nachrichten auf dem Handy durchzusehen. Einige Anrufe waren eingegangen, darunter auch mehrere von meinem Vater. Er hatte mir sogar auf der Mailbox eine Nachricht hinterlassen, obwohl er das hasste.

»Hallo, Sohn«, sagte er ungelenk, »ich wollte dir bloß was sagen. Wir müssen mal reden. Also, ich muss dir was sagen. Ruf an, wenn du kannst.«

Das war mein Vater. Wie jeder andere in Wendling sollte er eigentlich wissen, dass ich im Gefängnis saß. Dachte er, ich hätte das Handy mit in der Zelle? Was gab es überhaupt so Dringendes zu bereden? Egal, was es war, es interessierte mich nicht. Mein Handy meldete, dass die Akkuleistung nur noch bei zwanzig Prozent lag. Ich würde sicher den Restakku nicht für ein sinnloses Gespräch mit meinem Alten verschwenden. Ich schaltete das Handy wieder aus.

Obwohl es nach Regen aussah, stieg ich an der ersten Haltestelle in Wendling aus dem Bus. Ich hatte von hier bis zu meiner Unterkunft zwar weiter zu laufen, dafür musste ich nicht durch den Ort, wo der eine oder andere Passant mich vielleicht erkannt hätte. Ich hatte keine Lust auf verstohlene Blicke, Getuschel hinter meinem Rücken oder gar peinliche Gespräche. Während meines Spaziergangs überlegte ich, was ich nun tun sollte. Am liebsten hätte ich Raimunds Vater zur Rede gestellt. Doch was hätte das gebracht? Wieso sollte er mir etwas erzählen? Wieso sollte er überhaupt mit mir reden? Es war klüger, die Ermittlung Ulrike und ihren Leuten zu überlassen.

Auf halbem Weg setzte leichter Regen ein. Der Asphalt dampfte, die Luft wurde dick und schwer wie Sirup. Als ich bei meiner Unterkunft ankam, war ich durchnässt. Volker werkelte gerade in der Garage und schaute auf, als er mich hörte. »Wieder da«, sagte er, und nach einer kleinen Pause: »Ich habe nie geglaubt, dass Sie das getan haben.«

Ich schon, dachte ich, nickte aber nur dankbar und sagte: »Die Tage, die ich nicht da war, zahle ich natürlich voll.«

Volker winkte ab. »Das regeln wir schon irgendwie.«

Ich ging in die Wohnung. Nach einer ausgiebigen Dusche fühlte ich mich besser. Mit einem Glas Wein neben mir, dem rasch weitere folgen würden, startete ich eine Internetrecherche zum Thema »falsche Erinnerungen« und staunte nicht schlecht über das, was ich erfuhr. Wie Ulrike gesagt hatte, gab es psychologische Experimente, bei denen Menschen falsche Erinnerungen untergeschoben wurden. In den meisten Fällen war es erstaunlich leicht geglückt, und je mehr dabei an wahre Erinnerungen angeknüpft wurde, desto leichter gelang es. Erinnerungen sind, wie ich las, wie Filme, die immer mal wieder neu bearbeitet, umgeschnitten, ergänzt werden. Jedes Mal, wenn wir uns erinnern, verändert sich die Erinnerung, die Fakten werden von den Fiktionen mehr und mehr überwuchert. Die Menschen sind dabei unterschiedlich anfällig für Manipulationen, mich hatten meine ohnehin starken Selbstzweifel zu einem leichten Opfer gemacht. Wenn das stimmte – und nach meiner Erfahrung war ich überzeugt, dass es stimmte –, wessen konnte ich mir noch sicher sein? Das Wenige an Selbstsicherheit, das ich mir in meinem Leben erkämpft hatte, war zerstört. Ich war ein führerloses Boot auf hoher See und weit und breit kein Land in Sicht.

Ich schlug die Augen auf. Erschrak, denn ich dachte im ersten Moment, ich sei noch in der Zelle. Dann fiel es mir wieder ein. Ich war in der Ferienwohnung. Hatte mich kurz hingelegt und länger geschlafen als gedacht. Abendlicht fiel bereits durch die Fenster herein. Ich stand auf und aß zwei Salamibrote. Im Stehen. Ohne Appetit. Hatte die Uhr an der Wand schon immer so laut getickt? Mein Blick fiel auf den Messerblock. Mein Magen krampfte sich kurz zusammen.

Ich hatte Maja nicht erstochen. Da kam mir etwas anderes in den Sinn. Maja und ich in einer Küche. Ich soll Speck in Würfel schneiden. Ich mache es nicht richtig, sie will es mir zeigen, aber ich will mich nicht von ihr belehren lassen und schiebe sie weg. Alles halb im Spaß, halb ernst. Plötzlich blutet Maja. Ich habe sie verletzt. Mit dem Messer. *Nicht schlimm*, sagt sie und steckt den blutenden Finger in den Mund. Ich sterbe fast vor Schuldgefühlen.

Das war wirklich passiert. Ich hatte es vergessen. Bis es, monströs verzerrt, als falsche Erinnerung an einen Mord wiederkehrte. War es so? Oder war auch diese Erinnerung bereits verzerrt? War es in Wahrheit gar kein Unfall gewesen, sondern Absicht? Hatte ich Maja verletzen wollen, weil ich es nicht ertrug, belehrt zu werden? Ich wusste es nicht.

Mein Handy klingelte. Es war wieder mein Vater. Ich hatte keine Lust, mit ihm oder irgendjemandem sonst zu reden. Aber er würde keine Ruhe geben, bis er mich erreichte.

»Was ist?«, fragte ich, ohne jede Höflichkeitsfloskel.

»Ich bin's.«

»Ich weiß, dass du es bist. Was willst du?«

»Du warst im Gefängnis. Ich will wissen, wie es dir geht. Und was überhaupt los ist.«

»Gar nichts ist los. Es war alles ein großer ... Irrtum. Ein ... wie auch immer, es ist vorbei. War's das?«

Ich hörte ihn atmen. Und mir war, als könne ich seinen Atem durchs Telefon riechen. Säuerlich, alkoholschwer, nach kaltem Rauch.

»Ich muss mit dir reden«, sagte er. »Nicht am Telefon. Kannst du herkommen?«

Mein erster Impuls: *nein*. Mein zweiter Impuls: *nein*. Mein dritter Impuls: *nein*.

»Du musst es mir schon am Telefon sagen. Brauchst du Geld?«

»Nein, nein. Es ist etwas anderes.«

»Dann sag's endlich!«

»Ich werde sterben. Schon bald.«

Die Worte hallten in meinem Kopf nach. Wie oft hatte ich meinem Vater, als wir noch unter einem Dach wohnten, den Tod gewünscht. Und keinen friedlichen, schmerzfreien Tod. Jetzt empfand ich nichts.

»Hast du Krebs?«, fragte ich.

»Die Lunge. Die Ärzte geben mir noch ein halbes Jahr.«

»Und?«

»Es gibt Dinge zu regeln. Das Haus. Anderes.«

»Ich will nichts von dir.«

Er schwieg. Ein tiefer Atemzug. Ich wollte auflegen, konnte aber nicht.

»Ein Mal würde ich dich gern noch sehen, Arno, bevor's zu Ende geht. Ein Mal ...«

»Wozu soll das gut sein?«

»Am Ende seines Lebens will man doch seine Sünden beichten.«

»Bei mir musst du nichts beichten.«

»Vielleicht ja doch.«

»Denkst du da an was Bestimmtes?«

»Komm vorbei, dann reden wir.«

Ich hörte ihn noch einmal atmen, dann legte er auf.

Er hatte es tatsächlich geschafft, mich neugierig zu machen. Einen Moment hielt ich es sogar für möglich, dass es um Maja ging. Aber was sollte er mit ihr und ihrem Verschwinden zu tun haben? Nein, wahrscheinlich brauchte er bloß jemanden, der ihm die Hand hielt. Sachen erledigte. Arzttermine organisierte. Und sich sein Gejammer anhörte.

Ohne mich.

Aber was, wenn es doch um Maja ging?

45

Zwei Geständnisse und kein Täter

Der Fall Maja H. wird immer mysteriöser.
Wie die Kriminalpolizei Rosenheim mitteilt, musste im Fall der ermordeten Maja H. auch der zweite Tatverdächtige, der Berliner Professor Arno S., aus der Untersuchungshaft entlassen werden, nachdem sich sein Geständnis als falsch erwiesen hat. Maja H. verschwand bei einer Wanderung im Sommer 1999 spurlos, bis vor kurzem ihre sterblichen Überreste in einer Höhle im Raubachtal gefunden wurden. Den Hinweis dazu gab Arno S., der frühere Freund von Maja H. (Wir berichteten.) Die Kriminalpolizei Rosenheim muss sich nun kritischen Fragen stellen. Wie kam es zu dem Geständnis des ersten Tatverdächtigen Claus A.? Arno S. kannte den Fundort der Leiche. Man spricht in so einem Fall von Täterwissen. Doch wieso ist Arno S. trotz Geständnis auf freiem Fuß? Vorerst heißt es von der Polizei nur: »Es gab Unstimmigkeiten in der Aussage, die wir nicht ignorieren können. Wir ermitteln weiter.«

Der Bericht in der Online-Ausgabe der *Rosenheimer Abendzeitung* war hier nicht zu Ende, doch ich hatte genug gelesen und klickte ihn weg. Dass ich in dem Artikel fälschlich als Professor bezeichnet wurde, obwohl ich keiner war, kam mir vor wie ein schlechter Witz. Sicher hatte Gerald Schweiger, der Verfasser des Artikels, mit meinem Vater gesprochen. Was hatte der ihm wohl noch über mich erzählt? Ich wollte es gar nicht wissen, würde es aber wohl demnächst in der Zeitung lesen können. Schweiger hatte zu einem neuen Sturmlauf auf mich angesetzt und mehrere Nachrichten auf meiner Mailbox hinterlassen, die ich – wie bereits alle anderen davor – ignorierte. Ich blockierte seine Nummer, was ich schon viel früher hätte tun sollen, und bei der Gelegenheit auch gleich die aller anderen Presseleute, die mich angerufen hatten. Noch hatte offenbar niemand herausgefunden, wo ich mich aufhielt, denn bis jetzt war keiner vor meiner Tür aufgetaucht.

Seit ich durch Ulrike von Maja und Amann erfahren hatte, kämpften zwei Impulse in mir. Der eine: Ich will diesen Mann nie wiedersehen! Der andere: Ich muss ihn zur Rede stellen, in seinen eigenen Worten hören, wie das damals gelaufen ist. Nicht zuletzt wollte ich wissen, wie er dazu kam, einen Mord zu gestehen, den er nicht begangen hatte.

Ich musste Amann sehen. Ich rief ihn an, erreichte aber nur den Anrufbeantworter und legte sofort wieder auf. Bereute es und rief noch mal an. »Hier ist Arno«, sagte ich. »Es gibt da etwas, das wir klären sollten. Wegen Maja.« Ich wartete auf einen Rückruf. Der nicht kam.

Amanns Schweigen rieb mich innerlich auf. Machte mich mit jeder Minute, jeder Stunde, die vergingen, wütender. Wollte er mich demütigen? Mich spüren lassen, dass ich ein Versager war? Ein Niemand, der ein klärendes Gespräch nicht verdiente, weil er in der ganzen Geschichte ohnehin nur eine Nebenrolle gespielt hatte? Oder scheute er die Begegnung, weil er, nachdem ich entlastet war, wieder in den Fokus der Verdächtigungen geriet?

Ich hielt es in der Enge der Wohnung nicht mehr aus, schnappte mir Volkers Mountainbike und fuhr zu Amanns

Haus. Als ich in den Weg einbog, an dessen Ende das Haus lag, überkamen mich Zweifel. Was wollte ich jetzt noch erreichen? Maja war lange tot, und was passiert war, ließ sich nicht mehr ändern. Egal, wie sehr ich wütete, ich würde diese Niederlage nicht nachträglich in einen Sieg verwandeln können. Und wenn er Maja ermordet hatte, war es Sache der Polizei, ihn zu überführen. Unverrichteter Dinge wieder umzukehren, das würde dieser großen Niederlage aber eine kleine hinzufügen. Und das wäre eine Niederlage zu viel. Es gab kein Zurück.

Am Ende der Sackgasse angekommen, sprang ich vom Bike, warf es gegen den Gartenzaun und hastete zur Tür. Klingelte Sturm. Nichts regte sich. Ich hämmerte gegen die Tür. Nichts. War er nicht zu Hause oder versteckte er sich? Ich lief um das Haus herum in den Garten. Der Bach rauschte, die Tannen ragten auf wie Riesen in dunklen Mänteln. Ich schaute durch die verglaste Terrassentür ins Wohnzimmer. Als ich gegen die Tür drückte, ging sie widerstandslos auf. Ich trat ein.

Das Rauschen des Bachs und das Rauschen des Blutes in meinen Ohren wurden eins. Ich kannte das Wohnzimmer. Und doch wirkte es fremd auf mich. Auf dem Beistelltisch neben dem Sofa lag der Sammelband mit Edgar Allen Poes Kurzgeschichten. Er war aufgeschlagen, aber ich erkannte ihn an den vielen eingelegten Zetteln. Zugluft blätterte die Seiten um. *The Tell-Tale Heart*, las ich. Mein Blick wanderte zum Sofa. Wie oft war Maja hier gewesen? Hatte hier auf dem heute leicht durchgescheuerten Bezug gesessen? Oder in verführerischer Pose gelegen? Ein Frösteln unterspülte die Glut in mir.

Ich ging in die Küche. Die Klappe der Spülmaschine stand offen. Das Fenster war gekippt, die Gardine bewegte sich geisterhaft. Hatte Maja hier gestanden und Hagebuttentee gemacht? Ich ging weiter zum Badezimmer. Schaute hinein. Sehe die Badewanne und Maja darin, lächelnd, die Hand ausgestreckt. *Komm rein!* Sie meint nicht mich.

Das waren alle Räume, die ich im Haus von früher her kannte. Was ich nicht kannte, waren die Räume im oberen Stockwerk.

Das Schlafzimmer.

Ich wollte es nicht sehen.

Ich musste es sehen.

Meine Schritte auf der hölzernen Treppe konnten so vorsichtig nicht sein, dass die Stufen nicht jedes Mal ein verräterisches Ächzen hören ließen. Oben angekommen ging ich auf dem dicken Läufer weiter, der alle Geräusche schluckte. Die Schlafzimmertür stand halb offen. Ich lugte hinein, schob sie ganz auf. Ein restaurierter Bauernschrank. Eine an den Ecken angeschlagene Kommode. Ein zum Stummen Diener degradierter Korbsessel, überhäuft mit getragenen Hosen, Hemden, Shirts. Unterwäsche. Ich hatte es vermieden, zum Bett hinzusehen, um dann doch dort zu landen. Ich stand davor und kapitulierte vor meiner eigenen Dummheit. Hier zu sein änderte nichts. Nein, es machte sogar alles schlimmer. Nun hatte ich ein Bild vor Augen, und egal, wie sehr ich mich dagegen sträubte, die Saat war in meinem Kopf und würde dort dunkle Blüten treiben. Es hörte nicht auf.

Ich fuhr auf dem Absatz herum. Über den Läufer im Flur, die Treppe hinab. Unten angekommen, brachte ein Poltern mich abrupt zum Stehen. Ich hielt den Atem an, lauschte. Nichts mehr. Das Poltern war von unterhalb der Treppe gekommen. Dort war eine Tür, die ich zigmal gesehen, aber nie beachtet hatte. Sie führte in einen Keller. War Amann da unten? Versteckte er sich vor mir? Oder hatte er nicht bemerkt, dass jemand zu ihm wollte? Mein Klingeln und Klopfen waren eigentlich unüberhörbar gewesen. Wie auch immer, ich wollte vor allem eines: Weg von hier! Dass ich in Amanns privatesten Räumen herumgeschnüffelt hatte, war kein guter Ausgangspunkt, um ihn zur Rede zu stellen.

Ich verließ das Haus auf demselben Weg, auf dem ich gekommen war, sprang aufs Bike und fuhr davon. Die Kette knirschte, so fest trat ich in die Pedale. Der Anblick des zerwühlten Bettes hing in meinen Gedanken fest wie Spinnweben im Haar. Maja in diesem Bett. Mit Amann. Die Vorstellung machte mich verrückt. Ich musste aufhören, mich damit zu quälen. Doch je mehr ich es versuchte, desto größer und mächtiger wurden die Bilder.

Als ich bei meiner Unterkunft ankam, werkelten Volker und Edith im Garten. Volker rupfte Unkraut entlang eines gepflasterten Weges, Edith erntete Tomaten. Nachdem ich das Bike in der Garage abgestellt hatte, standen beide am Gartenzaun. Ich grüßte kurz und wollte schnell vorbei, doch sie hielten mich auf.

»Dürfen wir Sie für heute Abend zum Essen einladen?«, fragte Edith.

»Es gibt Schmorbraten«, sagte Volker.

»Mit Gemüse aus dem eigenen Garten.«

»Das ist sehr nett«, sagte ich, »aber ich bin im Moment kein besonders geselliger Mensch.«

»Gerade deshalb müssen Sie kommen.« Edith lächelte.

Ich sagte weder ja noch nein, was sie offenbar für Zustimmung hielten, denn Volker rief mir nach: »Wir essen um acht.«

Während ich wegging, fragte ich mich, warum die beiden so übertrieben freundlich waren. Wir waren Fremde. Was wollten sie von mir? Erhofften sie sich, Details zu meinem Fall zu erfahren? Oder verschaffte ihnen die Vorstellung, einen mutmaßlichen Mörder unter ihrem Dach zu beherbergen, ja sogar mit ihm an einem Tisch zu sitzen und Schmorbraten und Tomatensalat zu essen, ein wohliges Gruseln? Die Möglichkeit, dass sie wirklich nur nett sein wollten, fiel mir erst als Letztes ein. Doch was es auch war, ich würde Kopfschmerzen oder Übelkeit vorschützen und absagen.

Die Tür zu meiner Wohnung war hinter mir zugefallen, als mein Handy klingelte. Eine Festnetznummer mit hiesiger Ortsvorwahl. Sie kam mir bekannt vor, aber ich konnte sie nicht auf Anhieb zuordnen. Ich nahm ab.

»Ja?«

»Hier ist Claus.«

Der Schreck sackte mir in die Glieder. Bestimmt wollte er mich zur Rede stellen, weil ich in sein Haus eingedrungen war. Wie und wann hatte er mich gesehen? Schließlich war er im Keller gewesen.

»Hallo? Bist du noch da?«, fragte er in mein Schweigen.

»Bin ich. Was willst du?«

»Ich hätte schon längst anrufen sollen. Und mich bedanken. Ohne dich säße ich wahrscheinlich noch immer in U-Haft. Was hast du denen eigentlich genau erzählt?«

»Lange Geschichte. Ich hab's jedenfalls nicht für dich getan.« Das stimmte zwar nicht ganz, ich wollte nur keinen Dank von ihm.

»Es gibt einiges, was ich dir erklären muss.« Er klang zerknirscht. »Können wir uns treffen?«

Nein. Auf keinen Fall. Ich konnte ihm nicht gegenübertreten. Nicht, nachdem ich sein zerwühltes Bett gesehen hatte.

»Ich weiß nicht, ob das eine gute Idee ist«, sagte ich.

»Es ist wichtig. Für uns beide. Denn es ist nicht alles so, wie du vielleicht denkst.«

Ich schwieg.

»Wir treffen uns besser nicht bei mir«, sagte er, nahm mein Schweigen wohl für Zustimmung. »Hier klingeln dauernd irgendwelche Leute. Presse. Ich mach aber nicht auf. Was hältst du von einer kleinen Wanderung? Ich kenne da einen sehr schönen Weg. Eigentlich ist es mehr ein Waldspaziergang, höchstens zwei Stunden. Wie wär's gleich morgen früh? Im Frühtau zu Berge. Na, was sagst du?«

Ich zögerte. »Vorher musst du mir eine Frage beantworten. Hast du Maja umgebracht?«

Je mehr er reden, sich erklären, verteidigen würde, desto wahrscheinlicher hatte er es getan. Doch alles, was er in tiefstem Ernst sagte, war: »Nein, habe ich nicht.«

46

Denn es ist nicht alles so, wie du vielleicht denkst – mit diesem Satz hatte Amann mich gekriegt. Die Hoffnung, ich könnte von ihm etwas erfahren, das die erlittene Demütigung zumindest erträglicher machte, überwog meine Abneigung und ließ mich seinem Vorschlag zustimmen. Und dass ich nicht wieder in sein Haus musste, war mir nur recht. Der Wetterbericht sagte zwar für den Nachmittag örtlich Gewitter voraus, aber noch herrschte eitel Sonnenschein, und bis zu den Unwettern hoffte ich längst wieder zurück zu sein.

Ich lieh mir Volkers Wagen, um zum Treffpunkt im Wald zu fahren, den Amann nicht nur vorgeschlagen, sondern bestimmt hatte. Ich kannte die Stelle noch von Radtouren in meiner Jugend. Dort stand, an der Kreuzung zweier Waldwege, ein Marterl, das an einen von einem Wolf getöteten Holzarbeiter erinnerte. Als ich den Waldweg entlangfuhr, brach immer wieder die Morgensonne durch das Geäst der Bäume und ließ die bemoosten Felsen samtig leuchten.

Amann erwartete mich bereits am Treffpunkt. Von seinem Wagen war nichts zu sehen. Offenbar hatte er weiter unten geparkt. Er stand vor dem Marterl, auf dem eine naive Malerei das Unglück darstellte, und betrachtete es eingehend. Etwas in mir verkrampfte sich bei diesem Anblick. Als ich den Wagen abgestellt hatte, zögerte ich instinktiv, doch ich ignorierte das Gefühl und trat zu ihm.

»Völlig unbedeutend, der Mann, der hier starb«, sagte er – ich wusste nicht, ob zu mir oder zu sich selbst –, »wahrscheinlich kennen ihn nicht einmal mehr seine Nachfahren. Und doch erinnert sich jeder, der hier vorübergeht, an ihn und an sein Schicksal.«

»Irgendjemand pflegt das Marterl«, sagte ich lapidar, »vielleicht ein Heimatverein oder so was.« Ich ging bewusst nicht auf seine aufgesetzte Tiefsinnigkeit ein.

Amann wandte sich mir zu. »Der Nachruhm eines Namenlosen.« Er streckte die Hand aus, ich ergriff sie nur kurz. »Schön, dass du gekommen bist, Arno. Das bedeutet mir viel. Gehen wir.« Er nahm seinen Rucksack auf, der neben dem Marterl gelehnt hatte, und ging voraus, ich schritt nebenher. Wir schwiegen, und ich hatte auch nicht vor, das Gespräch zu eröffnen.

»Wir müssen jetzt hier lang«, sagte Amann nach einer kurzen Strecke und wandte sich nach rechts.

Ich sah in der Richtung, die er einschlug, keinen Weg, nur Gestrüpp, doch ich folgte ihm und kämpfte mich zwischen den Ästen hindurch. Hinter dem Gestrüpp war das Durchkommen wieder leichter, obwohl ich das, was ich vor uns erblickte, nicht gerade einen Weg, ja nicht einmal einen Pfad genannt hätte. Und noch immer schwieg Amann. Wir stiegen über Felsen, bewältigten einen steilen Anstieg. In mir ballte sich Groll zusammen, und ich bereute es, mich auf seinen Vorschlag eingelassen zu haben. Was hatte ich erwartet? Er führte mich ein weiteres Mal vor, und nun, da die Masken gefallen waren, umso ungenierter. Ich wollte gerade protestieren, als er sagte: »Gleich sind wir da. Von dort oben haben wir eine herrliche Aussicht.«

Wenigstens das erwies sich wenig später als zutreffend. Vor uns verbreiterte sich der schmale Steig zu einer Art Kanzel, die über der steil abfallenden Bergwand hing und von der aus der Blick über das Tal hinweg auf die gegenüberliegende Gipfelkette frei wurde. Ich war jedoch nicht in der Stimmung, ein Bergpanorama zu bewundern, so atemberaubend es auch war.

»Reden wir endlich«, verlangte ich und gab mir dabei keinerlei Mühe mehr, meinen Ärger zu verhehlen.

»Das werden wir.«

Er setzte sich auf einen Felsen, ich mich mit deutlichem Abstand daneben.

»Man hat mich vom Schuldienst freigestellt«, sagte er, »bis zur endgültigen Klärung aller Vorwürfe gegen mich.«

»Wenn du Mitleid erwartest, bist du bei mir an der falschen Adresse«, sagte ich.

Amann sah mich an. Sein Blick war schwer zu deuten. Empörung? Herablassung? Spott? Von allem etwas.

»Ich erwarte kein Mitleid«, sagte er.

»Was war zwischen Maja und dir?«

»Maja hat mich geliebt. Und nachdem ich sie vor dem Rausschmiss bewahrt hatte, damals, nach eurem Streich in der Freinacht, dachte sie, ich liebte sie auch. Ich wollte das nicht. Aber ich hatte damals eine schwere Zeit, ich brauchte Trost, und den hat sie mir gegeben.«

Trost, dachte ich. *So nennst du das.*

»Sie wollte mehr. Sie wollte alles. Dass ich mich zu ihr bekenne. Vor aller Welt. Die Schule ist vorbei, sagte sie, und niemand kann mehr was dagegen sagen. Ich erklärte ihr, dass die Leute nicht dumm sind, sie werden eins und eins zusammenzählen. Jeder würde wissen, dass schon zu Schulzeiten was zwischen uns gelaufen ist. Ich bat sie zu warten, in der Hoffnung, dass sie Wendling zum Studium, oder was auch immer, verlassen und mich vergessen würde. Doch sie war so ungeduldig.«

»Und ich? Was hatte sie für mich vorgesehen?«

»Das war die andere Sache, die mich belastet hat. Ich habe sie gebeten, nein, angefleht, reinen Tisch zu machen. Sich von dir zu trennen und dich nicht länger zum Narren zu halten. Sie weigerte sich. Sie wollte die Tarnung noch nicht aufgeben. Vor allem aber hatte sie Angst vor deiner Reaktion. Sie wollte dich wie alle anderen vor vollendete Tatsachen stellen.«

Sein Ton war ohne jeden Anklang von Triumph, und doch lag gerade in dieser Sachlichkeit etwas Herablassendes und zutiefst Verletzendes, das meine Eifersucht noch steigerte. Vielleicht war das ja seine Absicht.

»Ich habe mich wirklich schlecht bei der ganzen Sache gefühlt, Arno«, sagte Amann. »Und um ehrlich zu sein: Sie war auch nicht meine große Liebe. Ich meine, sie war über zehn Jahre jünger als ich. Hatte alle möglichen Flausen im Kopf. Für den Moment war das natürlich reizvoll. Erfrischend. Aber eigentlich war ich über solche unreifen Beziehungen hinaus. Und dann hat sie mir dieses Ultimatum gestellt. Wenn ich von der Wanderung zurück bin, machen wir es öffentlich, sagte sie, und danach verschwinden wir erst mal für ein paar Wochen, bis sich alle beruhigt haben. Ich wollte zu ihr, die Situation klären, bevor sie die größte Dummheit ihres Lebens macht. Ich wollte euch dabeihaben, Majas Freunde, weil ich hoffte, das würde die Situation irgendwie entschärfen. Leider kam alles anders. Ich habe mich verlaufen, erreichte die Hütte erst spät in der Nacht und traf Maja am Morgen allein an. Wir haben uns gestritten, ich glaube, ich habe sie gepackt, geschüttelt, ich weiß es nicht mehr genau. Und irgendwann bin ich weg. Als Ulrike und ihre Kollegen mich bei den Vernehmungen bedrängten, habe ich ab einem gewissen Punkt wirklich geglaubt, ich hätte Maja getötet. Aber das habe ich nicht.«

Amann sah mich eindringlich an. Ich brauchte ein wenig,

bis ich begriff, was er meinte. »Ich hab es auch nicht getan«, sagte ich. »Das hat sich ja wohl erwiesen.«

»Hat es das?«

Es gelang ihm, mich für einen Moment zu verunsichern, so wie es schon meinem Anwalt mit seiner Bemerkung nach meiner Haftentlassung gelungen war. Aber nein, ich hatte Maja nichts getan. Ich war mir sicher. Trotzdem schien Amann das zu glauben. Hatte er deshalb mit mir sprechen wollen? Damit er *mir* auf den Zahn fühlen konnte? Aus Selbstschutz, weil er nun wieder stärker als möglicher Täter in Betracht kam? Ich wollte schon ansetzen und ihm von der Manipulation durch *Lost & Found* erzählen, von den Nachrichten und Fotos, die falsche Erinnerungen in mir erzeugt hatten, ließ es aber. Ich musste mich nicht vor ihm rechtfertigen. Und wenn ihn die Polizei noch einmal verhörte, geschah ihm das nur recht. Mein Vorrat an Mitgefühl für ihn war schon lange aufgebraucht.

»Du bist auch noch nicht vom Haken«, sagte ich. »Ein Widerruf schafft ein Geständnis nicht aus der Welt.«

Amann lachte. »Das gilt dann ja für uns beide.«

»Da irrst du dich. Mein Fall liegt etwas anders.«

Ich rechnete damit, dass er mich nach meinem Geständnis, meiner Geschichte fragen würde. Doch er sagte stattdessen: »Übrigens endet dieser Weg im Raubachtal. Man ist in nicht einmal einer Stunde bei der Hütte.«

Noch während er redete, klingelte das Handy in meiner Hosentasche. Auf dem Display stand Ulrikes Nummer. Ich nahm ab, hörte wegen des schlechten Empfangs aber nur Rauschen.

»Hallo? Ulrike?«, rief ich.

Wieder nur Rauschen.

Ich stand auf und trat ein paar Schritte vor. »Ulrike! Hallo!«

»Hallo, hörst ... mich?«

»Jetzt höre ich dich. Was ist los?«

»Wir haben ihn ... Er ist ...«

»Ihr habt ihn? Was meinst du mit: Ihr habt ihn?«

»Wolfsohn ... Er ist ...«

Die Verbindung brach ab.

Offenbar hatten sie Wolfsohn. Doch was sollte das bedeuten? Hatten sie Raimund aufgestöbert? Oder seinen Vater als Majas Mörder überführt?

Während ich mich noch wunderte, schlug etwas auf meinen Unterarm, vor Schmerzen ließ ich das Handy fallen. Eine Faust packte mich, riss mich zurück und stießen mich gegen die Felswand. Mit Wucht knallte mein Kopf gegen den Felsen, mir wurde schwarz vor Augen.

47

Ich hatte keine Ahnung, wie lange ich bewusstlos gewesen war. Vielleicht nur Sekunden, vielleicht Minuten. Als ich die Augen aufschlug, noch reichlich benommen, fand ich mich auf dem Felsen wieder, auf dem ich eben noch gesessen hatte, die Hände auf dem Rücken gefesselt. Amann stand vor mir und schaute auf mich herab.

»Wenn du schreist ...«, sagte er und deutete zum Abgrund, von dem uns keine zwei Meter trennten.

Ich blieb still, sah ihn nur an.

»Du weißt es also, nicht wahr? Deshalb hast du die Seiten umgeblättert. Und spielst den Ahnungslosen, um mich zu verarschen.«

Lag es an meinem Brummschädel, oder wieso hatte ich keine Ahnung, wovon er redete? »Was für Seiten?«

»Die Seiten in dem Buch. Poes Geschichten. Du hast *The Tell-Tale Heart* aufgeblättert. Das verräterische Herz. Damit hast du mir ein Zeichen hinterlassen. Dass du mich durchschaut hast. Dass du mich für verrückt hältst. Du warst in meinem Haus und hast herumgeschnüffelt. Glaubst du, ich hätte dich nicht bemerkt? Dich nicht erkannt? Und eben der Anruf von Ulrike ... Was haben sie gegen mich?«

»Nichts. Gar nichts. Es ging um Wolfsohn.«

Zwei Reihen makelloser Zähne schienen in dem schwarzen Vollbart auf. »Du musst mich nicht mehr belügen, Arno. Die Zeit der Lügen ist vorbei.«

Amann trat einen Schritt zur Seite, näher heran an den Abgrund, wandte sich von mir ab und schaute in die Ferne. Da bemerkte ich, dass er etwas in der Hand hielt: einen Schlagstock, den er offenbar mitgebracht hatte. Fieberhaft kalkulierte ich meine Lage. Meine Beine waren frei, ein schneller Tritt, und er würde fallen. Der Gedanke war kaum in meinem Kopf entstanden, da sauste der Schlagstock nieder und traf mich am Knie. Ich schrie auf vor Schmerzen.

»Still!«, herrschte er mich an und hob drohend den Schlagstock.

Ich biss die Zähne zusammen, der Schmerz pulsierte, verebbte langsam, ohne ganz zu verschwinden.

Amann wandte mir wieder den Rücken zu, schwieg eine kleine Weile und sagte: »Ich habe sie geliebt, Arno. Wie keine nach ihr. Sie hat mich für alle anderen verdorben. Aber sie wollte nur dich. Frag mich nicht, wieso. An dir ist nichts dran. Und damals noch viel weniger als heute. Spielst den großen Professor aus Berlin.« Ein verächtlicher Blick über die Schulter streifte mich. »Nur mir hatte sie es zu verdanken, dass sie nicht von der Schule flog. Sie war mir dankbar. Als ich ihr zeigen wollte, was ich wirklich fühlte, da meinte sie nur: Das lassen wir lieber. *Das lassen wir lieber*. Wie man einen kleinen Jungen tadelt, der in die Keksdose greifen will. Noch nie hat mich jemand so gedemütigt.«

Zu hören, dass Maja mich aufrichtig geliebt hatte, hätte mich unter anderen Umständen selbst nach so vielen Jahren glücklich gemacht. Doch ich war voll und ganz damit beschäftigt, nach einem Ausweg aus meiner misslichen Lage zu suchen. Wie misslich sie von Anfang an gewesen war, zeigte mir, dass Amann, vermutlich in Ermangelung einer Schusswaffe, einen Schlagstock mitgebracht hatte. Und Kabelbinder, um mich zu fesseln. Vielleicht hatte er nicht von Anfang an vorgehabt, mir etwas anzutun. Er hatte sich für einen Plan B vorbereitet, und dieser würde vermutlich darauf hinauslaufen, dass ich von dieser Wanderung nicht lebend zurückkehrte.

»Man muss eine Geschichte immer vom Ende her denken«, sagte Amann. »Erst mit dem Ende erhält alles seinen Sinn.«

»Und wie soll diese Geschichte enden?«, wagte ich zu fragen.

Er grinste mich an. »Du willst doch nicht, dass ich das Ende vorwegnehme?« Er ließ sich neben mir auf dem Felsen nieder und fuhr fort: »Ich konnte es nicht einfach hinnehmen, dass Maja mich so von oben herab behandelte. Ein Teenager! Da bin ich etwas empfindlich. Kurz vor eurer Wanderung drängte ich Maja, mich bei der Raubachtal-Hütte zu treffen, zu einem letzten Gespräch unter vier Augen. Ich drohte ihr, das Gerücht in die Welt zu setzen, zwischen uns sei etwas gelaufen. Mir würde nichts passieren, ich würde offiziell alles abstreiten, aber ich wusste, wie eifersüchtig du warst und dass ein bloßes Gerücht ausreichen würde, Streit zwischen euch zu stiften, euch vielleicht sogar auseinanderzubringen. Maja ließ sich darauf ein. Ich sollte frühmorgens, wenn alle noch schliefen, in der Nähe der Raubachtal-Hütte auf sie warten. Wir gingen ein Stück miteinander. Als sie wieder zur Hütte zurückkehren wollte, zwang ich sie mit vorgehaltener Pistole zum Weitergehen. Die Pistole war zwar nur eine Attrappe, machte sie aber gefügig. Ich versprach ihr, dass ihr nichts geschehen werde, wenn sie sich allem fügte. Sie glaubte mir. Vielleicht auch nicht. Was hatte sie für eine Wahl? Wir nahmen diese Abkürzung hier, auf der uns niemand begegnen würde. In meinem Keller war alles für sie vorbereitet. Einen Raum hatte ich abgedichtet, so dass kein Mensch ihre Schreie hören würde.«

Als ich das hörte, vergaß ich meine eigene Situation. Maja,

eingesperrt in einen Keller, von einem Kerl, der sie misshandelte, vergewaltigte, kranke Phantasien an ihr auslebte – das war zu viel. Ich zerrte an meinen Fesseln, schrie Amann an: »Was hast du ihr angetan? Du krankes Dreckschwein!«

Der Schlagstock sauste auf mein anderes Knie nieder, der Schmerz schoss wie ein spitzes Messer durch meinen Oberschenkel hinauf bis in die Hüfte.

»Ich habe nichts getan, was Maja nicht wollte«, fuhr Amann fort, während ich mich noch krümmte. »Wir kamen uns näher, in der Zeit, die wir miteinander hatten. Wir redeten viel, über ihr junges Leben, natürlich auch über dich. Sie hat mir alles erzählt. Ich dachte bereits weiter. Wie gesagt, man muss eine Geschichte von ihrem Ende her denken.«

Ich krümmte mich noch immer vor Schmerzen, presste hervor: »Was soll der Scheiß bedeuten?«

»Na, na, diese Ausdruckweise. Von einem Professor!« Er grinste. »Ich ließ Maja ein Tagebuch unserer Liebe schreiben. Ich ließ es an dem Tag beginnen, an dem wir einander begegneten. Ich hatte alles ausgedacht und aufgeschrieben. Unsere verbotene Liebe, unsere Liebesnächte. Am Ende wurde Maja in meiner Version unserer Geschichte zu besitzergreifend, bedrängte, erpresste mich. Ich befahl ihr, alles handschriftlich in Kladden zu übertragen, die ich vorbereitet hatte. Sie sollte eigene Erlebnisse aus der Zeit, die nichts mit uns zu tun hatte, ergänzen, damit das Ganze authentischer wirkte. Irgendwann nach meinem Tod würden die Tagebücher in meinem Nachlass gefunden werden, wir würden der Welt für immer als ein tragisches Liebespaar in Erinnerung bleiben. Ich hatte ein paar düstere Einträge eingebaut, die vermuten ließen, dass Maja Angst hatte. Die mich verdächtig machten, sie beseitigt zu haben. Nur so viel, dass Spekulationen angeheizt werden würden, aber nicht mehr. Jede Geschichte, die über Generationen hinweg weitererzählt werden soll, braucht in ihrer Mitte eine dunkle Stelle. Ein Rätsel. Man würde Bücher über uns schreiben, Filme drehen. Fraktionen würden sich bilden: die eine, die mich für Majas Mörder hielt, die andere, die dem widersprach.«

Ich fröstelte. Amann musste verrückt sein. Immer schon. So wie er sich verhielt, glaubte man, ihn seit Jahren zu kennen, in- und auswendig, wie einen Freund. In Wahrheit wusste ich nichts über ihn. Niemand wusste etwas über ihn. Er hatte um sein krankes Ego eine perfekte Fassade gebaut. Wie auch immer, viel wichtiger war für mich, ihn am Reden zu halten. Um eine Möglichkeit zu finden, mich zu retten. Denn eines war klar: Wenn diese Geschichte zu Ende erzählt war, würde auch mein Leben enden.

»Wenn das dein Plan war«, sagte ich, »warum sind wir dann hier? Was ist passiert?«

»So einiges. Erst kam dieser Schüler zu mir. Raimund Wolfsohn. Sein Vater hatte ihm von der alten Geschichte erzählt, und er wollte einen Roman darüber schreiben. Ich spürte sofort etwas Verwandtes in dem jungen Mann. Umso weniger gefiel es mir, dass er mir Majas Geschichte stehlen wollte. Er hatte herausgefunden, dass du an der Uni in Berlin bist. Ich warnte ihn davor, sich dir zu nähern und dich auf die alte Geschichte anzusprechen. Eines Tages kam die Einladung zum Abiturtreffen. Die Aussicht, euch alle bald wieder versammelt zu sehen, weckte alte Gefühle in mir. Doch Maja würde fehlen. Das brachte mich auf eine Idee. Ich wusste, dass Maja eine kleine Schwester hatte, fand ihre Adresse heraus und schickte ihr eine Einladung. Ich jagte einen Schatten. Die Ähnlichkeit mit Maja war zwar frappierend, aber sie war eben nicht Maja. Und wir waren auch nicht mehr die, die wir damals waren.«

Amann stand auf, trat einen Schritt vor und schaute wieder in die Ferne. Er stand dicht an der Kante. Wenn ich ihm jetzt einen Tritt verpasste, würde er mit etwas Glück stürzen, dann ein zweiter Tritt, und er würde in den Abgrund fallen. Noch war er zu weit weg. Ich lauerte auf einen günstigeren Moment.

»Wie lange war Maja bei dir?«, fragte ich. »Wie lange hat sie nach ihrem Verschwinden noch gelebt?«

»Drei Wochen.«

»Und wie ist sie gestorben?«, fragte ich ihn. »Was hast du ihr getan?«

Ich hoffte, er würde näher kommen, doch er blieb stehen, wo er war, drehte sich nur zu mir um.

»Ich habe sie geliebt. Sie war nicht immer folgsam, da musste ich sie züchtigen. Bis sie sich fügte. Das tat ich nie zu meinem Vergnügen.« Er wandte sich erneut ab, offenbar fiel es ihm schwer, mich anzusehen. »Trotzdem wusste ich, dass ich sie nicht ewig bei mir behalten konnte. Sie würde meinen Drohungen und Versprechen irgendwann nicht mehr glauben und eine Gelegenheit zur Flucht finden. Also versprach ich ihr am Ende unserer Zeit, sie freizulassen, wenn sie mit mir zu eurer Höhle geht. Die Höhle im Raubachtal, die ihr entdeckt habt. Sie hatte mir davon erzählt. Es war das denkbar beste Versteck, denn dort war ja sicher schon gesucht worden. Ich sagte Maja, sie solle in der Höhle warten, zwei Stunden, dann sei sie frei. Sie solle allen erzählen, ein Fremder habe sie entführt und festgehalten. Sie schwor mir, meinen Namen nicht zu erwähnen. Wir gingen noch vor Sonnenaufgang ins Raubachtal, auf diesem Weg hier. In der Höhle habe ich sie erdrosselt. Es war nicht leicht, das darfst du mir glauben, aber es musste sein.«

Amann trat einen Schritt auf mich zu. Das war der Moment, auf den ich gewartet hatte. Ich ignorierte den Schmerz in meinen Knien, trat ihm mit voller Wucht gegen die Beine, rappelte mich auf und versetzte ihm einen weiteren Tritt. Er wankte und kippte nach hinten, sah mich aus weit aufgerissenen Augen an – und fiel mit einem gellenden Schrei in den Abgrund.

48

Meine Knie waren von den Hieben mit dem Schlagstock geschwollen und taten bei jeder Bewegung höllisch weh, doch die Untersuchung im Krankenhaus ergab, dass nichts gebrochen war. Zur Sicherheit machte der Arzt Röntgenaufnahmen. Gegen die Schmerzen erhielt ich ein Mittel. Während ich das Krankenhaus auf zwei Krücken gestützt verließ, stellte ich mir vor, wie die Bergwacht Amanns Leiche barg. War sicher nicht ganz einfach in dem unzugänglichen Gelände. Nach und nach wurde mir bewusst, was für ein Riesenglück ich gehabt hatte. Amann hatte mich töten wollen. Sonst hätte er mich nicht an diesen Ort gebracht und mir auch diese Geschichte nicht erzählt. Er wollte sie wohl unbedingt loswerden. Jahrelang trug er sie schon mit sich herum, nun durfte sie endlich heraus. Dass er sie ausgerechnet mir erzählen konnte, musste ihm eine gewaltige Befriedigung verschafft haben. Er hatte sich unangreifbar gefühlt. Oder mich für dumm und unfähig gehalten. Sein Fehler. Nachdem er in die Tiefe gestürzt war, hatte ich mich unter grässlichen Schmerzen, die Hände immer noch auf dem Rücken gefesselt, zurück zu meinem Auto gekämpft. Dort begegneten mir zwei Wanderer, die mich von den Kabelbindern befreiten. Ich erzählte ihnen, dass man mich überfallen habe und dass ein Mann einen Abgrund heruntergestürzt sei. Sie riefen Polizei und Bergwacht. Ich wartete im Auto auf die Polizei; ein Notarzt, der gleichzeitig ankam, untersuchte meine Knie und brachte mich ins Krankenhaus.

Ulrike holte mich dort ab. Sie stand rauchend neben dem Eingang. Als sie mich bemerkte, drückte sie die Zigarette aus und kam ins Foyer. »Du bist schon fertig«, sagte sie. »Das ging ja schnell.« Sie bot mir ihre Hilfe an, aber das lehnte ich dankend ab.

»Er war's«, sagte ich draußen zu ihr. »Amann hat Maja umgebracht. Er hat mir alles erzählt. Danach wollte er mich umbringen.«

»Es war also Notwehr?«

»Glaubst du mir nicht?«

»Doch, doch. Aber hat er gesagt, dass er dich umbringen will?«

Ich versuchte, mich zu erinnern. »So genau weiß ich es nicht mehr. Die Situation war ziemlich eindeutig.«

»Verstehe. Die Aussage der Wanderer, dass du gefesselt warst, dazu deine Verletzungen. Das sollte reichen. Und wir haben sogar den Schlagstock gefunden. Daran dürften dann ja nur Amanns Fingerabdrücke sein.«

Ich nickte. Langsam gingen wir zu Ulrikes Wohnmobil. Ulrike half mir auf den Beifahrersitz, verstaute die Krücken und stieg dann selbst ein.

»Amann kannte Raimund Wolfsohn wohl besser, als er mir gegenüber zugegeben hat«, sagte ich. »Da oben meinte er, er habe in Raimund etwas Verwandtes gespürt. Keine Ahnung, wie viel Amann von Raimunds Psychotelefonspielchen mit mir wusste.«

»Das war wohl ein bisschen anders, als du denkst«, sagte Ulrike.

Ich sah sie überrascht an. »Was? Wie meinst du das? Du hast doch am Telefon gesagt, ihr habt ihn. Ihr habt Wolfsohn.«

»Das schon. Aber ich habe auch noch ein paar andere Dinge gesagt, die offenbar nicht bei dir angekommen sind. Die Berliner Kollegen haben Raimund Wolfsohn gefunden. In einem Waldstück in Brandenburg. Er ist tot. Schon seit Monaten. Kein natürlicher Tod. Was genau passiert ist, ermitteln die Berliner noch. Es war wohl so, dass eine Kommilitonin sich von ihm massiv bedrängt fühlte. Sie ist in ihr Elternhaus geflohen, er reiste ihr dorthin nach. Sie trafen sich in einem Wald, es gab eine heftige Auseinandersetzung, bei der Raimund Wolfsohn unter noch nicht geklärten Umständen zu Tode kam. Die Studentin macht hier widersprüchliche Angaben, sie scheint total fertig zu sein. Näheres erfahren wir, wenn die Berliner Kollegen alles aufgeklärt haben.«

Raimund, seit Monaten tot? Zwischenfall mit einer Kommilitonin? Das konnte nur Lena sein. Deshalb war sie bei unseren Treffen so nervös gewesen. Hatte sie Raimund umgebracht? Oder war es ein Unfall gewesen? Notwehr?

Rasch drängte sich mir eine andere Frage auf. »Wenn Raimund nicht *Lost & Found* war, dann ...«

»War das auch Claus Amann. Dazu passt, dass wir bei der Durchsuchung seines Hauses einen Stapel Bücher über menschliche Erinnerung gefunden haben, eines davon über falsche Erinnerungen. Damals war das für uns nicht relevant, wir wussten ja nichts von *Lost & Found*.«

Ich war verwirrt. »Was wollte er damit bezwecken?«

»Darüber lässt sich nur spekulieren. Aber besser nicht jetzt. Du solltest dich erst einmal ausruhen. Wir sprechen später weiter.«

Ulrike startete den Motor. Ich ließ meinen Kopf gegen die Lehne sinken und schloss die Augen. Das Adrenalin hatte mich aufgeputscht, allmählich ließ die Wirkung jedoch nach, und ich sackte in mich zusammen. Innerhalb von Sekunden war ich eingeschlafen.

Die Schwellung meiner Knie ging allmählich zurück. Ich unterstützte den Prozess mit Eiswürfeln in einem Gefrierbeutel. Einen der Eiswürfel warf ich in mein Glas, um den Weißwein zu kühlen. Ein Teil von mir war noch draußen im Bergwald, Amanns gellenden Todesschrei in den Ohren. Er hatte Maja ermordet. Nachdem er sie zuvor gefangen gehalten hatte. Eine Liebesbeziehung spielte, die es nicht gab. Sie vermutlich mehrfach vergewaltigte. Sie ein falsches Tagebuch schreiben ließ. Damit er und Maja als tragisches Liebespaar mit einem rätselhaften Ende in Erinnerung blieben. Was für ein Wahn!

Vorsichtig bewegte ich erst das eine Knie, dann das andere. Als die Wirkung des Schmerzmittels, das ich in der Klinik erhalten hatte, nachließ, hätte ich eine weitere Tablette nehmen können. Doch ich wollte den Schmerz spüren. Der Schmerz war etwas Reales, das mir sagte: Diese verrückte Sache ist wirklich passiert. Obwohl ich noch immer nicht die ganze Geschichte kannte. Alles, was mit *Lost & Found* zu tun hatte, war nach wie vor ein Rätsel. Was hatte Amann damit erreichen wollen, dass ich mich für Majas Mörder hielt? Wollte er sich dafür revanchieren, dass Maja mich liebte und nicht ihn? Sollte ich die Rolle des Schurken in seiner bitterbösen Seifenoper spielen? Allerdings wusste Amann sehr genau, dass die Nachwelt sich mehr für die Täter als für die Opfer interessierte. Jeder kennt den Namen Jack the Ripper. Und wie hießen noch mal die Frauen, die er aufgeschlitzt hat? Nein, das konnte nie und nimmer Amanns Plan gewesen sein.

Ich nahm einen Schluck Wein.

Edgar Allan Poe. Amann hatte geglaubt, ich hätte ein Zeichen für ihn hinterlassen, indem ich im Sammelband die Geschichte *A Tell-Tale Heart* aufgeblättert hatte. Das verräterische Herz. Das Herz, das nicht schweigen wollte. Vielleicht wollte auch Amanns Herz nicht länger schweigen. Vielleicht wollte er seine Geschichte endlich erzählen und hören, wie sie von anderen weitererzählt wurde. Deshalb hatte er die Seite aus Majas Fake-Tagebuch gerissen, an die Polizei geschickt und später ein falsches Geständnis abgelegt. Um mitzuerleben, wie er Teil von Majas Geschichte wurde. Der Preis dafür – viele Jahre im Gefängnis – war ihm aber wohl doch zu hoch. Also brauchte er einen anderen, der sich schuldig bekannte und ihn somit wieder aus dem Gefängnis holte. Dieser Andere war ich. Dr. Schneidewinds Bemerkung, nachdem er mich aus der U-Haft geholt hatte, fiel mir wieder ein: *Erst die Leiche an einem Ort verstecken, wo die Polizei schon gesucht hat. Und dann etwas gestehen, das die Polizei zwangsläufig widerlegen muss.* Eine gewagte, aber clevere Strategie hatte Schneidewind das genannt. Amann hatte genau das getan, indem er Maja an dem Ort tötete und zurückließ, an dem die Polizei bereits gesucht hatte. Und etwas Ähnliches hatte er auch mit mir versucht: Wenn ich den Mord gestehe und den Tatort kenne, muss ich auch der Mörder gewesen sein. Sicher hätte er für die Nachwelt etwas hinterlassen, das meine Täterschaft wieder in Zweifel zog. Wie hätte diese Geschichte nach seiner Vorstellung jedoch ausgehen sollen? Ich hätte Jahre unschuldig im Gefängnis gesessen, später, nach Amanns Ableben und dem Fund von Majas falschen Tagebüchern in seinem Nachlass, wäre er als möglicher wahrer Täter ins Visier geraten und hätte in den Spekulationen fortgelebt. Er hatte wohl nicht damit gerechnet, dass meine falschen Erinnerungen so detailreich sein würden, dass sie durch die Fakten sofort widerlegt werden würden.

Das Weinglas in der Hand, ging ich zu meinem Koffer und holte die Fotos von der letzten Wanderung mit Maja heraus. Ich betrachtete Maja. Lukas. Ulrike. Mich. Ich hatte klare Erinnerungen an diese Zeit. Doch die falschen Erinnerungen waren nicht weniger präsent. Erschienen mir nicht weniger wirklich. Vielleicht sogar ein wenig realer, weil sie noch frisch waren. Wie ich Maja das Messer in den Bauch ramme. Wie sie fällt. Wie ich mit einem guten Gefühl weggehe. Obwohl das nie passiert war, schämte ich mich noch jetzt für dieses Gefühl.

49

Amanns Leben wurde von allen Seiten durchleuchtet. Ein sehr einsames Leben, wie sich zeigte. Die Eltern, inzwischen verstorben, wurden von Menschen, die sie gekannt hatten, als kalt und unnahbar beschrieben. Keine Geschwister, auch enge Freunde hatte er nie gehabt; die wenigen Beziehungen zu Frauen, die nachweisbar waren, waren kurz und oberflächlich gewesen. Es wurden Aufzeichnungen aus seiner Jugend gefunden, aus denen hervorging, dass er sich für unfähig hielt, Liebe oder überhaupt ein tieferes Gefühl zu empfinden. Hatte er Maja wirklich geliebt oder sich das nur eingeredet? Hatte er sie ermordet, weil sie seine Gefühle nicht erwiderte oder weil das eigene Gefühl seine Erwartungen nicht erfüllte? Vielleicht hatte ihn das endgültig zu der Erkenntnis gebracht, dass die Realität nicht mit der Phantasie Schritt hielt, schon gar nicht auf Dauer, weshalb er sich für die Phantasie entschied. Und der Phantasie musste die Realität am Ende weichen. Die Realität: Das war die echte Maja.

Alles nur Spekulationen, die die Polizei, die Presse, True-Crime-Blogger, Hobbypsychologen und alle möglichen Leute öffentlich anstellten. Ich hörte schon bald auf, ihre Analysen und Hypothesen zu lesen. Das falsche Tagebuch, das Amann Maja zu schreiben gezwungen hatte, wurde in einem Versteck im Keller gefunden, ebenso wie eine Menge Fotos, die er von ihr gemacht hatte. Es gab endlose Ton- und Videoaufnahmen von ihren Gesprächen. Daher hatte *Lost & Found* so viel über Maja und mich gewusst. Auf den Bändern sei jedoch nichts Brutales zu hören und zu sehen, keine Vergewaltigungen, wie die Polizei betonte. Nichts davon wurde für die Öffentlichkeit freigegeben, auch ich bekam sie nicht zu sehen. Ulrike versicherte mir, die Aufnahmen strahlten keine Bedrohlichkeit aus, Maja wirke darauf völlig entspannt, so als sei sie sich eines guten Endes der Entführung gewiss. Manchmal redete sie mit Amann wie mit einem Kind. Doch hatten die beiden wirklich nur geredet? Schwer vorstellbar. Wie alles andere auch.

Ohne äußeren Anlass musste ich plötzlich an Anja denken, und da merkte ich, dass ich sie vermisste. Unsere gemeinsame Nacht, die Umarmungen, Küsse, die Zärtlichkeiten waren mir präsent, als wären sie eben erst passiert. Ihr letzter Anruf, die Nachricht auf der Mailbox, in der sie mir mitteilte, dass unsere Zeit in Berlin mehr mit ihr gemacht habe als zunächst gedacht. Ging es mir auch so? Ich hatte nicht zurückgerufen, und sie hatte sich auch nicht mehr gemeldet. Kein Wunder nach allem, was danach kam: mein Geständnis, die Inhaftierung, die Freilassung. Anja hatte sicher aus der Presse von all diesen Entwicklungen erfahren. Und von Ulrike. Das Fenster der Möglichkeiten, das eine Weile für uns offen gestanden hatte, war wieder geschlossen.

Bei einem weiteren meiner täglichen Spaziergänge – meine Knie waren mittlerweile wieder in Ordnung – fand ich mich, ohne dass es mir bewusst geworden wäre, in der Straße wieder, in der Familie Wolfsohn wohnte. Das Haus lag keine zwanzig Meter vor mir. Ich blieb stehen, überlegte, ob ich umkehren sollte. Meine wenig freundliche Begegnung mit Raimunds Mutter war unvergessen. Ich entschied mich nicht nur, nicht weiterzugehen, ich wollte sogar klingeln und der Familie mein Beileid aussprechen. Das Klingeln erübrigte sich, denn ein Mann stand starr wie eine Statue im Garten. Vermutlich Raimunds Vater. Zugleich der Mann, der das letzte Foto von mir und Maja und unseren Freunden gemacht hatte, wie mir mit leichtem Schauder bewusst wurde.

»Verzeihen Sie«, sagte ich, da er mich entweder nicht bemerkte oder bewusst ignorierte. »Herr Wolfsohn, richtig?«

Die Statue bewegte sich und sagte: »Und wenn schon. Gehen Sie weiter und lassen Sie mich in Ruhe.«

»Mein Name ist Arno Seitz, ich kannte Ihren Sohn. Ich war in Berlin sein Professor.« Ich biss mir auf die Unterlippe. Nun hatte ich mich selbst zum Professor gemacht. Der Fehler meines Vaters hatte sich bis zu mir durchgefressen. Ich verbesserte mich nicht, sondern fuhr fort: »Es tut mir leid, was mit ihm passiert ist. Er war ein guter Student. Sehr talentiert.«

Wolfsohn zog die Augenbrauen zusammen. »Sie sind doch dieser …«, begann er, brach ab und wiederholte: »Gehen Sie weiter und lassen Sie mich in Ruhe.«

Die wenigen sterblichen Überreste, die es von Maja gab, ließ Anja einäschern und in einem Friedwald südlich von München unter einer Buche der Erde übergeben. Sie hatte nur Ulrike, Lukas und mich zu der schlichten Zeremonie eingeladen. Es gab keine Trauerrede, jeder von uns sagte ein paar Worte, das war alles. Alle versicherten, sie würden Maja niemals vergessen. Ich wollte das auch sagen, brachte die Worte aber nicht über die Lippen. Denn meine Erinnerungen waren vergiftet. Auch wenn Ulrike und Lukas mir mehrfach versichert hatten, dass ich in meiner Eifersucht zwar oft aufbrausend und ruppig Maja gegenüber gewesen war, sie aber nie geschlagen hatte, blieb die falsche Erinnerung in meinem Kopf bestehen. Und ob der erste Sex mit Maja im alten Forsthaus wirklich nicht von Gewalt, sondern von meiner durch Forschheit kompensierten Unsicherheit geprägt war, wie Maja es Ulrike damals erzählt hatte, wusste ich nicht. Das Blut in Majas Slip beweise nichts, erklärte Ulrike, Maja habe vermutlich in ihrer Zeit in Amanns Keller ihre Tage bekommen. Obwohl ich das wusste, blieben auch die Bilder der Vergewaltigung in meinem Kopf. So passierte es mit vielen der alten Erinnerungen: Sie waren durch die neueren überschrieben worden und überlagerten sich wie die Bilder eines doppelt belichteten Fotos. Und obwohl ich Maja nicht ermordet hatte, fühlte ich mich schuldig.

So wie ich mich gegenüber Anja schuldig fühlte. Ich hatte mit ihr geschlafen, als ich noch dachte, ich sei Majas Mörder. Das hätte ich nicht tun dürfen. Als wir nach Majas Beisetzung ein wenig durch den Wald wanderten und Ulrike und Lukas außer Hörweite waren, bat ich sie dafür um Verzeihung. Sie hörte sich meine Entschuldigung an und meinte dazu: »Was passiert ist, ist passiert. Daran lässt sich nichts ändern. Nur das, was wir jetzt tun, macht einen Unterschied.«

Sie hatte recht.

»Und was hast du vor?«, fragte ich.

»Ich werde gleich in mein Auto steigen und losfahren. Wohin ...« Sie zuckte mit den Schultern. »Und du? Was machst du?«

Das Haus, in dem ich aufgewachsen war, lag in einer Siedlung, wie sie in den fünfziger Jahren des letzten Jahrhunderts massenhaft entstanden waren. Sie ähnelten einander wie Geschwister. Unser Haus war von allen das am wenigsten gepflegte. Der Garten war verwildert, der Putz zeigte Risse, die Fenster waren vor Schmutz fast blind. Als ich die Gartentür aufschob, quietschte sie erbärmlich in den Angeln. Ich stieg die Stufen zur Haustür hinauf. Sie war nicht abgeschlossen, also trat ich ein, ohne zu klopfen oder zu klingeln. So als sei ich hier noch immer zu Hause.

Im Flur hörte ich Stimmen. Der Fernseher lief, ich ging ins Wohnzimmer. Mein Vater saß auf der alten Couch, auf dem Tisch vor ihm standen mehrere leere Bierflaschen, dazu eine Flasche Schnaps. Er sah mich an. Ungläubig erst, so als könnte er nicht glauben, dass ich es wirklich war, dann erleichtert.

»Was willst du?«, fragte er in dem barschen Ton, den er immer schon gehabt hatte, der jetzt aber eher seine Schwäche als seine Stärke bezeugte. »Willst du mir beim Sterben zusehen?«

»Du wolltest doch, dass ich komme. Zur Beichte.«

»Ach so, ja. Willst du ein Bier?«

»Nein.«

»Aber ich.« Mit Mühe richtete er sich auf, schlurfte in die Küche, kam mit einem Bier zurück und ließ sich wieder aufs Sofa fallen. Nach einem kräftigen Schluck sagte er: »Damals, als deine Freundin verschwunden ist und dieser Bulle dich so in die Mangel genommen hat ... Kann sein, dass das wegen mir war. Wegen dem, was ich ihm gesagt hab ...«

»Was hast du ihm denn gesagt?«

»Ich weiß es nicht mehr. Darum lässt es mir keine Ruhe. Ich dachte, ich hätte dich verteidigt, aber vielleicht stimmt das gar nicht.«

Es hätte mich nicht gewundert, wenn die Aussage meines Vaters mir eher geschadet als genutzt hätte. Trotzdem spürte ich keinen Groll. Nicht wegen dieser Sache und auch wegen keiner anderen. Zwanzig Jahre waren eine lange Zeit. Lange genug, dass die Sünden der Väter zu den eigenen wurden.

»Damit brauchst du dich nicht zu quälen. Vorbei ist vorbei. Trotzdem schadet es nicht, wenn wir mal reden. Solange wir noch Zeit dafür haben.«

Er sah mich schweigend an. So als verstünde er mich nicht. Es gab auch nichts zu verstehen.

»Hier muss mal jemand klar Schiff machen«, sagte ich. »Und da du das nicht hinkriegst …«

»Musst du nicht in deine schöne Universität in Berlin?«

»Ich hab mich beurlauben lassen. Notfall in der Familie.«

Er nickte. Danach schaute er zum Fernseher. Es war noch immer das uralte Gerät von früher. In seinen Augen glitzerte etwas. »Du musst das nicht tun«, sagte er.

»Nein, muss ich nicht.«

Ich setzte mich ans andere Ende des Sofas. Sank tief in die Polsterung ein. Da sah ich es erst. Auf dem Fernseher stand ein Foto, das mich und Maja zeigte, lachend. Es war wohl bei meinem überstürzten Auszug hier zurückgeblieben.

»Wie lange bleibst du?«, fragte mein Vater.

»Bis zum Ende«, sagte ich.

Sie können den nächsten Roman von

MAX REITER

kaum erwarten?

Wir informieren Sie über diese und weitere
spannende Neuerscheinungen
mit unserem kostenlosen Newsletter.

Hier können Sie sich anmelden:

fischerverlage.de/newsletter

Max Reiter
Du gehörst mir
Psychothriller

Ihr Leben gehört ihr nicht mehr. Aber sie wehrt sich. Bis zum Letzten.
Annika ist sympathisch, attraktiv und beruflich erfolgreich. Aber alle, die ihr begegnen, spüren: wer ihr näherkommen will, wird abgeblockt. Warum? Annika musste eine schreckliche Lektion lernen: Alle, die ihr nahe waren – der geliebte Mann, den sie gerade geheiratet hatte, ihre beste Freundin –, sind tot. Sie mussten sterben. Denn ein Unbekannter kontrolliert unerbittlich ihr ganzes Leben. Wie kann Annika aus dieser schrecklichen Falle entkommen? Sie beginnt ein Spiel auf Leben und Tod.

336 Seiten, Klappenbroschur
978-3-651-00139-8